Xの悲劇

エラリー・クイーン

聴力を失い引退した名優ドルリー・レーンは新聞記事だけを手がかりに、ある難事件の真相を看破した。その鋭敏な頭脳を頼り、ブルーノ地方検事とサム警視はニューヨークの路面電車で起きた殺人事件への捜査協力を依頼する。その殺人では、毒針が刺さったコルク球という前代未聞の凶器が使われていた。あまりにも多い容疑者の中から、ただひとりの犯人Xを指し示すべく、名探偵は推理と俳優技術のかぎりを尽くす。巨匠クイーンがバーナビー・ロス名義で発表した、不滅の本格ミステリ——レーン四部作。その開幕を華々しく飾る、傑作中の傑作長編。

登場人物

ハーリー・ロングストリート……株式仲買人
ジョン・O・デウィット……その共同経営者
ファーン・デウィット夫人……ジョンの妻
ジーン・デウィット……ジョンの娘
クリストファー・ロード……ジーンの婚約者
フランクリン・アハーン……ジョンの友人
チェリー・ブラウン……女優
ポラックス……読心術師
ルイ・アンペリアル……ジョンの友人
マイケル・コリンズ……財務局の役人
ライオネル・ブルックス……弁護士
フレデリック・ライマン……弁護士
チャールズ・ウッド……路面電車の車掌

パトリック・ギネス……………路面電車の運転手
アンナ・プラット……………ロングストリートの秘書
ジョーゲンズ……………デウィット家の執事
ファン・アホス……………ウルグアイ領事
ウォルター・ブルーノ……………地方検事
サム……………警視
ダフィ……………巡査部長
シリング博士……………検死官
ドルリー・レーン……………引退した俳優
クェイシー……………レーンのメーキャップ係
フォルスタッフ……………レーンの執事

Xの悲劇

エラリー・クイーン
中村有希訳

創元推理文庫

THE TRAGEDY OF X

by

Ellery Queen
(Barnaby Ross)

1932

目次

モーリス・B・ウルフ博士と
彼の惜しみない助力に
感謝をこめて

Xの悲劇

ドルリー・レーン氏に関する文献

以下は当出版社からの依頼に応じて、チャールズ・グレン氏が好意により、執筆中の自著『ドルリー・レーン伝』の原稿から抜粋、提供してくれたものである。

演劇界人名録一九三〇年度版より。

ドルリー・レーン、俳優。ルイジアナ州ニューオーリンズ出身。一八七一年十一月三日生まれ。父、アメリカ人の悲劇俳優、リチャード・レーン。母、英国人のミュージックホール（演芸場）の座付き喜劇女優、キティ・パーセル。未婚。学歴、個人家庭教師に師事。七歳で初舞台。十三歳の時、ボストン劇場のキラルフィ作『魅惑』にて、初の大役。二十三歳の時、ニューヨークのデイリー劇場の『ハムレット』にて、初の主演。一九〇九年、ロンドンのドルリー・レーン劇場にて『ハムレット』を長期公演、従来のエドウィン・ブースの記録を二十四日上まわる、最長ロングラン記録を打ち立てた。著書に『シェイクスピア論』、『ハムレットの哲学』、

『カーテンコール』等々。所属クラブはプレイヤーズ、ラムズ、センチュリー、フランクリン・イン、コーヒーハウス。アメリカ文芸アカデミー会員。レジオンドヌール受勲。住所、ニューヨーク州、ハドソン河畔、ハムレット荘（鉄道の最寄り駅はウェストチェスター郡レーンクリフ駅）。一九二八年に演劇界から引退。

〈ニューヨーク・ワールド〉紙の記事、〈ドルリー・レーン氏、引退を表明〉（一九二八年）より。

「……ドルリー・レーンはニューオーリンズにある二流のレパートリー劇場（専属の劇団が一定数の演目を日替わりで上演する）、〈コーマス劇場〉の楽屋で生まれた。レーン一家の歴史の中でも、父リチャードが仕事にあぶれている時期で、母キティは生まれてくる子供と自分たちの生活のため、舞台に復帰しなければならなかった……第一幕を演じた直後に、楽屋で早産……舞台の無理がたたり、不幸にも出産で命を落とし……

……そういうわけでドルリー・レーンは文字どおりの舞台育ちなのだった。世に出ようとあがく父親に連れられ劇場から劇場へ、安宿を転々とするその日暮らしの毎日。生後初めて話した言葉は劇中の台詞で、子守りは役者たちで、教養は演劇から学んだ……。歩けるようになるとすぐに子役を演じ……リチャード・レーンは一八八七年に胸膜炎をこじらせ、肺炎で亡くなった。荒い息の下で十六歳の息子に告げた「一人前の役者になってくれ」というのが最期の言葉だった。命尽きる間際(まぎわ)にリチャードが精いっぱいに高望みし、息子に託(たく)した大いなる野望だが、のちにドルリー少年がのぼりつめる高みには、はるかに及ばない……

……最近、本人の口から語られた、その風変わりな名の由来は、両親がかの古めかしいドルリー・レーン劇場の由緒正しい伝統的な雰囲気に魅せられて、あやかった……

……引退の理由は、両耳の聴力の衰えが進行し続け——いまでは自身の声色を思いどおりに調節することさえ困難なほど悪化し……

……数々の愛着ある役をあきらめる決意をしたレーン氏が、唯一、残した例外というのが実に興味深い。これから毎年四月二十三日に、氏はハドソン河畔の自邸に設けた個人の劇場で『ハムレット』を全幕通して演じるつもりなのだ。この日を選んだ理由は、シェイクスピアの誕生日と命日の両方だと周知されているからとのことである。ドルリー・レーン氏が世界じゅうに散らばる英語圏の国々で、五百回以上もこの主演をつとめてきたことを思えば、もっともなことであろう」


〈田舎の邸宅(カントリー・エステート)〉誌掲載の、ドルリー・レーン氏の邸宅〈ハムレット荘〉を特集した記事より。

「……邸宅は純然たるエリザベス朝の建築様式で建てられ、レーン氏の使用人たちが住む小さな村に囲まれて、あたかも領主の城館を見るようだ。村の家はどれもエリザベス朝風の田舎の一軒家を忠実に再現したもので、草ぶき屋根や尖(とが)った切妻といった当時の特徴を備える。すべて現代的で便利な設備が調っているが、当時の雰囲気を壊さぬよう、巧みにカモフラージュされている……庭園もすばらしい。たとえば生垣だが、レーン氏の庭師が本場の植木をわざわざ英国から取り寄せて……」

〈ラ・パンチュール〉誌（一九二七年パリ）掲載の、ポール・レヴァサン画〈ドルリー・レーン氏の肖像〉（油彩）のラウル・モリヌーによる批評より。

「……まさに筆者が最後に会った時の姿そのままだ……すらりとした長身で、物静かだが実はエネルギッシュという性格がにじみ出て、白い髪はふっさりとうなじにかかり、灰色がかった緑の瞳が何ものをも貫くようで、完璧なまでに端整（たんせい）な――古典的ともいえる――顔は一見無表情だが、瞬時に表情を変える……絵の中の氏はシャルルマーニュのごとくすっくと立ち、例の肩から全身をおおう黒いインバネスのケープの下から右腕を伸ばし、右手をあの愛用のブラックソーンのステッキの柄に軽くのせ、黒いつば広のフェルト帽を傍らのテーブルに置いている……全体をおおう不気味な暗い効果は、黒い衣装の濃さをいっそう増す……しかし、氏が指をひと振りするだけで、現代社会のあらゆる衣服がその足元にひれ伏し、過去から抜け出てきた輝かしい人物になると思えば、その不思議さゆえにこの暗い絵が光を放つかのようだ……」

一九三一年九月五日付のドルリー・レーン氏からニューヨーク郡地方検事ブルーノ宛てに出さ

れた手紙より。

「目下のところ警察を悩ませている、誰がジョン・クレイマーを殺したのかという問題に関して、まことに僭越（せんえつ）ながら小生が独自に集めた材料をもとに、いささか冗長ではありますが、愚考を述べさせていただきたく存じます。

小生の持つ材料はすべて、残念ながら常に正確とは言えない新聞記事から集めることができた当事件に関するものばかりであります。しかしながら、分析の過程と、導き出した結果をご検討くだされば、関連するいくつもの事実が、ただひとつの合理的な結論を示しているという小生の見解に、必ずやご賛同いただけるでありましょう。

ただの暇な隠居老人のでしゃばりと考えくださいますな。小生は犯罪というものに非常に興味を持つようになり、これから先、解決不能に思える五里霧中の事件がありましたら、いつでも協力を惜しまぬつもりです」

一九三一年九月七日にハムレット荘に届いた電報より。

「犯人の自供によりクレイマー事件におけるご明察の正しさが立証された。お礼を直接申し上げると共に、ロングストリート事件に関するご意見を請いたく、明朝十時半にサム警視とそろってお訪ねしたい。ウォルター・ブルーノ」

配役表

ハーリー・ロングストリート　株式仲買人
ジョン・O・デウィット　ロングストリートの共同経営者
ファーン・デウィット夫人　ジョンの妻
ジーン・デウィット　ジョンの娘
クリストファー・ロード　ジーンの婚約者
フランクリン・アハーン　デウィット家の隣人
チェリー・ブラウン　女優
ルイ・アンペリアル　ジョンの友人
マイケル・コリンズ　役人
ライオネル・ブルックス　弁護士
フレデリック・ライマン　弁護士
チャールズ・ウッド　車掌
アンナ・プラット　ロングストリートの秘書
ファン・アホス　ウルグアイ領事

ウォルター・ブルーノ地方検事
サム警視
シリング博士　検死官
ドルリー・レーン氏
クェイシー　親友
フォルスタッフ　執事
ドロミオ　運転手
クロポトキン　演出家
ホフ　舞台装置担当

その他の証人、警察官、公務員、使用人、従業員たち

場所：ニューヨーク市とその近郊

時：現代

第一幕

第一場　ハムレット荘

九月八日　火曜日　午前十時三十分

眼下に、青みがかった朝もやにつつまれてハドソン川がちらちらときらめいている。その水面を白い帆船が一艘、飛ぶように走り、蒸気船が一隻、のんびりとさかのぼっていく。

車はつづらおりの狭い道をぐんぐんのぼり続けていた。乗客ふたりは窓から外を見上げてみた。はるか上空には雲の額縁の中に、まるでこの世のものとは思えない、中世から抜け出たような小塔、石の城壁、銃眼付きの胸壁や、いかにも歴史がありそうな教会の尖塔が浮かんでいる。尖塔の針のように鋭い先が、こんもりとした緑の森から突き出している。

ふたりは顔を見合わせた。「私は自分がコネチカット・ヤンキー（マーク・トウェインの小説より。十九世紀のヤンキーがアーサー王の宮廷に迷いこむ）になった気がしてきたよ」ひとりが軽く身震いした。

がっしりした大男の、もうひとりが唸るように言った。「甲冑の騎士がその辺からひょこっと現れそうじゃねえか、え？」

車は、古風な趣のある素朴な橋の前でぴたりと停まった。近くの草ぶき屋根の小屋から、血色のよい小柄な老人が出てくる。老人は無言で、扉の上で揺れている木の板に書かれた、旧書体の文字を指さした。

ハムレット荘
立ち入り禁止

がっしりした大男が、車の窓から顔を突き出して怒鳴った。「ドルリー・レーンさんに会いにきたんだがね！」

「さようで」小柄な老人はひょこひょこと進み出てきた。「通行証はお持ちですか」

ふたりは眼を見張り、片方の男は肩をすくめた。大男の方がぴしゃりと言った。「レーンさんがお待ちのはずだ」

「おや」橋番はごま塩頭をかくと、小屋の中に姿を消した。かと思うとすぐに再び現れた。「失礼しました。お通りください」おぼつかない足取りで大急ぎで橋に近づき、ぎしぎしと音をたてる鉄門を開いて、うしろに下がった。車は橋を渡り、きれいに砂利を敷いた道にはいると、ぐんとスピードを上げた。

青々とした樫（かし）の森をあっという間に通り抜けると、大きく開けた広場に出た。ふたりの正面で眠れる巨人のごとく横たわる城館は、花崗岩（かこうがん）の塀でハドソン丘に閉じこめられている。車が近づくと、巨大な鉄のかんぬきの扉が大きく内側に開かれ、さっきとは別の老人が扉の脇に立ち、帽子を取って、にこにこと笑いかけてくれた。

そこからは、手入れの行き届いた庭園の中をくねくねと道が続いていた。どの庭も幾何学的に整えた生垣で道路と仕切られ、生垣には一定の間隔でイチイの木が植わっている。左右にのびる細い小径の奥では、庭から切妻の屋根がいくつもすっくとのび、やわらかな陰影に包まれた家々は、おとぎの国から抜け出てきたかのようだ。花園の中央では空気の妖精の石像から水がしたたり続けている……

ようやく城館にたどり着いた。車が近づいていくと、待ち構えていたひとりの老人が、濠の光り輝く清らかな水の上に巨大な跳ね橋をがたんがたんとおろしてくれた。跳ね橋の向こうに立ちはだかる樫と鉄の高さ六メートルの大門が、みるみるうちに開いていく。その奥に、驚くほど赤ら顔できらびやかなお仕着せに身を包んだ小男が立っていた。小男はうしろにすっと足を引いて大きく腕をひらめかせ、深く頭を下げてからにっこりして、まるで大いなる秘密の芝居を愉しんでいるかのように髪をなでつけた。

訪問客たちは驚きで目を丸くしたまま、車から大急ぎで降りると、雷のような音をたてて鉄の橋を渡った。

「ブルーノ地方検事様ですね？　そしてサム警視様？　ささ、どうぞ、こちらでございます」

太鼓腹の老いた従僕は、またも先ほどの優美な体操のようなお辞儀を見せてから、先に立って陽気な足取りで、十六世紀の世界にふたりを案内していった。

一同は、身がすくむほどりっぱで重々しい領主館の大広間に立った。巨大な梁に支えられた天井。きらめく甲冑の騎士たち。壁にかけられた骨董品の数々。いちばん奥の壁に、かのオーディン神が戦死した英雄の魂を迎える殿堂をしのがんと、かけられた巨大な喜劇の面が、悪意に満ちたまなざしでこちらを睨み、その向かい側の壁では、対となる悲劇の面がしかめつらをしている。どちらも樫の古木から削り出したものだ。二枚の面の間の天井からは、けたはずれに巨大な鉄製のシャンデリアが吊るされており、そこに刺さる何本もの蠟燭(ろうそく)は、一見したかぎり、電気の配線をされていないように見える。

いちばん奥の壁の扉から奇妙な姿の人物が足を踏み出してきた。あたかも過去の世界より現れたような、おそろしく背中の曲がった老人である——頭は禿げ、頬ひげをはやし、顔は皺だらけで、鍛冶屋のようなぼろぼろの革エプロンをつけている。地方検事とサム警視は顔を見合わせ、警視はぼそりとつぶやいた。「ここには、じじいしかいねえのか?」

背中の曲がった老人は、すばしこく進み出てくると、ふたりに挨拶した。「ご機嫌よろしゅう。ようこそ、このハムレット荘へおいでなされました」老人の口調はぎこちなく、声もしゃがれていて、まるで喋ることに全然慣れていないかのようだった。その老人がお仕着せの小男を振り返り、「もうよい、フォルスタッフ」と言ったものだから、ブルーノ地方検事はいっそう目を丸くした。

「フォルスタッフって……」地方検事は呻いた。「馬鹿な。そんな名前のはずがない!(フォルスタッフは、『ヘンリー四世』と『ウィンザーの陽気な女房たち』に登場する、陽気で天衣無縫な肥った騎士の名)」

背中の曲がった老人は頬ひげを波打たせた。「もちろんでございます。あれはもともと役者で、ジェイク・ピンナと申す者です。ですが、ドルリー様があの男をそうお呼びになりますので……どうぞ、こちらへ」

老人は先に立って、足音の響く床を突っ切り、ついさっき自分がはいってきた小さな扉にふたりを案内していった。老人が壁に触れた。扉がするすると横に滑り開く。貴族の亡霊が出そうな城館の中にエレベーターだと！　ふたりはあきれて頭を振りながら、案内人にうながされて、かごに乗りこんだ。エレベーターはあっという間にのぼっていき、静かに停まった。さっきの滑り戸とは違い、小さなドアがさっと大きく開け放たれると、背中の曲がった老人が言った。「レーン様のお部屋でございます」

巨大だ。とにかく巨大だ。そして、古い……。何もかもが年を重ねて趣深く、エリザベス朝英国のかぐわしい香りをまとっている。どちらを向いても革と樫、樫と石の組み合わせだらけだ。幅が四メートル近くある暖炉には、ちろちろと燃える小さな炎。その真上にかかる太い梁は、年月と煙にいぶされ、味わい深く艶やかに黒光りしている。褐色の眼で抜かりなくあたりを観察していたブルーノ地方検事は、暖炉に気づいて急にほっとした。室内は肌寒かった。

地の精（ノーム）のような案内人に身振りですすめられるまま、ふたりは巨大な古い椅子に深く腰を沈めて、ちらりと視線を交わした。老人は壁際に貼りつくように立って、ひげをしごいていたが、不意に居住まいを正し、驚くほどはっきりと言った。「ドルリー・レーン様でございます」

男ふたりは思わず立ち上がった。入り口で長身の男がこちらをじっと見つめている。背中の曲がった老人はぴょこぴょこと頭を下げ、なめし革のような老いた顔を醜い笑みにほころばせていた。気づくと、地方検事と警視もなぜか深々と頭を下げていた。

ドルリー・レーン氏は大またに、部屋にはいってくると、蒼白いがたくましい手を差し出してきた。「ようこそ。お目にかかれて光栄です。どうぞ、おかけください」

ブルーノ地方検事は、静かな灰色がかった緑の瞳の奥まで覗きこんだ。そして喋りだしたとたんに、さっと相手の眼が自分のくちびるを鋭く見つめてきたことに、ぎょっとした。「会ってくださって恐縮です、サム警視ともどもお礼を申し上げます、レーンさん」地方検事はもごもごと言い始めた。「その――ええと――なんと申しますか。実に変わったお住まいですな」

「初めてごらんになると、変わっていると思うでしょうね、ブルーノさん。ですが、それは単に二十世紀の建築に眼が慣れすぎて、これがただの時代錯誤の妙な家としか見えないからなのですよ」名優の声はその瞳と同じく静かだったが、ブルーノ地方検事の耳には、これまでに聞いた誰のどんな声より豊かに響いて聞こえた。「なじんでくると、私のように、この家に愛情を感じるようになってきます。かつての芝居仲間がハムレット荘を、この美しい丘陵を額縁にした書き割りのようだと申したものですが、私にとってこの家は、生きて呼吸をしている、いわば、古き良き英国から抜け出してきた大きな生き物なのです……クェイシー！」

背中の曲がった老人が名優の傍らに進み出た。レーンの片手が老人の大きく曲がった背中をそっとなでた。「クェイシーをご紹介しましょう。私の半身とも言える者で、まごうことなき天才です。四十年間、私のメーキャップ係をしてくれています」

クェイシーがまたぴょこりと頭を下げた。すると、なんとも不思議な温かい空気が流れたので、ふたりの訪問客は、この実に型破りなふたりが、心なごむきずなでしっかりと結ばれているのを感じとった。そこで、ブルーノ地方検事とサム警視は同時に喋りだした。レーンの眼がふたりのくちびるをあわただしく行ったり来たりすると、その表情のなかった顔に、ほんのりと微笑が浮かんだ。「おひとりずつお願いします。私はまったく耳が聞こえないのですよ。一度にひとりのくちびるしか読めません——歳を取ってから身につけたにしては、なかなかの技術とうぬぼれていますが」

ふたりがぼそぼそと、気まずく謝罪の言葉を口にして椅子に坐りなおす間に、レーンは暖炉の正面から、この世のどんな古い椅子も新品に見えるほど、おそろしく古そうな椅子を持ってきて、ふたりと向かいあうように坐った。サム警視はレーンが、暖炉の火の光が客たちの顔に当たり、自身の顔は陰になる位置を選んで椅子を置いたことを見逃さなかった。クェイシーは目立たないように控えていた。サム警視の視界の隅でやっと見える老人は、いちばん遠くの壁際の椅子にうずくまり、身動きひとつせずにいる。さながら、褐色の醜い怪物（ガーゴイル）のように。

ブルーノ地方検事は咳払いをした。「レーンさん、サム警視も私も、こんなふうに押しかけたりして申し訳なく思っています。ですが、あなたがあの驚くべき手紙の中でクレイマー事件をみごとに解決してくださったものですから、つい厚かましい電報を打ってしまいまして」

「それほどたいそうなことではないのですよ、ブルーノさん」玉座のような椅子の奥からゆっくりと豊かな声が響いてきた。「私のやったことはまったく前例がないわけではありません。エドガー・アラン・ポオが、メアリ・ロジャーズ殺人事件（「マリー・ロジェの謎」のもととなった実際の事件）の解決策を示した手紙を何通も、ニューヨーク各紙に送り続けたのは有名な話です。今回、クレイマー事件を分析してみると、私には、真相とはまったく無関係な三つの事実が目くらましになっているように思えました。残念ながら、警察の皆さんはそのおとりにつられて脇道にはいりこんでしまったのですよ。ところで、おふたりはロングストリート事件のことで私に相談があるとのことですが?」

「本当にご迷惑ではありませんか、レーンさん、警視と私が――その、あなたはたいへん、お忙しいのでは」

「ブルーノさん、この私が、もっとも根源的な形の芝居で端役を演じることもできないほど忙しいなどということはありえません」その声は急に、かすかではあるが熱気を帯びていた。「やむなく舞台を退いて初めて、実際の人生というものがなんと劇的な芝居であるか、恥ずかしながら、やっと気づいたのです。舞台には制約がある、束縛がある。舞台の登場人物は、『ロミオとジュリエット』のマーキュシオの夢判断で言われるとおり〝くだらぬ妄想と、暇な脳から、生まれてきた子供たち〟にすぎない」訪問客たちはレーンの声からゆらりと浮かんでくる魔術に心を奪われていた。「しかし、実際に生きている人物は感情が高まると、舞台以上にずっと劇的な場面を見せてくれる。彼らは決して〝空気よりも薄く、風よりも不たしかな〟存在ではありえない」

「わかります」地方検事はゆっくりと言った。「私にもわかる。ええ、よくわかりますよ」

「犯罪は――激情の引き起こす暴力的な犯罪とは――人生という舞台におけるクライマックスシーンです。中でも殺人は特別な、激情のクライマックスだ。これまで私は、舞台仲間である最高の役者たち――」レーンは寂しげに微笑んだ。「――モジェスカ、エドウィン・ブース、エイダ・リーアン、そんな大勢の名優たちと共に――作り物の激情のクライマックスばかりを演じてきました。ですがいまの私は、作り物ではない本物のそれを、舞台でなく現実の世界で実際に体験したい――激情のクライマックスというものを理解したい。それに関して、私は一般の人よりも特殊な素養を身につけていると自負しています。これまで舞台上で数えきれないほど何度も人を殺してきました。人を殺す計画を考え続けることの苦痛に、良心の呵責に、さいなまれ続けてきました。僭越ながら、マクベスとなり、ハムレットとして生きてきました。その私は、ごく単純な不思議を初めて目にした子供のように、この現実の世界がマクベスやハムレットであふれていることに、気がついたばかりなのです。我ながら陳腐な言い種ではありますが、これが実感でしてね……

いままでは作者の糸に操られてきましたが、これからは作られた芝居の中ではなく、もっと偉大な作品の中で、私自身がこの手で自分の糸を操ってみたくてたまらない。条件は何もかも実に好都合に整っています。この不自由さえも――」すらりとした指が片耳に触れた。「――私の集中力を研ぎ澄ます役に立ってくれる。まぶたを閉じさえすれば、まったく音のない世界で、何ものにも邪魔されずにすむのですから……」

サム警視はまごついていた。自分の中に、まったくなじみのない感情が湧いてきたことに当惑している。警視は眼をぱちくりし、ひょっとしてこいつが英雄崇拝ってもんなのか？と考えて――自分の馬鹿さかげんを鼻で笑った。

「私の言いたいことはわかっていただけたでしょうか」声は続いている。「私には理解力がある。経験がある。洞察力がある。観察力がある。集中力がある。ゆえに、推理をする力が、探偵としての才能があると、そう言いたいのですよ」

ブルーノ地方検事は空咳をした。こちらの心をざわつかせるあの瞳が、地方検事のくちびるをひたと見据えた。「申し訳ありませんが、レーンさん、我々が相談したい小さな問題は、その――あなたが名探偵としての力を発揮したいというご希望にそぐわないものかもしれません。本当にただの平凡な殺人事件で……」

「どうやら、私の説明がまずくて、意図がうまく伝わらなかったようですね」すると今度は、その声に愉快そうな響きが現れた。「〝ただの平凡な殺人事件〟とおっしゃいましたか、ブルーノさん？　しかし――私が求めているのはまさにそれですよ！　なぜ、わざわざ奇想天外な怪事件を求めなければならないのです？」

「まあね」いきなりサム警視が口を開いた。「平凡だろうが奇々怪々だろうが、こいつは間違いなく難事件なんで、ブルーノはきっとあなたが興味を持つと思ったんですよ。で、事件についてですが、もう新聞記事は読みましたか」

「ええ。ですが、新聞の記事は的はずれで、あんなものは読んでも意味がありません。私はまっさらの状態でその問題に取り組みたい。警視さん、恐れ入りますが、細部にわたって詳しく、事件について話してもらえませんか。関係した人々がどういった人物なのかも。一見無関係で、たとえ無意味に思えるようなことでも、なんでも教えてください。ひとことで言えば、すべてを話していただきたいのです」

ブルーノ地方検事とサム警視は眼を見かわした。地方検事がうなずくと、警視の醜い顔がくしゃりと歪(ゆが)み、その口が開いた。

まわりの広い壁が、ふっと消えていった。暖炉の火は、天からの神秘の手に操られたかのように、暗くなった。そしてハムレット荘も、ドルリー・レーン氏も、古い品々や古い時代や古い人々の気配も、何もかもが警視のだみ声の下に沈み、溶けこんでいった。

第二場　ホテル・グラントのスイートルーム

九月四日　金曜日　午後三時三十分

先週の金曜の午後のこと（以下はサム警視が物語り、地方検事が注釈をはさんでいくという形で明らかにされた事件のあらましである）、ニューヨークの四十二丁目通りと八番街の交差点に建つ、鉄筋コンクリート造りのホテル・グラントの続き部屋(スイートルーム)の居間で、ふたりの人影が抱きあっていた。
抱きあっているのは男と女——男はハーリー・ロングストリートという長身の中年で、がっしりした身体は長い間の放埒(ほうらつ)な暮らしでだらしなく崩れ、顔色は不健康に赤黒く、目の粗いツイードの服を着ている。女はチェリー・ブラウンといい、ミュージカル喜劇のスターだった。ラテン系の顔立ちに褐色の髪、黒くきらめく瞳とアーチ形にくっきり描いたくちびる。見るからに大胆で情熱的な女である。

　ロングストリートは濡れたくちびるでキスをし、女は男の腕の中で身体をいっそうすり寄せた。「いっそ、このまま誰も来ないといいのに」

「うん？　この男前にこうしていつまでもかわいがられていたいって？」男は身を離すと、盛りを過ぎたたくましい男のプライドを見せて、力こぶを作ってみせた。「残念だな、来るぜ――必ず。おれが跳べと言えば、ジョニー・デウィットの野郎は必ず跳ぶんだ――見てろ！」

「だけど、どうしてあの人のいけすかない友達連中まで一緒に呼ぶの。どうせ誰も来たがってないでしょ」

「野郎が恥をかいてめそめそするところを見たいからさ。あいつはおれの男ぶりを心底嫌ってるからな、それが愉快でならないのさ。クソ野郎が」

　そう言うと、何の前触れもなしにいきなり、女の身体を膝の上から振り落とし、部屋を突っ切って、サイドボードにずらりと並ぶ酒の壜から一本選び、自分のグラスに注いだ。女はその様子を猫のように、ものうげに眺めている。

「ときどき」女は言った。「あなたって人がわからなくなるわ。あんな人をいじめて、何が愉しいの？」女優は雪白の両肩をひょいと上げた。「ま、あたしには関係ないけど。ねえ、飲み助さん！」

　ロングストリートは唸り声を出すと、ぐっと咽喉をそらして、酒を一気に流しこんだ。その時、女優がさりげない口調で続けた言葉に、男は一瞬、のけぞった姿勢で固まった。「デウィットの奥さんも来るの？」

男はウィスキーのグラスをサイドボードに放るように置いた。「来てもいいだろうが。おい、またあいつの女房のことをくどくど言うのはやめてくれ、チェリー。もう百ぺんも言っただろう、あの女とは何もなかったって」

「別にあたしは気にしてないわ」女は声をたてて笑った。「でも、他人（ひと）の奥さんを盗るなんて、あなたのやりそうなことでしょ……ほかには誰が来るの？」

ロングストリートは、いやな顔をした。「めでたい連中ばかりさ。あのまじめぶったデウィットの奴が、どんな顔をしやがるか！　まず、あいつの相棒の、ウェストイングルウッドに住んでるアハーンって奴だ――こいつはいつも腹具合が悪いのなんのと愚痴ばかり言ってる、ばあさんみたいなやつだ。腹だとさ、腹！」酒でとろんとしたような眼で、ほんの少しぽっこりした自分の腹を眺めた。「ああいう、くそまじめで信心深い連中ってのは、たいてい腹具合が悪いね。おれは絶対にそんなことないぞ、ダーリン！　それから、娘のジーン・デウィットも来る。おれをひどく嫌ってるのに、デウィットがわざわざ連れてくるんだ。おもしろいことになるぞ。しかも娘のボーイフレンドのキット（クリストファーの愛称）・ロードって、フランク・メリウェル（ギルバート・パットンのスポーツ小説の主人公。健康的な大学の運動選手）ばりの色男もくっついてくるとなりゃ、なおさらだ」

「ハールったら、もう。あの坊やはすごくいい子じゃないの」

ロングストリートはじろりと睨んだ。「そうさ。いい子だ。気取り屋のお坊ちゃまだよ。何にでも首を突っこみたがるおせっかい焼きだ。あの青二才がうちの事務所をうろうろするのが気に食わん。デウィットにあいつを蹴り出させときゃよかった……まあ、いい」ため息をついた。「それからもうひとり――こいつはおもしろい奴だぞ。女たらしのスイス野郎だ」ロングストリートは不気味に笑った。「ルイ・アンペリアルって奴だよ。おまえにも話したことあるだろう。仕事でアメリカに来ている、デウィットの友達だとさ……それからもちろん、マイク・コリンズも来るぞ」

ブザーの音に、チェリーは飛び上がり、慌てて迎えに行った。

「まあ、ポラックス！　はいって、はいって！」

薄くなりかけた髪を丁寧にポマードでなでつけ、ワックスでぴんと口ひげを尖らせ、華やかにめかしこんだ浅黒い顔の中年男は、部屋にはいってくる前に、まず女の身体を両腕で抱きすくめた。ロングストリートはよろよろ立ち上がると、咽喉の奥から脅すような音を鳴らした。チェリー・ブラウンは赤くなると、訪問客を押しのけ、髪をいじりだした。

「むかし、あたしが組んでたポラックスよ。覚えてる？」女は浮き浮きした声で言った。「ポラックスよ、偉大なポラックス、一日二回興行の売れっ子、世紀の大読心術師様。ほら、握手して、ふたりとも」

ポラックスはおとなしく言いつけに従うと、さっさとサイドボードに向かった。ロングストリートは肩をすくめてもとの椅子に戻ったが、またもやブザーが鳴ったのですぐに立ち上がった。チェリーが玄関に出ると、別の一団がはいってきた。

髪にもひげにも白いものが交じりだした痩せぎすの中年男が、最初におそるおそるはいってきた。ロングストリートの顔が輝いた。そしていかにも歓迎しているという顔で、のしのし近づいていき、大げさに歓迎の言葉をかけると小男の手をぎゅっと握った。ジョン・O・デウィットは顔を紅潮させ、痛みと嫌悪をこらえるように眼を伏せた。ふたりの見た目は驚くほど対照的だ。デウィットは見るからに引っこみ思案で、気苦労の皺が目立ち、いつも決断と尻ごみの間を揺れ動いていそうなタイプだった。ロングストリートはどっしりした体格で、自信にあふれ、傲岸不遜で、とにかく偉そうで横柄だ。

　ロングストリートがほかの客たちを出迎えにずかずか歩きだすと、デウィットは大男にはね飛ばされる前に慌てて身を引いた。

「ファーン！　嬉しいな、来てくれたのか！」――それはとうに花の盛りを過ぎた、塗りたくった顔にかつての美しさの名残が垣間見える、肥えたスペイン女に向けた言葉だった。この女がデウィットの妻である。小麦色の肌をした小柄な娘、ジーン・デウィットは冷ややかに会釈をした。そして、エスコートしていた長身のブロンドの青年、クリストファー・ロードにいっそうすり寄った。ロングストリートは青年の存在を完全に無視し、アハーンと、念入りにめかしこんだ大柄なラテン系の中年男、アンペリアルの手を順番に握って大きく上下に振った。

「マイク！」

　ロングストリートは前に飛び出していくと、たったいま、のそのそと入り口からはいってきた男の、幅の広い背中をばしんと叩いた。マイケル・コリンズは、豚のような眼をした浅黒い顔のアイルランド人で、むき出しの敵意を隠そうともせず、唸るように挨拶すると、恐ろしい眼つきでまわりの面々を見回した。ロングストリートはコリンズの腕をつかみ、眼をぎらりと光らせた。「おれの客にちょっかい出すな、マイク」荒々しい声で囁いた。「デウィットに片をつけさせると言っただろうが。いいからあっちに行って、酒でもやってろ――おれにまかせておけ」

　コリンズは腕を振りほどくと、ひとことも言わずに千鳥足でサイドボードに向かっていった。給仕たちが現れた。琥珀(こはく)色のグラスの中で氷が快い音をたてる。デウィットの一行は黙りこくって、やけに堅くなっていた――態度は礼儀正しいのだが、居心地悪そうにしている。デウィットは椅子の端に浅く腰かけ、顔こそ青いが無表情で、背の高いグラスの中身を淡々と飲み続けている。しかしグラスを握る手の甲は真っ白だった。

　ロングストリートがいきなりチェリー・ブラウンを抱き寄せ、太い腕の中にその身体をすっぽり収めると、女は人が変わったように、しおらしくはにかんでみせた。ロングストリートは一同に向かって怒鳴った。「みんな、聞いてくれ！　今日、こうして招待した理由はもうわかってるな。そう、このハーリー・ロングストリート、一世一代の晴れの日だ。実際、デウィット&ロングストリート商会と支援者全員にとって、めでたい日でもあるぞ！」舌はいまや少しばかりもつれていた。顔色はいっそう赤レンガのようになり、眼は据わってきた。「紹介しよう――未来のロングストリート夫人だ！」

　お約束のざわめきが起きた。デウィットは立ち上がると、かたくるしく女優に向かってお辞儀をし、気のない手つきでロングストリートと握手をした。ルイ・アンペリアルは大またに進み出ると、騎士のようにかがみこみ、マニキュアの輝く女優の美しい指にくちびるでそっと触れ、かかとを軍隊式に打ち鳴らした。デウィット夫人は夫のそばに坐ったまま、ハンカチーフを握り締め、けなげに微笑もうとしている。ポラックスはサイドボードのそばからよたよた近づいてくると、ぎこちなくチェリーの腰に両腕を回した。ロングストリートは無遠慮にポラックスを押しのけてから、ひとりごとをぶつぶつつぶやきながらサイドボードに歩いていった。

女たちは女優の左手で光り輝いている巨大なダイヤモンドを口々に褒めた。給仕たちがさらに、料理や食器を持ってぞろぞろと部屋にはいってくる……

一同は軽く食事をした。ポラックスがラジオのダイヤルを回した。音楽が流れ、白けたダンスが始まった。ロングストリートとチェリー・ブラウンだけが楽しそうだった。大男は子供のようにはしゃぎ、ふざけてジーン・デウィットに抱きついた。金髪のクリストファーが颯爽とふたりの間に割りこみ、若いふたりは踊りながら遠ざかっていった。ロングストリートはにやけていた。チェリーはそっと傍らに寄り添い、微笑んでいたが、眼は笑っていなかった……。

五時四十五分になると、ロングストリートはラジオを止めて、興奮した声で叫んだ。「ウェストイングルウッドのおれの家に、ちょっとしたディナーパーティーの準備をしてあるんだ。みんなに話すのを忘れてた。どうだ、驚いただろう？　驚いたか！」ロングストリートは吼えた。「全員、招待するぞ。来てくれるよな？　あんたもだ、マイク。それから、あんたも、ポラックス、とか言ったよな——一緒に来て、読心術だかなんだかで、おれたちの心を読んでみせてくれ」そして、まじめくさった顔で腕時計を見た。「いまから出れば、いつもの列車に間に合う。行くぞ、みんな！」

デウィットは首を絞められているような声で、辞退しようとした。今夜は先約があって、うちに客が来ることになっていて……。ロングストリートが睨みつけた。「おれは全員を招待すると言ったんだぞ！」アンペリアルが肩をすくめて、苦笑した。ロードは軽蔑のまなざしでロングストリートを見た――そして、デウィットを振り返ったロードの眼には、かすかに戸惑いの色があった……


五時五十分ぴったりに全員が、チェリー・ブラウンのスイートルームに食べ残しや空き壜やナプキンやグラスを散らかしたまま、出発した。一同はホテルのエレベーターにぎゅうぎゅうになって乗りこみ、階下のロビーにあふれ出た。ロングストリートは横柄にボーイを呼びつけると、夕刊とタクシーを用意しろと命じた。

それから一同は歩道に出た――ホテルの四十二丁目側の玄関前である。ドアマンは必死に口笛を吹いてタクシーを止めようとした。大通りは徐行する車でぎっしりだった。頭上に雷雲が流れてきて、空がみるみるうちに暗くなる。何週間ものカラカラの暑い日照りから一転、ひどい土砂降りになった。

思いがけずに襲ってきた豪雨に、道行く人も車も驚き慌て、押し合いへし合い、大混乱の渦となる。

ドアマンはやっきになってタクシーを止めようと腕を振りまわしていたが、滑稽な絶望の表情を浮かべて肩越しにロングストリートを振り返った。一同は八番街の角に近い宝飾店の日よけの下に逃げこんだ。

デウィットがロングストリートににじり寄った。「忘れる前に言っておくよ。ウィーバーからのクレームの件だ。私が提案したとおりに処理すべきだと思わないか?」そう言うと、デウィットは共同経営者に封筒を押しつけた。

ロングストリートは右腕をチェリー・ブラウンの腰に巻きつけていたが、コートの左ポケットから銀の眼鏡ケースを取り出すと、女の身体を放してケースをポケットに戻し、眼鏡を鼻にのせた。ロングストリートが封筒からタイプで打たれた手紙を抜き取り、適当にざっと読んでいく間、デウィットは半分眼を閉じて、じっと待っていた。

ロングストリートは鼻を鳴らした。「話にならんな」そして、手紙をデウィットに投げ返した。手紙は小男の手からそれて、びしょびしょの歩道に落ちた。死人のように蒼白になりながら、デウィットはかがみこみ、手紙を拾い上げた。「ウィーバーが気に食わなかろうがどうだろうがかまわん。おれは絶対にゆずるつもりはない。この話はこれで終わりだ、終わり。もう二度と蒸し返さんでくれ」

ポラックスが叫んだ。「電車が来た。あれに乗ろう!」

渋滞の中、顔が真っ赤で鼻の突き出た四十二丁目横断(クロスタウン)線の路面電車が、自動車をかきわけて突進してくる。ロングストリートは眼鏡をむしりとり、ケースに戻して左ポケットにしまい、手はポケットに入れたままでいた。チェリー・ブラウンが男の大きな身体にしがみつく。ロングストリートは右手を振った。「タクシーはやめだ、やめ!」そう怒鳴った。「電車に乗るぞ!」

路面電車は軋(きし)む音をたてて停留所に停まった。ずぶ濡れの人の波が我先にと、車体後部の開いたドアに突進していく。ロングストリートの一行は群衆に加わり、死にもの狂いで乗降口を目指した。チェリー・ブラウンはロングストリートの左腕にぶら下がったままで、ロングストリートは相変わらず左手をポケットに入れている。

一同は電車の乗降口の階段(ステップ)にたどりついた。車掌がかすれた声で叫ぶ。「お早くご乗車ください！」

誰も彼も、雨で服は水びたしだ。

デウィットはアンペリアルとアハーンのでっぷりした身体の間でつぶされかけていた。皆、乗りこもうと必死に人をかきわけるなか、アンペリアルは騎士道精神を発揮し、全力でデウィット夫人をエスコートしていた。そして、無理に首をうしろに捻じ曲げてアハーンを振り返ると、いたずらっぽく眼を細め、小声(ソットヴォーチェ)で囁いた。……これまで数々のパーティーに出席する栄誉をたまわってきたものだが――まったく(ディアーブル)！――こんな奇妙なパーティーに出るのは生まれて初めてだよ！

第三場　四十二丁目横断線(クロスタウン)

九月四日　金曜日　午後六時

一同は人の熱気で窒息しそうになりながら、うしろの乗降口のステップに足をかけ、肘と膝を乱暴に使って車掌台の脇をどうにかこうにか通り抜けていった。ロングストリートが階段のいちばん下で仁王立ちになると、チェリー・ブラウンはしがみついていた男の左腕を放して、先に行った仲間に続いて乗りこんだ。

車掌は精いっぱいに声を張り上げ、力ずくで客を奥に押しこみ、ようやく両開きの黄色いドアを閉じることができた。床も階段も満員だった。人々は運賃を握った手を振りまわしたが、車掌はドアがしっかり閉じるまで金を受け取ろうとせず、運転手に出発するよう合図した。外に取り残された人々はがっかりした顔で、雨の中みじめにちぢこまっている。

ロングストリートは車体の動きに合わせて揺れながら、階段に立っている仲間たちの頭上に一ドル札をつかんだ右手を突き出していた。車内の空気はむっとしている。湿気がこもり、窓を全部閉めきっているので、気分が悪くて呼吸もろくにできない。

車掌は身体をよじって指示を叫びつつ、ようやくロングストリートの手から紙幣をもぎ取った。人々が押し合いへし合いするや、ロングストリートは怒り狂った熊のように吼えた。やっと釣りを渡されると、仲間のあとを追って、肩で人々を押しのけて奥にはいっていった。仲間の先頭に立ったチェリー・ブラウンが車内の中央付近にいる。チェリーはロングストリートの右腕にしがみつき、身体をすり寄せた。ロングストリートは手を伸ばして吊り革につかまった。

いっそう激しく音をたてて降る豪雨の中を、渋滞の車に邪魔されながら、路面電車はじりじりと九番街に向かって動いていく。

ロングストリートは手をポケットに突っこんで、眼鏡ケースを探った。不意に怒った声をあげ、銀のケースをつかんだ手をポケットから慌てて引き抜いた。チェリーが声をかけた。「どうしたの、ハール?」ロングストリートは不思議そうに自分の左手を調べていた。てのひらと指の内側の肌が何カ所も出血している。その眼がゆらりと泳ぎ、いかつい顔がひきつったかと思うと、呼吸が荒くなった。「何かでひっかいたみたいだ。なんだ、これ……」舌がもつれた。車体ががくんと揺れ、何度もつんのめり、ついに止まった。乗客たちがいっせいに前に倒れそうになる。本能的に、ロングストリートは左手を伸ばして吊り革につかまり、チェリーはころびそうになって男の右腕にかじりついた。車体がまた急に一メートルほど進んだ。ロングストリートは出血しているてのひらにハンカチをぎゅっと押し当て、ズボンのポケットにしまいなおし、右の腋の下にはさんでいた新聞を開こうとしているようだった——が、すべての動作がひどくもたもたとしている。

九番街で市電は停車した。押し寄せてきた群衆が、止まったのに閉めきられたままのドアを外からこぶしで叩いて何やらわめいているが、車掌は首を横に振った。雨がいっそう激しさを増す中、車体はまたゆっくりと動きだした。

ロングストリートが急に吊り革を離し、読んでいない新聞を落として、額に手を当てた。ひどい痛みをこらえているかのように、大きく背中を上下させて、呻き声をもらしている。チェリー・ブラウンはびっくりして男の右腕を抱きしめ、助けを求めようと振り向きかけた……。

市電は九番街から十番街に向かいながら、渋滞の迷路で止まっては動き、止まっては動きを繰り返している。

ロングストリートが咽喉の奥で妙な音をたて、びくんと身体を痙攣させ、硬直したかと思うと、怯えた子供のように大きく眼を見開いて、くたくたと――まるで針で突かれた風船人形のごとく――真正面に坐る若い女の膝の上にくずおれていった。

ロングストリートの左隣に立って、若い女の方に（栗色の髪の、口紅をこってり塗った、なかなかきれいな娘である）かがみこんで話をしていたたくましい中年男は、ロングストリートの垂れ下がった腕を乱暴にひっぱった。「おい、どけ！　どういうつもりだ、おまえ！」中年男は怒鳴った。

しかしロングストリートは返事もせずに、若い女の膝からずるりと滑り落ち、ふたりの足元にころがった。

チェリーがひと声、悲鳴をあげた。

一瞬、車内は静まり返ったが、次第に、あちこちから首が伸び、ロングストリートの仲間たちが客をかきわけて、問題の場所に近づいていくにつれ、ざわめきが大きくなった。「どうしたの？」「ロングストリートだ！」「倒れてる！」「酔いつぶれたのか？」「おい、あっちも危ないぞ――ありゃ、気絶するんじゃないか！」

マイケル・コリンズが、倒れかかる女優の身体をつかまえた。

口紅をこってり塗った若い女と、連れのたくましい男は、いまやすっかり怯えてしまい、顔面蒼白で声も出せずにいる。不意に若い女が席を蹴って立ち、男の腕にしがみついて、床ですっかりのびているロングストリートを恐ろしそうに見下ろした。「ねえ、ちょっと」唐突に叫びだした。「どうして誰も、何もしてあげないの。あの人の眼を見てよ！　あの人――あの人、あんな……」若い女は身震いし、連れの上着に顔を埋めた。

デウィットは小さな手を固く握りしめて、石像のように立ちつくしている。アハーンとクリストファー・ロードが苦労してロングストリートの重たい身体を持ち上げ、さっきまで若い女の坐っていた席に坐らせた。中年のイタリア人が慌てて立ち上がって隣の席を空け、ぐったりした男の身体を横にするのを手伝ってくれた。弱々しく不規則に息をしている。ロングストリートは中空をかっと睨んでいる。口は半開きだった。口の端から、あぶくが垂れ続けていた。

ざわつきはどんどん大きくなり、車内の前の方まで伝わっていた。誰かの大声で命令する声が響いて、乗客が身体を寄せて道を空けると、巡査部長の袖章をつけた体格のいい警察官がぐいぐいと進んできた。偶然、運転台近くに乗りあわせていたのだ。路面電車は今度こそ完全に停車し、運転手と車掌は持ち場を離れ、問題の起きた場所に慌ててやってきた。

巡査部長は乱暴にロングストリートの仲間を押しのけると、ロングストリートの上にかがみこんだ。その身体がまた痙攣したかと思うと、今度は完全に硬直した。巡査部長は立ち上がり、顔をしかめた。「死んだか。あーあ！」巡査部長は死んだ男の左手に目を留めた。左のてのひらと指は、固まりかけた血の条が十本以上からまって網目になっている。十カ所以上てのひらにぽつぽつと開いた、まわりがぷっくりと腫れた小さな穴から、血は流れているようだ。「殺しだな、こいつは。おい、だめだ、あんたたち、近づくんじゃない！」

巡査部長は一行をじろじろと疑いのまなざしで見た。一行は互いを守ろうとするように、ひしと寄り添っている。

巡査部長は吼えた。「誰もこの電車から降りるな——いいな？　動くんじゃないぞ！　おい、きみ」運転手に向かって横柄(おうへい)に命じた。「絶対にこの電車を動かすな。席に戻ってろ。ドアも窓も全部閉めて、絶対に開けるな——わかったか」運転手は去っていった。巡査部長は叫んだ。「車掌！　十番街の角まで走って、交通整理をしている巡査に、本部のサム警視を呼ぶように言ってくれ。いいな？　いや、一緒に来い——おれがドアを開けて降ろしてやる。ドアを開けた隙に逃げる奴がいるかもしれん」

巡査部長はうしろの乗降口に車掌を連れていくと、レバーを操作して両開きのドアを開け、車掌が雨の中に降り立つと同時にドアを閉めてしまった。車掌は雨に打たれながら、十番街の方向に走っていく。巡査部長は、乗降口の階段に立つのっぽで気難しそうな顔の乗客に、鋭い眼を向けた。「きみ、誰もこのドアに触らないように見張っててもらいたい——頼めるか？」乗客が嬉しそうにうなずくと、巡査部長はまた客をかきわけて、ロングストリートの死体のそばに戻っていった。

電車のうしろでは罵声をあげる人やクラクションを鳴らす車がどんどん増え、混乱の渦が膨れ上がった。怯えた乗客の眼に、群がってきた通行人が雨の流れ落ちる窓に顔を押しつけて中を覗こうとしているのがいやでも見える。不意に、のっぽで気難しそうな乗客が叫んだ。「おまわりさん！　外に警官がひとり来てますよ！　中にはいりたいって！」

「いま行く！」苦労してうしろに戻った巡査部長は、みずからドアを開けて交通巡査をひとり、中に入れた。巡査は敬礼して言った。「九番街勤務の者です。事件ですか、部長？　自分に手伝えることはありますか」

「殺しらしい」巡査部長はドアを閉め、例ののっぽの乗客にまた見張りを頼むと身振りで合図すると、相手はわかったとばかりにうなずいた。「それじゃ、頼む。もうサム警視と所轄に連絡を入れる手配はした。きみは前のドアに行って、誰も出入りしないように見張ってくれ」

ふたりは混雑をかきわけて前に進み、飛び入りの巡査はさらに前方の乗客を押しのけ、必死に前の乗降口へ向かっていった。

巡査部長はロングストリートの死体の前に立つと、両手を腰に当てて踏ん張り、威嚇するように見回した。「で、最初に気がついた人は？」警察官は詰問した。「ここの席に坐っていた人は？」若い女と中年のイタリア人が同時に喋りだそうとした。「ひとりずつお願いします。じゃあ、あなたね、名前は？」

若い女は声を震わせた。「エミリー・ジュエットです。わたし――わたしはタイピストで、仕事が終わって家に帰るところなんです。このかたは――さっきわたしの膝の上に倒れてきました。それでわたし、立ち上がって、席をおゆずりしたんです」

「ふむ、そっちの色男は？」

「私はアントニオ・フォンタナといいます。私は何も見ていない。この男の人、倒れました、それで私は立ち上がり、座席をゆずりました」イタリア人は答えた。

「その死んだ男は――立ってたのか?」

　デウィットが人を押しのけて前に出た。完全に落ち着き払っている。

「失礼、巡査部長、私から正確に説明させていただきます。この男性はハーリー・ロングストリートといって、私の共同経営者です。仲間とみんなで移動する途中で――」

「仲間?」巡査部長は一行をじろじろと見た。「仲間ねえ。そいつは結構。まあ、いま、無駄に話す必要はないです、どうせサム警視から根掘り葉掘り訊かれることになる。ああ、車掌がもうひとり警官を連れてきてくれたか」

　巡査部長は急いでうしろの乗降口に戻っていった。車掌は帽子のつばから雨水をぼたぼた流しながら、後部ドアをこぶしで叩いている。その隣に巡査がひとり立っていた。巡査部長が自分の手でドアを開け、ふたりを中に入れてすぐにドアを閉めた。

　巡査は制帽のつばに手を触れて敬礼した。「モローと申します。十番街勤務です」

「そうか。おれはダフィ巡査部長、十八分署の者だ」ががら声で言った。「本部には連絡したか」

「はい、それと所轄の分署にも報告しました。サム警視と所轄の者がすぐに来ます。警視から、四十二丁目と十二番街の交差点にあるグリーン線の車庫に入れるようにとの指示がありました。警視はそこで合流されます。死体には触るなとのことです。一応、救急車も手配しました」

「救急車はもういらんだろう。モロー、きみはこのドアに貼りついて、誰も外に出すな」

　ダフィ巡査部長は階段に立っていたのっぽの気難しそうな顔の客を振り返った。「外に逃げようとした奴は？　そのドアは一度も開かなかったか」

「全然」ほかの乗客たちも口をそろえて同意した。

ダフィ巡査部長は客をかきわけて、いちばん前に行った。「運転手！　終点までやってくれ。グリーン線の車庫にはいるんだ。行くぞ！」

運転手の赤ら顔のアイルランド系の青年は、ぶつぶつ言った。「んなこと言ったって、ねえ、あそこはうちの会社の車庫じゃないんすよ。うちは三番街電鉄だから、ちが――」

「いいから、行けと言ったら行け」ダフィ巡査部長は苛立って言った。そして、九番街の交通巡査を振り返った。「笛を鳴らして、道を空けさせてくれ。きみ――名前は？」

「シトンフィールド、八六三八号であります」

「そうか、そのドアの見張りも頼むぞ、シトンフィールド。外に出ようとした者はいたか」

「いいえ」

「運転手、シトンフィールドがここに来る前に、外に出ようとした者はいたか」

「いやあ、全然」

「よし。行ってくれ」

車体ががたんがたんと動きだすと、巡査部長は死体のそばに戻っていった。チェリー・ブラウンは声を殺して泣いており、ポラックスがその手を優しくさすっている。デウィットはおそろしく険しい顔をして――まるで見張りをしているように――ロングストリートの死体の前に立ちはだかっていた。

＊

路面電車はニューヨークグリーン線の巨大な車庫に、轟音を響かせながらはいっていった。大勢の私服刑事が無言で立ち、はいってくる電車を見守っていた。外では吹き荒れる大嵐が、咆哮をあげている。

ごま塩頭の、顎ががっしりして眼光の鋭い――醜いが人好きのする顔つきの――巨人が、うしろのドアを叩いた。車内のモロー巡査は大声でダフィ巡査部長を呼んだ。ダフィがやってきて外を覗き、サム警視の山のような巨体を見つけて、ドアのレバーを横に引いた。両開きのドアが折りたたまれた。サム警視は乗りこんでくると、ダフィ巡査部長にドアを閉めろと合図し、外の部下たちにそのまま待機するよう身振りで命じてから、奥に向かってぐいぐい進んでいった。

「ご苦労さん」警視はけろりとした顔で死体を見下ろした。「ダフィ、何があった？」

巡査部長はサム警視に耳打ちした。サム警視は眉ひとつ動かさなかった。「あ？　ロングストリート？　株屋か……で、エミリー・ジュエットってのは誰だ？」

若い女はたくましい連れの身体に守られながら進み出た。連れの男はいどむような眼で警視を睨んでいる。

「この男が倒れるところを見たそうだね、お嬢さん。倒れる前に何か変わったことを見なかったかな」

「見ました！」若い女は待ってましたとばかりに勢いよく答えた。「この人、眼鏡を取ろうとして、ポケットに手を入れたんです。その時、ひっかいたか何かしたんだと思います。だって、この人が手を出したら、血が出てたんです」

「どのポケット？」

「コートの左のポケットです」

「どこで？」

「えっと、九番街で停まるちょっと前でした」

「いまからだと、どのくらい前の出来事だろう」

「そうですねえ」若い女は細い眉をうんと寄せた。「電車がまた動きだしてこの車庫に着くまでが五分くらいでしょ、この人が倒れてから電車が動きだすまでが五分くらいでしょ、この人が手をひっかいて倒れるまでは、そんなに長くは――二、三分くらいかしら」

「なら、十五分たってないってことか。ふむ。左のポケットね」サム警視はどっこいしょと膝を床につくと、ズボンの尻ポケットからペンライトを取り出し、死んだ男のコートに縫いつけられたポケットの布地をつかんで大きく広げてペンライトの光で中を照らした。そして、咽喉の奥で満足げな音をたてた。ペンライトを置くと、大きなペンナイフを取り出し、ロングストリートのポケットの布をコート本体に縫いつけている糸を、細心の注意を払って、ポケットの一辺に沿って切っていく。ふたつの物体がペンライトの光に照らしだされてきらめいた。

切り裂かれたポケットから取り出さずに、サム警視はそのふたつを観察した。ひとつは銀の眼鏡ケースだった。警視は一瞬、ちらりと視線を上げた。死んだ男は眼鏡をかけている。青紫の鼻の上で、眼鏡はかしいでいた。

警視はポケットに注意を戻した。ふたつ目の物体は奇妙なしろものだった。直径が三センチほどの小さなコルクの球で、縫い針がすくなくとも五十本は刺さり、その針の尖端はコルクの全体の表面から三ミリほど飛び出している。直径四センチほどのとげだらけの球の凶器だ。針の尖端には赤褐色の何かがついている。サム警視はペンナイフの先でコルク球をひっくり返してみた。裏側の針の先にも同じ何かがついている――タールのような、べとついた何かだ。前かがみになり、鼻を鳴らして匂いを嗅いだ。「かびたたばこの匂いだな、こりゃ」肩越しに覗きこんでいるダフィ巡査部長にそう言った。「一年分の給料をもらったって、こいつに素手で触るのはごめんだ」

警視は立ち上がると、自分のあちこちのポケットを探り、ピンセットとたばこの箱を見つけ出した。箱のたばこを、警視は自分のポケットの中にあけた。そしてピンセットを使ってうまいぐあいに針だらけのコルク球をつかんだ。そろそろとロングストリートのポケットからつまみ上げると、空にしたたばこの箱にコルク球を落としこんだ。低い声でダフィ巡査部長に何やら囁くと、巡査部長はその場を離れ、すぐに警視から命じられた品物を持って戻ってきた――新聞紙だ。警視は五、六枚の新聞紙で、いまのたばこの箱をくるむと、その包みをダフィ巡査部長に渡した。

「そいつはダイナマイトだ、部長」渋い顔で言いながら立ち上がった。「そのつもりで取り扱え。いいな、まかせたぞ」

ダフィ巡査部長は緊張してまっすぐに立つと、包みをできるだけ身体から離して、うんと腕を伸ばした。

サム警視はロングストリートの仲間たちのぴりぴりした視線が突き刺さってくるのを無視して、車内の前方に進んでいった。そして、運転手と、前のドア付近の乗客たちに質問した。それがすむと、客をかきわけていちばんうしろに進み、車掌と、うしろのドア付近の乗客たちに同じ質問を繰り返した。それから、もとの場所に戻ってきてダフィ巡査部長に言った。「いや、よかった、部長。八番街を出てから、ひとりも降りた人間はいない。ああ、犯人が乗ってからずっとだ……。それじゃ、モローとシトンフィールドを持ち場に戻してやろう。手は足りている。外に道を作ってくれ。まず、この電車から人を降ろしちまいたい」

ダフィ巡査部長は死の包みをつかんだまま、うしろに進んでいった。そして、電車の外に出ると、車掌がすぐに内側からドアを閉めた。

五分後、うしろのドアがまた開いた。車外に出る鉄のステップから車庫の階段までの間の床に、制服警官と刑事が二列にずらりと並んで道を作っている。サム警視はロングストリートの仲間たちを追い出した。一行はひとかたまりになって無言で出ていくと、刑事たちの間を通り、建物の二階の一室に連れていかれた。部屋のドアが閉じられると、警官がひとり、外で見張りに立った。室内ではふたりの刑事が一同を見張っている。

ロングストリートの仲間たちが姿を消すと、サム警視が指揮を執って、残りの客を降ろしていった。一同はおぼつかない足取りで行列を作り、やはり刑事たちの間を通って、二階の大部屋に連れていかれ、半ダースの刑事たちに見張られることとなった。

誰もいなくなった車内で、サム警視はぽつんと立っていた――いまは、座席の上でのびている死体とふたりきりだ。警視は死体の歪(ゆが)んだ顔をしげしげと観察し、立ちつくして考えこんだ。死体はぎらつく照明を顔に浴びながら眼を開いたままで、瞳孔が異様に散大している。外から救急車の音が聞こえてきて、警視は我に返った。白衣の若い男がふたり、車庫に駆けこんできた。そのうしろから、古くさい金縁眼鏡をかけた背の低い肥った男が走ってくる。男がかぶっているのは、もはや骨董品と言っていい灰色の布帽子で、つばのうしろを巻き上げ、前をおろしていた。

サム警視がうしろのドアのレバーを動かし、外に身を乗り出した。「シリング先生！　こっちだ！」

この背の低い肥った男、すなわちニューヨーク郡の検死官殿は、ふうふういいながら、ふたりの助手を従えて乗りこんできた。シリング博士が死体の上にかがみこむと、サム警視は死体の左ポケットに気をつけて手を入れ、銀の眼鏡ケースをつまみ出した。

シリング博士は身を起こした。「警視、この死体はどこに運べばいいんだ？」

「二階だ」サム警視の眼が、おもしろがっているような意地の悪い光にきらめいた。「この男のお仲間がいる部屋に放りこんでやるといい。きっと」警視は淡々と言った。「おもしろいことになるぞ」

シリング博士が死体を移動させる準備をしている間に、警視は電車から飛び降りた。そして、刑事をひとり、手まねきした。「警部補、いますぐやってほしいことがある。この電車を隅から隅まで洗い上げろ。ごみくずもひとつ残らず拾え。それから、ロングストリートの仲間と残りの連中が、ここの部屋まで通った道すじを全部調べてくれ。誰も何も捨てていないことを確認したい。いいな！　まかせたぞ、ピーボディ」

ピーボディ警部補はにやりとすると、回れ右した。サム警視が言った。「巡査部長、きみはおれと来い」ダフィ巡査部長は、新聞紙にくるんだ凶器をこわごわ持ったまま、ひきつった微笑みを浮かべると、警視を追って二階に続く階段をのぼっていった。

第四場　車庫の個室

九月四日　金曜日　午後六時四十分

車庫の二階にある個室はだだっ広く、がらんとして殺風景だった。四方の壁に沿って、ぐるりとベンチが並んでいる。ロングストリートの仲間たちは、それぞれ異なる悲嘆と緊張の表情で坐りこんでいたが、黙りこくっているのは皆、同じだった。

サム警視とダフィ巡査部長に続いて、シリング博士が部屋にはいってきた。そのうしろから、博士の助手ふたりが担架で死体を運んでくる。博士はついたてを用意させると、担架を持った助手たちと共にその裏に消えた。この儀式の間、検死官がやけに上機嫌にあれこれ指示しているほかは、誰の声も聞こえなかった。ロングストリートの一行は、まるで無言の声に命じられたように、ついたてからいっせいに顔をそむけた。チェリー・ブラウンが、ポラックスの震える肩にもたれかかり、声を殺して泣きだした。

サム警視はたくましい両手を背中のうしろで組み、冷静な目で淡々と一同を観察していた。「さて、実に結構な部屋を貸してもらえました。こうして皆さんおそろいですから」警視は人好きのする口調で語りかけた。「今回の件についてじっくり話しあえるというわけです。皆さんがかなり参ってるのは承知していますが、ふたつ三つ質問に答えることができないってほどじゃないでしょう」一同は学校の生徒のように坐ったまま警視を見上げている。「巡査部長」警視は続けた。「ここにいる男性のひとりが、被害者はハーリー・ロングストリートだと教えてくれたそうだな。それは?」

ダフィ巡査部長は、ベンチで妻と並んで身動きひとつせずに坐っているジョン・デウィットを指さした。デウィットはびくりと身を動かした。

「そうか」サム警視は言った。「では、電車の中であなたが巡査部長に言いかけたことを話してもらえますか——ジョーナス、全部記録しておけ」警視は戸口に立つ刑事たちのひとりに声をかけた。言われた刑事はうなずくと、手帳の上で鉛筆をかまえた。「さて、お名前は?」

「ジョン・O・デウィットと申します」毅然(きぜん)とした意志と自信が、その声にも態度にも生まれていた。サム警視は、仲間たちの何人かの顔に一瞬、驚きの色が走ったのを見逃さなかった。

デウィットの変化に喜んでいるらしい。「亡くなったのは私の共同経営者です。うちはデウィット&ロングストリート商会といいまして、ウォール街で株式の仲買業を営んでおります」

「こちらの皆さんは?」

デウィットは落ち着いて順々に紹介していった。

「集団であの電車に乗ったのは、どういうわけで?」

小男はてきぱきと要領よく、四十二丁目横断線に乗車するまでの経緯を説明していった。婚約パーティーがあったこと、そこで起きたこと、週末を自分の家で過ごすようにとロングストリートが皆を招待したこと、ホテルを出たこと、突然の嵐に襲われたこと、きゅうきょフェリーの船着き場まで市電に乗るはめになったこと。

サム警視は耳を傾けていたが、その表情から内心はうかがえなかった。デウィットが語り終えると、警視は微笑した。「よくわかりました。ところでデウィットさん、さっき電車の中で、ロングストリートさんのポケットから取り出した縫い針だらけの妙なコルク球を見ましたね。これまでにあれを見たことは? もしくは、ああいうものがあるというのを聞いたことは?」デウィットはかぶりを振った。「ほかのかたは?」全員がかぶりを振った。「結構。さて、デウィットさん、よく聞いてください。これから言うことに間違いはないですか。あなたとロングストリートさんとほかの皆さんとで、四十二丁目と八番街の角で雨宿りをしている間に、あなたはロングストリートさんに手紙を見せた。彼は左手を左のポケットに入れ、眼鏡ケースをひっぱり出し、中から眼鏡を取り出すと、もう一度、ポケットに手を入れてケースを戻した。この時、ロングストリートさんの左手に何か変わったことが起きませんでしたか。悲鳴をあげたとか。手をポケットから慌てて出したとか」

「いいえ、まったく」デウィットは落ち着き払って答えた。「たぶん警視さんは、凶器が正確にどのタイミングでロングストリートのポケットに入れられたのかを特定しようとしているんですね。絶対にその時にははいっていませんでしたよ」

サム警視がほかの面々に向きなおった。「何かおかしなことに気づいた人は？」

チェリー・ブラウンが、消え入りそうな涙声で答えた。「おかしなことなんて何も。あたしはすぐ隣にいましたから、あの人がどこかに針を刺したらすぐにわかりますわ」

「なるほど。それじゃ、デウィットさん、ロングストリートさんは手紙を読み終わってからもう一度ポケットに手を入れてケースを取り出し、ケースに眼鏡を入れ、また――つまりこれが四回目で、最後の機会になるわけですが――ポケットに手を突っこんで、ケースを戻した。この間に、悲鳴をあげたり、何かが刺さったような様子は？」

「警視さん、誓って言いますが」デウィットは答えた。「悲鳴も、そんなそぶりもありません」

残る一同も、同意するようにうなずいている。

サム警視は片足から片足に体重を移し換えた。「ブラウンさん」今度は女優に向きなおった。「デウィットさんの話だと、ロングストリートさんは手紙を返してすぐ、あなたと一緒に電車に向かって走りだした。で、その時からあなたは、雨の中を走って電車に乗りこむまで、婚約者さんの左腕をつかみっぱなしだった。間違いありませんか」

「はい」チェリーは身震いした。あたしはあの人の左腕に抱きついて、ぴったりくっついていたんです。あの人は——左手をポケットに入れていました。あたしたちはずっとそのままでした——電車のうしろのステップに上がるまで」

「ステップに上がってから、ロングストリートさんの手は見えましたか——左の手です」

「見えました。あの人が小銭を探すのに、上着のポケットから左手を出して、ベストのポケットに手を入れた時に。結局、ありませんでしたけど。そのあと、あたしたちは奥にはいっていきました」

「その時、左手はなんともなかったわけですか——傷も、血もなかったと」

「ええ」

「デウィットさん、ロングストリートさんに見せた手紙というのは？」

デウィットは胸ポケットから泥のついた封筒を取り出し、サム警視に手渡した。警視は手紙を読んだ——それはウィーバーという顧客からの苦情の手紙で、株を指値で売るように時期まで指定して注文したのに、デウィット&ロングストリート商会が指示どおりにしなかったせいで多額の金を損した、というものだった。これは商会の過失であり、損害賠償を要求する、とある。サム警視は無言で手紙をデウィットに返した。

「それじゃ、ここまでの経緯に間違いはないわけだ」警視は話を再開した。「言い換えれば——」

「凶器は」デウィットがあとを引き取って、淡々と続けた。「ロングストリートが電車に乗っている間に、ポケットに入れられたということですね」

警視は口元だけできゅっと笑った。が、その眼は笑っていなかった。「ご明察です。ロングストリートさんは雨宿りしている間に、合計四回、ポケットに左手を入れている。道を渡って電車に乗るまでの間、あなたも見たとおり、ブラウンさんはロングストリートさんの左側にぴったりくっついていて、ロングストリートさんの左手は問題の左ポケットにずっと突っこんだままだった。ということは、その間におかしなことがあれば、あなたもブラウンさんも絶対に気づいたはずだ。車内でブラウンさんが見た左手は、なんともなっていなかった。つまり、あの針だらけのコルクは、電車に乗る前はポケットにはいっていなかったということです」

サム警視は顎をかきながらじっと考えこんでいた。やがて頭を振り、一同の前を行ったり来たりしながら、ひとりひとり、車内におけるロングストリートとの位置関係を聞いていった。どうやら、電車の揺れやほかの乗客たちの動きのせいで、一同はばらばらになっていたらしい。警視はくちびるをきりっと結んだが、それ以外に失望の色はまったく見せなかった。

「ブラウンさん、ロングストリートさんが電車の中で眼鏡を取り出した理由はわかりますか」

「新聞を読みたかったんだと思います」女優は弱々しく答えた。

デウィットが口をはさんだ。「ロングストリートは毎晩、フェリー乗り場に行くまでの間に、最終版の夕刊で後場の相場表を確認していたんです」

「ふむ、それでブラウンさん、眼鏡を出そうとした時に、ロングストリートさんは悲鳴をあげて、手を見たんですね」サム警視はうなずきながら訊ねた。

「ええ。びっくりした顔になって、腹を立てていましたけど、それ以上、特には何も。あの人もどうして自分が怪我をしたのかわからなくてポケットを覗いたら、ちょうどその時に電車が大きく揺れて、慌てて吊り革につかまりました。何かでひっかいたみたいだとは言ってました。ただ、あたしにはあの人がいやにふらついて見えて」

「で、ロングストリートさんは眼鏡をかけて、株式欄を読んでいたと」

「新聞は開こうとして、結局、開けなかったんです。あの人、ほんとに急に――あっと思った時にはもう、倒れてしまってて」

サム警視は眉を寄せた。「毎晩、株式欄を読むと言いましたね？　だけど今夜も新聞を読まなきゃならない特別な理由があったんですか、ブラウンさん。客を連れてるのに失礼じゃ……」

「考えるだけ無駄です」デウィットが淡々と口をはさんだ。「あなたはロングストリートがどんな人間か――人間だったか、ご存じない。あの男は自分のやりたいようにやるんです。警視さんがおっしゃる特別な理由なんか、あるわけがない」

ところがチェリー・ブラウンは、涙の痕でいっぱいの顔に、ふと考えこむ色を浮かべた。「そういえば」女優は言いだした。「もしかしたら特別な理由があったのかもしれませんわ。今日にかぎって午後に新聞を――たぶん最終版じゃなかったのに――買って、特にひとつの株の値動きがどうなってるか確かめていましたもの。だから――」

サム警視はお手柄だというように、がつんと歯を鳴らした。「それだ、ブラウンさん。で、銘柄は？」

「それは、あの……たしか、国際金属の株だったと」そう言って、ちらりと見やったベンチでは、マイケル・コリンズがぶすっとした顔で汚い床を睨んでいた。「ハーリーは新聞を見て、国際金属の株価がものすごく下がったから、きっとコリンズさんがすぐに連絡してくると言ってたんです」

「なるほど。おい、コリンズ！」ずんぐりしたアイルランド人は唸り声を返した。サム警視はあらためて興味をひかれたようにしげしげとコリンズを見た。「あんたも仲間ってわけか。税務署の仕事で大忙しじゃなかったのか……で、どうしてそんな株に手を出した」

コリンズは歯をむいた。「大きなお世話だ、サム。まあいい、知りたけりゃ教えてやる。ロングストリートから国際金属に強気でいけと言われたんで、どかんと買ったんだ——あいつはおれの顧問だったからな。それがどうだ、今日、いきなり底値を割りやがった」

デウィットが振り返って、心底驚いた顔でまじまじとコリンズを見ている。サム警視が、急いで言った。「デウィットさん、あなたはこの取引をご存じでしたか」

「いいえ、まったく」デウィットはまっすぐに警視を見た。「ロングストリートが国際金属を買うように助言したと聞いて、ただただ驚いています。先週の段階で値下がりするのは目に見えていたので、私は自分の顧客に、あれは絶対に買わないよう忠告したんですから」

「コリンズ、国際金属の暴落を知ったのはいつだ」

「今日の一時ごろだよ。それより、おい、デウィット、どういうことだ、ロングストリートがおれに情報をよこしたのをおまえが知らないってのは。おまえら、どれだけいいかげんな商売している？　おれはな——」

「落ち着け」サム警視が言った。「落ち着け、いいな。で、コリンズ、今日の昼の一時から、ホテルで顔を合わせるまでの間に、ロングストリートと話したか」

「したさ」険悪な口調で答えた。

「どこで」

「商会のタイムズスクエア支店で。暴落を知ってすぐに」

サム警視はまた、反対側の足へ体重を移しかえた。「口論にはならなかったんだろうな」

「おい、いいかげんにしろ！」突然、コリンズがわめきだした。「サム、あんた間違ってるぞ！　どういうつもりだ——おれに罪を着せようってのか？」

「質問に答えてないぞ」

「ああ、そうかい——喧嘩はしていない」

チェリー・ブラウンの悲鳴が響き渡った。サム警視は撃たれたように、さっと振り返った。けれども見えたのは、ストライプのシャツを着た短軀肥満のシリング博士が、ついたての裏から上機嫌でにこにこと登場した姿だけだった。いや、その向こうに、一瞬、ロングストリートのこわばった死に顔が……

「ああ、警視、あれをくれ——ほれ、あんたとこの連中が言ってた、コルクだかなんだか」

シリング博士が言った。

サム警視がダフィ巡査部長に向かってうなずいた。巡査部長は心の底からほっとした表情を浮かべて、包みを検死官に手渡した。博士は受け取ると、鼻歌を唄いながらついたてのうしろに再び姿を消した。

チェリー・ブラウンは立ち上がっていた。正気を失くしたように眼をぎょろつかせ、悪夢に出てくるメデューサのように顔をおそろしく歪めている。最初のショックはせっかくおさまっていたのに、不意打ちでロングストリートの土気色の死体を一瞬、垣間見てしまったために、妙に芝居がかったヒステリーの発作を起こしたのだ。デウィットに大げさに指を一本突きつけたかと思うと、いきなり走りだして飛びかかり、襟をつかみ、デウィットの真っ白になった顔に向かって金切り声でわめき立てた。「あんたが殺したんでしょっ！　あんたが！　あんた、あの人のこと、死ぬほど嫌ってたじゃない！　あんたが殺したんだっ！」男たちは真っ青になって腰を浮かした。サム警視とダフィ巡査部長が駆け寄り、叫び続ける女を引きはがした。その間じゅう、デウィットは石像のように突っ立っていた。ジーン・デウィットの顔から血の気が引いたかと思うと、くちびるをきっと結んで、雌虎のように女優に向かって飛びかかろうとした。クリストファー・ロードが間に立ちはだかり、低い声でなだめている。ジーンはまた腰をおろしたが、怯えた眼で父を見つめた。アンペリアルとアハーンは、国王を守る護衛兵のように、真剣な顔でデウィットの両脇にしっかりと立っている。コリンズはいつでも相手になる、という表情で、ベンチに戻った。ポラックスはようやく立ち上がり、チェリー・ブラウンの耳元で早口に何やら囁いている。女優は次第に落ち着いてきて、さめざめと泣きだした……。ただひとり、デウィット夫人だけが、眉ひとつ動かさなかった。まったく感情のこもらない澄んだ眼で、またたきもせずに、じっと目の前に広がる光景を見ている。

サム警視は身も世もなく泣きじゃくる女を見下ろした。「ブラウンさん、どうしてあんなことを言ったんですか。なぜデウィットさんが殺したとわかるんです。デウィットさんがあのコルク球をロングストリートさんの上着のポケットに入れるところを見たんですか」

「いいえ、いいえ」女優は頭を大きく横に振って、声を絞り出した。「知りません、あたし、知りませんわ。ただ、あの人がハールをとても嫌っていたことしか。毒蛇のように嫌っていたんです……ハーリーがそう言っていたんですもの、何十回も――」

サム警視は鼻を鳴らして、背を伸ばすと、鋭い眼で意味ありげにダフィ巡査部長を見た。ダフィは手帳に記録をとっている刑事に身振りで合図した。刑事がドアを開けると、外で待機していた相棒の刑事が部屋にはいってきた。ポラックスがチェリーの上にかがみこみ、魔法の言葉で慰めているのをしり目に、サム警視はぴしりと言った。「私が戻ってくるまで、この部屋から動かないように」そして、手帳を持ったジョーナス刑事を従えて、開いたドアの外へ大またに出ていった。

第五場　車庫の会議室

九月四日　金曜日　午後七時三十分

サム警視はまっすぐ、車庫の大部屋に向かった。広がっていたのは異様な光景だった——大勢の男女が、立ち、坐り、歩きまわり、喋りまくり、苛立ちや恐怖や不安を全身で表している。警視は、室内で見張っていた刑事のひとりに、にやりとしてみせると、わざと足音をたてて、一同の注意を引いた。とたんに皆が警視に向かって殺到してきた。要求し、苦情を叫び、抗議し、質問し、鬱憤(うっぷん)をぶつけ……

「静粛に！」サム警視はとっておきの号令用の声で吼えた。「まず、はっきりさせておきます。苦情も、提案も、言い訳も一切受けつけない。おとなしく従ってくれれば、それだけ早くここを出られる。

ジュエットさん、まずあなたから話を聞きます。殺された男のポケットに誰かが何かを入れるのを見ましたか——つまり、あなたの前に立っている間に」

「わたし、連れとお喋りしていましたから」若い女はくちびるをなめた。「それに、とても蒸し暑くて——」

サム警視はぴしゃりと言った。「質問に答えて！ 見たか、見なかったか、どっちです！」

「見ません。見ていません」

「もし誰かが男のポケットに何かを入れたら、あなたは気がつきましたか」

「いいえ。わたし、友達とお喋りに夢中で……」

サム警視はいきなり、がっしりした男を振り返った——白髪まじりで、獰猛(どうもう)とも言える顔つきをしている——電車の中で娘の上に倒れたロングストリートの腕をひっぱった男だ。男は、簿記係をしているロバート・クラークソンと名乗った。いや、何も気がつかなかった、そのロングストリートって人の隣に立ってたけど。うん、左側に。そう答えるクラークソンの顔からは、敵意の色が薄れてきた。急に自分の立場に気づいたらしく、青くなって、だらしない口元をひくつかせている。

中年のイタリア男、アントニオ・フォンタナは——浅黒い顔にりっぱな口ひげをたくわえた男だ——仕事帰りの理髪師で、すでにさんざん語られている証言以上の話を付け加えることはできなかった。理髪師は電車に乗ってからずっと、イタリア語のイル・ポポロ・ロマーノ紙を読んでいたと言うのである。

次に質問された車掌は、識別番号二一〇一号のチャールズ・ウッドと名乗り、三番街電鉄に入社して五年になると答えた。五十がらみの、長身でたくましい赤毛の男である。車掌は、死んだ男の顔には見覚えがあると言い、八番街から乗ってきた客たちの中にいた、と証言した。男は一ドル札で十人分の運賃を払いました、と車掌は言い添えた。

「その集団が乗ってきた時、何かおかしなことに気づかなかったか」

「いやあ。とにかく満員だったんで、無理やりドアを閉めて、料金を回収するので精いっぱいでしたよ」

「前にその男が電車に乗ってきたことは?」

「あります。たいていあの時間に乗ってきましたっけ。もう何年もずっとです」

「名前は知っていたか?」

「いやあ、それは」

「被害者の仲間には、常連はいなかったのか?」

「そういやあ、ひとり、いましたね、もやしのような小男が。ごま塩頭の。殺された人と、わりとしょっちゅう一緒に乗ってきましたっけ」

「その男の名前はわかるか?」

「いやあ、それもちょっと。知りませんね」

サム警視は天井をあおいだ。「いいか、よく思い出してくれよ、ウッド。大事なことだ。確実に知っておきたい。あの集団は八番街から乗ってきた、と言ったな。そしてきみがドアを閉めた。ここまではいい。それじゃ、八番街を出てから、誰か電車に乗るか降りるかしたか?」

「いやあ。もう満員でしたから、九番街の端の停留所では、私がドアを開けなかったんですよ。だから、誰も乗ってきてません。降りた人もいませんよ——いえ、その、うしろのドアからは。前のドアは知りません。相棒なら知ってるんじゃないですか。ギネスって奴です、運転手の」

サム警視は大勢の中から、肩幅の広いアイルランド人の運転手を呼び出した。識別番号四〇九号のギネスは、入社八年目になると言った。いや、あの死んだ人なら、一度も見たことがないと思いますよ。「けど」運転手は言い添えた。「おれの席はほら、チャーリーみたいに、お客さんがよく見える場所じゃないからさ」

「見たことがないってのはたしかなのか」

「そう言われると、まあ、なんとなく見覚えがあるような気もしますがねえ」

「八番街を出てから、誰か降りたか」

「ドアを開けもしちゃいませんよ。警視さんもあの線を知ってるでしょ。ほとんどのお客さんは終点で降りて、ジャージー行のフェリーに乗るんです。沿線は会社ばかりですからね。ダフィ巡査部長も証言してくれますよ。おれと一緒に運転台にいたんだから――なあ、部長、仕事が終わって帰るとこだったんだよな？　一緒に乗っててくれてラッキーだったよ」

サム警視は顔をくしゃりと歪めたが、これは喜んでいるのである。「ということは、きみたち、八番街を出たあと、ドアは前もうしろも一度も開かなかったわけだな？」

「そうです」ギネスとウッドは答えた。

「よしよし。またあとで頼む」警視はきびすを返すと、ほかの乗客たちに質問を始めた。どうやら、ロングストリートのポケットに何かが入れられるところも、不審なことも、見た人間はひとりもいないようだった。乗客のふたりがあやふやな証言をしたものの、妄想をたくましくした結果なのが明らかで、サム警視は仏頂面でそっぽを向いた。警視はジョーナス刑事に、全員の住所氏名を控えておけと指示した。

ちょうどこの時、ピーボディ警部補が、いろいろなものがはいっているらしい布袋をかついで、ぜいぜいいいながら会議室に駆けこんできた。

「警部補、何かあったか」サム警視は訊いた。

「ごみばかりですね。ほら」警部補は袋の中身を床に空けた。紙くず、新聞紙の汚いきれっぱし、空のたばこの箱、芯の折れているちびた鉛筆、マッチの燃えがら、半分つぶれたチョコレートバー、ちぎれた時刻表が二枚——どれもこれも、いかにも電車に落ちていそうな、ありふれたごみばかりだ。コルクや縫い針のかけらどころか、ほんの少しでも関係のありそうなものはひとつも見当たらない。

「電車の中も、乗客を歩かせた〝道〟も、一寸きざみに調べ上げましたよ、警視。なんにもありゃしません。この人たちが電車を出た時に所持していたものは、身につけたままのはずです」

サム警視の灰色の眼がぎらりと光った。彼はニューヨーク市警察でもっとも有名な警視だった。強靭な筋肉と、打てば響く鋭い頭脳と、常識的な判断力と、自信に満ちた張りのある声とでヒラから這い上がってきた、文字どおりのたたき上げの刑事である。警察のお定まりの手順というものを頑固に信奉する行動力の男なのだ……。「なら、やることはひとつだ」ほとんど口を動かさずに言った。「この部屋にいる全員の身体検査をしろ」

「何を探します——?」

「コルク、縫い針、それから場違いなものや、持ち主とミスマッチな持ち物はなんでもだ。ぎゃあぎゃあ言う奴は、がつんとやって黙らせろ。よし、始めてくれ」

ピーボディ警部補はにやりとすると、部屋を出ていき、すぐに六人の刑事とふたりの婦人警官を連れて戻り、手近のベンチに飛び乗って怒鳴った。「皆さん、並んでください！　女性はこっち、男性はそっちに、二列で！　文句を言っても無駄ですよ！　さっさとすませれば、それだけ早く帰れます！」

それから十五分間、サム警視は壁にもたれて、たばこをくわえたまま、深刻なはずがむしろ滑稽（こっけい）な光景を観察していた。女たちは、婦人警官のたくましい武骨な手が無遠慮に身体をなでまわし、ポケットというポケットをひっくり返し、バッグの中を荒らし、帽子の折り返しや靴の中まで探るたびに、金切り声でわめき立てた。男たちの方がむしろ行儀がよいというか、気恥ずかしそうにおどおどしていた。ひとり解放されるごとに、ジョーナス刑事が名前と、勤務先と、自宅の住所を聞き取り、記録していく。時折、サム警視の眼は、出ていく者の顔を穴が開くほど凝視した——探るように、問いただすように。ジョーナス刑事に解放された男のひとりを、警視は有無を言わせず押しとどめた。その事務員風の血色の悪い小男は、色あせたコートを着ていた。警視は身振りで、脇に寄ってコートを脱ぐように指示した——褐色のギャバジンのレインコートを。男のくちびるはもはや恐怖で真っ青だった。サム警視はコートのひだというひだ、折り返しという折り返しを調べてから、無言で持ち主に突き返した。小男は見るからにほっとして、ありがたそうにそそくさと逃げていった。

部屋はあっという間に空になった。

「空振りでしたね、警視」ピーボディ警部補はしょげていた。

「部屋を探せ」

ピーボディ警部補と部下たちは、大部屋の隅やベンチの下までつついて、部屋じゅうのごみを掘り出した。サム警視は布袋から床に空けたごみの山をまたいで、膝をつくと、指でごみをかきまわした。

やがて、サム警視はピーボディ警部補をちらりと見て、肩をすくめると、足早に部屋を出ていった。

第六場　ハムレット荘

九月八日　火曜日　午前十一時二十分

「レーンさん、ご理解いただきたいのですが」ここで、ブルーノ地方検事が口をはさんだ。「サム警視はあえて、ごく些細な点まで細大もらさず話しています。警視の話には、取り調べで直接見たり聞き取ったりした以上の情報も出てきましたが、多くはのちの調査でわかった事実です。まあ、実のところ、ほとんどがたいして重要でない、我々も問題にしていないことばかりですが……」

「よろしいですか、ブルーノさん」ドルリー・レーン氏はさえぎった。「重要でないものなどこの世にありません。実に陳腐ですが、これほど真実をついた言葉もありますまい！　ともかく、ここまでの警視さんのお話はまことにすばらしかった」巨大な肘掛け椅子の中で身じろぎし、長い両脚を伸ばして火に近づけた。「警視さん、続きを始める前に、ちょっと待ってもらえますか」

揺らめく炎の光を受けて影が落ちる中で、男ふたりは名優が穏やかに両眼を閉じるのを見た。膝の上で軽く両手を組み、人がよさそうな色白の顔は、筋一本さえ動かさずにいる。高くそびえる四方の暗い壁の上から過去の時代の静寂が、まったく異なる時代のこの部屋にじわじわと垂れこめてくる。

暗い部屋の角にいるクェイシーが古い羊皮紙のような乾いた音をたてた。ブルーノ検事とサム警視は振り返った。背中の曲がった老人は、声を出さずにくすくす笑っているのだった。

ふたりは顔を見合わせたが、不意にドルリー・レーンのよく通る、抑揚豊かな、深く響く声が聞こえてきて、今度はそちらにはっとした。

「サム警視」名優は言った。「ここまでのお話で、完全にはっきりしたと言えない点がひとつだけあるのですが」

「なんですか、レーンさん」

「あなたのお話によると、雨は、路面電車が七番街と八番街の間にいるところで降り始めたということですね。ロングストリートの一行が八番街で乗車した時に、たしかあなたは、窓が閉まっていたと言われた。それは、すべての窓という意味ですか」

サム警視の醜い顔がぽかんとした。「そりゃそうですよ、レーンさん。そいつは間違いありません。ダフィ巡査部長が断言してます」

「実に結構です、それでは」豊かに響く声が続けた。「乗車したあとは、すべての窓がずっと閉まったままだったわけですね?」

「そのとおりです。そもそも、車庫に着くころには、ますます雨がひどくなってましたからね。嵐になってからは、どの窓もずっと、ぴっちり閉まったままです」

「ますます結構です。では、警視さん」すらりとした灰色の眉の下で、くぼんだ眼がきらめいた。「先を続けてください」

第七場　車庫の個室

九月四日　金曜日　午後八時五分

サム警視の話によれば、その他大勢の乗客が解放されてから、事態は急速に進んだという。警視は、ロングストリートの一行がしょんぼりと待っている個室に引き返した。紳士のかがみたるルイ・アンペリアルが即座に立ち上がって、馬鹿げて見えるほど完璧な軍隊式の所作で靴のかかとを鋭く打ち鳴らし、敬礼した。

「警視どの」アンペリアルはとっておきの礼儀正しい口調で言った。「まことに恐縮ですが、私たちはあまり食欲がないとはいえ、少しでも食事をする必要があると思うのです。せめて、ご婦人がたのためだけにでも、口に入れるものを用意できないでしょうか」

サム警視は見回した。デウィット夫人は、ベンチのさっきと同じ位置で同じ姿勢のまま、半分眼を閉じ、ぴくりとも動かずにいる。ジーン・デウィットはロード青年の広い肩にもたれていた。母娘ともひどく顔色が悪い。デウィットとアハーンは熱のない低い声でぼそぼそと話し続けている。ポラックスは坐ったまま上体を前に倒して、両手で両膝をつかみ、チェリー・ブラウンに落ち着いた声でずっと囁きかけていた。女優は顔をこわばらせて歯を食いしばり、いつもの美しさがかけらもない。マイケル・コリンズは両手に顔を埋めてしまっている。

「いいでしょう、アンペリアルさん。ディック、ひとっ走り下に行って、食い物を探してこい」

刑事は、アンペリアルが差し出していた紙幣を受け取り、部屋を出ていった。スイス人は、みずからの使命をみごとまっとうしたといわんばかりの満足げな顔で、自分の席に戻った。

「で、ドク、ご意見は？」

シリング博士はついたての前で上着を着こんでいた。くたくたの布帽子が禿げ頭にちょこんとのっているのが妙に滑稽（こっけい）である。博士が人差し指をくいっと曲げると、サム警視は部屋を突っ切って近づいていった。ふたりはついたての裏に回ると、死んだ男をはさんで立ち、見下ろした。救急車に同乗する若い医師のひとりが、死体の脇のベンチに腰をおろして几帳面にせっせと報告書に記入し続けている。もうひとりは爪にやすりをかけながら小さく口笛を吹いていた。

「そうだねえ」シリング博士は愉しそうに答えた。「なかなか手際のいい仕事だよ。たいへん上手な仕事といっていい。要は呼吸器の麻痺による死だが、まあ、そんなつまらんことはともかく、大事な問題は」博士はぽちゃぽちゃした右手の指で、大きく開いた左手の指を一本ずつ折って数え始めた。「第一に、毒物だ」博士はベンチに向かって顎（あご）をしゃくった。梱包を解かれてむき出しにされた凶器は、ロングストリートのこわばった足元で無造作にころがっている。

「コルク球のまわりに突き出た縫い針の尖端は五十三本。針は頭にも尖端にもニコチンがついている――たぶん濃縮されたやつだな」

「ふん、かびたたばこの臭いがすると思った」サム警視がつぶやいた。

「ああ（ヤー）、そりゃそうだろうさ。抽出したての純粋なニコチンは無色無臭の油に似た液体だ。しかし、水に溶けたり、時間がたって古くなったりすると、褐色になり、あの特徴的なたばこ臭を放つようになる。このくそったれ（フェアダムト）の猛毒が直接の死因で間違いないよ。ま、どっちにしろ、ほかに何もないか確かめるのに、解剖はしなきゃならんがね。毒は体内に直接、注入された――針がてのひらと指を二十一カ所刺している。毒はそこからじかに血管にはいった。聞いたところじゃ、二、三分は死ななかったそうだな。それはつまり、この男がかなりのヘビースモーカーだったってことだ。だからニコチンに対する耐性が尋常じゃない。

第二に、凶器そのものだ」ぽちゃぽちゃした指がもう一本、折り曲げられた。「これは警察博物館のすばらしいお宝になるよ、警視。実にありふれた材料だけで、実に単純な作りで、実に独創的で、実に致命的だ！　天才の発明品だね。

第三に、毒物の入手経路だ」三本目の指が折られた。「我が友、サム君。ご愁傷様だな。この毒は正規ルートで入手されたものでなけりゃ、出どころはまず突き止められんよ。純粋なニコチンを一般で購入するのは簡単ではないし、私が犯人なら、こんなもの薬局で買おうとは思わんね。たばこをしこたま煮こんで蒸留すればいいんだから。たばこってのは普通、ニコチンが四パーセントほど含まれている。しかし、手作りでニコチン液をこさえた奴をどうやって見つけるのかね？　ニコチン液を作るいちばん簡単な方法は――」シリング博士は有名な液体殺虫剤の名をあげた。「――をひと缶買ってくることだ。あれは最初からニコチンを三五パーセント含んでいるからな。ちょいと煮詰めればすぐ、あの縫い針に塗ってあったようなべとべとが手にはいる」

「一応、正規ルートも調べさせるさ」サム警視は苦い顔で言った。「で、ドクよ、こいつは体内にはいってどのくらいで効き始めるんだ」

シリング博士は口をすぼめた。「普通は二、三秒もあれば、ころっといくんだがね。しかし、このニコチンの濃度があまくて、ロングストリートがとんでもないヘビースモーカーだったとすれば、三分くらいはもつかもしれん。実際、そうだったらしいしな」

「おれもニコチンで間違いないと思う。で、ほかに何かあるか?」

「そうだなあ、私自身、それほど健康にうるさい人間ではないがね、しかし警視、この男の健康状態は、そりゃひどいもんだよ」シリング博士は答えた。「やれやれだね! ま、それについちゃ、この男を開いて中身を調べたらもっときちんと教えてやるよ――明日まで待ってくれ。いまここでわかるのはそのくらいだな、警視。それじゃ、うちの若いのにこの紳士を運ばせる。外に車を待たせてあるんでね」

サム警視は針だらけのコルク球を、たばこの箱に入れて新聞紙でくるみなおし、ロングストリートの一行のもとに戻っていった。凶器をダフィ巡査部長に手渡すと、毛布にくるんだ死体を担架で運んでくる助手ふたりと、そのあとをにこにこしながら歩いてくるシリング博士のために道を空けた。

死体が運び出されると、またあの死のような静寂が降ってきた。

刑事はどうやら、すぐに食べ物を見つけてきたようで、一同はサンドイッチの包みをむき、のろのろと顎を上下に動かし、コーヒーをちびちび飲んでいるところだった。

サム警視は身振りでデウィットを呼び寄せた。「デウィットさん、共同経営者のあなたなら、ロングストリートさんの日常の習慣についてもっともご存じだと思うのでお訊きしますがね。あの車掌は自分が乗る電車で、ロングストリートさんをよく見かけたそうです。この点、どう思われますか」

「ロングストリートという男は、日課に関しては病的に几帳面でした。特に」デウィットは辛辣につけ加えた。「退社時刻は。はっきり言いますが、あの男は長時間の勤務やきつい仕事が好きではなかったんですよ。その穴埋めはほとんど私に丸投げでした。本店はウォール街ですが、私たちはいつも、ウォール街の本店を閉めたあと、いったんタイムズスクエアの第一支店に寄って、そこからウェストイングルウッドに向かうことにしていたんです。ロングストリートは毎日、支店を同じ時刻、六時過ぎに出る習慣でした。そしてジャージーで同じ列車に乗っていきます。ロングストリートが今日のホテルで、パーティーをお開きにする時間を、いつもの列車に間に合うタイミングにしたのは、無意識の習慣のせいだと思いますよ。それで今日も、いつもの路面電車に乗ることになったというわけでしょう」

「あなたもこの電車にたびたび乗られるそうですね」

「ええ。残業がない時には、よくロングストリートと一緒にウェストイングルウッドに帰りましたから」

サム警視はふーっと息を吐いた。「あなたがたはどちらも、仕事中は車を使わないようですが、どういうわけで？」

デウィットは苦笑した。「ニューヨーク市内の渋滞はとんでもないですからね。自分たちの車はイングルウッド駅に停めています」

「ほかのことでは、どのくらい几帳面だったんです、ロングストリートさんという人は」

「それはもう、細かいことまでなんでもでしたよ。私生活においては無責任で頼りにならない男でしたが。それでも、いつも絶対に同じ新聞を読みますし、さっきも言ったとおり、フェリー乗り場に行くまでの間に後場の相場表を必ず確認していました。出勤日はほとんど同じような服ばかり着ていましたし、葉巻も紙巻きたばこも同じひとつの銘柄に決めていましたし――ひどいヘビースモーカーでしたね――ええ、馬鹿のひとつ覚えのようにきっちり決まった習慣に従って行動していましたよ、毎日毎日」デウィットのまなざしが氷のようになった。「正午に出勤することも」

サム警視はちらりとデウィットを見た。そして、新しいたばこにマッチの火を近づけてから訊ねた。「ロングストリートさんは何かを読む時には眼鏡をかける必要があったんですか」

「ええ、細かい字の時は特に。とにかく見栄っ張りで、眼鏡をかけると男ぶりがそこなわれると思っていたものですから、外出する時も、人と会う時も、眼鏡なしでは困るくせに、よほどのことがなければ、絶対、眼鏡をかけませんでした。それでも何かを読む時にはかけなければならなかったんです、屋内でも屋外でも」

サム警視はデウィットの華奢な肩に、親しげに手をかけた。「デウィットさん、ひとつ、ざっくばらんに話したいことがあるんですがね。ほら、さっきブラウンさんが言っていたでしょう、あなたがロングストリートを殺したと。もちろん、そんなのはナンセンスだとわかっていますよ。しかし、彼女は何度も何度も、あなたがロングストリートさんを嫌っていたと繰り返しました。本当ですか」

デウィットが身体を動かした。するとまるで計算したように、サム警視の大きな手は株式仲買人の華奢な肩から落ちた。デウィットは冷ややかに言った。「私は共同経営者が殺された件については無実です、ざっくばらんに話したいというのがそのことでしたら」

サム警視はデウィットの澄んだ眼を正面から長いこと凝視していた。不意に、ひょいと肩をすくめて、ほかの連中に向きなおった。「いまここにいる皆さん全員にお願いします、明日の朝九時に、デウィット&ロングストリート商会のタイムズスクエア支店に来てください。もっと詳しく話をうかがいたい。例外は認められませんので、あしからず」

一同は疲れきった様子で立ち上がり、ドアに向かってぞろぞろ歩きだした。「ちょっと待ってください」警視は続けた。「まことに申し訳ない。全員、身体検査を受けてもらいます。ダフィ、女性のために、婦人警官をひとり連れてきてくれ」

一同はぎょっとして息を呑み、デウィットは怒りをはらんだ声で抗議した。サム警視は微笑んだ。「当然、皆さんは隠さなければならないものなんてひとつもないでしょう?」

少し前に大部屋で行われたのと同じことが、サム警視の目の前で繰り返された。男たちは決まり悪そうにもじもじし、女たちは真っ赤になって怒り狂った。デウィット夫人は何時間ものの沈黙を突然破ったかと思うと、警視の広い胸に向かって、スペイン語の鋭い刃で切りつけてきた。警視はひょいと眉を上げただけで、やってきた婦人警官に、始めろと手で合図した。

「住所と氏名をお願いします」身体検査を終えて、ぞろぞろと外に出ていこうとした一同に、出口でジョーナス刑事が淡々と言う声が聞こえた。

ダフィ巡査部長は見るからにがっかりしていた。「何も出ませんでした、警視。縫い針もコルクも怪しいものは何もありません」

サム警視は部屋のど真ん中で仁王立ちになり、顔をしかめ、くちびるを噛んでいた。「この部屋を洗え」険しい声で言った。

室内は捜索された。

部下たちに囲まれて車庫をあとにしたサム警視の額には、相変わらず深い皺が刻まれていた。

第八場　デウィット&ロングストリート商会

九月五日　土曜日　午前九時

土曜の朝に、サム警視がデウィット&ロングストリート商会の支店に足を踏み入れた時には、底にたゆたう緊張はまだ表面に浮かんできていなかった。風のごとく店にはいってきた警視の勢いに、所員も顧客もびっくりして顔を上げた。どうやら通常どおりの営業をしているらしい。警視の部下たちはすでに来ていたが、業務の邪魔にならないよう、そっと歩きまわっているだけだった。

いちばん奥の〈ジョン・O・デウィット〉の札がかかった個室で、前夜に会ったロングストリート一行が、ピーボディ警部補の隙のない鋭い眼に見張られていた。ダフィ巡査部長の制服の広い背中が、〈ハーリー・ロングストリート〉と書かれたガラスに――続き部屋に通じるガラスのドアだ――向こう側からもたれているのが見える。

サム警視は無表情に一同を見回すと、唸るように挨拶の言葉をかけ、ジョーナス刑事を手招きし、一緒にロングストリートの部屋にはいっていった。そこでサム警視が見たのは、椅子の端にちょこんと腰をかけている、なんとも興味深い、うら若きご婦人であった――褐色の髪をたっぷりの入れ毛で大きくふくらませた娘は、美人ではあるがどことなく安っぽい雰囲気がある。

サム警視は、室内の大きな机の前にある回転椅子にどっかと腰をおろした。ジョーナス刑事は部屋の隅に控え、すでに鉛筆と手帳をかまえている。「あなたはロングストリートさんの秘書かな」

「はい。プラットと申します。アンナ・プラットです。四年半ほど、ロングストリートさんの個人秘書を務めてまいりました」アンナ・プラットのすんなりした鼻の先は、やたらと真っ赤だった。眼はぐっしょり濡れている。秘書はくしゃくしゃになったハンカチーフで眼を押さえた。「やだわ、こんなことって！」

「うん、うん」警視は苦笑した。「ともかく、お嬢さん、いいかげんに泣くのをやめてくれないか、本題にはいりたい。なあ。あなたはしっかり者のタイプだ、そうだろう？　ボスの仕事内容を全部把握してるね。私生活も。そこでだ――ロングストリートさんとデウィットさんはどのくらいうまくやってたのかな」

「うまくなんてやっていませんでした。いつも喧嘩ばかりして」

「で、勝つのはたいていどっちだね」

「あら、ロングストリートさんですよ！　デウィットさんは、ロングストリートさんが間違っていると思えば、いつも意見するんですけど、たいてい最後は押しきられてしまうんです」

「ロングストリートさんのデウィットさんに対する態度はどんなふうだった」

アンナ・プラットは両手の指をこねくりまわした。「本当のことをお知りになりたいんですよね……ロングストリートさんはいつもデウィットさんに意地悪していました。デウィットさんの方が、仕事ができるものですから、気にくわなかったんです。だからいつもデウィットさんの首根っこを押さえつけて、なんでもかんでも自分のやりたいようにやって。自分が間違っていても、会社が損をしても、そんなのおかまいなしで」

サム警視の眼が娘の全身を上から下までじっくりと見た。「あなたは賢いお嬢さんだ、プラットさん。あなたとならいい仕事ができそうだ。デウィットさんはロングストリートを憎んで、いたのかな」

秘書はつつましやかに眼を伏せた。「ええ、そう思います。理由もわかります。たぶん。でも、あの、公然の秘密ですから、ロングストリートさんが――」秘書の声が険しくなった。「――デウィットさんの奥様と関係が、そのう、深い関係があったのは……。デウィットさんもそのことはご存じだと思います。あのかたはロングストリートさんにも誰にも、何も言ったことはありませんけど」

「ロングストリートはデウィットさんの奥さんを愛してたってことか？　だけど、ブラウンさんと婚約したんじゃ？」

「あの人が愛してたのは自分だけよ。お相手ならいつも、何人もいましたから、デウィットさんの奥様も、そのひとりだったんでしょ。でも、たぶん奥様は、ロングストリートさんが本気で愛しているのは自分だけだと信じていらしたんじゃないかしら、女なら誰でもそんなものでしょうけど……。あのね、いいこと教えてあげましょうか」まるで天気の話をするような口ぶりで続けた。「警視さんならきっと興味のあることだわ――ロングストリートさんたら、前にこの部屋のちょうどこの場所で、ジーン・デウィットさんを口説いて、たいへんな騒ぎになったことがあるんです。たまたま部屋にはいってきたロードさんがその現場を見て、ロングストリートさんを殴り倒しちゃって。そしたら、デウィットさんが慌てて駆けこんできて、わたしは部屋から追い出されてしまいました。だから、あとのことは知らないんですけど、なんだかんだで一応、おさまりがついたんじゃないかしら。二ヶ月前の話です」

警視は顔には出さず、内心で娘を値踏みしていた。なかなか、こっちの都合どおりの証人だぞ。「いや、ありがとう、プラットさん。とても参考になったよ、本当に。ということは、ロングストリートはデウィットさんを言いなりにできるような、何か弱みを握っていたのかな」

娘はためらった。「それは知りません。でも、ロングストリートさんがときどき、デウィットさんに、結構大きな額のお金を要求していたのは知っています。〝個人的な借金〟をしたいって、とても意地悪そうに笑いながら、そう言っては、毎回、お金をもらってました。実は一週間前にも、またデウィットさんに無心してたんですよ、二万五千ドルも。デウィットさんはものすごく怒っていました。わたし、デウィットさんが卒中でも起こすんじゃないかって……」

「無理もないね」サム警視はつぶやいた。

「ものすごい大喧嘩をしてました、この部屋で。結局、いつもどおり、デウィットさんの方が折れちゃったんですけど」

「脅迫されてたってことは？」

「デウィットさんは〝いつまでもこんなことは続けられない〟とおっしゃっていました。どこかで互いに折り合いをつけないと、このままではいつか、共倒れになってしまうぞって」

「二万五千ドルか」警視は言った。「そんな大金を、ロングストリートはどうするつもりだったんだ。ここの会社の給料だけでも十分すぎる収入だろうに」

アンナ・プラットの栗色の瞳がきらりと光った。「ロングストリートさんくらい、金づかいの荒い人なんて、どこにもいませんよ」毒のある口ぶりで言い放った。「ギャンブル好きだし、贅沢するし、競馬もすれば、株もやるし――いつだってすっからかんだもの。お金がはいればはいっただけ、あっという間に使ってしまって、なくなればデウィットさんにいつもの〝借金〟をしに行くんですよ。いけずうずうしい！　借金なんて、よく言うわ！　一セントだって返したことないくせに。もう、預金残高以上にどんどん小切手を切ってしまうものだから、何べんわたしがあの人の取引銀行に電話で説明させられたことか。あの人、持ち株も不動産もとっくのむかしに全部、現金化しているんですよ。どうせ、一セントも残ってないでしょうけど」

サム警視は机の上のガラス板を指先でとんとん叩きながら考えていた。「つまり、デウィットさんは自分の金を一度も取り返したことがないし、ロングストリートは甘い汁を吸い放題だったと。なるほど、なるほど！」そこで警視がじっと秘書の眼を見つめると、娘は急にへどもどして眼を伏せた。「プラットさん」警視は愛想よく続けた。「あなたもりっぱなおとなだ、赤ん坊はコウノトリが運んでくるものじゃないってことも知ってるだろう。ロングストリートとあなたの間には何かあったのかな？　あなたはそれほどお堅いタイプの秘書には見えないんだが」

娘はかっとなって立ち上がった。「どういう意味よ！」

「坐るんだ、きみ、ほら」サム警視は、娘が乱暴に坐ると、にやりとした。「図星か。さて、どのくらい長く一緒に暮らしてたんだ」

「同棲なんてしてないわ！」秘書は怒鳴り返した。「ちょっと付き合ってただけよ、二年くらい。なんでわたしが、あんたが刑事だからって、黙ってここに坐ったまま侮辱されてなきゃなんないの？　言っとくけど、わたしはね、育ちのいい娘なのよ！」

「うん、うん、わかってるよ」警視はあやすように言った。「きみはご両親と暮らしているのかね」

「両親は田舎よ、州北部の」

「そうだと思った。おおかた、あの男はきみにも結婚すると約束したんだろう、え？　やっぱりな。うぶな娘さんがまたひとり騙されたってわけだ。デウィット夫人に乗りかえるってんで、捨てられたのか？」

「それは……」秘書は口ごもり、ふくれっつらでタイルの床を睨んだ。「それは——そうよ」

「だが、きみはたいしたお嬢さんだ」サム警視はもう一度、秘書の全身を上から下までとっくりと眺めた。「まったく。ロングストリートのような男といい仲になったうえ、捨てられても、まだ仕事を続けているとは——なかなかできることじゃないよ、きみ」

　秘書は黙っていた。警視がえさをちらつかせていると感じたら食いつかない、分別のある娘だ。サム警視は短い鼻歌を唄いながら、娘のきれいに切りそろえられた前下がりのボブの髪をじっと見ていた。次に口を開いた時、警視の口調も話題もがらりと変わっていた。そして秘書から聞き出したのは、金曜の午後、ロングストリートがホテル・グラントのチェリー・ブラウンの部屋に出かけていく直前に、マイケル・コリンズが憤怒で顔を紫色にして、支店に駆けこんでくるなり、ロングストリートを裏切り者の詐欺師と罵（ののし）った一件だった。デウィットはたまたま外出中だった。アンナ・プラットによれば、ロングストリートがコリンズに国際金属を買えと助言したことに対して、めちゃくちゃに怒っていたらしい。コリンズは、自分が株ですってしまった五万ドルを弁償しろ、と口汚くロングストリートを罵倒していた。ロングストリートは内心あせっていたようだが、「心配するな、マイク、おれに全部まかせておけ。デウィットになんとかさせるから」と言って、アイルランド人をなだめたのだった。コリンズは、いますぐデウィットと話をつけろ、と要求したのだが、デウィットが外出中だったので、ロングストリートはその日遅くの婚約披露パーティーにコリンズを招待し、その場でいちばんにデウィットと話すと約束したのである。

これ以上のことは、アンナ・プラットから引き出せなかった。サム警視は秘書を放免してやると、今度はデウィットをロングストリートの部屋に呼び入れた。

デウィットは顔面蒼白だったが、冷静さを保っていた。サム警視はずばりと言った。「昨夜、訊いた質問をもう一度繰り返します。今度こそ答えてもらいましょう。どうしてあなたは共同経営者を憎んでいたんです」

「脅しても無駄ですよ、サム警視」

「つまり答える気はないと?」

デウィットは、きっとくちびるを結んだ。

「まあ、いいさ」サム警視は言った。「しかしね、あなたは人生最大の失敗を犯そうとしているんだよ、デウィットさん……奥さんとロングストリートの関係はどうだった――いい友達だったのかな」

「そうです」

「それじゃ、娘さんとロングストリートの間には——不愉快な出来事は何もなかったのかね」

「侮辱するつもりですか」

「なら、あなたの一家とロングストリートはとても仲が良かったわけだ」

「いいかげんにしてください！」デウィットは出し抜けに立ち上がった。「さっきからどういうつもりなんです！」

警視は笑みを浮かべると、巨大な足の一方でデウィットの椅子を蹴った。「まあ、まあ。坐りなさい……あなたとロングストリートは対等な共同経営者だったのか？」

デウィットは腰をおろしたが、その眼は血走っていた。「ええ」抑えた声で答えた。

「どのくらい前から一緒に事業を？」

「十四年です」

「どうしてあなたがたは組むことに？」

「戦前に、南米で一緒にひと山当てたからですよ。文字どおり、鉱山で。帰国するのも一緒で、株式仲買業を始めてからも協力関係が続いていただけです」

「で、仕事はうまくいっていた？」

「とても」

「それじゃ、なぜ」警視は相変わらず愛想のよい口調で続けた。「あなたがたのどっちも仕事がうまくいっていて、元手もたんまりあったのに、ロングストリートさんはあなたから何度も何度も借金してたんですかね」

　デウィットはぴたりと動かなくなった。「誰がそんなことをあなたに?」

「私が質問してるんです、デウィットさん」

「馬鹿馬鹿しい」デウィットはぴんと固めた灰色の口ひげの端を噛んだ。「たしかに、ときどき金を貸しましたが、そこはまあ、友人として——たいした額でもないですし……」

「二万五千ドルがたいした額でないと?」

　華奢(きゃしゃ)な小男は、まるで皮膚を焼かれたように、椅子の上で身もだえた。「それは——あれは、いわゆる借金とは違う。友人との、その、個人的な」

「デウィットさん」サム警視は言った。「嘘ばかりつくもんじゃない。あなたはロングストリートに大金を渡し続けていた。返してもらったことは一度もない。最初(はな)から、渡した金は二度と戻らないと思ってたんだろう。理由を知りたいですねえ。できれば——」

　デウィットがわめきながら椅子から飛び上がった。顔は蒼白で、おそろしく歪(ゆが)んでいる。

「越権だ！　それはロングストリートが死んだこととは何の関係もない！　私は断固として——」

「芝居がかったまねはやめてもらいましょう。それじゃ、部屋の外で待っててください」

　デウィットの口は開いたままだった。まともに息ができないのか、ぜいぜいいっている。すっかり意気消沈し、怒りもどこかに行ってしまったようだ。それでも虚勢を張って肩を怒らせると、みずからを奮い立たせるように身体を揺すり、部屋を出ていった。サム警視は眉を寄せて、見送った。あの男はどうにも矛盾しているな……

今度はファーン・デヴィット夫人が呼び出された。

デヴィット夫人の事情聴取は短く不毛だった。この婦人は――色香は褪せ、心根はひねくれ、やたらと反抗的で――夫と同じくらい変わり者だった。何やらどろどろした、黒く歪んだ憎悪を胸に秘めているらしい。いいえ、わたしは知りません、何も知りませんよ。そして夫人は、ロングストリートとの間には単なる友情以上の関係はまったくない、と、けんもほろろに言い放った。ロングストリートは娘のジーン・デヴィットに気があったのではないか、とほのめかされると、夫人は鼻先で嗤った。「あの人が興味を持ったのは、もっとおとなの女性ですよ！」と、ばっさり切り捨てた。チェリー・ブラウンについては、〝男たらしの下品な女優〟で、きれいな顔にロングストリートがのぼせ上がっていたこと以外は何も知らないと言った。ご主人が脅迫されているかもしれない、と疑ったことはありますか？　とんでもない！　あんまり馬鹿なことを言わないでくださいな……

サム警視は胸の内で悪態をついた。とんでもなく肝っ玉の据わった女傑だ。血管に酢が流れているに違いない。警視は夫人を質問攻めにしたり、脅したり、おだてたりした。しかし、夫人がデヴィットと結婚して六年になることと、ジーン・デヴィットは先妻との間の娘であること以外、新事実は何も得られなかった。警視は夫人を解放した。

立ち上がった夫人は、ハンドバッグからコンパクトを取り出すと、ぱちんと開けて、すでにこってりと厚化粧をしている顔に、白粉をはたき始めた。その手が震え、あっと思った時には、コンパクトの鏡が床で粉々に砕け散っていた。女傑の自信はどこかに飛んでいった。頬紅の下で顔が青くなっている。夫人の手がさっと胸元に上がり、素早く十字を切った。眼に恐怖を浮かべてつぶやいた。「聖母マリア様（マードレ・デ・ディオス）！」しかし、一瞬で平常心を取り戻すと、申し訳なさそうなまなざしをちらりとサム警視に向け、鏡のかけらをよけて逃げるように出ていった。サム警視は大笑いしながら、かけらを拾い集め、机の上に積んだ。

　警視は戸口に近寄ると、フランクリン・アハーンを呼んだ。

　アハーンは大男で、年齢のわりに若々しく、ぴんと背を伸ばして部屋にはいってきた。口元に人のよさそうな笑みをたたえている。眼は穏やかで、きらめいていた。

「かけてください、アハーンさん。デウィットさんとはいつからの付き合いです？」

「そうですね……私がウェストイングルウッドに越してきてからで。六年になります」

「ロングストリートさんのことは、どのくらいよく知っていたんですか」

「たいして知りませんでしたよ。たしかに、私たちは近所に住んでいますが、私自身は引退した元技師ですし、あのふたりと仕事の付き合いはまったくありません。デウィットとはすぐに意気投合しました――しかし、こんなことを言うのはなんですが、ロングストリートはまったく好きになれませんでしたね。あれは不実な男でしたよ。ざっくばらんで豪放磊落（ごうほうらいらく）な――いわゆる男らしい男ってやつですね――外面（そとづら）とは裏腹に中身は芯まで腐りきっていました。誰が殺したのか知りませんが、私に言わせれば、あいつが殺されたのは自業自得です、間違いなく！」

「それはともかくとして」サム警視は淡々と言った。「昨夜のチェリー・ブラウンの告発をどう思います？」

「ナンセンスですね」アハーンは脚を組むと、サム警視の眼をまっすぐに見た。「妄言もいいところだ。ヒステリーの女くらいでしょう、あそこまで支離滅裂な告発を堂々とやってのけるのは。私はジョン・デウィットを六年ほど知っています。不誠実だの腹黒さだのとは、骨の髄まで無縁の男ですよ。他人の過ちには寛大で、文字どおりの優しい男（ジェントルマン）です。虫一匹殺せるはずがない。デウィットの家族以外で私ほどあの男をよく知っている人間はいません。週に三、四回は一緒にチェスをしている仲です」

「ほう、チェスを」サム警視は興味をひかれた顔になった。「それはおもしろい。あなたはチェスが得意なんですか」

アハーンはくすくす笑った。「おや、がっかりですね！　警視さんは新聞を読まないんですか？　あなたがいま話している相手は、この地域のチェスのチャンピオンですよ。たった三週間前に、大西洋海岸地域のオープントーナメントで優勝したばかりです」

「本当ですか！」サム警視は感嘆の声をあげた。「光栄ですよ、チャンピオンに会えたなんて。一回だけ、ジャック・デンプシー（ボクシングのチャンピオン）に握手してもらったことがありますがね。デウィットさんのチェスの腕前はどんなもんです？」

アハーンはぐっと身を乗り出し、熱をこめて言った。「サム警視、彼はアマチュアのプレイヤーとして一流です。私はもう何年も、もっと真剣にやってみないか、トーナメントの試合に出ないかとすすめているんですがね。しかし、デウィットは引っこみ思案で、おとなしくて――かなり人見知りなもので。頭の回転は稲妻級ですよ。ほとんど本能的にぽんぽん打ってきます。デウィットがだらだら考えることはありませんね。ええ、本当に最高のチェス相手です」

「神経質な人ってことですか」

「とても。なんにでも過敏でね。デウィットに必要なのは、一にも二にも休息ですよ。正直に言って、ロングストリートがデウィットを死ぬほど悩ませていたおおもとだと思います。いや、もちろん、仕事上の話をしたことなんてありませんよ。ともかく、ロングストリートが死んだいま、デウィットはようやく生まれ変われるんじゃないですか」

「でしょうね」サム警視は言った。「もう結構です、アハーンさん」

アハーンは勢いよく立ち上がった。ついでに大きな銀の懐中時計を確かめた。「しまった！　胃薬の時間だ」言いながら、警視に笑いかけた。「胃のぐあいがよくなくて——いまは野菜ばかり食べていますよ、ベジタリアンです。現役だった若いころに、コンビーフの缶詰ばかり食べていたばちが当たったんでしょう。では、失礼します」

そのまま、大またに歩いて出ていった。サム警視はジョーナス刑事にぶつくさ言った。「あんなぴんぴんしたずぶとい奴が胃弱なら、おれは合衆国大統領だ。あいつのは単に、病は気からってやつだろう」

警視はドアに近づくと、チェリー・ブラウンにはいってくるように言った。

ほどなくして、警視と机をはさんで向かいあったのは、前の晩とはまるで別人のような女優であった。持ち前の陽気さを取り戻したらしい。顔は入念に化粧をほどこし、まぶたには薄く青みをのせて、最新モードの黒いドレスで装っている。返答は迷いがなかった。ロングストリートとは五ヶ月前のパーティーで会った。それから五ヶ月の間、〝猛アタック〟をしてきたので、ついに婚約を発表することになった。ロングストリートは婚約をしたらすぐ、チェリーに有利なように〝遺言を書きかえる〟と約束してくれた――これについては、はっきり覚えていますわ、と女優は断言した。どうやらチェリーは、ロングストリートがたいそうなお大尽で、莫大な財産を遺してくれたと無邪気に信じているようだ。

ふと、女優は机に積み上げられた鏡のかけらに気づき、眉間に皺を寄せて顔をそむけた。

前夜にデウィットを糾弾したのは、ヒステリーのせいだったと、チェリーは認めた。いいえ、電車の中では本当に何も見ていません、ああ言ったのは〝女の勘〟です。サム警視は唸り声をもらした。

「だって、ハーリーはしょっちゅう、デウィットにとても憎まれていると言っていたんですもの」女優は念入りに計算した声で歌うように言った。なぜだね？　その問いには、かわいらしく肩をすくめてみせただけだった。

やがて、警視がドアを支えてやると、女は蠱惑的な流し目をくれて出ていった。

クリストファー・ロードは肩を怒らせてゆっくりとはいってきた。サム警視は真正面に立ちはだかり、ふたりはまっすぐに視線をぶつけあった。ええ、とロードはきっぱり言った。ロングストリートを殴り倒しましたよ、一秒だって後悔していません――あんな性根の腐った奴、自業自得だ。その後、直属の上司であるデウィットに辞表を提出したのだが、デウィットは考えなおすようになだめてきた。ロード青年は、デウィットを仕事抜きで純粋に好きだったので、言われたとおりに撤回することにした。それによく考えると、もしまたロングストリートがジーンに汚い手を伸ばそうとしたら、いまのままでいた方がその場で彼女を守ることができる。

「王子様ってわけか」サム警視は口の中でつぶやいた。「ところで、デウィットさんというのは、どうも気性の激しい人に思えるんだが。どうして実の娘がいやな思いをしたというのに、なあなあですましたんだろう」

ロードは大きな両手をポケットに、乱暴に突っこんだ。「そんなの」そっけなく答えた。「ぼくにも全然わかりませんよ。そもそも、まったくあの人らしくない。デウィットさんは、ロングストリートとの関係さえなければ、何にでも鋭くて、頭が回って、自信満々の人なのに。ウォール街では五本の指にはいる凄腕の株式仲買人ですよ。父親として、娘の幸せと名誉を守ることを何より気にしている人です。娘さんに不埒なまねをしたあんなゴリラ野郎は、ぶん殴っちまえばいいんだ。なのに――何もしないで、うやむやに収めるなんて。理由なんか、ぼくの方がよっぽど知りたいですよ」

「ということは、デウィットさんのロングストリートさんに対する態度というのは、まったく性格に合わないと？」

「全然ですね」

さらにロードは続けて、デウィットとロングストリートが、よくどちらかの私室で言い争っていた、と証言した。なぜ？　ロードは肩をすくめた。デウィット夫人とロングストリートのことで何か知っているかね？　金髪の青年は慎み深く眼をそらした。マイケル・コリンズについては？　自分はデウィットの直属の部下なので、ロングストリートの顧客についてはほとんど知らない、とロードは答えた。ロングストリートが独断でコリンズに助言した内容について、デウィットが知らないということはありうるのか？　ロングストリートはああいう人間だったから、ありうるどころか、むしろありそうなことだと思う、とロードは証言した。

サム警視は机の端に腰をおろした。「で、ロングストリートはジーン・デウィットにまた手を出してきたのか」

「ええ」ロードは苦々しい口調で答えた。「ぼくはその場にいなかったんですが、あとでアンナ・プラットが教えてくれました。ジーンはロングストリートを突き飛ばして、オフィスから走って逃げたそうですよ」

「そのことで、きみは何かしたのかね」

「ぼくをなんだと思ってるんです。当たり前じゃないですか。まっすぐロングストリートのところに行って、はっきり言ってやりましたよ」

「口論になったのか」

「まあ……たしかにひどい喧嘩にはなりましたが」

「結構」サム警視は唐突に言った。「デウィットさんのお嬢さんを呼んでください」

しかし、ジーン・デウィットは、すでにジョーナス刑事が何ページにもわたって手帳を埋めてきた証言の数々に、何ひとつ付け加えることができなかった。娘は父親を必死に弁護した。

サム警視はうんざりしつつ耳を傾けてから、続き部屋に追い返した。

「アンペリアルさん！」

スイス人の縦にも横にも大きな身体が、入り口をいっぱいにふさいだ。服装には隙がなく、入念にめかしこんでいる。その艶々したヴァンダイクひげに、すくなくともジョーナス刑事は感銘を受けたらしく、畏敬のまなざしでスイス人を見つめていた。

アンペリアルのぱっちりと明るい眼が、机に積み上がった鏡のかけらの上で動かなくなった。わずかに顔をしかめたが、サム警視に向きなおると、丁重にお辞儀をした。デウィットさんとはいい友達です、とアンペリアルは言った。ヨーロッパで知りあってから四年になります。デウィットさんがスイスアルプスを旅行していた時に出会ったのです。即座に意気投合しました。

「デウィットさんというのは、本当に親切な人で」そう言いながら、完璧な歯並びをきらりと光らせた。「あのあと、社用でこの国に四度、来ましたが、そのたびにデウィットさんの家にごやっかいになっています」

「社用というと、どこにお勤めで？」

「スイス精密機器です。私は同社のジェネラルマネージャーをしております」

「なるほど……アンペリアルさん、今回の事件について、何か参考になることはご存じですか」

アンペリアルはよく手入れされた両手を広げてみせた。「まったく何も存じません。ロングストリートさんとはほんの浅い付き合いでしたし」

サム警視はアンペリアルを解放した。スイス人が戸口をくぐり抜けたとたん、警視は険しい顔になり、吼え立てた。「コリンズ！」

大男のアイルランド人はのそのそと部屋にはいってきた。ぼってりしたくちびるが不機嫌そうに突き出されている。警視の質問に対する返答は居丈高で、ぶっきらぼうで、不満たらただった。サム警視はつかつかと歩み寄ると、おそろしい力で腕をつかんだ。「いいかげんにしろ、こすい腹黒野郎が！　やっと言ってやれるぜ、なあ、おまえ、今日ここに証言しにこなくてすむように、昨夜こっそり、あちこちに手を回したろう。おれはちゃんとお見通しだ。今日、おまえがここに来たってことは、つまりそういうことだよ。気の毒にな、小細工がぱあになって。まったく、公僕が聞いてあきれる！　昨夜は、ここにすっ飛んできて、ロングストリートにでたらめな予想の件で文句を言ったが口論にはならなかったとほざいたな。昨夜は聞き逃してやったが、今朝はそんなへたくそな嘘八百は聞かんぞ。洗いざらい白状しろ、コリンズ！」

コリンズは抑えつけた憤怒に身を震わせていた。乱暴にサム警視の手を振り払った。「頭のいい刑事さんだな、え？」せせら笑った。「おれがあいつに何をしたと思うんだ――キスしてやったとでも思うか？　怒鳴りつけてやったさ、当たり前だろう――あのクソ野郎、地獄の底で腐れってんだ！　あいつのせいでおれはもうおしまいだ！」

サム警視はジョーナス刑事に向かってにやりとした。「ジョーナス、記録したな？」穏やかにアイルランド人に向きなおった。「すばらしい動機を持っていたんじゃないか、え？」

コリンズはげらげらと笑いだした。「ますます頭のいい刑事さんだな！　てことは、おれはあの針だらけのコルクに毒を塗ったくって、準備万端整えて、株が暴落するのを待ってたってわけか？　ヒラのおまわりに戻りな、サム。その程度のおつむじゃ、刑事はつとまらんよ」

サム警視はまたたいた。が、こう言っただけだった。「ロングストリートがおまえにくれた助言についてデウィットが何も知らないというのはどういうわけだ」

「おれが知りてえよ」コリンズはつっかかるように言った。「まったく、どんなザル経営なんだ？　けどな、これだけは言っておくぜ、サム」首の血管を浮き上がらせて、ぐっと前かがみになった。「あの偽情報の穴埋めは、きっちりデウィットの野郎にさせてやる。でなけりゃ、腹がおさまらん！」

「全部記録しろ、ジョーナス、ひとこと残らず」警視は淡々と言った。「こいつはいま、自分の首に縄を巻きつけているところだからな……コリンズ、おまえ、国際金属に五万ドル、ぶちこんだそうだな。その元手はどうやって手に入れた？　五万なんて大金を、おまえの雀の涙ほどの給料でためられるわけがないだろうが」

「余計なお世話だ！　サム、あまりなめた口をきくと、おまえの首を……」

サム警視の大きな手が、コリンズの胸ぐらをつかんだ。ぐいと乱暴に引くと、コリンズの顔はサム警視の顔からほんの三センチほどの距離に来た。「口のききかたに気をつけなければ、首をへし折るぞ」警視は唸った。「出ていけ、ちんぴら」

そのまま突き飛ばすと、コリンズは怒りでうまく口もきけないまま、足音荒く出ていった。

サム警視は頭を振って、お決まりの悪態をついてから、尖った口ひげのポラックスを呼んだ。役者は痩せた狼を思わせる、イタリア人らしい顔の持ち主だった。びくびくしている役者を、サム警視は苛立ちもあらわに睨みつけた。

「いいかね！」警視は太い指で襟の端をぐいとこすった。「最初に言っとくが、あなたにさける時間はそれほどない。今度のロングストリート殺しについて何を知っている？」

ポラックスは机にのっているガラスのかけらをちらりと横目で見て、イタリア語でぼそぼそつぶやいていた。警視を怖がっているのはたしかだが、喧嘩腰だった。芝居がかった口調で、けんもほろろに言い返した。「何も知りません。私もチェリーも関係ないですよ」

「無実だって？　赤ん坊なみにか？」

「聞いてください、警視。あのロングストリートってクズ野郎は、ああなって当然なんです。あいつはきっとチェリーの人生をめちゃめちゃにした。ブロードウェイじゃ有名なヒモだ。ちょっと分別のある奴なら、いずれこんな末路を迎えるって、誰でも思っていたはずです」

「チェリーのことはよく知っていたのか」

「誰が、ええと、私が？　友達です」

「チェリーのためならなんでもしてやるんだろうな」

「どういう意味ですか」

「言ったとおりの意味だ。行ってよし」

ポラックスが部屋から気取った足取りで出ていくと、それまでじっとしていたジョーナス刑事が急に立ち上がって、気取った足取りをまねて、くねくね歩いてみせた。サム警視はふんと鼻を鳴らすと、戸口に近づいて呼んだ。「デウィットさん！　もう一度、ちょっとだけお願いします」

デウィットはすっかり落ち着きを取り戻していた。まるで何も起きなかったように振る舞っている。部屋に一歩はいったとたん、その鋭い視線が砕けた鏡のかけらの上で動かなくなった。

「誰が壊したんです?」鋭く言った。

「めざとい人だな。奥さんですよ、あなたの」

デウィットは腰をおろして、ため息をついた。「最悪だ。いつまでも愚痴を聞かされる。今後何週間も、なんでもかんでもあの割れた鏡のせいになることでしょう」

「奥さんは迷信深いんですか」

「それはもう。ご存じでしょうが、家内は半分、スペインの血が流れています。家内の父親はプロテスタントですが、カスティリヤ人の母親があれをカトリック教徒として育てたんです。当の母親(マードレ)自身は教会と縁を切っているんですがね。おかげでファーンにはときどき手を焼かされます」

サム警視は鏡のかけらをひとつ、机の上からはじき落とした。「あなたはこういうものを信じてないでしょう? とても現実的でやり手のビジネスマンだと聞きましたよ」

デウィットは人のよいまなざしで、素直に警視を見つめ返した。「友人たちがそう言っていたんですね」穏やかに言った。「ええ、サム警視、私は全然、そういうものを信じていません」

サム警視はずばりと言った。「こうしてまたこの部屋に来てもらった理由はですね、デウィットさん、私の部下と地方検事局の捜査官に協力をお願いしたかったからです」

「それはもう、ご心配なく」

「申し訳ないが、ロングストリートさんの仕事関係についてだけでなく、個人的な手紙や書類も調べなければなりません。預金通帳やそのたぐいの記録もすべてです。ここに来るうちの部下や捜査官に、できるだけの便宜をはかってもらえませんか」

「ええ、おまかせください」

「ありがとう」

サム警視は隣のオフィスで待たされていた一同を全員帰してから、ピーボディ警部補とブルーノ地方検事が連れてきた部下の学者風の青年に、やつぎばやに指示を出したあと、重い足取りでデウィット&ロングストリート商会をあとにした。

その顔はひどく暗かった。

第九場　ハムレット荘

九月八日　火曜日　午後十二時十分

クェイシーが暖炉の火に細い薪を何本かくべた。ぱっと炎が燃え上がり、揺らめく光の中で、ブルーノ地方検事はドルリー・レーン氏の顔をじっくりと観察した。レーンはほのかに微笑を浮かべている。サム警視は語るのをやめ、むっつりと眉を寄せて黙りこんだままだった。

「それで全部ですか、警視さん？」

サム警視は肯定の唸り声を出した。

レーンのまぶたが落ちた。すると、わずかな筋肉の動きの変化のせいだろうか、一瞬で眠ってしまったように見えた。警視はそわそわしだした。「もし、私が何か言いもらしたことがあれば……」その口調には、やれやれ、仮にあったとしても、たいして変わらんだろうが、という内心の思いが透けている。サム警視は皮肉屋だった。

ブルーノ地方検事は、名優のすらりとした姿がじっと動かないのを見ながら、くすりと笑った。「サム、レーンさんにはわからないよ。眼をつぶっているんだから」

サム警視は、あっという顔になった。突き出た顎をかくと、背の高いエリザベス朝時代の椅子に浅く腰かけ、前に身を乗り出した。

ドルリー・レーンがぱちっと眼を開けて、客人たちを見た。あまりに不意のことで、ブルーノ地方検事はぎょっとして思わず飛び上がったほどだ。レーンは半分、顔をそむけた。暖炉の光に、鋭くすっきりした横顔が影絵のように見える。「警視、いくつか質問があります。シリング博士の検死で何か興味のあることは新たに出てきましたか」

「いや、何も」サム警視は情けなさそうに答えた。「ニコチンは分析の結果、検死官の見込みどおりだとわかりました。しかし、入手経路に関しては、まったく進展がありません」

「それに」地方検事が言い添えた――すぐにレーンの頭がそちらを向いた。「コルクや縫い針も出どころを探すのは無理です。すくなくとも、いまのところはわかっていません」

「ブルーノさん、シリング博士の検死報告書の写しはお持ちですか？」

地方検事はいかにもお役所の書類らしい紙を取り出し、レーンに手渡した。名優はそれを火に近寄せてかがみこんだ。読み進めるうちに、その眼が不思議な輝きを帯びてきた。声に出して、早口に、脈絡なくばらばらに読み上げていく。「窒息死――出血、血液の色が特に黒ずんでいる。ふむ……中枢神経の麻痺、特に呼吸中枢。明らかに急性ニコチン中毒……。肺と肝臓に充血……脳に鬱血（うっけつ）。ほう……肺の状態から、被害者はニコチンへの耐性あり。明らかにヘビースモーカーである。非喫煙者なら即死、もしくは一分以内に死亡する量のニコチンだが、耐性により死に至る時間がのびている。……肉体上の特徴。おそらくは死亡時の転倒による左膝の軽い挫傷。……虫垂炎の手術痕、九年経過。右手薬指尖端が欠損、二、三十年経過。……血糖値正常。脳のアルコール含有度異常。過去は壮健で、頑丈な身体の持ち主で、抵抗力も相当だったと思われるが、現在は不摂生でだらしない身体になった中年男の典型である。……なるほど。身長一九六センチ、死後の体重九六キロ……ふむふむ」つぶやいていたレーンは書類をブルーノ地方検事に返した。「ありがとうございました」

名優はゆったりと暖炉のそばに戻っていくと、巨大な楢材（オーク）の炉棚にもたれた。「車庫の個室からは何も見つからなかったわけですか」

「何も」

「ウェストイングルウッドのロングストリートの自宅も、隅から隅まで調べたのでしょう？」

「それはもう」サム警視はいまやもぞもぞ身体を動かしていた。そしてこっそり、からかいまじりの退屈そうな視線をちらりとブルーノ地方検事に向けた。「何もありませんでした。書簡はどっさり見つけましたよ――ロングストリートの女友達からの手紙ですね、ほとんどは三月より前の日付でした。あとは領収書や請求書――どうでもいい紙くずばかりです。使用人たちは手がかりになるようなことを何ひとつ知りませんでした」

「市内に借りた部屋があるのでしょうが、そちらは調べましたか」

「もちろん。抜かりなしです。むかしの女も全員当たりました。何も出ませんでしたが」

レーンはじっくりとふたりの客人を見つめた。その眼は穏やかで、何やら考えているようだった。「サム警視、その針だらけのコルクがロングストリートのポケットに入れられたのは電車の中のことで、それより前ではないと確信していますか」

サム警視は即座に答えた。「それだけは絶対に間違いないと確信していることです。まったく疑いはありません。そういえば、あなたが例のコルクに興味があると思ったのでね。持ってきましたよ」

「それは願ってもないことです、警視さん！　察してくださったとはありがたい」豊かな声が一気に熱っぽくなった。

警視はコートのポケットから、きっちりとくるんである小さなガラス壜を取り出すと、名優に渡した。「レーンさん、蓋は開けない方がいい。非常に危険ですから」

レーンは壜を持ち上げ、暖炉の炎にかざして、長いこと観察していた。尖端も頭もコルクから飛び出した縫い針にびっしり表面をおおわれたコルク球はどこもかしこも黒っぽい染みに汚れていたが、まったく凶悪なしろものには見えなかった。レーンは微笑んで、壜を警視に返した。「間違いなく手作りの凶器ですね、そして――シリング博士のおっしゃるとおり――天才の作品だ……車庫の中で、乗客が電車から降りるように指示された時はまだ大雨でしたか」

「そりゃもう。土砂降りでした」

「では、お訊きしますが、警視さん――労働者風の乗客はいましたか」

サム警視の目がまん丸くなった。ブルーノ地方検事は驚いて、額に皺を寄せて目をむいている。「どういう意味です――労働者ってのは」

「たとえば、工事現場の作業員とか。壁塗りの職人とか。煉瓦積みとか――そういう人です」

サム警視は面食らったようだった。「いや、全然。会社員ばかりです。どういう……」

「全員が徹底的に身体を調べられたのですね?」

「そうですよ」警視はむっとした口調で答えた。

「悪く思わないでください、警視さん。あなたの部下の能力を疑うつもりは毛頭ありません……もう一度だけ、念のためにうかがいます。乗客の身体にも、電車の中にも、全員が出ていったあとの車庫の部屋にも、不自然なものはなかったのですね――どこにも?」

「そこんところははっきりさせたつもりですがね」サム警視はぶっきらぼうに答えた。

「では――天候や、季節や、乗客のタイプに、そぐわない品物はありませんでしたか」

「どういう意味です」

「たとえば――外套とか、夜会服とか、手袋とか――そういった場違いなものは?」

「ああ、そういうことですか！　ええと、ひとりの男がレインコートを着ていましたが、さっき話したとおり、私が自分で調べて、異常なしと確認しています。それ以外は、あなたが言ったようなものを身につけた人間はひとりもいません。私が保証します」

ドルリー・レーンの眼がきらりと光った。そして客人それぞれを、真剣なまなざしで見つめた。やがて、ぐっと背伸びをすると、古い壁に投げかけられた影法師がのしかかってくるように見えた。「ブルーノさん、検事局の見解は？」

ブルーノ地方検事は苦笑した。「レーンさん、はっきり申し上げて、我々はこれという明確な見解を持っていません。本件は関係者が大勢いて、ほとんどにそれぞれ動機があるものですから、とにかくややこしいんです。たとえばデウィット夫人は、間違いなくロングストリートとだいぶ前から愛人関係にありましたが、男がチェリー・ブラウンに乗りかえたせいで、捨てられたことを恨んでいるでしょう。ファーン・デウィットの振る舞いはずっと――その、不自然でした。

マイケル・コリンズは、公務員としての評判があまり芳しくありません。裏でろくでもないことを企んでは悪事に手を出し、それをなんとも思わない男で、すぐに逆上する性格です。それに逆恨みとはいえ、動機もあります。

キット・ロード君は物語のヒーローよろしく、騎士として愛する姫の名誉を守るために殺したかもしれませんしね」ブルーノ地方検事はため息をついた。「しかし、なんだかんだ言って、サムも私もデウィットに目が行くのです」

「デウィットですか」レーンのくちびるが考え考え、その名を形作った。名優の眼はまたたきもせずに地方検事の口元を見つめている。「続けてください」

「やっかいなのは」ブルーノ地方検事は不機嫌そうに顔をしかめて言った。「デウィットを指し示す証拠が何ひとつないことです――それどころか、そもそも誰に対する証拠もない」

サム警視がぶつくさ言った。「ロングストリートのポケットには誰でもコルクを入れられた。あの一行だけじゃない、乗客の誰にでもできた。ともかく、我々は全員について調査をしましたが、ロングストリートと関わりのあった人間はあの一行以外、ひとりも見つからなかった。まったく手がかりがありません」

「それが」地方検事は締めくくった。「警視と私がこうしてご相談しにうかがった理由です、レーンさん。クレイマー事件においては、最初から我々の鼻先にぶら下がっていた事実をあっさり指摘してくださいましたね。あの分析は実におみごとでした。それで、またあのすばらしいお手並みを見せていただけたらと、考えた次第で」

レーンは腕を振った。「クレイマー事件は――あれは初歩的な問題でしたからね」そして、考えながら客人たちをじっと見た。重くからみついてくる沈黙が、いつしか一同を押し包んでいる。部屋の隅でちょこんと坐っているクェイシーは心酔しきったまなざしで、主人をひたすら見つめていた。ブルーノ地方検事とサム警視はこっそり眼を見かわした。どうやらふたりは失望したようだ。警視は、まるで口に出して「ほら！　だから言っただろう」と言わんばかりに、あからさまに皮肉な笑みを浮かべた。ブルーノ地方検事はためらいがちに肩をすくめた。

不意にドルリー・レーンのりんとした声がして、ふたりは同時に顔を上げた。

「でも、もちろん」名優は、おもしろがっているような優しい笑顔でふたりを見ながら言った。「何をすべきか、今後の方針がはっきりしているのは、おわかりですね」

穏やかな言葉は電撃のような効果をもたらした。ブルーノ地方検事の顎ががくりと落ちた。サム警視は、強烈なパンチを食らったボクサーが意識をはっきりさせようとするように頭を軽く振っている。

警視は勢いよく立ち上がった。「はっきりしてるって！」大声で怒鳴った。「嘘でしょう、レーンさん、あなたは自分が何を言ってるかわかって――」

「落ち着いてください、警視さん」ドルリー・レーンはそっと言った。「『ハムレット』のホレイショの台詞ではありませんが、あなたは〝裁きの場に呼び出された罪人のごとく〟動揺しすぎです。ええ、今後の方針ははっきりしていますよ。警視さんのお話がすべて本当だったのなら、ただ一本の捜査の線をたどっていった先に、この犯罪のおおもとが見つかると私は信じています」

「そんな、馬鹿な」警視はあえいだ。信じられずに眼窩から飛び出さんばかりの眼でレーンをまじまじと見ている。

「それはつまり」地方検事は弱々しく言った。「いまサム警視が事実を語っただけの説明で、誰がロングストリートを殺したのかわかったということですか？」

鋭い鼻がかすかに蠢（うごめ）いた。「私は――信じている、と言ったのです……そこは私を信用していただくしかありませんね、ブルーノさん」

「ああ！」男ふたりは同時に安堵の声をもらした。一瞬で動揺から立ちなおったふたりは、意味ありげにちらりと視線を交わした。

「おふたりとも、お疑いはごもっともですが、それは私の名誉にかけて、杞憂(きゆう)というものです」レーンの声が急に人の心をつかむ魅力を増し、説得力に満ちた。名優は声という武器を、細身の剣のごとく自在に操った。「いまこの時点であなたがたの求める犯人の――今後、この人物をXと呼ぶことにしましょうか――名を明かすことは、あるやむを得ない理由で控えさせていただきたいのです。一応、共犯と思われる関係を明らかにすることもできますが」

「しかし、レーンさん」ブルーノ地方検事が口調を鋭くして言いかけた。「遅れれば遅れるほど――結局は……」

ドルリー・レーンは赤い炎に照らされ、インディアンの戦士のごとく、りんと立っていた。その鼻とくちびるから愉快そうな色がすっと消えたとたん、パロス島（白色大理石で有名）の大理石を彫った像の顔のようになった。くちびるはほとんど動かないのに、声は驚くほどはっきりと耳に届いてくる。「遅れれば？　もちろん、危険でしょう。ですが、早まって犯人の名を明かしてしまうことの半分も危険ではありません。私を信じてください」サム警視は仏頂面(ぶっちょうづら)で立っている。かなり気(せ)を悪くした様子だ。ブルーノ地方検事は開けた口を閉めるのを忘れているようだった。「どうか、いまは急かさないでください。それよりも、おふたりにお願いがあるのですが……」客人たちの顔から不信の色が消えずにいるので、名優の声には苛立ちの気配がまじってきた。「郵便でも、使いのかたに持たせてくださってもかまいませんが、被害者の写真を一枚、いただけませんか。もちろん、生前のです」

「ええ、わかりました」ブルーノ地方検事はぼそぼそと答えた。ふくれっつらの少年のように、片足から片足へ、落ち着きなく体重を移し続けている。

「それから私に今後の進展についても教えてください、ブルーノさん」レーンは同じ淡々とした口調で続けた。「もしも」そこで、ほんのわずかに間をとった。「あなたがすでに、私に相談したことを後悔されていなければの話ですが」名優は一瞬、ふたりをじっと見つめ、その眼にあのおもしろがっているような表情がかすかに戻った。

ふたりは形ばかりに否定の言葉をぼそぼそとつぶやいた。

「私がいてもいなくても、電話はクェイシーが出ますので」レーンは黒光りしている炉棚の上に手を伸ばして、呼び鈴の紐を引いた。赤ら顔で太鼓腹の小柄な老人が、ランプの精のようにたちまち室内に出現した。「昼食をご一緒にいかがですか」ふたりは断固としてかぶりを振った。「では、フォルスタッフ、ブルーノさんと警視さんを車までご案内しなさい。それと今後、このおふたりがいらしたら、いつでもお通しして。おふたりのどちらでも、おいでになったらすぐ、私に知らせるのだよ……それでは、さようなら、ブルーノさん」レーンはひらりと素早く腰をかがめた。「警視さんも、ごきげんよう」

ブルーノ地方検事とサム警視はひとことも言わずに、執事のあとを追った。戸口で、ふたりはまるで同じ糸で操られたように、同時に立ち止まって振り向いた。ドルリー・レーン氏は、現代とは思えない古い調度品に取り囲まれ、暖炉の炎の前に立ち、礼儀正しく別れの微笑を浮かべていた。

第二幕

第一場　地方検事局

九月九日　水曜日　午前九時二十分

翌朝、ブルーノ地方検事とサム警視は、地方検事の机をはさんで向かい合わせに坐っていた。ふたりの現実主義者は、わけのわからない謎をかかえこんで困った眼を見かわすばかりであった。地方検事の手はきれいに積まれた手紙の山をいじくって崩している。警視のつぶれた鼻の様子は、今朝の外歩きが寒かったこと——と、まったく成果がなかったこと——を雄弁に語っていた。

「やれやれ」警視は太いがらがら声で言った。「お手上げだぜ。完全にお手上げだ。今朝になってわかったのは、毒もコルクも縫い針も全部、手がかりはどん詰まりってことさ。ニコチンは購入されたものでなく、シリングが言ってた例の殺虫剤を煮詰めた手作りのやつらしい。こうなっちゃ、毒の線は追いようがない。かと言って、あんたのごひいきのドルリー・レーン大先生は——まったくの時間の無駄だったな」

ブルーノは異議を唱えた。「いや、サム、そういう言いかたはないだろう。意地の悪いことを言うものじゃない」そして両手を広げた。「きみはあの人を過小評価しているんだ。たしかに、変人だよ、あんなところに住んで、埃をかぶった骨董品に埋もれて、事あるごとにシェイクスピアを引用して……」

「まったくだ！　おれに言わせりゃ」警視はしかめつらになった。「あのじじいはただのほら吹きだ。おれたちを手玉にとって喜んでるのさ。ロングストリートを殺った犯人を知ってるなんて大ぼらもいいところだ、老いぼれ役者が独り芝居の舞台で大見得を切ってみせただけだろうが」

「おい、サム！　それは言いすぎだ」地方検事はたしなめた。「あの人だって、あそこまで言っておいて、そのまま知らん顔できないことくらいわかってるさ。いずれきちんと片をつけなきゃならないと。レーンさんは自分の言葉に責任を持っているはずだ——本当に手がかりを見つけたんだろう——だけど、あの人なりの理由があって口をつぐんでいるのだと、私は思うよ」

サム警視はどんと机を叩いた。「おれもあんたも無能だってのか？　どういう意味だ——じいさんが手がかりを見つけたってのは。手がかりだと？　ねえぞ、そんなものはどこにも！　もうあのじじいにかまうな。だいたい、昨日はあんただってそう考えてただろうが……」

「気が変わったんだ」ブルーノ地方検事はぴしゃりと言い返した。が、情けない顔になった。「あのクレイマー事件で、私たちの見逃しをあれだけ鮮やかに指摘してくれたことを忘れちゃいけない。この難事件を解決するためなら、猫の手も犬の手も借りるぞ、私は。そもそもこちらから協力をお願いしておいて、おっぽり出すなんて失礼なことはできない。なあ、サム、このまま協力してもらおう。なに、あの人がいたところで、たいした邪魔にはならないさ……で、何か新しいことは？」

サム警視は紙巻きたばこを半分に嚙みちぎった。「コリンズだ。また面倒を起こしやがった。コリンズが土曜から三度もデウィットのところに押しかけていたことを、ついさっき部下が探り当てた。ああ、奴はデウィットから金を取り返したいのさ。コリンズには見張りをつける。まあ本来なら、デウィットが自分でなんとかしなくちゃいけない問題なんだがな……」

ブルーノ地方検事は手持ちぶさたに、目の前の積み上がった手紙を開け始めた。最初の二通は机の上の、ファイル用のトレイに投げ入れた。三通目の、安物の無地の封筒を見た地方検事は、声をあげて立ち上がった。サム警視は、ブルーノ地方検事の眼が手紙の上を行ったり来たりするのを、眼をすがめてじっと見ていた。

「やったぞ、サム！」ブルーノ地方検事は叫んだ。「こいつはいい突破口になる！――え、なんだ？」地方検事は秘書を怒鳴りつけた。

秘書が一枚の名刺を差し出すと、ブルーノはそれをひったくって見た。「ほう、ほう、あの男が？」まったく違う口調で言った。「わかった、バーニー。お通ししろ……きみもこのままここにいてくれ、サム。さっきの手紙にえらいことが書いてあったんだ。だけど、まずはこのスイス人が何をしにきたのか、会ってみよう。アンペリアルが来た」

秘書がドアを開けると、スイス人実業家のがっしりした長身が現れた。にこやかにはいってきたアンペリアルは、いつもどおり一分の隙もない朝の装いで、襟には生花をさし、ステッキを小脇にかかえている。

「おはようございます、アンペリアルさん。どんなご用件でしょうか？」ブルーノ地方検事はゆったりと落ち着いていた。さっき読んでいた手紙はいつの間にやら消えていた。組んだ両手を机の端にのせている。サム警視はがらがら声で挨拶をした。

「ごきげんよう、ブルーノ検事。おはようございます、サム警視」アンペリアルはブルーノ地方検事の机に近い革張りの椅子に、慎重に腰をおろした。「そうお時間はとらせません」礼儀正しくそう言った。「私はアメリカでの仕事をすませました。スイスに帰国する準備もできています」

「そうですか」ブルーノ地方検事はサム警視を見た。警視はむっつりとアンペリアルの広い背中を睨んだ。

「すでに今夜の船の切符を取ってあります」スイス人はわずかに眉間に皺を寄せた。「運送屋に荷物を運ぶように手配もしました。ところがおたくの警官（ジャンダルム）が、私が世話になっている家にいきなり現れて、出てはいけないと言うのです！」

「デウィットさんの家を出てはいけない、と言われたのですか？」

アンペリアルは苛立ちの色をわずかに見せてかぶりを振った。「いいえ！　国外に出てはいけないと言われただけですが。それでも、私の荷物は絶対に移動させるな、とこうなのです。検事、困りますよ！　私は実業家です。ベルンの本社に大至急、戻らなければ。なぜ、引き留められなければならないんです？　おわかりでしょうが――」

ブルーノ地方検事が机の上を指で叩いた。「よろしいですか、アンペリアルさん。お国ではどうだか知りませんが、あなたはアメリカで起きた殺人事件の捜査に巻きこまれているんです。

わかっていますか？　殺人事件の捜査ですよ」
「ええ、わかっています、しかし――」
「しかしも案山子（かかし）もないんです、アンペリアルさん」ブルーノ地方検事は立ち上がった。「お気の毒には思いますが、ハーリー・ロングストリートの殺人事件が解決、もしくは、すくなくとも一応けりがついたと公式にみなされるまでは、我が国にとどまっていただかなければなりません。もちろん、デウィットさんの家を出て別の宿に移ることはできます――私にはそれを止める権限はありません。ですが、いつでも呼び出しに応じられる場所にいていただく必要はあります」

アンペリアルは立ち上がり、ぎこちなくその長身をまっすぐに伸ばした。その顔からは愛想のよさが消え、醜くさえ見えた。「でも、いま言ったでしょう、社の業績に関わると！」

ブルーノ地方検事は肩をすくめた。

「結構！」アンペリアルは乱暴に帽子を頭にのせた。ドルリー・レーン氏の暖炉の炎と同じくらい真っ赤に、顔が染まっている。「ただちに我が国の領事館を訪ねて、しかるべく措置をとってもらいましょう。いいですか、ブルーノ検事。私はスイス国民です、あなたには私を引き留める権利はない！　ごきげんよう！」

そして形ばかりに小さく頭を下げると、勢いよくドアに突進していった。ブルーノ地方検事は苦笑した。「お好きになさればいいですが、船の切符はキャンセルした方がいいですよ、アンペリアルさん。それだけの金をどぶに捨てるのはもったいない……」しかしアンペリアルはすでに消えていた。

「まあ」ブルーノ地方検事はさっさと切り替えて言った。「あれはあれでしかたないな。坐ってくれ、サム、これを見てほしい」言いながら手紙をポケットから出して、警視の前に広げた。

サム警視は、まず便箋のいちばん下を見た――署名はない。罫線だけの安っぽい便箋に、色の薄い黒インクで、特に細工の痕がない筆跡で書かれている。手紙は地方検事宛てだった。


私はあのロングストリートという人が殺された時に、同じ電車に乗っていた者です。犯人のことで、心当たりがあります。地方検事殿、あなたにこの情報をお知らせしたいのですが、私が知っていることを犯人に勘づかれたようで、見張られている気がして、恐ろしくてたまらないのです。

それでも、水曜の夜十一時にあなたが合ってくださるか、代理の人をよこしてくだされば、知っていることを話します。ウィーホーケン乗船場の待合室で、その時刻に合ってください。私が誰なのかはその時にわかります。こちらから声をかけます。お願いです、地方検事殿、このことは秘密でお願いします。この手紙のことは絶対、外部にもらさないでください、私が喋ったことを犯人に知られたら、市民の義務を果たしたばかりに殺されてしまうでしょう。

どうか私を保護してください。水曜の夜、話を聞いてくだされば、合ってよかったと、きっと思っていただけるでしょう。重大な話です。その日まで、私も自分で自分の身は護ります。昼間に警官と話しているところを見られたくないのです。

サム警視は手紙を慎重に扱った。読み終わると机に置いて、今度は封筒を調べた。「消印の日付は昨夜で、ニュージャージー州ウィーホーケン市のものだ」警視はつぶやいた。「ずいぶん汚ねえ指で触ったもんだな、指紋だらけだ。あの電車に乗りあわせた客のひとりか……さあな、ブルーノ、おれはこいつをどう考えればいいのかわからん。いたずらかもしれんし、そうでないかもしれん。こういう手合いがいちばん困る。あんたはどう思う?」

「難しいな」ブルーノ地方検事は天井をあおいだ。「本物の手がかりに見えなくもない。万が一ということもあるし、私は行ってみるつもりだ」そして威勢よく立ち上がると、行ったり来たりし始めた。「サム、私はいい予感がするんだ。誰だか知らんが、これを書いた奴が署名をしていないってことに信憑性を感じる。言っていることは支離滅裂だし、自分が重要人物になった気で有頂天のわりに、暴露することで起きる結果を想像してがたがた震えているってところだな。それと、この手紙には本物にありがちの要素がいくつもある——やたらと長文で、繰り返しが多くて、不安で注意力が散漫だ——〝合って〟なんて綴りを間違えたり、tの横棒をいくつも書き落としたりしているのが証拠だ。ああ、考えれば考えるほど、私は本物だと思う」

「へえ……」サム警視は疑わしげだった。不意にその顔が輝いた。「ドルリー・レーンの大先生はおったまげるぞ、きっと。あのじいさんのアドバイスとやらは、もう必要ないってわけだ」

「ああ、サム。スピード解決といくか」ブルーノ地方検事は満足げに両手をこすりあわせた。「よし。川向こうのハドソン郡のレンネルズ地方検事に連絡をとって、ウィーホーケン駅を見張るようにジャージー警察を出す手配をしてもらってくれ。まったく、この管轄ってのは毎度毎度めんどくさい！　制服はだめだぞ、サム——全員私服だ。きみも来るか？」

「おれを止められるもんなら止めてみろ」サム警視はぶっきらぼうに言った。

警視がばたんとドアを閉めて出ていってしまうと、ブルーノ地方検事は机に並ぶ電話機のひとつから受話器を取り上げ、ハムレット荘に電話をかけた。相手が出るまでの間、地方検事は心穏やかに、ほとんど幸せな気持ちで待った。「もしもし！　ハムレット荘ですか？　ドルリー・レーンさんをお願いします……ブルーノ地方検事です……もしもし！　どなたですか？」

甲高い、震える声が答えた。「クェイシーでございます、ブルーノ様。レーン様は隣にいらっしゃいます」

「ああ、そうか。忘れていた——耳がお悪いのでしたね」ブルーノ地方検事の声が大きくなった。「では、レーンさんに、ニュースがあると伝えてください」

クェイシーの老いた声が一言一句たがわずに繰り返すのが聞こえた。

「〝本当ですか！〟とおっしゃっています」クェイシーが甲高く伝えてきた。「どんなニュースでございますか？」

「ロングストリートを殺した犯人を知っているのはあなただけではありません、と伝えてください」ブルーノ地方検事は勝ち誇った声で言った。

クェイシーがレーンに向かってそれを繰り返す間、地方検事は息を詰めて耳を澄ましていたが、やがて、驚くほどはっきりとレーンの声が聞こえてきた。「それは文字どおりのニュースですね、犯人が自白したのですか。と、ブルーノさんに訊きなさい」

ブルーノ地方検事はクェイシーに、あの匿名の手紙の内容を説明した。しばらく受話器の向こうは沈黙が続いたが、やがて、まったく慌てていない落ち着いたレーンの声が聞こえてきた。

「ブルーノさんに、直接、お話しできなくて、お手間をとらせて申し訳ない。今夜のその会合に私も参加してもよろしいかと、伝えなさい」

「ああ、それはもちろんです」ブルーノ地方検事はクェイシーに答えた。「ええと——クェイシー、レーンさんは驚いたご様子かな?」

受話器の向こうからは、この上なく奇妙な笑い声が聞こえてきた——肥った幽霊が腹の奥で笑っているような。やがてクェイシーは、おかしくてたまらないというように震える声で答えた。「いいえ。事情が変わったことを、たいそう喜んでおられます。しょっちゅう、何か意外なことが起きてくれないかな、と口癖のようにおっしゃっていますから。レーン様は——」

けれどもブルーノ地方検事はあっさり「さよなら!」と言って、受話器をフックにかけてしまった。

第二場　ウィーホーケン乗船場

九月九日　水曜日　午後十一時四十分

晴れた夜は黒い空を明るい点と線で華やかに彩るニューヨーク中心部の街の灯が、この日は昼からずっと街を包む霧のとばりにさえぎられて、すっかりぼやけていた。本土のニュージャージー側のフェリー乗り場から、対岸のマンハッタン島を見やると、灰色のぶ厚い霧の奥で灯火らしき淡い明かりがにじんだようにぽつりぽつりと光るのみ。かと思えば、何もないところからいきなり、船首から船尾まで煌々と照明をつけたフェリーが、ぬっと現れる。小型フェリーは亡霊のように、川面を行き来していた。ありとあらゆる方角から衝突回避のための霧笛が響いてくる。けれどその音さえ、霧に呑みこまれてしまう。

ウィーホーケン乗船場の奥に建つ巨大な車庫のようながらんとした建物、フェリーの待合所には、十人ばかりの男たちが集まっていた。そのほとんどが無言であたりを警戒している。一団の中心にはずんぐりしたブルーノ地方検事が、ナポレオンのごとくすっくと立ち、十秒ごとに忙しなく腕時計を見ては、何もない床の上を憑かれた者のように歩きまわっている。サム警視は広い待合室の中をうろつきながら、入り口という入り口を鋭い眼で見て、ときどきはいってくる新参者をじっと観察した。室内からはほとんど人気がなくなりつつあった。

刑事たちの一団からずっと離れたところに、ドルリー・レーン氏は坐っていたのだが、その古風な姿に、フェリーや列車を待つ客たちは不思議そうな、時におもしろがっているようなまなざしを向けた。名優はまったく動かずに、膝の間に立てた恐ろしげな太いブラックソーンのステッキ（護身用の武器でもある）の握りを、両の白い手の長い指でしっかり包みこんでいる。長い黒のインバネスのケープが、肩をおおって垂れ下がっていた。ふっさりした髪の上には、つばのまっすぐな黒のフェルト帽がのっている。そちらをサム警視はときどき、ちらと見ては、着ているものから髪に至るまで、あそこまで年寄りくさい男を見たことがないと思いつつ、名優の顔も姿勢も驚くほど若々しいことに舌を巻いていた。じっと動かない、彫りの深い、力強いその顔は、三十五歳の男のそれと言っても通るだろう。あたりにかまわず、ひとりゆうゆうと落ち着き払った姿は、はっとするほど超然として、人目をひきつける。通行人の好奇の視線を無視しているわけではない――単純に、気づいていないだけなのだ。

名優のきらめく瞳はブルーノ地方検事のくちびるをひたと見つめていた。

地方検事が歩み寄ってきて、落ち着かない様子で腰をおろした。「もう三十五分遅れていますね」愚痴っぽく言った。「レーンさんにはどうも無駄足を踏ませてしまったようですね。もちろん我々はひと晩じゅうかかっても最後まで見届けますが。実を言うと、私は少しだけ馬鹿馬鹿しくなってきましたよ」

「いいえ、むしろ、少しだけ心配になってきたと言うべきだと思いますね、ブルーノさん」レーンはあのよく響く声で言った。「遅れにはそれ相応の理由があるはずですから」

「まさか――」ブルーノ地方検事は眉を寄せて言いかけ――不意にぴたりと口をつぐんで全身をこわばらせた。部屋の反対側で、サム警視がまったく同様にしている。外の乗船場の方から騒々しい大混乱の音が響いてきた。

「どうかしましたか、ブルーノさん」レーンがおっとりと訊ねてきた。

ブルーノ地方検事はぐっと頭を突き出して耳をすましている。「ああ、そういえばあなたには聞こえないのでしたね……レーンさん、たったいま、〝人が落ちた！〟という叫び声が聞こえたんです」

ドルリー・レーンは即座に立ち上がった。サム警視が雷鳴のような声をとどろかせた。「桟橋でトラブルだ」警視は吼えた。「見てくる！」

ブルーノ地方検事も立ち上がっていたが、迷い顔だった。「サム、私は部下とここに残るよ。我々をおびき出そうという罠かもしれない。まだ、待ち人が来るかもしれないからね」

サム警視はとっくに戸口に向かって、どたどたと飛び出していた。すぐにドルリー・レーンも続いた。六人の刑事があとを追って走る。

一行は外のひび割れた木の床を突っ切り、立ち止まって、叫び声の方角を確かめた。屋根のかかった桟橋のいちばん奥で、ちょうどはいってきたばかりの一隻のフェリーが、水中に林立する杭(くい)に船腹を擦(す)りつけながら、桟橋の縁の一部をまるみのある鉄板で補強したステップに、横づけしようとしている。サム警視とレーンと刑事たちがたどりついた時には、すでに船と桟橋の間を跳び越えてきた人々がまばらにうろつき、乗船場から慌てて出ていく人々もいた。上甲板の操舵室には金箔の文字で〈モホーク号〉とある。下甲板では乗客たちが半狂乱で右往左往し、弓なりの船べりの手すりから身を乗り出す者もいれば、右舷側の船室の窓から下の、霧に包まれた暗闇を覗きこむ者もいる。

三人の船員が群衆をかきわけて必死に船べりを目指していた。ドルリー・レーンはサム警視を追いながら、ふと金の懐中時計を確かめた。十一時四十分だ。

サム警視は甲板に飛び移ると、瘦せこけて日焼けした肌に深い皺が刻まれている老いた船員の襟首をつかんだ。「警察だ！」警視は怒鳴った。「何があった？」

船員は怯えた顔になった。「落ちたんですよ、男が、だんな。みんなの話じゃ、モホーク号が桟橋に横づけしようとした時に、上の甲板から落ちたって」

「その男は誰だ――知ってるか？」

「し、知らんです、あたしは」

「来てください、レーンさん」警視は唸った。「落ちた男は船員たちが引き上げます。そいつが落ちた場所から見てみましょう」

ふたりは船べりの人ごみの真ん中をぐいぐい通り抜け、船室のドアを目指した。サム警視が急に声をたてて立ち止まったかと思うと、腕を突き出した。下甲板の南側に、いまにも下船しようとしている華奢（きゃしゃ）な人影が見える。

「おおい、デウィットさん！　ちょっと待った！」

トップコートに身を包んだ華奢な人影は、顔を上げ、ためらってから、また戻ってきた。その顔は真っ白だった。少し息が荒い。「サム警視さん！」ゆっくりと言った。「こんなところで何を？」

「ちょっと仕事でね」サム警視はのんびりと言ったものの、眼はらんらんと輝いてきた。「あなたは？」

デウィットはコートの左ポケットに手を深く突っこんで、身震いした。「家に帰るところですが」そう答えた。「何があったんですか」

「知りたければ残ったらどうです」サム警視は愛想よく言った。「一緒にどうぞ。そうそう、ドルリー・レーンさんを紹介しましょう。捜査を手伝ってくれてるんです。俳優の。あの有名な。レーンさん、こちらはデウィットさん。ロングストリートさんの共同経営者の」ドルリー・レーンはにこやかに会釈した。それまで泳いでいたデウィットの眼が、名優の顔の上で動かなくなったかと思うと、あっと気づいた色に染まり、敬意が浮かんだ。「お目にかかれて光栄です」サム警視は眉を寄せていた。うしろでは部下たちが辛抱強く待っている。警視は、口の中でぶつぶつ言いながら、誰かを探すようにあたりを見回した。

やがて、ひょいと肩をすくめた。「来てください」鋭く言うと、先に立って、その巨体を人ごみの中にぐいぐい突き入れていった。

船室は大混乱の渦だった。サム警視は真鍮の飾りがついた中央階段を猛烈な勢いで駆けのぼり、一行もあとに続いた。楕円形の上階にたどりつくと、北側にあるドアのひとつに突進し、暗い上甲板に出た。刑事たちは懐中電灯の強力な小さな光の輪で照らして、甲板を調べだした。

サム警視は、船首と船の中央との間、ちょうど操舵室のすぐうしろの、船べりから一メートルほど内側にはいったあたりに、何かひっかいたような、細長い不揃いな痕を何本か見つけた。刑事たちがいっせいに光の輪をその一点に当てた。ひっかき傷は十字形の鉄の手すりの柱のあたりから、甲板をずっと横切って、船室の北西の角の外側をへこませたくぼみのような小部屋に続いている。小部屋の東と南の壁は、船室の外壁だ。北の壁は薄い板。西の壁はない。懐中電灯が小部屋の中に向けられた。ひっかき傷は小部屋の中から続いていた。鍵のかかった道具入れの戸棚がひとつ、壁に固定されている。さらに救命具がいくつかと、ほうきが一本と、バケツがひとつと、その他こまごましたものがあった。壁のないがら空きの出入り口は、真ん中に一本、鎖が真横に張り渡してある。

「中にはいれ。鍵をもらってきて、あの道具入れを開けろ、何かはいってるかもしれん」ふたりの刑事が消えた。「それから、ジム。階下におりて、この船に乗っている人間を全員、引きとめておけ」

サム警視とレーンはデウィットを連れて、船べりの手すりに近づいていった。手すりの向こう側を覗くと、甲板の床は手すりの外側に八十センチほど張り出している。サム警視は懐中電灯を片手に、床のひっかき傷を熱心に観察していた。やがてレーンを見上げた。「レーンさん、妙なものがある。何かの端っこがこすれた痕です。甲板の上をずっと重たいものを引きずっていったような。くそ、こいつは人間の身体か？　靴のかかとがこすれた痕だな。殺しか？」

ドルリー・レーンは、懐中電灯の外側に広がるかすかな光の中でサム警視の顔をじっと見つめていた。そして、うなずいた。

ふたりは手すりの外に身を乗り出し、眼下の騒ぎの様子を見ようとした。サム警視はそうしながらも、眼の端でデウィットを観察していた。小柄な株式仲買人はいまやすっかり落ち着いて、むしろ観念しているようにも見えた。

いつの間にか、警察のボートが桟橋の端に到着していた。警官たちが大急ぎでぬるぬるすべる杭のてっぺんに飛びつき、我先に桟橋に這い上がってくるのが見える。突然、強力なサーチライトがふたつ、点灯されて、煌々とフェリーを照らし出した。濃霧の中、桟橋がはっきりと浮かび上がる。上甲板はいまやまぶしいほど明るかった。ライトの光がさあっと下甲板をなでて、ありとあらゆるものをすみずみまでさらけ出していく。下甲板の、外側にせりだした床が、桟橋を囲うぬるぬるの杭に擦りつけられていた。林立する杭の下は何も見えない。フェリー乗り場の係員や船員が、杭の上に立ったり膝をついたりしたまま、頭上の暗い操舵室に向かって指示を叫んでいる。すぐにフェリーの中から、がちゃんがちゃんと音が響いた。船は北桟橋を離れて南桟橋の方へ、じわじわ動いていく。操舵室のふたりの男、船長と舵手は狂ったように動きまわり、死体が浮かんでいるとおぼしきあたりから離れようと必死だった。

「ありゃあ、つぶれちまったな」サム警視は淡々と言った。「フェリーが桟橋に着くタイミングでここから落ちたのか。船体と杭の間にはさまったのが、船が進んだせいでずれて甲板の下に滑り落ちてったんだろう。あれの始末は骨だぞ……おっ！　水が見えた！」

船がうなりをあげて横にずれるにつれて、油の浮いた黒い不気味な水面が現れてきた。水面は波打ち、ぶくぶくと泡立っている。杭の上の暗闇から鉄のかぎづめが、ぬっと現れた。警官と船員が、どこにあるかわからない死体を、手探りで引き上げようとしているのだ。

デウィットはサム警視とレーンにはさまれて立ったまま、下で繰り広げられる、ぞっとするような作業を、固唾（かたず）を呑んで見守っている。刑事がひとり、サム警視の脇に現れた。「どうだった?」警視は唸った。

「戸棚は空でした。あの小部屋には何もありません」

「わかった。甲板のかかとの痕を踏み荒らさないように気をつけろ」そう言いながら、警視の眼はまったく関係のない方を見ていた。じろじろとデウィットを凝視しているのだ。華奢な小男はじっとり湿った冷たい手すりを左手だけでつかんでいた。右の手を変にこわばらせて胸に当て、肘を手すりについている。

「どうしたんです、デウィットさん。手をどうかしたんですか」

小柄な株式仲買人はゆっくりと首を回し、あやふやな笑顔で右手を見下ろした。やがて、身を起こすと、サム警視によく見えるように右手を差し出した。レーンは首を伸ばして覗きこんだ。人差し指の第一関節から縦に五センチほどの新しい切り傷がある。薄いかさぶたができていた。「夕方にクラブのジムの運動器具で指を切ってしまったんです。夕食の前に」

「ほう」

「クラブのモリス先生に手当てしてもらいましたが、気をつけているように言われまして。たいしたことはないんですが、まだ痛むんですよ」

下の方で、わあっと声があがって、デウィットとサム警視ははじかれたように振り返り、手すりから身を乗り出して覗きこんだ。ドルリー・レーンは眼をぱちくりさせたが、すぐにふたりにならって下を見た。「見つけたぞ！」「こっちだ！」鉄の鉤が黒い水面のすぐ下で何かをつかまえると、ロープが杭の上からするすると蛇のようにおりていく。

三分後、ぼたぼたと水を垂らしている、ぐんにゃりしたかたまりが水から引き上げられた。とたんに、下甲板のあちこちから悲鳴があがった――ざわめきと、混乱したわめき声が聞こえてくる。

「下だ！」サム警視が怒鳴った。三人はいっせいに手すりから離れ、一団となって飛び出していった。デウィットが大急ぎで先頭に出て、甲板を突っ切っていった。ドアノブをつかんだとたん、あっと驚いた声を出した。「どうしましたか」サム警視は素早く訊ねた。デウィットが右手を見て顔をしかめている。サム警視とレーンは傷から血が流れているのを見た。傷口はところどころ裂けてしまっている。

「右手でドアを開けちゃいけないんだった」小柄な男は呻いた。「気をつけていないと傷が裂けるって、モリス先生に注意されていたのに」

「まあ、そのくらいじゃ死にゃしませんよ」サム警視はそっけなく言うと、デウィットの脇を通り過ぎ、階段をおり始めた。振り返ると、デウィットは胸ポケットからハンカチを抜き取り、ゆるく右手に巻きつけている。ドルリー・レーンは顎までコートの襟に隠れ、眼は影になって見えなかったが、何か優しい言葉をかけているようで、やがてふたりは、どたどたと階段をおりていくサム警視のあとを追ってきた。

一行が船室の下の階の右舷側を通り抜けて、外の前甲板に出ると、引き上げた者たちが一枚のキャンバス地の布を広げていた。かたまりはいま布の上で、吐き気がするほど臭い小さな水たまりの中、横たえられている。それは原形をとどめていない男の身体だった。つぶされ、血まみれで、見分けもつかないほどめちゃめちゃになっている。頭も顔もぐちゃぐちゃだった。奇妙な姿勢で寝ているのは、背骨が折れているのだろう。片腕は、見るに堪えないほどぺちゃんこにつぶれたひき肉そのもので、まるでロードローラーにひかれたかのようだ。

ドルリー・レーンの顔は見たこともないほど真っ白だった。それでも意志の力で、身の毛もよだつ姿の骸(むくろ)から目を離さずにいる。血なまぐさい光景に慣れっこのはずのサム警視さえ、嫌悪の声を小さくもらした。デウィットに至っては、ひっと息を呑み、慌てて顔をそむけ、すっかり血の気を失っている。まわりを囲む船員や、船長や、舵手や、刑事や、警察官は皆、おそろしく陰々滅々とした表情で、死体を見守っていた。

船の南側の船室から、興奮した声が聞こえてきた。乗客たちが細長い部屋に押しこまれ、監視をつけられているのだ。

死体はうつぶせに寝かされていたが、下半身がありえない角度でうしろに折れ曲がり、横にねじれている。ぐちゃぐちゃの頭は甲板に対して横を向いていた。布の上にはずぶ濡れの、ひさしのついた黒い帽子が置いてある。

サム警視は膝をついて片手で死体を押してみた。まるで濡れた粉袋のように、ぐにゃぐにゃしている。警視は死体をうつぶせからひっくり返そうとした。ひとりの刑事がそれを手伝い、ようやくふたりは死体を仰向けに転がした。髪の赤い、大柄でたくましい男の死体だ。顔はつぶれて、見分けがつかない。警視は驚いて小さく声をもらした。死体の着ている紺色の上着は、ポケットが黒の革で縁どられ、真鍮のボタンが縦に二列、首から裾までついている。猛禽のようにサム警視は甲板から帽子をつかみ取った――それは路面電車の車掌の制帽だった。ひさしの上のバッジを見ると、二一〇一という番号と三番街電鉄という文字が地金に彫ってある。

「まさか――？」警視は言いかけて、言葉を切った。顔を上げて鋭い眼でドルリー・レーンを見ると、名優はかがみこんで、食い入るように帽子を見つめている。

サム警視は帽子を放り出すと、今度は死体の胸ポケットに、無造作に手を突っこんだ。再び姿を現した手は、濡れそぼったみすぼらしい革財布を持っていた。中を調べ始めた警視は、いきなり立ち上がった。醜い顔が光り輝いている……

「そうか！」怒鳴って、あわただしく見回した。

ブルーノ地方検事のずんぐりした姿が、トップコートの裾をひるがえし、建物を出て大急ぎで桟橋に向かってくるのが見えた。私服刑事たちがすぐあとからばたばたと走ってくる。

サム警視は、素早くひとりの刑事を振り返った。「客を詰めこんだ船室の見張りを倍に増やせ！」そして、いっぱいに背を伸ばすと、くたくたの財布を振りまわした。「ブルーノ！　早く来い！　おれたちの待っていた男がいたぞ！」

地方検事は走りだし、船に飛び乗ってくると、一度さっと見回して、死んだ男と、群衆と、レーンと、デウィットを認めた。

「で?」地方検事は肩で息をしながら訊いた。「誰だ――手紙を書いた人間か?」

「ご当人だ」サム警視はしゃがれた声で答えた。そしてつま先で死体をつついた。「ただ、別の奴に先を越されちまったけどな」

ブルーノ地方検事はもう一度下を向き、上着の真鍮のボタンと、甲板に落ちているひさし付きの帽子を見て、目を丸くした。「車掌か――!」冷たい風にもかまわず、帽子を取ると、絹のハンカチで汗を拭いた。「たしかなのか、サム?」

答えのかわりに、サム警視は財布の中から水でふやけた一枚のカードを取り出すと、地方検事に手渡した。ドルリー・レーンは音もなくブルーノ地方検事の背後に回ると、肩越しに見た。それは三番街電鉄が発行した角の丸くなった身分証明書で、二一〇一という番号のスタンプが押され、本人の直筆の署名があった。

署名は走り書きとはいえ、十分はっきりと読めた。チャールズ・ウッド、と。

第三場　ウィーホーケン終着駅

九月九日　水曜日　午後十一時五十八分

乗船場に隣接する西河岸鉄道ウィーホーケン終着駅(ターミナル)の待合所は、がらんとした古い二階建ての建物で、ガリバー旅行記の巨人国から持ってきた巨大な納屋を思わせた。吹き抜けの天井はむき出しの鉄骨が縦横無尽に交差している。一階から見上げれば、二階の高さの壁にぐるりと、欄干をめぐらせたバルコニーがくっついていた。このバルコニーの先の通路は、小さな事務室の並ぶエリアに続く。何もかもが陰気くさく薄汚れた灰色だった。

水浸しのチャールズ・ウッド車掌の死体はキャンバス地の担架に乗せられ、川の水を垂らして、虚ろな音を反響させながら、一階の待合室を突っ切って二階に上がり、吹き抜けを囲むバルコニーの向こうの駅長室に運ばれていった。待合室はニュージャージー警察が占領し、鉄道の乗客たちは追い出されていた。モホーク号の南船室に閉じこめられていた乗客たちはがやがや言いながら、二列に並ぶ警官の間を通って駅の待合室に連れていかれると、監視のもと、いったい何をされるのだろうと不安な気持ちでサム警視とブルーノ地方検事を待った。

モホーク号自体はサム警視の命令で桟橋につながれていた。乗船場の係員たちが会議を開き、大急ぎでフェリーの運航スケジュールを調整した。相変わらず、船は次々に霧の中から現れ、霧の中に消えていく。鉄道は予定どおりに運行することになったが、臨時の切符売り場が車庫に設けられ、鉄道に乗る客たちはフェリーの待合室側の改札からはいらなければならなくなった。乗客を降ろしたモホーク号は照明が灯って、まるで生きているようだったが、群がる刑事と警官たちで真っ黒だった。警察関係者以外は乗船を禁じられた。二階の駅長室では横たえられた死体を小さな一団が取り囲んでいる。ブルーノ地方検事はひっきりなしに電話をかけていた。最初にかけたのはハドソン郡のレンネルズ地方検事の自宅である。ブルーノは受話器に向かって手短に、死んだウッドは、ニューヨークで起きた――ブルーノ地方検事自身が担当する――ハーリー・ロングストリート殺人事件の参考人のひとりであったことを説明し、殺されたのはニュージャージーの管轄内だが、初動捜査は自分にさせてもらえないだろうか、と頼んだ。レンネルズ地方検事はおもしろくなさそうだったが、不承不承に認めてくれたので、ブルーノは早速、ニューヨーク市警察本部に連絡を取った。サム警視が受話器をひったくり、市警察から応援の刑事をもっとよこせと命じた。

ドルリー・レーン氏は無言で椅子に坐ったまま、ブルーノ地方検事のくちびると、部屋の片隅でぽつんと忘れ去られたジョン・デウィットの固く口を結んだ蒼白な顔と、サム警視の必死に抑えている激しい怒りの表情を、じっと見つめている。

警視が受話器を置くのを見計らって、レーンが声をかけた。「ブルーノさん」

地方検事は死体の足元に移動し、不機嫌さを隠そうともせず、そのぞっとする物体を見下ろしていたが、首をひねってレーンを振り返った。その眼にはすがるような期待の光が浮かんでいる。

「ブルーノさん」ドルリー・レーンは言った。「ウッドの署名をよく調べましたか――身分証明書の」

「というと?」

「おそらくは」レーンは穏やかに説明した。「あの匿名の手紙を書いた人物の身元を、絶対確実に証明することが、いまは何よりも重要ではないでしょうか。サム警視は、あのウッドの署名と、手紙の筆跡が同じだとお考えのようですね。失礼は重々承知で申し上げますが、専門家のかたがそれを確認してくだされば、私としても、さらに安心できるのですが」

サム警視は小馬鹿にするように、ふふんと笑った。「同一です、レーンさん。心配ご無用」

ウッドの死体のそばに膝をつくと、まるでマネキン人形を扱うように、何の感情もなしに、死んだ男のポケットをまさぐった。しばらくしてようやく、濡れた紙を二枚持って立ち上がった。一枚は三番街電鉄の事故報告書で、この日の午後に自動車と軽い接触事故を起こした件について几帳面に書かれ、署名もされていた。もうひとつは切手を貼って封をした封筒だった。サム警視は破って開けると、中身を読んで、ブルーノ地方検事に手渡した。地方検事は便箋の上に視線を走らせてから、レーンに回した。それは、運転技術の通信教育講座のパンフレットを送ってほしいという専門学校宛ての手紙だった。レーンは双方の筆跡と署名をじっくりと調べた。

「あの署名のない匿名の手紙をお持ちですか、ブルーノさん」

地方検事は札入れの奥をさぐり、手紙を取り出した。レーンは三枚の紙を傍らの机の上に並べて広げ、またたきもせずに集中して見比べた。やがてにこりと微笑んで、ブルーノ地方検事にすべての紙を返した。

「失礼しました、警視さん」レーンは言った。「三つとも疑いなく同一人物の書いたものです。そして、ウッドが事故報告書と、通信教育の学校宛ての手紙を書いたことがはっきりしているのですから、同じ筆跡の匿名の手紙も、ウッドが書いたに違いありません……。警視さんは断言されましたが、やはり専門家に確認してもらうのは大事だと私は思いますよ」

サム警視は唸り声をあげ、もう一度、死体のそばに膝をついた。ブルーノ地方検事は三枚の紙を札入れに入れなおし、もう一度、電話に手を伸ばした。「シリング博士を頼む……ドクかい？　ブルーノだ。いま、ウィーホーケン駅の駅長室にいる。うん、そう、乗船場の裏の……すぐに来てく……ああ！　しかたないな、なるべく早くそいつを片づけて……四時？　じゃあ、いいや。死体はハドソン郡の死体置き場（モルグ）に運ばせるから、そっちで剖検（ぼうけん）をお願いできるか……そうだよ、そう、どうしてもきみに頼みたい。チャールズ・ウッドの死体だよ、あのロングストリート事件の電車の車掌……うん。それじゃ」

「さらに口を出させていただくなら」ドルリー・レーンが椅子に坐ったまま声をかけた。「ブルーノさん。ウッドがモホーク号に乗船する時に、フェリーの船員か路面電車の同僚と話したり、誰かに姿を目撃されたりした可能性もありませんか」

「鋭いですね、レーンさん。まだその辺にいるかもしれない」ブルーノ地方検事はまた受話器を取り上げ、ニューヨーク側のフェリー乗船場に電話をかけた。

「ニューヨーク郡地方検事のブルーノです、ウィーホーケン駅からかけています。殺人事件が起きて――ああ、もう連絡がいきましたか――いますぐご協力願いたい……ありがとうございます。では、三番街電鉄の四十二丁目横断線に乗務している認識番号二一〇一、チャールズ・ウッド車掌を今晩、見かけるか、話をするかした職員がいたら、こちらによこしてくれますか……そう、だいたい一時間前です、ええ……それから探す間に、今日、勤務していた車両の点検係をひとり、つかまえてください。警察の船を迎えにやりますので」

ブルーノ地方検事は受話器を置くと、刑事をひとり使いに出し、モホーク号の近くの杭につながれている警察艇の船長に命令を伝えた。

「さて！」地方検事は両手をこすりあわせた。「レーンさん、サム警視が死体を調べている間に、私と一階に行きませんか。しなければならない仕事が山ほどありますよ」

レーンは立ち上がった。それまでずっと眼の端で、デウィットがひとりぽつんとうずくまっているのを見守っていたのである。「ブルーノさん、よろしければ」レーンは穏やかなバリトンの声で言った。「デウィットさんも一緒に来てもらってはどうでしょうか。あのかたにとっては、ここの光景はご不快でしかないでしょう」

ブルーノの瞳が縁なし眼鏡の奥できらめいた。ごつごつした顔がほころんだ。「ええ、もちろん、どうぞどうぞ」

小柄なごま塩頭の株式仲買人は、インバネスをまとうレーンの姿に、感謝のまなざしを送った。そして、ふたりの男のあとについて部屋を出てきた。一行はバルコニーの端を歩いていき、階段をおりて待合室に向かった。

それまでがやがやしていたのに、三人が進むにつれてしんと静まり返った中で、地方検事は片手を上げた。「モホーク号の舵手のかた。こちらにどうぞ。お話をうかがいます。船長も来てください」

ふたりの男が乗客たちの群れからはずれて、重たい足取りでやってきた。

「舵手をやってます――サム・アダムスです」フェリーの舵手は、黒髪をぎりぎりまで短く刈りこんだ、牡牛のような顔つきの、ずんぐりしたたくましい男だった。

「ちょっと待った。ええと、ジョーナスはどこだ？　ジョーナス！」サム警視の秘書役をつとめている刑事が、手帳を開きながら駆けつけてきた。「証言を書き取ってくれ……アダムスさん、我々はあの亡くなった男性の身元を特定しようとしているところです。遺体を甲板に上げたのを見ましたか」

「見ました」

「あの男性を生前に見たことは？」

「そりゃもう、何百ぺんも」舵手は大げさな仕種で、ズボンをぐいと引き上げた。「友達みてえなもんでした。頭やら何やらつぶれちまってたが、路面電車の車掌をやってるチャーリー・ウッドだってのは、聖書に誓ってもいいですわ」

「どうして確信を持てるんです」

アダムス舵手は帽子を持ち上げ、頭をかいた。「どうしてって——だって、わかりまさあ。身体つきも、赤毛も、服も同じだし——どうしてわかるっつっても——わかるからわかるとしか言いようがねえなあ。現に、今夜、船の上で話をしたし」

「ああ！　会ったんですね。どこで——ん、もしかして操舵室でか？　規則違反じゃないのか、それは。正直に話してもらおうか、アダムスさん、全部」

アダムスは咳ばらいをして、近くの痰壺に唾を吐いてから、傍らの背の高い、骸骨のように痩せこけた、雨風と日差しに荒れた肌の男を、きまり悪そうにちらりと見てから言った。「ええと、その。あたしはチャーリー・ウッドを何年も前から知ってまして。この船に、あたしは九年近く乗ってます、そうですよね、船長？」船長は重々しくうなずくと、恐るべき正確さで痰壺のど真ん中に唾を飛ばした。「チャーリーはたぶん、ウィーホーケンの街に住んでたんでしょう。電車の仕事をあがると、いつも十時四十五分の船に乗ってきましたんで」

「ちょっと待ってください」ブルーノ地方検事は注意を引くようにレーンに向かってうなずいてみせた。「今夜は十時四十五分の便に乗ったんですか？」

舵手は少しむっとしたようだった。「いま、言おうとしたとこでさあ。もちろん乗りましたよ。チャーリーの奴は、もう何年も前から上甲板に来て、夜のひとときをおつに過ごすってのが決まりでしてね。あはは！」ブルーノ地方検事が顔をしかめると、アダムスは慌てて続けた。

「とにかく、チャーリーが上甲板に上がってきて、あたしに向かって夜の挨拶を怒鳴ってくれない日は、がっかりしたもんです。もちろん、チャーリーの休みの日だとか、市内に泊まりの日とかは会えませんでしたが、たいていモホーク号に乗ってきましたよ」

「実におもしろい」地方検事は感想を言った。「たいへんおもしろいが、もう少し手短に、アダムスさん——連載小説じゃないんだから」

「はあ、そうしてるつもりなんですが」舵手はまたズボンをぐいと引き上げ、姿勢を正した。

「それでですね。今夜もチャーリーは十時四十五分の便に乗ってきて、上甲板の右舷側でいつもどおり、あたしに向かって怒鳴ってきました。〝アホイ、サム！〟って。あたしが船乗りなんで、たいがいいつも、ふざけて船乗りのまねして〝アホイ！〟って声をかけてくるんでさあ。

冗談好きな奴でね。あはは！」ブルーノ地方検事がついに怒りをあらわにすると、アダムスはすっと真顔になった。「ああ、はい、いま話しますよ」慌てて言った。「それであたしも〝アホイ！〟って返事して、〝霧が濃いなあ、チャーリー。うちのかあちゃんの化粧といい勝負だ！〟って言ってやったら、あいつがでっかい声であたしに向かって叫んだんでさ——チャーリーの顔は、いまこうしてあんたの顔を見てるのと同じくらいはっきり見えました。あいつは操舵室のすぐ近くに立ってたんで、あそこのライトが顔に当たってましたから——〝ほんとだな、サム、ひどいもんだ〟それであたしも言いました。〝で、調子はどうだ、チャーリー？〟そしたら、〝まあまあだね。今日の昼過ぎにシボレーとちょっとぶつかってさ。ギネスがそりゃあ怒ってたよ。ったく、女の運転は、へたくそでどうしようもねえ——〟」

そこで船長がアダムスの肉付きのいい脇腹に力いっぱい肘をめりこませ、舵手はうっと呻いた。「だらだらだらだら喋ってんじゃねえ、サム」船長は言った。大きく響く低い声は、部屋じゅうにこだました。「とっととすませろ、ぶん殴られてえのか」

アダムス舵手はさっと上司に向きなおった。「今度、またやりゃあがったら——」

「ほらほら！」ブルーノ地方検事は鋭く言った。「喧嘩はやめたまえ。あなたがモホーク号の船長ですか」

「そうです」がりがりのひょろ長い男が大声で答えた。「船長のサッターです。ここの川で二十一年間、渡しをやっとります」

「あなたは操舵室にいましたか、いまの——ええと——会話がされていた時に」

「そりゃ、だんな、霧が出た夜は、そこがわしの持ち場だからね」

「そのウッドという男がアダムスさんに向かって大声で呼びかけているのを、あなたは見ましたか」

「見ましたよ」

「十時四十五分の便に間違いない？」

「そりゃもう」

「アダムスさんと話しているのを見たあとで、またウッドを見かけましたか」

「いいや。次にあの人を見たのは、川から引き上げられてるとこだったな」

「あれがウッドということに間違いありませんか」

「まだ、あたしが話の途中なんですがね」アダムス舵手はすねた声で言った。「サムはほかにも何か言ってたな、そういや。今日はゆっくり川を往復してられないと言ってましたね——人と会う約束があるとかで、ジャージーで」

「たしかですか？　サッター船長、あなたは聞いていますか」

「ああ、今度ばっかりはこの垂れ流しのお喋り馬鹿もまともなことを言ってますわ。それと、ありゃあウッドですよ——もう何百っぺんも見たことがある」

「アダムスさん、ウッドが今夜は〝往復〟できないと言ったそうですね。ウッドは川を往復する習慣があったんですか」

「いや、習慣ってわけじゃないんで。ただ、気分がのるとね、特に夏場なんか、船を降りないでそのまま二回くらいのんびり往復してましたよ」

「もう結構です、おふたりとも」

男ふたりは、きびすを返したとたんに、ドルリー・レーンの有無を言わせぬ声にぎょっとして、立ち止まった。ブルーノ地方検事は顎をさすった。「少しお待ちください、ブルーノさん」レーンは愛想よく言った。「私からこちらのおふたりに質問をしてもよろしいですか」

「もちろんです。いくらでも、いつでも、なんなりとどうぞ、レーンさん、ご遠慮なく」

「恐縮です。アダムスさん――サッター船長」ふたりの船乗りはぽかんと口を開けて相手を見つめた――インバネスのケープ、黒い帽子、ひどく恐ろしげなステッキ。「おふたりのどちらかでも、ウッドがアダムスさんに話しかけていた上甲板のあの場所から、離れていくところを見ましたか」

「ああ、見てましたよ」アダムス舵手はあっさり答えた。「出発の合図があったもんで、あたしは船を出しました。それでウッドはあたしらに向かって手を振ると、上甲板のひさしの下に戻っていったんで」

「うん、そうだ」サッター船長が、がらがら声を響かせた。

「上甲板というのは、ライトがついていると、おふたりのいる操舵室から、夜は正確にどのくらいの範囲、見えるものですか」

サッター船長はまた、痰壺に唾を飛ばした。「たいして見えないね。ひさしの下になると、もうまったく見えんです。夜に霧が出たら、操舵室の明かりが当たらんところは地獄の底みてえに真っ暗だ。そもそも操舵室ってのは、ほれ、前の方が扇形に広がって正面を見るようにできてて、真下の甲板は見えにくいんでね」

「十時四十五分から十一時四十分までの間、上甲板に人間がいることをうかがわせるようなものを、あなたは何か見聞きしていませんか」

「あのなあ」船長は唸った。「霧の夜に船を渡したことはあるかね？　いいかい、だんな、ほかの船にぶつからんようにするんで頭がいっぱいで、よそ見なんかできねえよ」

「よくわかりました」ドルリー・レーンは引き下がった。ブルーノ地方検事は眉間に皺を寄せると、うなずいて船乗りたちを解放してやった。

地方検事は待合室のベンチの上にのぼると、大声で怒鳴った。「すみませんが、上甲板から人が落ちるのを見たという人は全員、こっちに来てもらえませんか！」

六人がきょろきょろして、互いに互いをうかがっていたが、やがておそるおそる部屋を横切ってくると、ブルーノ地方検事の不機嫌な顔の前に、居心地が悪そうに立った。全員がまるで申しあわせたように、いっせいに喋りだした。

「ひとりずつ、ひとりずつお願いします」ブルーノ地方検事はぴしゃりと言ってベンチから飛び降りた。そして恰幅のいい金髪で腹の出た小男を見た。「では、あなたから――名前は？」

「アウグスト・ハヴマイヤーです」小男は不安げに答えた。牧師のような丸いつば広帽子をかぶり、黒のループタイをしている。服はみすぼらしく、垢じみていた。「印刷屋で――仕事が終わって、家に帰るところです」

「帰宅途中の印刷屋さんか」ブルーノ地方検事は体重を一方の足に移しかえた。「よろしい、ハヴマイヤーさん、フェリーが桟橋にはいる時に、上甲板から男性が落ちるのを見たんですか」

「はい。はい、見たです」

「その時、あなたはどこにいましたか」

「坐ってたです、船の部屋で——ええと、ええと、船室で——窓際のベンチに、坐ってたです」ドイツ人はぽってりしたくちびるをなめた。「船が桟橋にはいっていこうとして、あそこの——あそこの、ええと、大きい棒の間を——」

「杭のことかな?」

「ああ、はいはい、杭です杭。そしたら、急に何か大きくて黒いものが見えて、それが——顔みたいなものが見えた気もしますが、ぼやけてて——反対側の窓の外の、上から落ちてきたです。すぐにぐしゃっという音がして……」ハヴマイヤーはわななく鼻の下に浮いた汗の玉を拭き取った。「あんまり突然で——」

「見たのはそれだけですか」

「はい。それで〝人が落ちた!〟って叫ぼうとしたら、ほかの人たちも見てたみたいで、みんなが、わーって叫びだして……」

「もう結構です、ハヴマイヤーさん」小男はほっとしたように引っこんだ。「それで、皆さん、同じものをごらんになったわけですか」

皆、口をそろえて肯定した。

「ほかに何か見た人は――たとえば、落ちていく人の顔が見えたとか？」

答えはなかった。皆、自信なさそうに顔を見合わせている。

「結構です。ジョーナス！　この人たちの住所氏名、それと職業を控えてくれ」刑事は一団の中央に割りこんでいくと、六人の乗客に、面倒くさそうにさっさと訊ねていった。ハヴマイヤーが最初に口を開き、住所を告げると、大勢の乗客が待っている場所にそそくさと戻っていった。ふたり目は薄汚れたイタリア人の小男で、光る黒い生地の服を着て、黒い制帽をかぶっていた――ジュゼッペ・サルヴァトーレ、この船の靴磨きである。その時はちょうど窓の方を向いて客の靴を磨いているところだった、とイタリア人は説明した。三人目は薄汚い服を着たアイルランド人の老婆、マーサ・ウィルソンで、タイムズスクエアのビル清掃の仕事から帰宅するところだった。ハヴマイヤーの隣の席に坐っていたので、まったく同じものを見たと言う。四人目はぱりっとめかしこんだ大男のヘンリー・ニクソンで、おそろしく派手なチェック柄のスーツを着ていた――安ぴか物の宝石を売り歩く旅の行商人で、船室の前の方に向かって歩いていたら、窓の外を人が落ちていったと言う。最後は若い娘たちで、ふたり組の事務員のメイ・コーエンとルース・トバイアスは、ブロードウェイで「すっごくいかすお芝居」を観て、ニュージャージーの自宅に帰るところだった。ハヴマイヤーとウィルソン夫人の近くに坐っていたふたりが立ち上がりかけた時に、人が落ちていったらしい。

ブルーノ地方検事が聞き出したかぎりでは六人の誰も、車掌の制服を着た男を――それどころか赤毛の男を――船上で一度も見かけていなかった。全員、自分はニューヨーク発十一時三十分の船に乗ったと、唾を飛ばして主張した。皆、そろって、上甲板には一度も行かなかったと言いきった。ウィルソン夫人は——そもそもたいした時間は乗らないし——外が「あんなにびしょびしょのひどいお天気」なのに、出ていく気になるわけがない、と言った。

ブルーノ地方検事は六人の乗客を、部屋の向こう側にいる客たちの中に連れ戻すついでに、ほかの客たちにも手短に、同じ質問をした。しかし、新たな事実は何もわからなかった。赤毛の車掌を見た乗客はひとりもいなかった。上甲板に行った乗客もひとりもいなかった。全員が、ニューヨーク発十一時三十分の船が出る直前に乗りこみ、片道一度きりで下船したと主張した。

＊

ブルーノ地方検事とレーンとデウィットがぞろぞろと、二階の駅長室に上がっていくと、サム警視が両脇に部下たちを従えて椅子に坐ったまま、チャールズ・ウッドであったずたずたの肉塊を、すさまじい眼つきで凝視しているところだった。一同がはいっていくと、サム警視はさっと立ち上がり、デウィットを睨みつけ、何か言おうとしかけて、口を閉じ、背中に回した両手を組んで、ぶざまに転がった死体の前を行ったり来たりし始めた。

「ブルーノ」警視は小声で言った。「ふたりだけで話したい」地方検事は鼻孔をひくつかせた。サム警視の傍らに歩み寄ると、声をひそめて話しあいだした。ときどき、地方検事は顔を上げ、デウィットの顔を探るように見た。ようやく、大げさにひとつうなずくと、ぶらりと戻ってきて机にもたれた。

サム警視は乱暴に足を踏み鳴らすと、醜い顔を恐ろしげに歪め、デウィットに攻めかかった。「デウィットさん、今夜はモホーク号にいつ乗りましたか。何時の船です？」

デウィットは貧相な身体を精いっぱいに伸ばした。固めた口ひげが細かく震えている。「お答えする前に、警視さん、どんな権利があって私の行動を穿鑿するのか教えていただけますか」

「あまり手間をかけさせないでください、デウィットさん」地方検事が妙な口調で言った。

デウィットが眼をぱちくりさせた。その眼はすがるようにドルリー・レーンの顔を見た。しかし名優の顔には、はげましの色も、非難の色も、何もなかった。デウィットは肩をすくめ、再びサム警視に向きなおった。「いいでしょう、十一時半の船に乗りました」

「十一時半の船？　そりゃまた、ずいぶん遅いお帰りだ」

「クラブで過ごしたからですよ、ダウンタウンの取引所クラブで。さっき話したじゃないですか、フェリーで会った時に」

「ああ、そうでした、そうでした」サム警視は紙巻きたばこを口にねじこんだ。「川を渡りきるまでの十分間、モホーク号の上甲板に出ましたか」

デウィットはくちびるを噛んだ。「またお疑いですか、警視さん。いいえ」

「船内で、チャールズ・ウッド車掌を見かけましたか」

「いいえ」

「見かけてたら、ウッドだとわかりましたか」

「たぶん。電車の中で何度も見かけていますから。ロングストリートの事件の取り調べで、印象に残っていますし。でも、今夜は絶対に見かけていません」

サム警視は紙マッチを取り出すと、一本むしり取り、じゃっとこすってから、ゆっくりとたばこに火をつけていた。「電車で見かけた時、ウッドに話しかけたことは？」

「警視さん」デウィットはむしろおもしろがっているようだった。

「ありますか、ありませんか」

「あるわけないでしょう」

「つまり、顔を見ればウッドだとわかるものの、話をしたことはなく、今夜は一度も見かけていない……なるほどね、デウィットさん。ところで、さっき私が船に乗ってきた時、あなたは降りていくところだった。当然、何か事故が起きたことは知ってたんでしょう？　ちょっと残って何が起きたのか見てやろうと、全然思わなかったんですかね？」

ほころびかけていたデウィットの口元から微笑みが消えていった。その顔は鼻白んでいた。

「いえ、まったく。疲れていたので、早く帰りたかったんです」

「疲れていたので、早く帰りたかった」サム警視は大げさに強調してみせた。「ごもっともな理由だ……デウィットさん、たばこは吸いますか」

デウィットは眼をぱちくりさせた。「たばこ？」怒った声で繰り返した。そして地方検事を振り返った。「ブルーノさん」デウィットは怒鳴った。「なんなんですか、馬鹿馬鹿しい。こんな無意味な質問にも答えなきゃならないんですか」

ブルーノ地方検事は冷ややかな声で言った。「質問にお答えください」再び、デウィットはドルリー・レーンをちらりと見て、途方に暮れたように顔をそむけた。

「吸いますよ」ゆっくりと答えた――疲れたまぶたの下に怯えのような色がじわりと忍びこんでくる――「吸いますが」

「紙巻きですか」

「いえ。葉巻です」

「いま、お持ちで？」

　無言で、デウィットは上着の胸ポケットに手を入れると、金箔で美しく頭文字を入れた贅沢な革の葉巻ケースを取り出し、警視に手渡した。サム警視は蓋を取ると、はいっていた三本のうち一本を手に取って、子細に調べだした。葉巻にはＪ・Ｏ・ＤｅＷ（John O. DeWittの頭文字）と金文字のはいった帯がかかっている。「特注品ですか、デウィットさん」

「そうです。ハヴァナのウェンガスに個人でオーダーして作らせています」

「この帯も？」

「そうです」

「ウェンガスで帯をつけてよこすんですね？」サム警視は念を押した。

「当たり前です、何を馬鹿なことを」デウィットはずけずけと言った。「さっきから無意味なことばかり訊いて、目的はなんなんです？　どうせ腹の奥で馬鹿げたことを考えているんでしょう。そうですよ、ウェンガスが、葉巻に帯を巻いて、箱詰めして、船に積んで、全部いろいろやって、うちに届けてくれるんですよ。だからなんだと言うんです？」

返事をせずに、サム警視は葉巻をケースにしまいなおすと、自分の底なしポケットの中に落としこんだ。あまりの傍若無人ぶりに、デウィットはむっとした顔になったが、小柄な身体をぐっと大きくそらしただけで、何も言わなかった。

「もうひとつ訊きます、デウィットさん」警視はとっておきの愛想のよい口調で再び切りこんだ。「ウッド車掌にこの葉巻を一本でも渡したことはありますか――電車の中でもどこでもいいんですがね」

「なる――ほど」デウィットは慎重にゆっくりと答えた。「そうきましたか」誰も口をきこうとしない。サム警視は、いつのまにか火の消えていたたばこを口の端からだらりと垂らしたまま、虎のような眼つきで株式仲買人を凝視している。「これで」デウィットは抑えた口調で続けた。「チェックメイトってわけですか。警視さん、さすがだ、ゲームがお上手ですね。しかし、いいえ、私はウッド君にこの葉巻を渡したことはありません、電車の中でも外でも」

「ほう、こりゃいいことを聞いた」サム警視はげらげらと笑った。「だけどデウィットさん、私はあなたの名入りの特注品のその葉巻が一本、死体のベストのポケットにはいってるのを見つけたんですがね！」

デウィットは苦々しげにうなずいた。まるで、警視のその言葉を予見していたように。口を開き、また閉じ、もう一度開け、投げやりに言った。「なら、私はこの男を殺した容疑で逮捕されるわけですか」そして、笑いだした――老人のように、割れたひどく耳ざわりな声で。「これは夢なのか。私の葉巻を、殺された男が持っていたって！」デウィットはいちばん手近の椅子にへたりこんだ。

　ブルーノ地方検事が堅苦しく言った。「誰もあなたを逮捕しようなんて考えていませんよ、デウィットさん……」

　ちょうどこの時、入り口にどやどやと男の一団が、警察署長の制服を着た男に率いられて現れた。ブルーノ地方検事はぴたりと口をつぐみ、目顔で首尾を訊ねた。署長はただうなずいて、姿を消した。

「こっちへどうぞ」サム警視はにこやかに声をかけた。

　新顔の一団はびくつきながらはいってきた。ひとり目は、ロングストリートが殺された路面電車を運転していたパトリック・ギネス。ふたり目は、みすぼらしい服装をしたひさし付きの帽子をかぶった痩せた老人で、ニューヨーク側の乗船場で働くピーター・ヒックスと名乗った。三人目は日焼けで肌がぼろぼろの車両点検係で、四十二丁目の端のフェリー乗船場に隣接する横断線の終着駅に所属していると言った。

　三人のうしろから刑事が数人現れ、その中にはピーボディ警部補もいた。警部補の背後には、ダフィ巡査部長の広い肩が高い塀のようにそびえている。すべての眼が自然と、キャンバス地の上に横たわる死体に吸い寄せられていた。

　ギネスはウッドの残骸に一度、ちらりと視線を向けたとたん、ひきつけるように唾を飲むと、眼に恐怖を浮かべて顔をそむけた。吐き気をもよおしたらしい。

「ギネスさん、この男性の身元を特定してもらえますか」ブルーノ地方検事が頼んだ。

ギネスは口ごもった。「あの赤毛……ええ、こいつはチャーリー・ウッドです」

「間違いありませんか？」

ギネスは震える指先で、死体の左脚を示した。ズボンは舷側（げんそく）と杭の間にはさまれた時に、ずたずたに裂けている。左脚は靴と靴下のほかはむき出しだった。ふくらはぎに長い傷痕が見え、先の方は黒い靴下で隠れていた。その傷痕はひきつれ、ねじれて――死んで鉛色になったいま、ひどく目立っている。

「あの傷は」ギネスがしゃがれた声で言った。「何べんも見たことがあります。チャーリーが入社してきた時に見せられたやつです。まだふたりとも横断線に配属される前に。何年もむかしの事故の傷だって、そう言ってました」

サム警視は靴下をはいで、残酷なほど痛々しい傷痕をすっかりさらけ出した。それは足首のすぐ上から始まり、ふくらはぎをめぐるように螺旋を描いて、膝下で終わっている。「たしかにこの傷ですか、あなたが見たのは」サム警視は訊ねた。

「その傷だ、そいつに違いねえです」ギネスは失神寸前だった。

「もう結構だ、ギネスさん」サム警視は立ち上がると、両膝をぱんぱんと払った。「それじゃ、次はヒックスさん。今夜のウッドの行動について何か知ってますかね」

乗船場で働く、痩せているが筋肉の盛り上がった老人はうなずいた。「もちろんさ、だんな。チャーリーならよく知ってた――ほとんど毎晩、うちの船を使ってくれて、話しかけてくれたあね。今夜は十時半ごろに、船着き場にチャーリーがはいってきて、いつもどおりちょっと話して。まあ、いま思えば、ちっとそわそわして落ち着きなかったかね。とりあえず、挨拶がわりに、なんてことない話をちょこっとしただけでさ」

「時刻に間違いはないだろうね――十時三十分というのは」

「そりゃ、間違いなんかねえさ。わしらは船のはいってくる時間どおりに作業しなきゃなんねえし――船は時刻表どおりに動くもんだ」

「ウッドとはどんな話を?」

「そうだねえ」ヒックスはなめし革のようなくちびるをチッと鳴らした。「話をしてたら、鞄を持ってるのが見えたもんだから、またニューヨークで泊まりだったのかいって訊いたよ――ときどき街で泊まる時には、着替えを持ってたからさ――けど、いや、違うって言われた。休み時間に買った中古の鞄だと。いつも使ってた古い鞄の持ち手が壊れちまったんで、買い替えたってさ。そんで――」

「どんな鞄だった?」サム警視は追及した。

「どんな鞄?」ヒックスはくちびるをすぼめた。「どんなって、別になんてこたねえ鞄だよ。どこでも一ドル出せば買える、安物の黒い手提げ鞄さ。真四角みてえな形の」

サム警視はピーボディ警部補を手招きした。「一階の待合室にぶちこんだ乗客が、いまヒックスの言ったような鞄を持ってないか確かめろ。並行して、モホーク号にそんな鞄がないかどうか捜索してくれ。上甲板も操舵室も、上から下まで徹底的に。それと、警察艇の警官たちに川の中を探させろ――船の外に投げ捨てられたか、落ちたかもしれん」

ピーボディ警部補は急いで出ていった。サム警視はヒックスに向きなおった。が、口を開く前に、ドルリー・レーンが穏やかに言った。「警視さん、よろしいですか……ヒックスさん、話している間に、ウッドさんはひょっとして葉巻を吸っていませんでしたか？」

不意に新たな質問者が出現したことに、ヒックスの眼は大きくなった。が、あっさりと答えた。「ああ、吸ってたよ。実はさ、チャーリーに一本くれってねだったんだ。あいつがクレモを吸ってんの見てたら、どうにもたまんなくなってな。そしたら、あっちこっちのポケットを探してくれて――」

「ベストのポケットもですね？」レーンが言った。

「うん、ベストのやつも全部。けど、〝だめだ、一本もない、ピート。いま吸ってるのが最後の一本だ〟って言われたよ」

「いい質問です、レーンさん」サム警視は悔しそうに言った。「ヒックスさん、たしかにクレモだったのか？　ほかには一本も？」

ヒックスはやれやれという口調で言った。「だからいま、こっちのだんなにそう言ったでしょうが……」

デウィットは顔を上げなかった。椅子の中で石像のごとく坐りこんでいる。その眼を見ても、はたしてそばで交わされている問答を聞いているかどうか、わからなかった。眼玉ばかりがぎょろぎょろと血走っている。

「ギネスさん」サム警視が言った。「ウッドは今夜の勤務が終わったあと、その手提げ鞄を持ってましたかね？」

「持ってました、はい」ギネスはかすれた声で答えた。「いまヒックスが言ってたやつです。あいつは今夜、十時半に仕事を上がりました。その鞄は午後ずっと、電車の中に置いてありましたよ」

「ウッドの家は？」

「ウィーホーケンの下宿屋です——大通り二〇七五番地の」

「親類は？」

「いねえんじゃないかなあ。結婚はしてねえはずだし、おれが覚えてるかぎりじゃ、親戚の話なんてひとことも出てきたことがねえなあ」

「そういや、ひとつ思い出したぜ、だんな」乗船場で働くヒックス老人が言いだした。「喋ってたら急にチャーリーが、タクシーから降りてきたちびのおっさんを指さしたんだ。そいつはがっちりめかしこんでて、こそっと切符売場にはいって船の切符を買ってさ。切符を箱に入れて、待合室にはいってって、誰にも見られたくねえって顔で船を待ってたよ。そしたらチャーリーが教えてくれたんだ。あのおっさんはジョン・デウィットって株屋で、チャーリーの電車で起きた殺人事件でかかりあいになったって」

「なんだって！」サム警視は吼えた。「それが十時半ごろの話だと？」警視が睨みつけると、デウィットははっとしたように石像であることをやめ、椅子の両腕を握りしめ、身を乗り出し、腰を浮かせかけている。「それで、ヒックスさん、それから！」

「そうさなあ」ヒックスは腹が立つほどのろのろと言った。「チャーリーはそのデウィットっておっさんを見た時、なんかそわそわしだして……」

「デウィットの方はウッドを見たのか?」

「いや、見てねえと思うね。ひとりっきりで隅っこに引っこんでたからさ」

「ほかに気づいたことは?」

「そう言われても、十時四十分に船が着くから、わしはその前に持ち場に行かなきゃなんねえし。でもそのデウィットっておっさんが、待合室を出て乗り場の方に行くのは見たよ。そんで、チャーリーもわしに、またなって言って出ていった」

「その時刻には絶対、間違いないね?――十時四十五分発の船なのは」

「ああ、またですかい!」ヒックスは心底うんざりした顔で言った。「もう百ぺんも言ったでしょうが」

「ちょっとどいて、ヒックスさん」サム警視は乗船場の老人を押しのけると、不安げにコートの布地を指先でひっぱっている株式仲買人を、はったと睨みつけた。「デウィットさん! こっちを見てくれますかね」デウィットはのろのろと顔を上げた。その眼に浮かんだ絶望の色に、警視ですら愕然とした。「ヒックスさん、ウッドが指さしてあなたに教えたのはこの男ですか」

ヒックスは枯れ枝のような首を伸ばし、感情のない眼でしげしげとデウィットの顔を観察した。「うん」ヒックスはようやく言った。「うん、そのちっちゃい人だ。誓ってもいいよ」

「よし。ヒックスさん、ギネスさん、それとそっちの人――車両点検係だったか? いまはもう結構だ——階下に行って、待っててください」三人は名残惜しそうにしぶしぶ部屋を出ていった。不意にドルリー・レーンが腰をおろし、ステッキにもたれて、みじめな眼をした株式仲買人の張りつめた全身を観察し始めた。その水晶のような瞳の深淵の奥にはかすかな迷いが——判断に迷う困惑が、沈んでいる。

「さて、ジョン・O・デウィットさん」サム警視は小男を見下ろし、恐ろしい声を出した。「なぜ、十時四十五分発の船に乗るところを目撃されたあなたが、ついさっき十一時三十分発の船に乗ったと言ったのか、説明してもらいましょうかね」

ブルーノ地方検事が姿勢をあらためた。その顔はひどく真剣だった。「あなたが答える前に、デウィットさん、私の義務として警告します。これからあなたが口にすることはすべて、あなたに不利な証拠として扱われる可能性がある。あなたの言葉はすべて記録される。答えたくなければ、黙秘する権利があなたにはあります」

デウィットはごくりと生唾を飲みこみ、細い指をすべらせて襟元をくつろげ、申し訳なさそうな微笑を浮かべた。「悪いことはできないものですね」まっすぐに背を伸ばしながら、小さく言った。「ごまかそうとした結果がこれだ……ええ、そうです、私は嘘をつきました。十時四十五分の船に乗ったんです」

「記録したな、ジョーナス?」サム警視が怒鳴った。「デウィット、なぜ嘘をついた?」

「それは」デウィットは静かに答えた。「お答えできません。私は十時四十五分に、ある人と会う約束をしていたんですが、それはまったく個人的な用件で、この恐ろしい事件とは何の関係もありません」

「ほう、十時四十五分の船で誰かと会う約束があったんなら、貴様、なんで十一時四十分までぐずぐずしてた、え？」

「失礼ですが」デウィットは言った。「言葉づかいに気をつけていただけませんか、警視。私はそのように扱われることに慣れておりません。もし、あくまで態度をあらためていただけないのであれば、私はもうひとことも話す気はありません」

サム警視は、ブルーノ地方検事が素早く目配せしたのを見て、飛び出しかけた乱暴な言葉を腹に呑みこみ、大きく息を吸いこむと、いくらか矛を収めた口調で続けた。「いいでしょう。なぜです？」

「ああ、その方がよろしいです」デウィットは言った。「それは、私の待っていた相手が約束の時間に現れなかったからです。相手が遅れているのかもしれないと思って、そこから二往復しました。十一時四十分になってしまったので、あきらめて帰ることにしたんです」

サム警視はせせら笑った。「それを信じろと？　待ち合わせの相手は？」

「申し訳ありません」

ブルーノ地方検事はデウィットに向かって指を振った。「よろしいですか、デウィットさん、あなたはみずからご自分を非常に微妙な立場に追いこんでいるんですよ。あなたの言い分がたいへんに弱いことに気づいてください――この状況では根拠のしっかりした情報が新たに提示されないかぎり、はいそうですかと受け入れることはできませんよ」

デウィットはくちびるを固く結び、華奢な腕を胸の前で組んで、壁を睨むのみだった。

「なら」警視は追及の手をゆるめなかった。「どうやって約束を取りつけたのかくらいは教えてもらえますかね。何か証拠になる記録はないんですか——手紙とか、約束するところを聞いていた証人とか」

「約束は今朝、電話でしました」

「水曜の朝という意味ですね？」

「そうです」

「向こうからあなたにかけてきたんですか」

「そうです、ウォール街のオフィスに。うちの交換手は、かかってくる電話の記録は一切控えません」

「あなたは、かけてきた相手を知ってるんですか」

デウィットは沈黙したままだった。

「それで」サム警視はさらに追及した。「船からこっそり立ち去ろうとした理由は、待ちくたびれて、ウェストイングルウッドに帰ることにしただけだと言うんですか」

「たぶん」デウィットはぼそりとつぶやいた。「信じてはいただけないのでしょうね」

サム警視の首筋の血管が膨れ上がった。「当たり前だ！」

警視はブルーノ地方検事の腕を乱暴につかむと、部屋の隅にひっぱっていった。ふたりは小さいが興奮した声で相談し始めた。

ドルリー・レーン氏はため息をついて、眼を閉じた。

＊

この時、ピーボディ警部補が待合室から、六人の乗客を引き連れて戻ってきた。刑事たちが安物の黒い手提げ鞄を五つ持って、急ぎ足でついてくる。

サム警視が早口でピーボディ警部補に言った。「どうした」

「探せと言われた鞄に似ているやつです。それと」ピーボディ警部補はにやりとした。「心配している持ち主たちで」

「モホーク号の中には？」

「鞄なんかありませんでしたよ。それから警察艇の連中もいまのところ、川の中にひとつも見つけていません」

サム警視が戸口に歩いていって、大声で怒鳴った。「ヒックスさん！　ギネスさん！　こっちに来てください！」

乗船場の係員と電車の運転手が駆け上がってきて、怯えた顔で部屋にはいってきた。

「ヒックスさん、ちょっとそこの鞄を見てください。ウッドのやつはありますか」

ヒックスは床に並べられた鞄をじろじろと見た。「ううん、どれもそんな感じだねえ。はっきりわからねえな」

「あんたはどうです、ギネスさん」

「さあ、ちょっとそれは。みんな同じように見えますんでねえ」

「わかった。戻ってください」男ふたりは立ち去った。サム警視は床にあぐらをかいて坐ると、鞄のひとつを開けた。ビル掃除の老女、マーサ・ウィルソンがショックを受けたように小さく悲鳴をあげ、ぐすぐすと鼻を鳴らした。サム警視は、湿ったうわっぱりを一枚と、弁当箱ひとつと、ペーパーバックを一冊ひっぱり出した。うんざり顔で、警視は次の鞄に取りかかった。旅の行商人のヘンリー・ニクソンが怒った声で抗議を始めた。サム警視は世にも恐ろしいひと睨みで黙らせると、乱暴に鞄を開けた。安物の宝石やアクセサリーをびっしり留めつけた、ボール紙にラシャを張っただけのトレイが数枚と、行商人の名前が印刷された未使用の注文書ひと束が出てきた。サム警視はその鞄を脇に放り出すと、次のに手を伸ばした。汚れた古ズボンが一本と、謎の道具がいくつか出てきた。サム警視が顔を上げると、モホーク号の舵手のサム・アダムスが不安でいっぱいのまなざしでこちらを見ている。「あんたのか?」「そうです」

警視は残るふたつの鞄も開けた。ひとつは、港で荷下ろしをしている黒人の巨漢、イライアス・ジョーンズのもので、中身は着替え一式と、弁当箱ひとつだった。ふたつ目は、赤ん坊のおむつが三つと、中身が半分はいった哺乳瓶がひとつと、安い本が一冊と、安全ピンが一パックと、小さな毛布が一枚、はいっていた。それは若い夫婦、トーマス・コーコランとその妻の持ち物で、夫が抱いている幼児は眠くてぐずっていた。サム警視が不機嫌な唸り声をあげると、赤ん坊はびっくりして大きく眼を見張り、父親の腕の中でじたばたもがき、小さな頭を父の肩に押しつけて、大声で泣きだした。甲高い声が駅長室の中で響き渡った。刑事のひとりがくすくす笑った。サム警視は苦笑すると、六人の乗客に鞄を返し、解放してやった。ドルリー・レーンは、誰かが大慌てで空の布袋を何枚も死体にかぶせていたのに気づいて、顔をやわらげた。

警視は部下のひとりを一階にやって、電車の運転手のギネスと、車両点検係と、乗船場の係員のピーター・ヒックスを帰していい、と伝えさせた。

警察官がひとり、駅長室にはいってきて、ピーボディ警部補に何やら囁いた。警部補は唸った。「警視、川からはどうでもいいゴミしか上がらなかったそうです」

「ふん、ウッドの鞄は川に投げこまれて沈んだんだろう。もう見つからんな」サム警視はつぶやいた。

ダフィ巡査部長が息を切らして、どたどたと二階に上がってきた。真っ赤なこぶしに、いろいろ書きなぐった紙を何枚も握っている。「警視、一階の連中全員の住所氏名です」

ブルーノ地方検事が素早く近づき、サム警視の肩越しに船の乗客リストを覗きこんだ。地方検事も警視も何かを探しているようだった。一枚目、二枚目、と確かめている。やがてふたりは、やったぞ、というまなざしを交わし、地方検事が口元を引き締めた。

「デウィットさん」厳しい声で言った。「ロングストリートさんが殺された電車に乗っていた人のうち、今夜、あの船に乗っていたのは、あなただけだ。おもしろいと思いませんか！」

デウィットは眼をぱちくりさせ、途方に暮れたようにブルーノ地方検事の顔を見つめたが、やがてぶるっと身震いして、うつむいた。

「ブルーノさん、あなたのおっしゃることは」静寂の中、ドルリー・レーンの穏やかな声が聞こえてきた。「本当かもしれませんが、残念ながら、立証は不可能ですよ」

「はっ？　なんでです？」サム警視がものすごい剣幕で怒鳴った。ブルーノ地方検事は眉を寄せた。

「警視さん」レーンは淡々と言った。「当然、覚えておいででしょうが、騒ぎが起きて、私とあなたがモホーク号に向かった時には、大勢の乗客が船からすでに降りてしまっていた。その人たちのことは勘定に入れていますか？」

サム警視は口を尖らせた。「なら、そいつらを探し出せばいいだけだ、違いますかね」そうわめいた。「で、同じように調べればいい」

ドルリー・レーンは微笑した。「そう簡単に立証できるでしょうか。そもそも、ひとり残らず発見したかどうか、どうしてわかりますか」

ブルーノ地方検事がサム警視に耳打ちした。再び、デウィットは哀れっぽいまなざしに感謝の念をこめてドルリー・レーンを見た。サム警視はどっしりした巨体をひとつ振ると、ダフィ巡査部長にあれこれと命令を下し、やがて巡査部長は去っていった。

サム警視は人差し指を曲げて、デウィットを呼んだ。「一緒に一階に来てください」

株式仲買人は無言で立ち上がり、警視より先に部屋を出ていった。

三分後、ふたりは戻ってきた。デウィットは相変わらず無言のままで、サム警視はぶすっとしていた。「何もわからん」ブルーノ地方検事に囁いた。「決め手になるようなデウィットの行動を覚えてる奴はひとりもいない。ひとりだけ、奴が隅っこに一分ほどひとりきりでいた気がするって男を見つけたが、デウィットめ、例の嘘くさい約束をしてたんで、なるたけ人目につかないようにしてたとぬかすんだ。くそっ！」

「しかし、それはむしろこっちにとって、都合がいいじゃないか」地方検事が言った。「上甲板からウッドが落とされた時のアリバイが、デウィットにはないということだろう」

「デウィットが上甲板の階段をおりてくるところを見たと証言する客がいてくれりゃ、万々歳なんだがな。で、おれたちはあいつをどう扱えばいいんだ？」

ブルーノ地方検事は頭を振った。「今夜のところは放っておこう。彼はそれなりに名士だ、手を出すなら、絶対に間違いないと確信してからでないとまずい。二、三人、監視をつけておくんだな。まあ、ほっといても逃げられないと思うが」

「了解、あんたがボスだ」警視は大またにデウィットに近づくと、ぎろりと眼を覗きこんだ。「今夜はもう結構です、デウィットさん。お帰りください。ただし、地方検事からの連絡がいつでも取れるように」

ひとことも言わずにジョン・デウィットは立ち上がると、無意識にコートの皺を手で伸ばし、ごま塩頭にフェルト帽をのせなおして、あたりを見回すと、ため息をつき、重たい足取りで駅長室をのろのろと出ていった。すぐにサム警視が人差し指を振って合図をすると、ふたりの刑事が株式仲買人のあとを急いで追った。

ブルーノ地方検事はトップコートに袖を通し始めた。室内は、人々がたばこを吸いながらぺちゃくちゃと喋る声でいっぱいだった。サム警視は死んだ男の身体をまたぐと、前かがみになり、叩きつぶされた頭部にかけられた空き袋を持ち上げた。「馬鹿野郎が」つぶやいた。「あんなわけのわからん手紙を書くくらいなら、ロングストリートを殺したXの名前だけ残してくれりゃ……」

ブルーノ地方検事は部屋を突っ切って、サム警視のたくましく盛り上がった二の腕に手をかけた。「もうよせ、サム、きみらしくもない。上甲板の写真は撮ったのか」

「いま、うちの連中がやってる。なんだ、ダフィ？」巡査部長が息を切らして部屋にはいってきた。

ダフィ巡査部長は巨大な頭を振った。「先に出てしまった乗客の行方はまったくわかりません。そもそも何人、乗っていたのかも不明で」

長い間、誰も口をきかなかった。

「ああ、こんなわけのわからん事件をどうしろってんだ、畜生！」耳が痛いほどの静寂に向かって、サム警視がわめいた。そして、怒り狂った犬が自分のしっぽを追うように、勢いよくきびすを返した。「おれはこれからうちの連中を何人か連れて、ウッドの下宿に行ってみる。あんたは帰るのか？」

「そうするよ。シリングが検死で何か見つけてくれればいいんだが。私はレーンさんと帰ろう」そして振り返り、帽子を頭にのせながら、レーンの坐っていた場所を見やった。

その顔に驚愕が広がった。

ドルリー・レーン氏は姿を消していた。

第四場　サム警視の部屋

九月十日　木曜日　午前十時十五分

警察本部のサム警視の部屋では、ひとりの大男が椅子の上でしきりにもじもじしていた。雑誌をぱらぱらめくったり、爪のぎざぎざをけずってみたり、葉巻を嚙みくだいたり、窓の外の陰気な曇天を眺めたり――そして、ドアが開くと同時に飛び上がってぴんと立った。

サム警視の醜い顔は窓の外の空模様と同じく、暗澹(あんたん)としていた。のしのしとはいってくると、帽子とコートを、木のような帽子掛けの枝に放り投げ、机の前にある回転椅子にどっかり収まった。そして、正面でそわそわしている大男を黙殺した。

警視は郵便物を開け、内線で次々に命令を下し、男性秘書に手紙を二通、口述筆記させてから、ようやく、目の前でもじもじしている男を、険しい眼で射抜くように見た。

「おい、モッシャー、何か言い訳はないのか、え？　このままだと、日が暮れる前に、おまえ、巡回の制服に逆戻りだぞ」

モッシャーは口ごもった。「じ――自分はすべて説明できます、警視。自分は――その……」

「さっさと話せ、モッシャー。おまえ、自分のクビがかかってるのをわかってんだろうな」

大男はごくりと唾を飲んだ。「昨日は一日じゅう、警視のご命令どおりに、デウィットを尾行していました。夜はずっと取引所クラブのあたりに張りこんで、十時十分にデウィットがクラブを出て、タクシーに乗りこみ、運転手に乗船場へ行けと言うのを確認しました。自分は別のタクシーをつかまえて、あとをつけました。しかし、八番街で四十二丁目の角を曲がったところで、自分のタクシーが接触事故を起こしてしまったんです。ほかの車にぶつけて、たいへんな騒ぎになりました。自分はすぐに飛び降りて、別のタクシーで四十二丁目をぶっ飛ばしたんですが、デウィットの車はもう見えなくなっていました。乗船場に向かったのはわかっていたので、そのまま四十二丁目をまっすぐ行って着いてみると、ちょうど船が出たばかりだったんです。次の船まで何分か待たなければなりませんでした。ウィーホーケンに着いてすぐに列車の待合所に走ったんですが、デウィットは見えなくて、時刻表を確かめるとウェストイングルウッド行の鈍行列車が出たところでした。次の列車は真夜中過ぎだったんです。もうどうしようもありませんでした。きっとデウィットはウェストイングルウッド行の列車に間に合ったのだろうと判断し、バスに飛び乗ってウェストイングルウッドに直行したわけですが……」

「そりゃあ災難だったな」サム警視がいたわるように言った。口調から怒りが消えていた。「それからどうした、モッシャー」

刑事は、ほーっと安堵の息をもらした。「おかげで列車を追い越せました。先回りして列車が着くのを待っていたんですが、デウィットは乗ってなかったんです。どうしていいかわかりませんでした――自分が見逃してしまったのか、もしかすると、あの接触事故でひっかかっているる間にまかれてしまったのかと思いました。結局、本部に電話をかけて状況を警視に報告しようとしたのですが、一階のキングに、警視は事件で外に出ているから、そのままそこにとどまって様子を見ろと言われました。それで、デウィットの家まで行って、張っていたんです。デウィットが帰ってきたのは真夜中をだいぶ回ったころでした——午前三時ごろだったと思います。タクシーで。すると、グリーンバーグとオハラムがデウィットのタクシーを尾行してきて、船で殺人事件があったことや、その後の顚末を、自分に話してくれたんです」

「わかった、わかった、もういい。グリーンバーグとオハラムから引き継げ」

モッシャー刑事が大急ぎで出ていってすぐに、ブルーノ地方検事がサム警視の部屋にふらりとはいってきた。その顔には心配の皺がきざまれていた。

地方検事は固い椅子にどっかと腰をおろした。「で、昨夜はあのあと、どうなった?」

「あんたが駅を出てってすぐ、ハドソン郡のレンネルズ地方検事が来た。で、おれたちはレンネルズの部下と一緒に、ウッドの下宿に行った。何の手がかりもなかったぜ。がらくたばかりさ。筆跡のサンプルを追加で少し見つけただけだ。あの匿名の手紙とウッドの筆跡を比較するようにフリックに言ったんだが、もう会ったかい?」

「今朝、会ったよ。フリックの話では、あの匿名の手紙はほかのサンプルを書いたのと同一人物の手によるものに間違いないそうだ。これで、ウッドの仕業だというのは疑問の余地がなくなったわけだよ」

「ふん、ウッドの部屋で見つけたやつも、おれの見るかぎりじゃ、同じ筆跡だ。ほら、これだ——追加の念押しをするのに、フリックに渡してやるといい。レーン大先生もご満足だろうさ

——あのくそじじいが！」

サム警視は長い封筒を机越しにぽいと投げた。ブルーノ地方検事はそれを自分の札入れにしまいこんだ。

「それと」サム警視は続けた。「インクをひと壜と、便箋を見つけた」

「筆跡が一致しているんだから、そっちはそれほど重要じゃない」地方検事は気のない声で言った。「まあ、一応、インクと便箋も調べさせたがね。全部、同じものだそうだ」

「そりゃいい」サム警視のごつい手が、机の上の書類の束をばさばさめくった。「今朝の分の追加の報告だ。たとえば、マイク・コリンズに関するものがある。うちの部下が奴をしめ上げて、土曜のあとにデウィットと密会したのを知ってると脅してやった。コリンズはいつもどおり、ふてくされていたが、デウィットに会いに行ったのを認めたよ。それどころか、ロングストリートにすすめられたクソ株ですっちまった金を、弁償させるつもりでデウィットを追っかけたと。にべもなく断られたそうだがね——ま、その点、デウィットを責めるつもりはねえな、おれは」

「今朝はデウィットに甘いんだねえ」ブルーノ地方検事はため息をついた。

「何を寝ぼけたことを！」サム警視はぴしゃりと言った。「それともうひとつ。部下が見つけてきた事実だが、土曜以来、デウィットはチャーリー・ウッドが乗務していた電車に二回乗っている。探ってきたのはモッシャーだ——あいつ、昨夜はデウィットを尾行していたんだがな、乗っていたタクシーが接触事故を起こしたせいで見失ったと。やれやれだ」

「おもしろい報告だな。しかし、残念だ。モッシャーがひと晩じゅう、デウィットを尾行できていれば、状況は違っていただろうに。殺しの瞬間を目撃できたかもしれない」

「ま、現時点じゃ、デウィットが土曜以来、ウッドの電車を二回使ったってことの方におれは興味がある」サム警視は唸った。「ロングストリートを殺した犯人を、ウッドはどうやって見つけたんだろうな、え？　殺人当夜は知らなかったに違いない。でなけりゃ、あの場で何か言ってるはずだ。ブルーノ、この二回の乗車の報告は重要だぞ！」

「つまり」ブルーノ地方検事は考え考え言った。「ウッドがそれらしい会話を小耳にはさんだと……待てよ！　電車でデウィットが誰かと一緒にいたのを、モッシャーは突き止めたのか？」

「そうそううまくはいかないさ。デウィットはひとりきりだったそうだ」

「じゃあ、デウィットが落とし物をしたのをウッドが拾ったという線か？　サム、これは突っこんで探る価値があるぞ」ブルーノ地方検事は顔を曇らせた。「あの手紙を、ウッドがもう少し思いきって書いてくれていればなあ……まあ、いまさら愚痴ってもどうしようもない。ほかには？」

「いまのところ、これだけだ。ロングストリートの仕事上の手紙で新しいことは見つかったか？」

「いや、でも、おもしろい事実を見つけた」地方検事は答えた。「聞いて驚け、サム。ロングストリートの遺言書なんてものはないんだ！」

「しかし、たしかチェリー・ブラウンは――」

「どうやらロングストリートがいつも女をひっかける時に使う常套文句らしいな。オフィス、自宅、あちこちに借りたこじゃれたアパートメントの部屋、貸金庫、クラブのロッカー、どこもかしこも探した。しかし遺言書のたぐいはどこにもない。ロングストリートの顧問弁護士のネグリ、あの古だぬきもロングストリートの遺言書を作ったことはないと言っている。まあ、そんなわけだ」

「チェリー姐さんを騙したってわけか。ほかの女たちと同じに。へええ。親類は？」

「ひとりもいない。なあ、サム、ロングストリートの、ありもしない遺産の相続はかなりの面倒ごとになるぞ」ブルーノ地方検事はいやな顔をした。「財産はこれっぽっちも残っていない、借金の山だけだ。唯一、遺したものといえば、デウィット&ロングストリート商会の共同経営権だけだよ。もちろん、デウィットがロングストリートの権利を買い取れば、一応、それは資産として……」

「やあ、来たか、ドク」

シリング博士は、頭のてっぺんに布の帽子をちょこんとのせて——皆が皆、博士は禿げているのではと疑っていたが、確かめた者はいまだにいない——サム警視の部屋にずかずかとはいってきた。眼は真っ赤に充血し、丸いレンズの奥で焦点が合っていない。そして、清潔とはとても言えない象牙の楊枝で歯の隙間をせせっている。

「おはよう、諸君。このシリング博士に、徹夜をなさったんですか、と誰も訊いてくれないのかな？　いいや、訊いてくれるわけがないね」ため息をついてみせると、サム警視の部屋の固い椅子のひとつに腰をおろした。「ハドソン郡の死体置き場に着いたのが、朝の四時過ぎだったよ」

「検死報告書は？」

シリング博士は胸ポケットから長い紙を取り出し、サム警視の目前の机に叩きつけて、背もたれに頭をのせたと思うと、すぐに眠りこんでしまった。ぽっちゃりした顔がゆるみ、開いた口から楊枝が垂れ下がると、そのままいびきをかきだした。

サム警視とブルーノ地方検事は、几帳面に書かれた報告書を大急ぎで読み始めた。「何もない」サム警視はつぶやいた。「いつもどおりのつまらんことばかりだ。おい、ドク！」警視が吼えると、シリング博士の丸い小さな眼がやっと開いた。「ここは宿じゃねえんだ。寝たけりゃ家に帰れ。二十四時間は死体が出ないように人殺しを止めといてやるから」

シリング博士は呻きながら立ち上がった。「ああ、頼むよ」そして、おぼつかない足取りでひょこひょことドアに向かっていった。が、ぴたりと止まった。博士の鼻先でドアが開き、ドルリー・レーン氏がにこやかに見下ろしていたからである。シリング博士はあんぐりと口を開け、しゃがれ声で詫びの言葉を口にすると、脇にどいて道を空けた。レーンが中に一歩はいると、検死官は大あくびをしながら出ていった。

サム警視とブルーノ地方検事は立ち上がった。地方検事は皮肉な笑みを浮かべた。「どうぞ、レーンさん、おはいりください。昨夜はあなたが煙のように消えてしまったのかと思いましたよ。どこに雲隠れなさったんです」

レーンは長身を折りたたんで椅子に坐ると、ブラックソーンのステッキを膝の間に立てて、もたれた。「ブルーノさん、役者を相手にするなら、芝居がかった演出がつきものと心得ていてください。舞台効果の第一原則は、劇的な退場です。とはいえ、残念ながら、私が消えたことには、特に他意はありません。ただ見るべきものは見ましたし、ほかにすることがなかったものですから、我が聖域たるハムレット荘に戻っただけです……ああ、警視さん！　鬱陶しい朝ですが、ご機嫌はいかがですか」

「まあまあです」サム警視はそっけなく言った。「年寄りにしちゃ、ずいぶん早起きですね。私はまた役者なんてもんは――ああ、すみませんね、レーンさん――俳優ってのは、昼過ぎまでぐうたら寝てるもんだと思ってましたよ」

「警視さん、情けないことをおっしゃいますな」ドルリー・レーンの澄んだ眼がきらめいた。「この私は、聖杯探しの旅（アーサー王伝説で有名な、中世の騎士の使命）がすたれてこのかた、もっとも活動的な職業に従事する者ですよ。今朝は六時半に起きて、朝食前にはいつもどおり三キロ泳ぎ、食欲旺盛な胃袋を満たし、昨日クェイシーが作った自慢の新しいかつらを試着し、演出のクロポトキンや舞台装置のフリッツ・ホフと打ち合わせをすませ、山と届いた手紙を読み、一五八六年から一五八七年にかけてのシェイクスピア関連の心おどる研究に没頭し――そして十時半のいま、ここにいるというわけです。平凡な一日の始まりとしては悪くないでしょう、警視さん？」

「はい、はい、はい」サム警視はなんとか愛想よく喋ろうと努力していた。「でも、あなたがたのようなご隠居さんってのは、私ら現役と違って頭痛のタネがないでしょう。たとえば――

誰がウッドを殺したのか、ってね。レーンさん、もう、あなたの言うXが誰なのかは訊かないことにしますよ――ロングストリートを殺した奴の正体を知ってるんでしょう、あなたは」

「サム警視！」名優は静かに言った。「私にブルータスの言葉で答えさせるつもりですか？〝聞くだけは聞こう。それほど大事な話は、おいそれとお答えできるものではない。我が敬愛する友よ、いずれお答えする時が来るまで、とくと考えられよ〟」レーンはくすくす笑った。

「ウッドの遺体の検死結果はお持ちですか」

サム警視はブルーノ地方検事の顔を見て、地方検事は警視の顔を見て、同時に笑いだした。ふたりは機嫌が直っていた。警視はシリング博士の報告書を取り上げると、無言でレーンに手渡した。

ドルリー・レーンは目の前に報告書をかかげると、おそろしく真剣に読みだした。無駄のない簡潔な報告書は、インクで几帳面にドイツ風の装飾文字で書かれている。ときどき、レーンは読むのをやめ、眼を閉じてじっと集中して考えていた。

報告書によれば、ウッドは甲板から落とされた時には、意識がなかったものの、まだ息はあった。頭のつぶれていない箇所に、明らかに殴られた痕（あと）がある。気絶していただけだという推論は、ウッドの肺にごく少量の水が残っており、水中に沈んでしばらくは生きていたはずだという根拠から導き出されたものである、とシリング博士は記していた。つまり、ウッドは鈍器で頭を殴られて気絶したところを、甲板から放り出されて水中に落ちたものの、その時はまだ生きていたのだが、直後にモホーク号の舷側（げんそく）と杭（くい）の間にはさまって、つぶれて死んだ、というのが結論だった。

報告書には、肺から検出された微量のニコチンについては、そこそこの喫煙者だった可能性を考慮すれば、特に異常ではないとあった。左脚の傷痕は、最低でも二十年前のものと推定される。おそろしく目立つ曲がった深い傷痕は、素人が手当てしたものらしい。いくらか血糖値は高いものの、糖尿病というほどではない。明らかにアルコール中毒の痕跡が残っているが、おそらく強い酒を何かで割るなどして、常飲していたのだろう。死体は、いかつい体格の中年男性のもので、頭髪の色は赤、指は変形し、爪が不揃いなことから、手を使う労働者と思われる。右手首の骨に、骨折の痕跡があるが、相当古いもので、うまくつながっている。左臀部(でんぶ)に小さな痣がある。二年ほど前の虫垂炎手術の痕あり。肋骨にひびがはいった痕があるが、最低でも十一年前のもので、きれいに治っている。死体の重量は九二キロ、身長一八四センチ。

ドルリー・レーンは熟読を完了すると、微笑みながら、報告書をサム警視に返した。

「そこから何かわかりましたか、レーンさん」ブルーノ地方検事は訊ねた。

「シリング博士は細部まで行き届いた仕事をなさるかたなのですね」レーンは答えた。「たいへんすばらしい報告書です。あれほどひどい状態の死体から、ここまで詳しく調べられたとは本当に敬服いたします。ところで今朝ですが、ジョン・デウィットに対する嫌疑はどうなりましたか」

「気になりますかね?」サム警視が受け流した。

「たいへん気になります」

「昨日のデウィットの行動なら」ブルーノ地方検事が、まるでこれで質問の答えになっているというように、素早く口をはさんだ。「現在、分析中です」

「私に何も隠しごとはしていないでしょうね、ブルーノさん？」レーンはそっと言うと、立ち上がってインバネスの肩のケープを直した。「いや、あなたがそんなことをしていないのはわかる……警視さん、ロングストリートの鮮明な写真を送ってくださって、どうもありがとうございました。幕がおりる前に、きっとあれが役に立つ時が来るでしょう」

「ああ、なに、たいしたことじゃありません」サム警視は、てのひらを返したように愛想よく答えた。「ところで、レーンさん、これはお伝えしておくのがフェアだと思うんで言っておきますがね、ブルーノと私はふたりとも、デウィットに目星をつけてますよ」

「本当ですか？」レーンの灰緑色の眼がサム警視から地方検事までなでていった。やがて、その眼が曇ったかと思うと、名優はステッキを前よりもしっかり握りしめた。「お仕事のお邪魔をしました。もうおいとましましょう。今日は私も予定が立てこんでおりますので」ゆったりと部屋を横切ったレーンはドアの手前で振り向いた。「これは心からの忠告ですが、どうかいまはデウィットに対して特別な行動を起こさないでください。私たちは非常に重大な瞬間に直面しているのです。よろしいですか、〝私たち〟が、です」そして名優はお辞儀をした。「どうか、私を信じてください」

レーンが部屋を出てそっとドアを閉めると、ふたりはやれやれと頭を振った。

第五場　ハムレット荘

九月十日　木曜日　午後十二時三十分

もしもサム警視とブルーノ地方検事が、木曜の十二時半にハムレット荘に居合わせたなら、自分たちの正気を疑ったかもしれない。

そこには、ドルリー・レーンのような何かがいた——半分だけレーンのレーンが。眼と話しかたはいつものレーンのそれだったが、普段の服装とは滑稽(こっけい)なほど異なり、顔は老クェイシーの巧みな手の下で、驚くべき変化を遂(と)げていくさなかであった。

ドルリー・レーンは背もたれのまっすぐな固い椅子にぴんと背を伸ばして坐っていた。前にある三面鏡は、正面から、斜めから、横から、うしろから、さまざまな角度でレーンの姿を映している。まばゆい青白い電灯がじかに顔に照らしていた。床に届くふたつの大窓は真っ黒なカーテンで完全におおわれ、外の曇天の光はひと条(すじ)たりとも、この不思議な部屋の中にはいりこめない。背中の曲がった老人は、主人の前のベンチに膝をついており、その革エプロンには紅(べに)の染みがつき、パウダーが飛び散っている。クェイシーの右側のがっしりしたテーブルには、たくさんの顔料の壜や、パウダーや、紅の容器や、調合用の小皿や、目に見えないほど細い筆や、さまざまな色をした人毛の頭髪の束が山と積まれている。テーブルの上には、ひとりの男の顔写真があった。

ふたりは中世の活人画のように、強烈な光の下で動かずにじっとしている。その部屋はパラケルスス（スイスの錬金術師）の実験室と言っても通りそうだった。広い室内はいくつもの作業台やがらくたのたぐいで散らかっている。古風で趣のある戸棚は扉が開いたままで、中の棚には奇妙な品々がぎっしり並んでいた。床には何種類もの髪が散らばり、老人の靴のかかとで床板に擦りつけられたあらゆる色のパテで、まだらになっている。部屋の隅には、まるで電気ミシンの戯画を見るような奇妙な装置があった。一方の壁には太い針金が一本張られ、サイズも色も形もさまざまなかつらがすくなくとも五十はかかっている。また別の壁には棚が作られ、それぞれの仕切りの中に実物大の人頭の石膏像が何ダースとはいっていた——黒人、アジア人、白人——有髪のもの、禿頭のもの、穏やかな顔、恐怖に歪んだ顔、歓喜に、驚きに、悲しみに、痛みに、嘲りに、怒りに、決意に、愛情に、あきらめに、邪悪に、それぞれ満ちた顔。

ドルリー・レーンの頭上にある巨大なライトのほかに、工房の中に光はなかった。さまざまなサイズの電気スタンドが部屋じゅうに置かれていたものの、いまはどれもついていない。ただひとつの巨大な電球が投げかける化け物じみた影は奇怪な物語を囁いている。レーンは身じろぎひとつしなかった。壁に映る不自然に巨大な影も、揺らめきひとつしなかった。一方、背中の曲がった小さなクェイシーの身体は、ノミのように跳ねまわり、その影が、壁に映ったレーンの影から、黒い液体が流れるようにくっついたり離れたりしていた。

何もかもが奇妙で、おどろおどろしく、芝居めいていた。部屋の隅で湯気をたてている大桶は現実のものとは思えなかった。壁から天井までぶ厚く広がっていく雲のような湯気は、三人の魔女の大鍋からあふれる煙だろうか――〝マクベス〟のごとく不吉で、超自然的な何かを感じる。そんな影絵芝居を演じる、ほっそりした動かない方の影は催眠術にかかった人間で、流れるように動く影は背中の曲がったスヴェンガーリ（ジョージ・デュ・モーリアの小説『トリルビー』に登場する催眠術師）か、小さなメスメル（ドイツの医師。動物磁気「メスメリズム」の提唱者）か、きらめくローブを着ていないマーリン（アーサー王伝説に登場する魔術師）のようだ。

　実際は、小さな老クェイシーが単に普段の仕事を、みごとな手さばきでいつもどおりてきぱきこなしているだけだった――顔料とパウダーと熟練の手わざを巧みに使い、主人を変身させているのである。

　レーンは三面鏡の中の自分を見つめた――着古しの、ごく平凡な仕立てのありふれた普段着を身につけている。

　クェイシーがうしろに下がり、エプロンで両手を拭いた。そして小さな眼で自分の手仕事を厳しく確認した。

「眉が太すぎる――クェイシー、ほんの少しだけわざとらしい」ようやくレーンが言って、長い指の先で軽く叩いてみせた。

　クェイシーは浅黒い皺くちゃな顔をうんとしかめ、小首をかしげて片眼を閉じ、あたかも肖像画家がうんとうしろに下がって、全体のバランスをはかるようにじっと見ていた。「はい。はい、そうかもしれません」クェイシーはきいきい声で答えた。「それと左の眉の曲がり具合も──下がりすぎました」

クェイシーはベルトから紐で吊るした小さな鋏をつかむと、ゆっくりと、慎重に、レーンのつけ眉を切っていった。「そう。よくなりましたな、どうです」

レーンはうなずいた。クェイシーはまた忙しく、てのひらいっぱいの肌と同じ色をしたパテで、主人の顎の輪郭を変えていった……

五分後、うしろに下がったクェイシーは、鋏から手を離し、小さな両手を腰に当てた。「まず、こんなところでございましょう。いかがですか、ドルリー様？」

名優はじっくりと自分の姿を点検した。「この仕事ばかりは、万にひとつも手違いは許されないからな、キャリバン（シェイクスピアの『テンペスト』に登場する醜悪な奴隷）」クェイシーは妖精のようにいたずらっぽく、にやりとした。ドルリー・レーン様は喜んでなさる──それは明らかだった。キャリバンと呼ぶのは、クェイシーの仕事ぶりを特に認めた時だけなのである。「だが──うん、これでいい。次は髪だ」

クェイシーは反対側の壁際に行くと、ライトのスイッチを入れて、針金にかかっているかつらを見比べ始めた。レーンは椅子の中でゆったりと力を抜いた。

「キャリバン」議論をふっかけるような口ぶりで静かに呼びかけた。「たぶん、おまえと私は根本的なところで絶対に意見が一致しないのだろうな」

「はい？」クェイシーは振り向きもせずに答えた。

「扮装というものの真の役割についてだよ。おまえの神業の欠点はだね、完璧でありすぎることだろうな」

クェイシーは針金から、ふさふさしたごま塩のかつらを選ぶと、ぱちんとライトを消し、主人のそばに戻っていった。そして、レーンの前にあるベンチにちょこんと坐りこむと、不思議な形の櫛(くし)を取り出し、かつらを整え始めた。

「完璧すぎる扮装なんてものはございませんよ、ドルリー様」クェイシーは言った。「そもそも世間はへたくそな職人であふれておりますから」

「ああ、私はおまえの神業にけちをつけているわけではないよ、クェイシー」レーンは老人のかぎづめのような手が素早く動きまわるさまを見ていた。「しかし、あくまで繰り返すが――扮装を作り上げるひとつひとつの要素は、ある意味、たいして重要ではない。それらは、言ってみれば、小道具にすぎない」クェイシーは鼻を鳴らした。「まあ、そう言うな。おまえは一般の人間の眼に備わった、全体を見ようとする本能を考えに入れていないだろう。たいていの人間は、細かく部分的にではなく、大きく全体的にとらえようとするものなのだ」

「お言葉ですが」クェイシーがむきになって甲高く言い返した。「そこが大事なところでございますすよ！　もしも細かい部分がひとつでもだめなら――どう申しましょうか――調子が狂っていたなら、全体を見ようとする眼は違和感を覚えましょう。そうなれば、眼は狂いのもとを探しだしましょう。ですからあくまでも――細かい部分まで完璧に作らなければなりません！」

「すばらしいよ、キャリバン、実にすばらしい」レーンの声は温かく、愛情に満ちていた。

「おまえはりっぱに自分を弁護してみせた。しかし、この議論の微妙な本質をわかっていないようだ。私は扮装の細かい部分を、見る者の注意を引くほど、お粗末にしていいなどと、ひとことも言っていないよ。細かい部分は完璧であるべきだ——それはまったく正しい。ただし、細かい部分が全部必要というわけではない！　私の言いたいことがわかるか？　正確さをどこまでも追求した扮装というものは……波のひとつひとつを描きこんだ海の風景画や、葉の一枚一枚の輪郭をきっちり縁どった樹木の絵のようなものだ。波をひとつひとつ、葉を一枚一枚、顔の皺を一本一本、すべて描いては、よい絵として失敗なのだよ」

「はあ、そういうものでございましょうか」クェイシーはしぶしぶ言った。そしてかつらを持ち上げてライトに近寄せ、じっくりと観察してから、首を横に振ると、櫛を持つ手をリズミカルに動かし始めた。

「だから、顔料やパウダーやそのほかのメーキャップ道具は、扮装そのものをこしらえるのではなく、扮装をそれらしく見せる効果をこしらえるものだ、という結論に至るのだよ。おまえも、顔のいくつかの要素はほかの部分より強調するべきだということは知っているはずだ。たとえば、おまえが私をエイブラハム・リンカーンに扮装させようとする場合には、ほくろ、顎ひげ、口元を強調し、ほかの部分を控えめにするだろう。ああ、完全な人物像を作り、リアリティを吹きこみ、見る人を納得させるのは、命、動作、細かな身振りなのだよ。たとえば、外見のどんな細かい部分も、どこの色も、すべて忠実に再現したとしても、蠟人形はやはり、命のないただの作りものでしかない。もしもその蠟人形が、腕をスムーズに動かし、蠟のくちびるで抑揚豊かに喋り、ガラスの眼玉で自然な表情を作ることができたなら——どうだね、私の言いたいことがわかってきただろう」

「これでよし」クェイシーが静かに言いながら、かつらをまばゆいライトの前に再びかかげて見た。

ドルリー・レーンは眼を閉じた。「それこそ、私が演劇でいつも心奪われてきた魅力だよ――動作で、声で、身振りで、新たな命を吹きこみ、実在の人物の影を作り上げる……ベラスコ（米国の演出家）は、役者が誰ものっていない舞台にさえ命を吹きこむ、という人間離れした技術を持っていた。ある芝居では、舞台セットにくつろいだ雰囲気を再現するために舞台のデザイナーが作った、揺らめく暖炉の炎を模したライトという平和で静かな効果を出す小道具だけでは満足しなかった。一公演ごとにベラスコは、開幕の前に猫を紐でくくり、動けないようにしておいて、幕が上がる直前、紐を解いてやった。幕が上がって、くつろいだ場面が現れると、猫は舞台の上で立ち上がり、あくびをして、こわばった筋肉をほぐそうと、暖炉の前でのびをする……これだけで観客は知るわけだ、ひとことの言葉も発せられていないのに、こんな単純な、誰にもおなじみの動作がひとつ加わるだけで、ここは温かなくつろいだ雰囲気の部屋なのだと。ベラスコおかかえの大道具小道具のデザイナーの誰ひとりとして、これほどの効果を作り上げることはできなかった」

「たいへんにおもしろいお話でございますね、ドルリー様」クェイシーは主人にぐっと近寄り、レーンの形の整った頭に、かつらをそっと合わせ始めた。

「ああ、本当に偉大な人物だったのだよ、クェイシー」レーンはつぶやいた。「人間が作った芝居に生命を吹きこむというこの仕事は——そもそも、エリザベス朝時代の芝居は何十年もの間、台詞と役者の演技によって、生命の幻影が作り出されていたのだ。すべての芝居が、セットも何もない舞台で演じられた——ひとりの端役が枝を一本かかげて舞台をゆっくりと歩いてみせるだけで、バーナムの森がダンシネインの城に向かって動いてくるのを表すのに十分だったのだ（『マクベス』第五幕）。それで何十年も、一階席の客も桟敷席の客も納得していたものだ。ときどき思うのだよ、現代の舞台セットの技術はあまりにも行きすぎではないかと——かえって芝居のためにならない……」

「できましたよ、ドルリー様」クェイシーが名優のすねにそっと触れた。レーンは眼を開けた。

「できました、ドルリー様」

「そうか、鏡の前からちょっとどいておくれ」

五分後、立ち上がったドルリー・レーン氏はもはや、服装も、外見も、身のこなしも、雰囲気もドルリー・レーン氏ではなくなっていた。まったく別の人物だった。どすんどすんと床を踏みつけて部屋を横切ると、部屋全体の照明のスイッチを入れた。名優は薄いオーバーコートを着て、いつもとはまったく違う髪型のごま塩頭を、灰色のフェルトの中折れ帽（フェドーラ）に押しこんでいる。下くちびるが前に突き出ていた。

クェイシーは大喜びで、腹をかかえてげらげら笑いだした。

「ドロミオにしたくができたと伝えてくれ。おまえも、したくしなさい」

声色までが違っていた。

第六場　ウィーホーケン

九月十日　木曜日　午後二時

サム警視はウィーホーケンでフェリーを降りてあたりを見回し、無人のモホーク号の入り口近くでぶらぶらしていた見張りのニュージャージー州警官が、急に姿勢を正して敬礼したのにそっけなくうなずくと、フェリーの待合室を突っ切り、外に出た。

乗船場入り口に続く砂利道を歩ききり、急坂をのぼり始めた。船着き場や桟橋のあたりからこの坂を上がりきると、川を見下ろす断崖の上に出る。苦労してのぼっていく警視の脇を、自動車が何台も、慎重にそろそろと下っていく。警視は振り返って、眼下にどこまでも広がるゆったりしたハドソン川と、その向こうに見える摩天楼をしばらく眺めていた。それから、また坂道をのぼり始めた。

崖のてっぺんにたどりつくと、交通整理の巡査に歩み寄り、バリトンの野太い声で大通りに出る道を訊ねた。そのまま広い道路を歩いて渡り、静かでうらぶれた古い並木道を通り抜けると、探していた大通りの賑やかな交差点に出た。そこを北に曲がる。

ついに目指す家を見つけた――二〇七五番地。木造の建物は、牛乳屋と自動車の備品販売店の間で、押しつぶされそうに見える――塗装ははげ、そこここが崩れかけ、長い時にゆっくりと痛めつけられたのだ。床が沈むようにたわんだポーチには、おそろしく古い揺り椅子が三つと、ぐらつくベンチが一台。玄関マットには色褪せた文字で、ようこそ、と歓迎の言葉が記されている。ポーチの柱にかかった黄ばんだ看板に〈男性専用下宿〉と書かれた文字さえ、物悲しく見えた。

　サム警視は通りを見渡すと、コートの皺を伸ばし、帽子をいっそうしっかりかぶりなおして、軋む踏み段をのぼっていった。〈管理人〉と記された呼び鈴のボタンを押す。ぼろぼろの蜂の巣箱のような建物の奥でかすかにベルが鳴り、スリッパのこすれる音が聞こえてきた。ドアが内側に少しだけ開いて、隙間からぶつぶつだらけの鼻が突き出した。「なんだい?」気難しそうな女の声がつっけんどんに言った。とたんに、大きく息を呑む音がして、おほほ、という愛想笑いに続いてドアが大きく内側に開き、薄汚れた普段着を着たずんぐりむっくりの中年女が現れた――建物と同じくらい、くたびれたご婦人だった。「あらやだ、あの時の刑事さんじゃありませんか！　どうぞどうぞ、サム警視さん、どうぞ、中へ！　ごめんなさいねえ――あたしったら、気がつかなくて……」興奮して喋りまくりながら微笑もうとしているのだが、歯をむき出したいやらしい笑いにしかならなかった。中年女は脇にどいて、ぺこぺこ頭を下げ、ぺらぺらさえずり、墓穴のような部屋に警視を迎え入れた。

「もうねえ、ひどかったんですよ！」女は喋り続けた。「朝からずっと、記者だの、おっきいカメラを持った連中だの、うちじゅう押しかけてきて！　もう本当に――」

「奥さん、上階には誰かいますか」サム警視が訊いた。

「もちろんですよ、警視さん！　まだあそこでがんばってますよ、あたしの絨毯をたばこの灰だらけにしながら！」女は金切り声をあげた。「今朝はあたしの写真を四枚も撮られましたよ……それで、あのかわいそうな人の部屋をまた見たいんですか、警視さん？」

「上階に案内してもらえますか」サム警視は唸った。

「ええどうぞ！」お喋りな年増はまた愛想笑いをすると、薄汚れたスカートを荒れた二本の指で品よくつまみ、薄っぺらい絨毯の階段をよちよちのぼりだした。サム警視はぶつくさ言いながらあとをついていった。階段のてっぺんで、ブルドッグのような男が立ちはだかった。

「マーフィーさん、一緒にいるのは誰です」薄暗がりの中を見下ろしながら、男は訊ねてきた。

「ああ、騒がんでいい。おれだ」警視がぴしりと言った。男の顔が明るくなって、にやりとした。「よく見えなかったんです。来てくれて嬉しいですよ、警視。もう退屈で」

「昨夜から、何かあったか」

「何も」

男は二階の廊下を進み、いちばん奥の部屋まで案内した。大家のマーフィー夫人がよちよちとついていく。サム警視は開いたドアの前で立ち止まった。

部屋は狭く、殺風景だった。色褪せた天井はひびだらけで、古くなった壁はあちこち変色し、床の絨毯ははげちょろけて、家具はみすぼらしく、丸見えの洗面台は配管がぼろぼろで、ひとつしかない窓の派手なプリント木綿のカーテンは大昔のものだ——しかし、室内は清潔な香りがして、よく手入れされていると見える。古くさい鉄枠のベッド、ひと目でわかるほど傾いた簞笥、上が大理石のずっしり重たい小テーブル、針金を巻きつけて補強してある椅子、衣装戸棚、それだけがこの部屋の調度品だった。

警視は部屋にはいると、迷うことなく衣装戸棚に歩いていき、両開きの扉を開けた。着古された上下の男物の服が三着、几帳面にかけてある。衣装戸棚の床には靴が二足あった。一足はかなり新しく、もう一足はつま先がそっくり返っている。上の棚には紙袋に入れた麦わら帽子と、絹のバンドに汗染みのついたフェルト帽がのっていた。警視は手早く服のポケットを全部探り、靴と帽子もすべて調べたが、興味深いものは何も発見できなかった。がっかりしたように太い眉を寄せながら、警視は衣装戸棚の扉を閉めた。

「おい」警視は、戸口のマーフィー夫人の隣で様子を見守っている部下に囁いた。「昨夜から誰もこの部屋のものに触ってないのはたしかなんだろうな」

刑事はうなずいた。「私は仕事をやる時はきっちりやります。ここは警視が出ていかれた時のままです」

衣装戸棚の脇の絨毯の上に、安っぽい茶色の手提げ鞄があったが、輪になった持ち手が壊れて、紐のようにぶら下がっている。警視は鞄を開けた。空だった。

部屋を突っ切って簞笥に近寄ると、固くて重い引き出しの中をひとつひとつ調べ始めた。中には古いが清潔な下着が数枚と、洗濯済みのハンカチの山と、襟のやわらかいストライプのシャツが半ダースと、皺だらけのネクタイが二本と、一足ずつ重ねて丸めたきれいな靴下がいくつかはいっていた。

サム警視は箪笥に背を向けた。外は寒いのに、この部屋は蒸し暑い。警視は真っ赤な顔に絹のハンカチを何度も丹念に押し当てた。そして部屋のど真ん中で、両足を踏ん張って仁王立ちになり、しかめつらで見回した。おもむろに、大理石のテーブルに歩み寄った。インクひと壜、インクの固まったペン一本、安物の便箋一冊は無視した。が、ロイヤルベンガルの葉巻のボール箱は取り上げて、中をじっくり調べた。箱にはいっていたのは葉巻が一本だけだが、警視が持っただけでぼろぼろに崩れてしまった。サム警視は箱をおろすと、いよいよ眉間の皺を深くしながら、また部屋を見回した。

角の洗面台の上には棚があり、いろいろなものがのっていた。警視はつかつかと部屋を横切ると、棚を見下ろして睨みつけた。へこんだ目覚まし時計はねじが止まっていた。四分の一しかはいっていないライウィスキーの一パイント壜が一本――サム警視はコルク栓を抜いて、熱心に嗅いだ――グラスがひとつ、歯ブラシが一本、くすんだ金属のひげ剃りケースがひとつ、そのほかこまごまとした洗面用具がいくつか、アスピリンがひと壜、古い銅の灰皿がひとつ……。警視は灰皿から吸いさしの葉巻を取り上げ、灰の中の破れたラベルを調べた。クレモのラベルだ。サム警視は考えこみながら振り返った。

マーフィー夫人の意地悪そうな小さい眼が、警視の一挙手一投足を見つめていた。突然、大家は鼻にかかった声で言いだした。「お部屋がこんなふうで本当にすみませんねえ、警視さん。だけど、そこのおまわりさんがお掃除させてくれなくって」

「いや、いや」サム警視は言った。不意に動きを止めると、そうだ、という眼で大家を見た。

「ところで、マーフィーさん――ウッドはこの部屋に女を呼んだことはありますか」

マーフィー夫人は鼻を鳴らすと、吹き出物だらけの顎を突き出した。「あなたが警察の人でなかったらね、もう何も言わないで、頭を思いっきりひっぱたいてるとこですよ！　そんなことあるわけないでしょう！　うちがまともな下宿だってことは、誰でも知ってるんだから。あたしは部屋を借りにきた人に、まずそのことを最初に注意してます。〝女性を呼ぶのはお断りですよ〟って。そこは丁寧に、でも、きっぱりとね。とにかく、このあたしの目の前で、おかしなことは絶対に許しませんから！」

「ふむ、ふむ」サム警視は一脚しかない椅子に腰をおろした。「つまり、ここに女が来たことはなかったと……ああ、いや、親類は？　姉妹が来るようなことは？」

「それでしたらねえ」マーフィー夫人はすまして答えた。「お姉さんとか妹のいるかたはね、しょうがありませんよ。たしかにお姉さんとか、伯母さんとか、お従姉妹さんが訪ねてくるかたもいますからね。でも、ウッドさんのところには全然来てなかったみたいで。あたしはずっと、ウッドさんは間借り人のかがみだと思ってましたよ。もう五年もうちに住んでますけど、一度だって問題を起こしたことはありませんでしたもの。とっても物静かで、とっても礼儀正しくて、本物の紳士でした！　考えてみたら、一度もお客さんは来たことがなかったわねえ。だけど、そもそもウッドさんとはあまり顔を合わせたことがなかったし。あの人はニューヨークの路面電車で、お昼過ぎから夜まで働いてましたでしょう。うちはまかないつきじゃないから――ここの人たちには外で食べてもらってます――あの人がどんなお食事をしてたかは知りません。でも、あのかわいそうなかたのために言っておきますけどね――お家賃はきちんきちんと払ってくれましたし、全然問題を起こさないし、酔っ払って騒いだこともないし――部屋にいるのかいないのかわからないくらいでしたしね。あたしは――」

しかしサム警視はすでに椅子から立ち上がって、ぶ厚い背中を大家に向けていた。マーフィー夫人は途中で言葉を呑みこみ、カエルのようなまぶたを何度かぱちぱちさせると、眼を怒らせ、ふんと鼻を鳴らし、わざとらしく刑事の前を通って部屋を出ていった。

「気取りやがって」刑事はドアの柱に向かって吐き捨てた。「姉妹も伯母も従姉妹も出入り自由な下宿だと？」言いながら、卑猥(ひわい)な忍び笑いをもらした。

しかし、サム警視はまったく相手にしていなかった。ゆっくりと歩きまわり、片足で、薄っぺらい絨毯を探っている。絨毯の端に近いある一カ所がわずかに盛り上がっていることに、警視は興味を持ったようだ。絨毯をまくり上げると、そこはただ床板が反り返っているだけだった。ベッドのそばまで来ると、警視はわずかにためらったが、四つん這いになってベッドの下にもぐり、眼が見えないかのように手で探りまわった。刑事が声をかけた。「警視――お手伝いします」しかし、サム警視は返事をしなかった。無言で絨毯をひっぱっている。刑事は腹這いになると、小型の懐中電灯の光で、ベッドの下を照らしだした。警視が意気揚々と叫んだ。

「あったぞ！」刑事が絨毯の端をはがすと、サム警視は薄い黄色い表紙の小さな冊子をつかんだ。男ふたりはひどい恰好でベッドの下から這い出すと、咳きこみながら、服の埃をはたき落とした。

「通帳ですか、警視?」

警視は返事をしなかった——素早くページをめくっている。そこには数年にわたって、少額の預金額がえんえんと記帳されていた。引き落としは一度もない。十ドル以下の預金ばかりで、ほとんどは五ドルだ。最後に記帳された預金の総額は九百四十五ドル六十三セントだった。通帳の真ん中のページには、きちんとたたんだ五ドル札がはさんである。チャールズ・ウッドが生前最後に預金するつもりだったが、死んだことでそのままになった金に違いない。

サム警視は通帳をポケットに入れて、刑事を振り返った。「きみは、ここの番はいつまでだ?」

「八時です。その時に交替が来ます」

「そうか、それなら」サム警視は眼をぎょろりとさせた。「明日、二時半ごろ本部のおれに電話をしてくれ。ここできみに特別にやってもらうことをその時に言う。わかったか?」

「了解です。二時半きっかりにお電話します」

サム警視はつかつかと部屋を出ると、階段をおりて——これが一段ごとに、子豚よろしくキーキー鳴くのだ——家を立ち去った。マーフィー夫人は一心不乱に玄関にほうきをかけていたが、警視が来ると、もうもうと埃の舞う中、赤い鼻をくんくんいわせて、むっとした顔で道を空けた。

歩道で、サム警視は銀行の通帳の表紙を確かめ、あたりを見回すと、大通りを横切って、南に向かって歩きだした。三ブロック行ったところで、警視は目指す建物を見つけた——人工大理石造りの、小さな銀行である。警視は中にはいると〝SからZまで〟と記された出納係の窓口に向かった。年配の男の行員が顔を上げた。

「あなたがこの窓口の担当か？」サム警視は訊ねた。

「さようでございます。どういったご用でございましょう」

「この近所に住んでいたチャールズ・ウッドという、市電の車掌が殺された事件のことは新聞で読んでいるかね？」窓口の男はすぐさまうなずいた。「よかった、私はニューヨーク市警察の殺人課のサム警視って者だ。この事件を担当している」

「ああ！」窓口の男は興奮しているようだった。「ウッド様でしたらたしかに当行のお客様でいらっしゃいます。今朝、新聞であのかたの写真を拝見して、気がつきました」

サム警視はポケットからウッドの通帳を取り出した。「ええと――」鉄格子の仕切りの向こうにある金属の名札をちらりと見た。「アシュリーさんか、この窓口を担当してどのくらいに？」

「八年でございます」

「ずっとウッドの担当を？」

「さようでございます」

「この通帳を見ると、ウッドは週に一度、預金している――曜日は決まってないが。この件で何か、なんでもいい、気がついたことは？」

「それが、お話しできることはあまりございませんので。おっしゃるとおり、ウッド様は私が覚えておりますかぎり、週に一度、毎週欠かさずいらっしゃいました。時間はいつも同じで――一時半か二時でした――新聞記事のとおりでしたら、おそらくニューヨークに出勤する前にお寄りくださっていたのではないかと」

サム警視は眉を寄せた。「あなたの覚えているかぎりでいいんだが、いつも自分で預金しに？　その点を特に知りたいな。いつもひとりで来ていたのか？」

「誰かと一緒においでになったのは見たことがございません」

「どうも」

サム警視は銀行を出ると、大通りを戻って、マーフィー夫人の下宿の近所を目指した。牛乳屋の三軒隣が文房具屋だった。警視は中にはいった。

店主は眠そうな老人で、大儀そうにのそのそ出てきた。

「そこのマーフィーさんの下宿屋に住んでた、昨夜、船で殺されたチャールズ・ウッドって男を知ってますかね？」

老人はたちまち生き生きして、またたいた。「ああ、はい、はい！　うちの常連さんで。葉巻やら紙やら買いにきてたよ」

「どんな葉巻を？」

「クレモだよ。ロイヤルベンガルも。たいてい、このどっちかで」

「どのくらい来てましたか」

「ほとんど毎日、昼過ぎに。仕事に行く前で」

「ほとんど毎日？　じゃあ、誰かと一緒に来たことは？」

「いえいえ！　いっつもひとりで」

「文房具もここで？」

「はいはい。ときたま。紙とかインクを」

サム警視はコートのボタンをかけ始めた。「いつごろから来るように？」

店主は汚らしい白髪頭をかいた。「四、五年かね。あんた、新聞記者かい？」

しかし、サムは無言で店を出ていった。そして歩道で立ち止まった。数軒先に見える男性用の小物店に、ずかずかとはいっていった。結局、ウッドが長い間にほんの数回、男性用の小物を買いにきたことがあるとわかっただけだった。いやあ、ウッドさんはいつもひとりで来ましたよ。

警視はますます渋い顔になって店を出ると、今度は近所の、クリーニング兼染物屋と、靴修繕屋と、靴屋と、レストランと、ドラッグストアを次々に訪ねた。どの店主もウッドのことを、少額しか使わないが、ここ数年通ってくれている常連として記憶していた。しかし、一度として連れがいたためしはなかった——レストランに来る時さえも。

ドラッグストアで、サム警視は質問を追加した。薬剤師は、ウッドのために薬を処方したことはなかったと思う、と答えた。もし病気で医者に処方箋を書いてもらったとすれば、薬はニューヨーク市内で買ったのかもしれない、と。サム警視の頼みを聞き入れて、薬剤師は近隣の医師十一軒と歯科医三軒の住所を書いてくれた——すべて五ブロック内だ。

警視は一軒ずつ訪ねてまわった。どの医者の前でも同じことを言い、同じ質問をした。「四十二丁目横断線の車掌、チャールズ・ウッドが昨夜、ウィーホーケンの船着き場で殺害された事件については、新聞でご存じでしょう。被害者はこの近所の住人です。私はサム警視という者で、被害者の身辺を調査していますが、ウッドの私生活や、交友関係や、家を訪問してきた者について知っている人を探しています。ウッドが診察を受けにきたり、往診を頼んできたりしたことはありますか」

四人の医者は殺人事件の記事を読んでおらず、被害者の名を聞いたこともなかった。残る七人は新聞で読んでいたものの、ウッドを診察したことはなく、彼については何も知らなかった。

警視は歯を食いしばって、リストの三人の歯科医を訪ねてまわった。一軒目では、歯科医に面会できる前に三十五分間も待たされることになり、警視の苛立ちはつのるばかりだった。やっと診察室で歯科医とふたりきりになれたと思えば、医者は警視の身分証明書を見るまでは一切質問に答えることを拒否した。警視はさては、と眼を希望に輝かせ、こっぴどく反撃に出て、身分を証明してやった。歯科医はすっかりふてくされてしぶしぶ答えたものの、結局、チャールズ・ウッドについては何も知らないのだとわかって、警視の眼から輝きは消えた。

残るふたりの歯科医は、被害者の名前すら聞いたこともなかった。

ため息をつき、サム警視はとぼとぼと丘のてっぺんの大通りを歩いて引き返し、乗船場に続く曲がりくねった坂道をおりていくと、ニューヨークに戻る船にまた乗りこんだ。

＊

ニューヨークに着くと、サム警視はその足で、三番街電鉄本社に向かった。醜い顔を痛ましいほど思いつめた表情にいっそう歪め、人波の間をすり抜けていく。

宮殿のように巨大な建物にはいり、人事課におもむいて、人事課長に会いたいと申し入れると、広い事務室に通された。人事課長は生まじめそうな男で、顔には気苦労の皺が深く刻まれている。大急ぎで進み出て、手を差し出してきた。「サム警視でいらっしゃいますか?」課長は急きこむように言った。警視は唸るように返事をした。「どうぞ、おかけください」課長は埃をかぶった椅子をひっぱり出すと、サム警視を無理やり坐らせた。「チャーリー・ウッドの件でございましょう。まったく、恐ろしいことで。いえ、まったく」課長は自分の机の椅子に坐ると、新しい葉巻の先を切り落とした。

サム警視は冷ややかな眼で課長を値踏みするように見た。「被害者の身辺を調査しているところです」サム警視はがらがら声で言った。

「はい、はい。恐ろしいことで。本当にどうしてこんな――チャーリー・ウッドは当社でも実に模範的な職員でございまして。物静かで、しっかりして、頼りになる――本当に社員のかがみでございました」

「ということは、一度も問題を起こしたことはなかったのかな、クロップさん」

人事課長は真剣な顔で身を乗り出した。「これだけは申し上げておきます、警視さん、あの男は当社の宝でした。勤務中に酒を飲んだこともありませんし、社員の誰からも好かれておりました――乗務報告書もいつもきちんと書いて、指折りの模範的な社員で――実際、五年も優秀な成績で勤務してきたのですから、そろそろもっと上の仕事をまかせていいと、管理職に昇進させるつもりでいたんです。本当に！」

「ああ、聖人君子ってわけですか、なるほどね」

「いえいえ、そんなつもりで言ったわけじゃないんです」クロップは慌てて言った。「私はただ――あの男には安心して仕事をまかせられた、と申し上げたつもりでして。ウッドがどういう人間か、人となりをお知りになりたいのでしょう？　あのかわいそうな男は、うちに来てからというもの、平日は一日も休まずに勤続しておりました。とにかく出世しようと必死でしたよ！　我々としても、できるかぎりの後押しはしました。それがうちのモットーなんですよ、警視さん。やる気のある社員はどんどん取り立てて、後押しをするんです」

サム警視は唸った。

「もう一度申し上げますが、ウッドは一度も休暇を取ったことがないどころか、一日も休みを取っていません。むしろ休日返上で働いて金を稼ぐ方が好きなんです。しかも、運転手や車掌連中ときたら、年がら年じゅう、給料を前借りさせてくれと言ってくるものですが、チャーリー・ウッドはどうだったと思います？　あの男は全然、そんなことを言ったことがないんですよ、本当にまったく！　貯金が大好きでしてね――一度、通帳を見せてもらったことがあります」

「入社してどのくらいです？」

「五年になります。あ、ちょっと確認しましょう」クロップはさっと立ち上がり、戸口に走った。そして、頭を外に突き出して怒鳴った。「おい、ジョン！　チャーリー・ウッドの査定表を持ってきてくれ！」

やがて、細長い紙を手に、人事課長は戻ってきた。サム警視は机の上に身を乗り出すと、肘をついて、査定表を読みだした。「わかりますか、ここです」クロップは指さした。「五年とちょっと前に入社して、三番街のイーストサイド線に配属されたあと、三年半前に本人の希望で、相棒の運転手のパット・ギネスと一緒に、横断線に配属替えになっています――ウッドはウィーホーケンに住んでいたので、こちらの方が出勤しやすいというのが理由ですね。どうです？　悪い点はひとつも見当たらないでしょう！」

サム警視は何やら考えこんだ。「ところで、クロップさん、ウッドの私生活は？　何か知りませんか。知人とか、親戚とか、友達とか」

クロップはかぶりを振った。「さあ、私はほとんど存じませんが、特にどうという噂は聞いておりません。人当たりはいいですが、誰かと出歩くということはなかったと思います。ちょっと、よろしいですか」友人というものにいちばん近い関係なのはパット・ギネスでしょう。

そして、査定表をひっくり返した。「これです。履歴書の写しですが。親戚――無、とあります。どうでしょう、ご質問の答えになっていると存じますが」
「確認したいな」サム警視はつぶやいた。
「たぶんギネスなら——」
「ああ、いや。必要があれば、こちらで直接ギネスさんに会います」サム警視は中折れ帽（フェドーラ）を取り上げた。「では、これで。ありがとうございました」

人事課長はサム警視の手をつかんで勢いよく上下に振ると、部屋を出て建物の外まで送っていきながら、何度も何度も、協力は惜しまないと繰り返し言った。サム警視はそっけなく振りきり、別れの挨拶がわりに会釈すると、さっさと角を曲がった。

そこで立ち止まると、人待ち顔で懐中時計を何度も確かめていた。十分とたたないうちに、黒のリンカーンの長いリムジンが、窓のカーテンを閉めきったまま近づいてきた。運転席ではお仕着せ姿のほっそりした青年がにこにこ笑っていたが、急ブレーキを踏むと車から飛び出し、後部座席のドアを大きく開けて、邪魔にならないように脇に控えながら、まだにこにこしていた。サム警視は素早く、通りを見回すと、リムジンに乗りこんだ。車の片隅に、いっそう地の精（ノーム）のような姿でうずくまって、静かにうつらうつらしているのは、クェイシー老人だった。

運転手がドアを閉め、運転席に飛び乗ったとたんに、車は唸りをあげて、車列の中にはいっていった。クェイシーが、はっと眼を開けた。そして、すぐ隣にサム警視が——じっと考えこんでいるサム警視が、微動だにせず無言で坐っているのに気づいた。クェイシーの醜い怪物（ガーゴイル）のような顔が、みるみるうちにほころんだ。クェイシーは立ち上がると、車の床にある扉をはね上げた。やがて、やや赤い顔になって身を起こした老人は、大きな金属製の箱を持っていた。箱の蓋の内側は鏡になっている。

サム警視は広い肩を揺らした。「一日の仕事としてはまずまずだったよ、クェイシー」

そう言いながら帽子を取ると、箱の中に片手を突っこみ、ごそごそかきまわしてから、何かをつかんで引き抜いた。そして、延びのよいクリームで顔をこすり始めた。クェイシーはその前で鏡をささげ持ち、やわらかな布を差し出した。警視はてかてかの顔を布でぬぐった。すると、どうだろう！　布が顔から離れると、サム警視は消えてしまった。顔のあちこちにパテのようなものがこびりついているので、あとかたもなく、というわけにはいかなかったものの、扮装はあらかた消し去られ、その下から、端整で線の鋭いドルリー・レーン氏の微笑んでいる顔が現れていた。

第七場　ウェストイングルウッドのデウィット邸

九月十一日　金曜日　午前十一時十分

金曜日の朝、太陽が顔を見せてくれた。黒のリンカーンの長いリムジンが住宅街を颯爽と走っていく。並木道の両側のポプラはすっかり色づき、葉が落ちる前に明るい陽光を浴びたくてやっきになっているようだ。

ドルリー・レーン氏は窓の外を見ながらクェイシーに向かって、ウェストイングルウッドはすくなくとも富裕層の住む区域においては、ひとつの型にはまった家ばかり建てるという建築上の誤りを犯していないね、と意見を言った。広々とした敷地に建つどの屋敷も、それぞれ近隣の家とはまったく違う建材とデザインで造られている。クェイシーは淡々と、自分はハムレット荘の方がはるかに好きです、と答えた。

　車は、よく手入れされたこぢんまりとした屋敷の前に停まった。広い芝生に囲まれた、真っ白な植民地風(コロニアル)の屋敷は、あちこちが出っ張って、いくつものポーチに飾られている。レーンはいつものインバネスと黒い帽子という姿で、ブラックソーンのステッキを握り、車から出るとクェイシーを手招いた。

「私もでございますか？」クェイシーは驚き、そして不安そうな顔になった。いつもの革エプロンをいまはつけていないせいか、心もとない様子である。クェイシーは山高帽(ダービー)をかぶり、ビロードの襟付きの小さな黒いオーバーを着ていた。真新しいぴかぴかの靴につま先を締めつけられているようで、歩道に飛び降りたクェイシーは顔をうんとしかめた。唸り声をあげながらレーンを追って、玄関(ポルチコ)に続く道を歩いていく。お仕着せ姿の長身の老人が出迎えてくれると、まばゆく輝く廊下を通って、すばらしく豪華な植民地風の広い客間に、ふたりを案内した。

　レーンは腰をおろし、クェイシーはそのうしろでうろうろしていた。レーンは感嘆のまなざしであたりを見回した。「私はドルリー・レーンと申します」名優は執事に名乗った。「家のかたはご在宅ですかな?」

「いいえ、誰もおりません。だんな様はニューヨークに行っておいでですし、お嬢様はお買い物にお出かけで、奥様は——」執事は空咳をした。「——たしか、泥パック美顔術とやらを受けに行かれました。ですので——」

「結構」ドルリー・レーンは顔をほころばせた。「それで、あなたは——?」

「ジョーゲンズと申します。当家で、もっとも長くお仕えしております」

レーンはケープコッドチェア(背もたれが柵のような形の木製の肘掛け椅子)の中で坐りなおし、楽な姿勢になった。

「まさにあなたこそ私の求めるお人だ、ジョーゲンズさん。まず、説明させていただかなければならないのですが」

「わたくしに、でございますか?」

「ロングストリート事件担当の地方検事、ブルーノさんはご存じでしょう。検事のご厚意で、私は個人的に事件を調査する権限を与えられております。それで——」

老人の顔から、執事らしい無表情の仮面がはずれた。「お言葉ですが、わ、わたくしなどに説明なさる必要はございません。ドルリー・レーン様といえば……」

「いやいや」レーンはじれったそうなそぶりで言った。「ご親切にそう言ってくださるのはありがたいですが、ジョーゲンズさん。まずは二、三、質問をしますから、正確に答えていただきたい。デウィットさんのことで——」

ジョーゲンズは身をこわばらせ、その顔からは生き生きとした熱狂が消えた。「もし、だんな様のためにならないご質問でしたら、それは……」

「感服しましたよ、ジョーゲンズさん、実に感服しました」レーンの鋭い眼が、執事を射抜くように見つめた。「いや、まったく――感服しましたよ。なんとも見上げたお心がけだ。先にあなたに安心してもらうべきでしたね、私がここに来たのは、デウィットさんを助けるためです」ジョーゲンズは灰色のくちびるを、ほっとしたようにほころばせた。「続けます。デウィットさんはロングストリートさんが殺された痛ましい事件に、被害者と近しい関係だったというだけで巻きこまれた。しかし、その関係をよく調べていけば、ロングストリートさんを殺した犯人の手がかりが拾えるのではないかと思うのです。ロングストリートさんは、こちらによく来ましたか」

「いいえ。めったにおいでになりませんでした」

「なぜでしょうか」

「しかとは存じません。ですが、お嬢様がロングストリート様をお好きでありませんでしたし、だんな様は――ええ、なんと申しましょうか、ロングストリート様がいらっしゃると、萎縮してしまうようでして、その、おわかりでしょうか……」

「ああ、よくわかりましたよ。では、奥様は?」

執事はためらった。「それは、その……」

「言いたくないのかな?」

「できましたら、そのように」

「四度目になりますが、言わせてもらいましょう――感服しました……クェイシー、坐りなさい。疲れてしまうよ」クェイシーは主人の隣に腰をおろした。「さて、ジョーゲンズさん。あなたはデウィットさんに仕えて何年になりますか」

「十一年を越しました」

「あなたの目から見て、デウィットさんは人付き合いのいいかたですか――友達は多いですか」

「それは……いいえ。だんな様が本当に仲の良いお友達と申せるのはたったひとり、ご近所にお住まいのアハーン様だけと存じます。ですが、だんな様はとても気さくで愉しいかたでいらっしゃいますよ、よくお付き合いになればわかっていただけるのですが」

「では、こちらの家に客人が滞在することはほとんどないというわけですか」

「めったにございません。もちろん、いまはアンペリアル様が当家に滞在しておいでですが、このかたは特別なご友人でございまして。アンペリアル様は三、四年前から毎年、いらしています。ですがだんな様はほかのお客様をほとんどお招きになりません」

「〝めったに〟と言いましたね。では、ごくたまにこの屋敷に滞在するお客人は、顧客――つまり、ビジネス上の客ですか？」

「さようでございます。ですが、本当にめったにないことで、長い間に一度あるかないかでございますよ。最近、当家に滞在されたかたは、南米からおいでになったビジネスマンがおひとりだけです」

ドルリー・レーンはじっと考えている。「最近というのは、いつごろ？」

「当家にひと月ほど滞在されて、ひと月前にお発ちになりました」

「前にも来たことのある人ですか」

「わたくしの覚えているかぎりではございません」

「南米と言いましたね。南米のどこですか」

「存じません」

「その客人が発ったのは、正確にはいつです?」

「たしか八月十四日だったと存じます」

　レーンはしばらく黙っていた。再びゆっくりと口を開いた時、その声はずいぶん興味をそそられた口調だった。「その南米人が滞在していた間に、ロングストリートさんがこちらを訪問したかどうか覚えていますか」

　ジョーゲンズは即座に答えた。「はい。普段よりもずっと足しげく、おいでになりました。マキンチャオ様――それが、お客様の名前でございます、フェリペ・マキンチャオ様――が当家においでになった次の日の晩には、だんな様とロングストリート様とマキンチャオ様の三人で、真夜中をかなり過ぎるまで書斎にこもっておられました」

「三人が何を話していたのかまでは、あなたはもちろん知らないのでしょう?」

　ジョーゲンズはショックを受けたようだった。「もちろんでございます!」

「むろんですね。愚問でした」ドルリー・レーンはつぶやいた。「フェリペ・マキンチャオか。外国人らしい名だ。ジョーゲンズさん、どんな人でした?　特徴を教えてもらえますか」

執事は老いた咽喉で咳払いをした。「外国のかたでございます、スペイン系らしい容姿のかたで。髪は黒く、肌は浅黒く、背は高く、小さな黒い軍人ひげを生やしていました。たいへん色の黒いかたで――黒人かインディオのようでございました。変わった紳士でした。たいへん無口で、あまり家におられませんで。当家ではほとんど皆様とお食事をされませんでしたし、親しく打ち解けようとなさいませんでした。ときどき、朝の四時五時まで家に戻らない夜もあれば、まったくお帰りにならない夜もございました」

レーンは微笑んだ。「そしてこのおかしな客のおかしな行動を、デウィットさんはどんなふうに受け止めていましたか」

ジョーゲンズは困った顔になった。「それは、その、だんな様はマキンチャオ様のお出入りについて、なんとも思っておられないようでしたが」

「ほかに何か覚えていることは?」

「さようでございますね、スペインなまりの英語を話されて、お荷物は大きなスーツケースひとつきりしか持っておられませんでした。夕方になるとよくだんな様とふたりで、ときどきはだんな様とロングストリート様の三人で、閉じこもって密談されていました。たまに夜の集まりでほかのお客様をお招きした時には、だんな様はマキンチャオ様のことを――なんと申しますか――お義理程度にしか紹介されませんでした。わたくしが存じておりますのはこのくらいでございます」

「アハーンさんはマキンチャオを知っているようでしたか」

「いいえ、まったく」

「アンペリアルさんは？」

「アンペリアル様は当時、おいでになりませんでした。マキンチャオ様がお発ちになって、しばらくしてからいらっしゃいました」

「その南米人がお宅を発ってから、どこに行ったのか知っていますか」

「いいえ。スーツケースもご自分で持っていかれましたので。この家ではだんな様を除いて、わたくしほどあのかたを知っている者はおりませんでしょう。奥様やお嬢様さえ、さほどご存じないはずでございます」

「ところで、あなたはなぜ、南米人だとわかったんです？」

ジョーゲンズは、羊皮紙のような手の中に空咳をした。「一度、わたくしの前で奥様がだんな様にお訊ねになったことがございます。だんな様がそうお答えになりました」

ドルリー・レーンはうなずいて眼を閉じた。やがて、また眼を開けると、きびきびした口調で訊いた。「ここ数年のうちに南米からほかの客人が来たかどうか覚えていますか」

「いいえ。当家においでになったスペイン系の紳士は、マキンチャオ様おひとりだけでございます」

「ありがとう、ジョーゲンズさん。たいへんに助かりました。では、デウィットさんに電話をかけて、ドルリー・レーンが今日、どうしてもお昼をご一緒願いたいと言っていると伝えてもらえませんか」

「かしこまりました」ジョーゲンズは小さな台に歩み寄ると、落ち着き払ってダイヤルを回し、しばらく待ったあと、株式仲買人を呼び出してもらっていた。「だんな様でしょうか？　ジョーゲンズでございます……はい、ただいま、屋敷にドルリー・レーン様がおいでになりまして、本日、だんな様と昼食をご一緒したいとのお申し出でございます。どうしてもと……はい、さようでございます。ドルリー・レーン様で……どうしても、と念を押すように申しつかりましてございます、はい……」

ジョーゲンズが振り返った。「十二時に取引所クラブで、よろしゅうございますか、レーン様？」

レーンの眼がきらめいた。「十二時に取引所クラブで結構です、ありがとう」

外に出てリムジンに乗りこみながら、レーンはクェイシーに──やっきになって襟のカラーをひっぱっている老人に、声をかけた。「クェイシー、おまえはせっかく観察の才能があるのに、何十年も宝の持ち腐れにしていただろう。どうだ、いまだけ臨時に、探偵をやってみる気はないか」

車が走りだしたところで、クェイシーは皺だらけの首のまわりから、ようやくカラーをむしり取った。「なんでも仰せのままにいたしますよ、レーン様。このカラーさえなんとかしたら……」

レーンは咽喉の奥で笑った。「頼みたいのは、たいしたことじゃない──ささやかな仕事で申し訳ないが、おまえはまだ探偵としては駆け出しだからね……。今日の午後は、いろいろと用があるので、私のかわりに、ニューヨーク市内にある南アメリカの領事館全部を当たってほしい。そして、フェリペ・マキンチャオという、背が高くて、髪が黒く肌は浅黒く、口ひげを生やし、おそらくインディオか黒人の血をひく南米人と接触したことのある領事を見つけてくれ。本物のオセロのような男だね、クェイシー……わかっているだろうが、慎重にな。私がどの線をたどっているのか、サム警視にもブルーノ地方検事にも絶対知られたくないのだ。わかったね？」

「マキンチャオ、ですか」クェイシーはざらつくきいきい声で言った。老いた褐色の指で顎ひげをひねっている。「けったいな名前だ。いったいどんな綴りです？」

「というのは」ドルリー・レーン氏は考えにふけるあまり、おかまいなしに続けた。「サム警視とブルーノ地方検事に、ジョン・デウィットの執事を調べるという知恵すらないなら、教えてやる価値はないからだ」

「口の軽い執事でしたな」クェイシーは、ほぼ人生のすべてを聞き役に徹してきた者らしく、手厳しかった。

「いや、その逆だ」ドルリー・レーン氏はつぶやいた。「あの執事は実に口が堅い」

第八場　取引所クラブ

九月十一日　金曜日　正午

ドルリー・レーン氏は華やかな登場を披露したものの、意図したわけではなかった。氏はただウォール街にある取引所クラブの固い空気の中へ、普通にすたすた歩いていっただけなのだが、それだけで熱狂の渦が生まれてしまったのである。まず、ラウンジでは三人の男が熱烈なゴルフ談議に花を咲かせていたが、レーン氏の姿を認めたとたん、信号機を見たようにぴたりと、このスコットランドの国技の大激論は囁きに変わった。黒人のボーイは、インバネスに身を包んだ古風な姿に目を丸くした。フロントデスクの案内係はペンを取り落とした。氏の到着の噂は、あっという間に広まった。

男たちは無意味にぶらつき始め、いかにも興味がないふりをしながら、眼の端で、レーンの一風変わった姿を、興味津々で盗み見ていた。

レーンはロビーのどっしりした低い安楽椅子に、ため息をつきながら腰をおろした。白髪の男が大急ぎで現れ、腰が曲がるかぎり低く頭を下げた。

「ようこそおいでくださいました、レーン様」レーンはちらりと笑みを浮かべた。「たいへん光栄でございます。わたくしが当クラブの支配人です。なんなりとお申しつけくださいませ。

葉巻はいかがですか？」

レーンは手を上げ、身振りで結構だと伝えた。「いや、ありがとう。ただ、私は咽喉を大切にしているのでね」いつも言いなれた言葉なのだろう、愛想のよい口調ながら、まったく機械的に放たれた台詞だった。「デウィットさんと待ち合わせをしたのだが、もうお見えかな？」

「デウィット様でございますか？　いいえ、レーン様、まだお見えでないはずです」支配人の口ぶりは、ドルリー・レーン氏をお待たせするとは、なんという不届き者か、とデウィット氏を厳しく非難しているようだった。「それでは、わたくしがおそばに控えておりますので、ご用がおありでしたら、なんなりとお申しつけくださいませ」

「どうもありがとう」レーンは椅子に背をあずけると、用はないというように眼を閉じた。支配人は誇らしげな顔で、一歩下がると、ネクタイをいじっていた。

まさにこの瞬間、ジョン・デウィットの華奢な姿がロビーに大急ぎではいってきた。株式仲買人は青い顔をしていた。どこか怯えているようで、さらなる緊張と、内心の新たなる焦燥がにじみ出ている。支配人が向けた笑顔に、表情を変えずに応じると、急ぎ足でロビーを突っ切り、羨望のまなざしを浴びながら、レーンめがけて歩いていった。

支配人が声をかけた。「レーン様、デウィット様がおいでになりました」レーンがまったく反応しないことに、支配人は傷ついたようだった。デウィットが身振りで支配人を下がらせ、レーンの硬い肩に触れると、名優はようやく眼を開けた。「ああ、デウィットさん！」レーンは嬉しそうに言って、さっと立ち上がった。

「どうも、お待たせして申し訳ありません、レーンさん」デウィットはぎこちなく言った。「ほかに約束があったのを――断らなければならなかったので――遅れてしまいまして……」

「いえいえ」レーンはインバネスを脱いだ。お仕着せの黒人が素早く近づき、レーンのインバネスと帽子とステッキ、デウィットのコートと帽子を、神業のごとき巧みさで受け取った。男ふたりは支配人のあとに続いて、ロビーを通り抜け、クラブのダイニングルームにはいっていった。そこでは給仕長が、職業柄いつもかぶっている無表情の仮面を脱ぎ、にっこりと笑顔で、デウィットの求めに応じてダイニングルームの仕切り席にふたりを案内した。

軽い昼食の間じゅう――ドルリー・レーンがローストビーフの大きなかたまりを勢いよく食べているのに対し、デウィットはフィレ肉をつつきまわしているだけだったのだが――レーンは深刻な話題については、断固として話そうとしなかった。デウィットはレーンが会いたいと言ってきた目的を、何度も何度も知ろうとした。そのたびにレーンは、「食事は落ち着いてとらないと、消化に悪いですよ」と受け流してしまうのだった。デウィットは心ここにあらずといった体であやふやに微笑み、レーンはこの牛肉の英国料理をよく味わうことよりも深刻な考えごとはないという顔で、気楽に愛想よく喋り続けた。駆け出し当時の舞台の懐かしい内輪話をいくつか披露し、きらびやかなスターが次々登場する逸話を聞かせた――オーティス・スキナー、ウィリアム・フェイヴァーシャム、エドウィン・ブース、フィスク夫人、エセル・バリモア等々。食事が進み、老優がよどみなく話す含蓄ある物語を聞くうちに、デウィットのこわばっていた態度がゆるみ、いつしか心から楽しんで耳を傾け始めていた。緊張が解けてきたことに気づかないふりをして、レーンはお喋りを続けた。

　コーヒーのあと、デウィットは葉巻を受け取り、レーンは断った。そして、レーンが言った。

「デウィットさん、あなたは本来、不愛想な人でも陰気な人でもありませんね、こうしてお会いしていればわかりますよ」デウィットはびっくりした顔になったが、返事のかわりに葉巻の煙を吐いた。「心の医者でなくとも、あなたの表情や最近の行動から、いまがあなたにとって一時的な冬の時であることくらい読み取れます——おそらくは慢性の鬱に苦しんでおいでですが、もともとのあなたの性質とは違うはずです」

　デウィットはつぶやいた。「ある点で、私は辛い人生を歩んできたのです、レーンさん」

「では、私は正しかったわけだ」レーンの声に力がこもった。名優の細長い両手はテーブルクロスの上にたいらにのせられ、微動だにしなかった。デウィットの両眼は、吸い寄せられるように、その手をじっと見つめている。「デウィットさん、こうして一時間もご一緒させていただいたいちばんの目的は、あなたと仲良くなることでした。もっとあなたというかたをよく知るべきだと思ったのです。力不足で自己流のつたないやりかたかもしれませんが、それでも私はあなたをお助けしたい。実際、私にはあなたが尋常でない助けを必要としているとしか思えないのです」

「ご親切にありがとうございます」デウィットは眼も上げずにぽつりと言った。「自分がどれほど危険な立場にいるのか、ちゃんとわかっています。地方検事もサム警視も、そのことを少しも隠そうとしていませんから。私には四六時中、監視がついています。たぶん電話も手紙も調べられているでしょう。それにレーンさん、あなたご自身も、うちの使用人たちを取り調べておられる……」

「執事に話を聞いただけですよ、デウィットさん、それも、あなたをお助けしたいがためです」

「……サム警視も執事を尋問しました。ええ――自分の立場はわかっています。それでも、あなたは警察のほかのかたがたとは少し違うように思えます――もっと人間味があるといいましょうか」デウィットは肩をすくめた。「意外かもしれませんが、水曜の夜以来、あなたのことを何度も思い出しました。あなたは私が窮地に立たされるたびに、何度もかばってくれた……」

レーンの顔が真剣になった。「では、私からひとつふたつ質問させていただけませんか？この事件の捜査に、私は公式には参加していません。動機はまったく私的で、単に真相を突き止めたいという思いによるものです。さらに核心に近づくには、もっと知らなければならないことが……」

デウィットは、はっと顔を上げた。「さらに？　では、もうある程度までは、結論に達しているということですか？」

「ふたつの根本的なことについては、ええ」ドルリー・レーンが手招きすると、給仕がはりきって駆け寄ってきた。レーンはコーヒーのおかわりのポットを頼んだ。デウィットの葉巻は消えてしまっていた。その存在を忘れて、指からだらりと垂らしたまま、レーンの横顔をまじまじと見つめている。レーンはかすかに微笑んだ。「申し訳ないが、私はある美しいご婦人とは意見を異にしておりましてね。私に言わせれば、でたらめな予言ですよ！　マダム・ド・セヴィニェ（一六二六―九六　フランスの侯爵夫人。書簡集で名高い）は、コーヒーなどあっという間にすたれると言いましたが（一六六九年にコーヒーがトルコからフランス上流社会に伝わる）、そんなのは不滅のシェイクスピアがあっという間にすたれると予言するようなものですな」そして、まったく同じ穏やかな口調で続けた。「私は誰がロングストリートとウッドを殺したのかを知っています。それをある程度の結論と呼ぶならば」

　デウィットは、レーンに顔を殴られたかのように蒼白になった。葉巻が指の間で折れ曲がった。レーンの静かなまなざしを見返しながら何度もまたたき、なんとか自分を保とうと、驚愕をごくりと呑みこんだ。「誰がロングストリートとウッドを殺したのかを知っている！」咽喉を締めつけられるような声で言った。「でも、それなら、レーンさん、どうして何もなさらないんです？」

　レーンは優しく言った。「やっていますよ、デウィットさん、それなりに」デウィットは身動きひとつしなかった。「残念ですが、我々が相対しているのは頭の固い正義の女神で、あくまで物的証拠というものが要求されているのです。どうか私を助けてもらえませんか」

　デウィットは長いこと返事をしなかった。その顔は苦悩にねじれていた。眼はこの風変わりな捜査官の無表情な仮面をどうにかして視線で突き破り、どのくらいたくさん、どこまで正確に知っているのかを探ろうと必死になっている。やがて、デウィットはそれまでと同じ、張りつめた声で答えた。「それが私にできたら、もし私に……」

「勇気があれば、ですか、デウィットさん？」

何もかもが安っぽいメロドラマのようだ。名優の身体の奥で、嫌悪の蟲が首をもたげた。

デウィットはだんまりを続けていた。かと思えば、またもレーンの眼を覗きこみ、そこに殺人犯の名が書かれていないか、探ろうとしているかのようだった。とうとう、デウィットはマッチを擦ると、震える指で消えた葉巻の先に当てがった。「レーンさん、私に話せることは話しましょう。しかし——どう言えばいいか——私はその——つまり、両手を縛られている状態で……ひとつだけ、どうしてもお話しできないことがあります——水曜の夜、私が会うはずだった相手が誰かということです」

レーンはおもしろそうに頭を振った。「この事件でいちばん興味深い点のひとつに関して沈黙を貫くおつもりとは、デウィットさん、ますます事態をややこしくされますね。まあ、それはおいておくとしましょう——」レーンは間をおいて言った。「いまのところは。デウィットさん、聞いたところでは、あなたとロングストリートさんは南米の鉱山で財産を作ったあと、一緒に帰国して、巨額の元手が必要な株式仲買業を始められたそうですね。ということは鉱山で、まさにひと山当てたわけだ。戦前のことですか」

「ええ」

「その鉱山は南米のどこに？」

「ウルグアイです」

「ウルグアイ。なるほど」レーンは半眼になった。「では、マキンチャオ氏はウルグアイ人ですか」

デウィットの口があんぐりと開いた。その眼が疑惑に曇った。「どうしてマキンチャオをご存じなんです」デウィットは詰め寄った。「ああ、そうか、もちろん、ジョーゲンズだ。あの馬鹿め。あとで――」

レーンが鋭く言った。「いけませんよ、デウィットさん。ジョーゲンズはたぐい稀な、忠実な執事です。私があなたのために動いていると信用してくれたからこそ、情報を提供してくれただけですよ。あなたもぜひ見習っていただきたいものですね――私をお疑いでなければ」

「いえいえ、めっそうもない。失礼しました。ええ、そうです、マキンチャオはウルグアイ人です」デウィットは苦しんでいた。その眼は左右にひっきりなしに動き、またもうろたえた光が浮かんでいる。「でもレーンさん、お願いです、マキンチャオのことはこれ以上、訊かないでください」

「申し訳ないが、訊かないわけにはいかないのですよ」レーンの視線はまっすぐにデウィットを貫いた。「マキンチャオとは何者です？　職業は？　あなたの家に滞在している間のマキンチャオの奇妙な行動には、どういう意味が？　デウィットさん、いま私が訊いた質問全部には、どうあっても答えていただきます」

デウィットはテーブルクロスの上にスプーンで意味のない形を何度もなぞりながら、ぼそぼそと言った。「どうしてもとおっしゃるなら……別に、おかしなことは何もないのですが。単なる商談のために来たんですよ。マキンチャオは――つまり、南米のある公共事業選定の視察に来て――うちに公債の発行を委託したいと……まったく合法的な事業です。私は――」

「ロングストリートさんとあなたはその公債を発行することにしたのですか」レーンは表情を動かさずに言った。

「それは――その――保留にしました」デウィットのスプーンはテーブルクロスの上で何度も、何度も、ぐるぐると幾何学模様を描いている。角形(かくがた)、波形(なみがた)、長方形、ひし形。

「保留にした」レーンは淡々と繰り返した。「なぜマキンチャオ氏はそれほど長々と逗留したのです」

「それはその……わかりません、うち以外の金融機関も視察していたのかも……」

「マキンチャオさんの住所を教えてもらえますか」

「それは、その――はっきりとは知らないんです。あの男はあちこち飛びまわっていて。ひとつところに長くとどまっていたことがないものですから……」

唐突に、レーンがくすくす笑いだした。「デウィットさん、あなたは嘘がへたなかたですね。これ以上、続けても無駄なのはよくわかりました。あなたが嘘に嘘を重ねるところをこのまま見させられても、こちらも困惑するばかりです、もうこの話はやめましょう。ごきげんよう、デウィットさん、私はこれでも人間の本質を見抜く力を持っている自信があったのですが、あなたの態度は、この年寄りのうぬぼれに水をかけてくれましたよ」

レーンは立ち上がった――給仕がひとり、まるでばねにはじかれたようにすっとんで来ると、椅子をつかんだ。レーンは給仕に微笑みかけると、デウィットのうなだれた頭をまじまじと見てから、いままでどおりの親しみのある声で続けた。「それでも、もし気が変わったらいつでも拙宅、ハドソン川沿いのハムレット荘においでください。では、失礼」

死刑の宣告を聞かされているがごとく打ちひしがれたデウィットをあとに残し、レーンは去っていった。

給仕長のあとについて、テーブルの間をすり抜けて進む途中で、レーンは一度、足を止め、ふと微笑を浮かべると、また歩を進めて、ダイニングルームの外に出た。デウィットがまだ坐っている席からそう遠くないテーブルで、ひとりの男が食事をしていた。真っ赤な顔の男は居心地が悪そうで、レーンとデウィットが話しているあいだじゅう、身を乗り出して耳をそばだて、おくめんもなく盗み聞きしようとしていたのである。

ロビーに出ると、レーンは給仕長の肩を叩いた。「デウィットさんと私が坐っていた近くのテーブルにいる、あの赤ら顔の男は――こちらの会員かな?」

給仕長は困惑した顔になった。「いいえ。刑事のかたです。バッジを見せて無理やりはいってこられまして」

レーンはまた微笑を浮かべると、給仕長のてのひらに紙幣を一枚押しつけて、のんびりとした足取りで受付のデスクに歩いていった。受付係が慌てて身を乗り出してきた。

「まず、このクラブの医師のモリス先生に、そのあと、クラブの秘書のところに案内してください」と、ドルリー・レーン氏は言った。

第九場　地方検事局

九月十一日　金曜日　午後二時十五分

金曜日の午後二時十五分にドルリー・レーン氏は早足で、道路の片側がどっしりとした警察本部の壁、片側がさまざまな外国人の商店でにぎわう下町にはさまれたセンター街を歩いていた。一三七番地の、ニューヨーク郡が首席検事のために用意した十階建ての建物にたどりつくと、中にはいって廊下を突っ切り、エレベーターに乗って上階に運ばれていった。

いつもどおりに、レーンの表情は完璧に制御され、完全に無表情だった。舞台上で生涯を通じて続けてきた鍛錬（たんれん）のおかげで、まるでアクロバットが全身の筋肉を自由自在に操るように、表情筋を思いどおりに動かせるのである。けれども観客のいないいま、その眼には抑えることのできないきらめきがあった。興奮の光、予感の光だ――隠れ場所にひそみ、銃をかまえた猟師の眼に燃える炎そのものだ――生きること、考えることを突きつめる喜びと輝きだ。その眼を覗きこんだ者は、この輝く眼の持ち主が、大切なものを失って表舞台に立つことができなくなった不本意な人生を送っているなどと、想像もできないだろう。何かが彼の誇り高い自尊心を洗い流し、新たなエネルギーで内を満たし、生命の流れを自信と活動力と鋭い考察力からなる新たな水路に導いたのである。

とはいえ、ブルーノ地方検事の執務室手前の応接室のドアを開けた時には、すでに眼から光は消え、古めかしい服を着た年齢より若々しい、単なる紳士であった。

職員がおそるおそる内線で連絡をとった。「わかりました、ブルーノ検事」職員が振り返った。「どうぞ、おかけください。たいへん申し訳ありませんが、検事はただいま警察委員長と会議中です。お待ちになりますか?」

レーンは待たせていただくと答えて腰をおろし、ステッキの握りに顎をのせた。

十分後、レーンが眼を閉じてのんびり休んでいると、検事室のドアが開いて、ブルーノ地方検事が現れ、そのあとから警察委員長の背の高いがっしりした姿が現れた。立ち上がった職員は、レーンがまるで居眠りをしているように動こうとしないことに、まごついていた。地方検事は微笑んで、レーンの肩を叩いた。まぶたがさっと開き、穏やかな灰色の瞳に不思議そうな表情が浮かんだかと思うと、レーンはさっと立ち上がった。

「ブルーノさん」

「レーンさん、こんにちは」ブルーノ地方検事は、興味津々でレーンを見ている警察委員長を振り返った。「レーンさんです――こちらはバーベイジ警察委員長」

「お会いできて光栄です、レーンさん」警察委員長は腹の底から声を響かせ、レーンの手を握って大きく上下に振った。「むかし、拝見していましたよ――」

「どうやら私は過去の栄光をたよりに生きているようですね、バーベイジさん」レーンはほがらかに笑った。

「いやいや、とんでもない！　いまもご活躍中ではありませんか。ブルーノ君から、あなたの新しい天職の話を聞かせてもらっていますよ。いくつも新事実を発見されたそうですね、まだブルーノ君にもわかっていないことを」警察委員長は大きな頭を振った。「いや、警察の誰にもわかっていないことですな。サムからもいろいろ聞いています」

「なんの、年寄りの道楽です。ブルーノさんはご親切に、こんな年寄り相手に辛抱強く付き合ってくださって」レーンの眼尻に皺が寄った。「そういえばバーベイジさん、あなたのお名前は実にすばらしいですね。リチャード・バーベイジという俳優がいたのですが、当代きっての名優で、ウィリアム・シェイクスピアが生涯の友とした三人のうちのひとりだったのですよ」

警察委員長はどことなく嬉しそうだった。

名優としばらく喋ってからバーベイジ警察委員長が去っていくと、ブルーノ地方検事はレーンを検事室に引き入れた。すると、サム警視が電話機におおいかぶさり、信じられないという顔をしていた。レーンを見て、警視は挨拶がわりに太い眉を上げたが、受話器を耳に押しつけたままだった。レーンはサム警視の真正面に腰をおろした。

「おいおいおい」警視は言った。受話器の向こうの声を聞いている間に、その顔はどんどん赤くなり、ついにはどうしようもない憤怒で爆発しそうになった。「さっきからおまえ、おれを馬鹿にしてんのか？　いいか、はっきりさせ……うるせえぞ、少し黙ってろ。このおれがおまえに、今日の二時半に電話をかけろと言っただと？　おまえに指示を出すからって？　おれが？　おまえ、頭、大丈夫か！　酔っ払ってんのか！……なんだって？　おれがおまえと会って直接言った？　いや、ちょっと待て」サム警視は電話機から顔を上げて、ブルーノ地方検事を振り向いた。「おれの部下なんだが、この馬鹿、ついにぶっこわれちまったらしい。こいつの話じゃ——もしもし、もしもし！」警視は受話器に向かって吼えた。「おれが絨毯を持ち上げるのを手伝っただと？　絨毯って何の絨毯だ。おいおい、頼むぜ。ちょっと待ってろ」警視はまたブルーノ地方検事を振り返った。「わけがわからん。こいつ、おれが昨日、ウィーホーケンのウッドの部屋を捜索したとぬかしやがる。しかし、嘘をついているとも思えん！　ひょっとして——おい、聞け！」警視は狂ったように怒鳴った。「そいつはおれじゃな……」その時、警視の眼の焦点がドルリー・レーン氏に合った。名優は親しみのこもった茶目っ気たっぷりの表情で、警視を見つめている。警視の口があんぐりと開き、燃えるような眼に理解の色が浮かんできた。その顔に苦笑が広がり、警視は受話器に向かって言った。「いや、もういい。わかった。そのまま部屋を見張っていろ」警視は受話器を置くと、レーンに向きなおり、どん、と机に肘をついた。ブルーノ地方検事はきょとんとした顔で、ゆっくりとふたりを見比べている。「レーンさんでしょう、やってくれましたね」

レーンは真顔になった。「警視さん」名優は重々しく言った。「仮に私が、あなたにはユーモアのセンスがないと疑ったことがあったとしても、今後そう思うことは未来永劫ないでしょう」

「このナンセンスな騒ぎはいったいなんなんだ？」ブルーノ地方検事が問いつめた。

サム警視はくちゃくちゃの紙巻きたばこをくちびるの間にねじこんだ。「こういうわけだよ。昨日のおれの行動だ。おれはウィーホーケンに行って、下宿屋のマーフィーのおかみさんと話して、ウッドの部屋を捜索して、おれと六年も付き合いのある部下に手伝わせて、ウッドの絨毯の下で預金通帳を見つけて、部屋を出ていった。だけどな、どう考えてもそいつは奇跡だ。なんたって、おれはウィーホーケンにいる間に、警察本部のおれの部屋で、あんたと膝突きあわせて喋ってたんだからな！」

ブルーノ地方検事はレーンをじっと見て、不意に、腹をかかえて笑いだした。「それはなかなかいたずらがすぎますな、レーンさん。それに、少々危険だ」

「いいえ、まったく。危険など少しもありませんよ」レーンは迷いなくきっぱり言った。「私の相棒は世界一のメーキャップの名人ですから……警視さんにはたいへん申し訳ありませんでした。昨日、あなたに扮装したのはれっきとしたまじめな理由があるのです。部下のかたに、あなたに電話をするように言ったのは子供っぽいいたずらでしたが、ちょっとおもしろい方法で、私が扮装の名人であることをあなたに実感していただきたいという誘惑に勝てなかったものですから」

「次に化ける時には、私にも自分と会わせてくださいよ」サム警視は唸るように言った。「まったく無茶な――」警視は顎を突き出した。「正直言えば、気にいら――まあ、いいでしょう。その預金通帳を見せてください」

レーンはコートの下から預金通帳を取り出した。サム警視はそれを受け取り、熱心に中身を調べだした。「警視さん、そのうち、あなたをもっと驚かせる人物になってお見せするかもしれませんよ」

サム警視の指が預金通帳にはさまれていた五ドル札をひねりまわしていた。「とりあえず」警視はにやりとした。「すくなくともあなたが正直者なのはわかりました」そしてブルーノ地方検事に通帳を投げてやると、検事はそれを調べてから、引き出しに収めた。

「今日、うかがったのは」レーンはきびきびした口調で言った。「善良なる警視さんが困惑するところを見たかっただけではありません。ふたつのお願いがあってきました。ひとつは、フェリーの乗客の名簿の完全なコピーです。一部、いただくことはできますか」

ブルーノ地方検事は机のいちばん上の引き出しをかきまわし、レーンに薄い紙の束を手渡した。レーンは書類を折りたたんで、ポケットにしまった。「もうひとつ、過去数ヶ月間の行方不明者の完全なリストと、今日から毎日の分もお願いしたいのです。手配していただけますか」

サム警視とブルーノ地方検事は顔を見合わせた。検事が肩をすくめると、警視はやれやれという顔で、失踪課に電話をかけ、注文を伝えた。「完全な報告書をお渡ししますよ、レーンさん。ハムレット荘に届けさせます」

「恐れ入ります」

ブルーノ地方検事はためらいがちに空咳をした。レーンは気さくに、どうしたのかという眼を向けた。「先日」地方検事は口を開いた。「あなたは、我々が決定的な行動をとる前に知らせてほしいとおっしゃいましたが……」

「ついにですか」レーンはつぶやいた。「どうするおつもりです?」

「ジョン・デウィットをチャールズ・ウッド殺害の容疑で逮捕します。サムも私も十分に起訴できるという意見で一致しました。警察委員長も私の報告を聞いて、そのまま進めるようにとのことでした。起訴手続きは問題なく受理されるでしょう」

レーンは真剣な顔になった。なめらかな頬の肌がぴんと張りつめる。「では、あなたとサム警視はデウィットがロングストリートも殺したと信じておられるわけですね」

「当たり前です」サム警視は言った。「そのあなたの言うXとやらが、すべての背後にいるんでしょうが。ふたつの事件が同じ手によって行われたのは、疑問の余地もありません。手袋のようにぴたっとはまる動機もある」

「うまいことを言いますね」レーンは言った。「実に適切なたとえですよ、警視さん。それで、ブルーノさん、手続きはいつ始める予定ですか?」

「急ぐ必要はないんですよ」ブルーノ地方検事は言った。「デウィットが逃げる心配はまったくありませんから。しかし、明日じゅうには逮捕に踏みきるつもりです——もし」ぼそりと付け加えた。「何か、我々の気を変えるようなことがそれまでに起きなければ」

「神の采配を待つわけですか」

「いえいえ」地方検事は苦笑した。「レーンさん、ハムレット荘で警視と私がロングストリート事件のあらましをご説明した時、あなたはある種の解決に至ったと言われましたね。デウィットの逮捕はあなたの結論と一致しますか?」

「残念ながら」名優は愉快そうに言った。「早まったことをされましたな……おふたりとも、事件が固まったとお考えだ。どの程度、固まったとお考えです?」

「デウィットの弁護士たちが夜にぐっすり安眠できなくなる程度ですね」地方検事は言い返した。「検察側の主張はだいたいこんな内容になります。現在までに確認できるかぎりにおいて、デウィットはモホーク号にウッドと同時に乗船した人間の中で、乗ったまま二往復したあと、殺人事件が起きた時も同船に乗っていた唯一の人物である。これは重大な事実です。そしてデウィットは事件発生直後に船を降りようとしたことを認めている。同じ船に乗りっぱなしでさらに二往復もした理由の説明は、根拠薄弱で何の裏付けもない。この行動をデウィットが最初は否定していたことも、強調するつもりです。さらに、船で誰かと会う約束をしていたと言いながら、証拠をまったく示そうとしない。これが嘘八百の言い訳に違いないという疑いが濃くなったのは、ふたつの事実によります。〈電話をかけてきた相手〉とやらが名乗り出てこないことと、電話の記録がなくて調べようがないことです。つまり、電話がかかってきた、電話の相手と会う約束をした、というデウィットの言い分はまったくの作り話でしかない可能性が高い。どうでしょう、レーンさん、ここまでの主張を、どう思われます？」

「もっともらしく聞こえますが、状況証拠ばかりで直接証拠と言えるものは何もありませんね。どうぞ、続けてください」

ブルーノ地方検事は生まじめな顔をひくつかせたが、天井をあおいで、話を続けた。「殺人事件の起きた上甲板に、デウィットは行くことができた――まあ、乗船していた人間なら誰でも行けたのもたしかですが――午後十時五十五分以降にデウィットの姿を見た証人はいません。デウィットが自分のものと認め、特注の帯からデウィットのものと確認できる葉巻が一本、死体から発見されました。デウィットは、ウッドに葉巻を渡したことは一度もないと言っています——弁解したつもりでしょうが、これもこちらの有利になる。死体が葉巻を身につけていた理由のうち、殺人の前にほかの場所でウッドに渡した可能性を、デウィットは自分の手でつぶしてくれたわけです」

レーンは音をたてずに賞賛の拍手を送った。

「さらに、ウッドは乗船した時に葉巻を持っていなかったわけですから、乗船後にもらったに違いありません」

「もらった？」

ブルーノ地方検事はくちびるを嚙んだ。「すくなくとも、それが筋の通る説明というものでしょう。この葉巻の存在から、私はデウィットがウッドとフェリーで会って話したという仮説を立てました——デウィットが余計に二往復したことも、ウッドとデウィットが乗船してから実際にウッドが殺されるまで一時間あったことも、この仮説で説明がつく。会って話している間に、デウィットが葉巻をすすめたか、ウッドの方からねだったかしたのでしょう」

「ちょっと待ってください、ブルーノさん」レーンは愛想よく言った。「つまりあなたはデウィットが、ウッドに葉巻を与えた——もしくはウッドにねだられて渡した——その直後にウッドを殺し、死体に自分を直接名指しする決定的な証拠が残っているのをすっかり忘れていたと、そう信じているわけですか」

ブルーノ地方検事は短く笑い声をたてた。「レーンさん、人間というものは、人を殺そうとする時、ありとあらゆる馬鹿げたことをやらかすものです。デウィットはきっと忘れたのでしょう。当然、ものすごく興奮していたでしょうしね」

レーンは腕を振って先をうながした。

「いいでしょう、では」ブルーノ地方検事は続けた。「次は動機です。もちろん、デウィットがウッドを殺したのであれば、デウィットの件はロングストリート事件と結びつけて考える必要があります。直接証拠はなくても、動機は明々白々だ。ウッドは警察に、自分はロングストリートを殺した犯人を知っているという手紙を書いている。そして犯人の正体を明かしに行く前に殺された――どう考えても、口封じです。口を封じたがる人間はひとりしかいない――ロングストリートを殺した犯人だ。つまり、陪審員諸君」ブルーノ地方検事はおどけた口調で続けた。「デウィットがウッドを殺したのであれば、ロングストリートを殺したのもデウィットということになるのであります。クォド・エラト・なんとかかんとか（デモンストランダムと続く。Q.E.D.のこと）」

サム警視がぴしゃりと言った。「おい、ブルーノ、この人はあんたの言うことなんぞ、ひとことも信じちゃいねえぞ。喋るだけ無駄――」

「サム警視！」レーンが穏やかながら抗議した。「どうか誤解しないでください。ブルーノさんは、必然の結論とお考えのことを指摘されている。私もまったく同じ意見です。チャールズ・ウッドを殺した犯人は、間違いなくハーリー・ロングストリートも殺しています。ただし、この結論に至るまでにブルーノさんがたどった論理の道筋については、別の話ですが」

「ということは」ブルーノ地方検事が叫んだ。「あなたもデウィットがやったと――」

「ブルーノさん、そんなことより、その先をお願いします」

ブルーノ地方検事はむっとした顔になり、サム警視はどすんと椅子に坐りなおして、レーンのあの有名な横顔を睨みつけた。「デウィットがロングストリートを殺した動機はいたって明白です」地方検事は嵐のように不穏な沈黙ののちに口を開いた。「このふたりの間には、ファーン・デウィットの醜聞や、ロングストリートがジーン・デウィットに言いよったことや、そしてこれがいちばん重大なのですが、ロングストリートが謎の理由で長い間デウィットを強請り続けてきたことなどから、憎しみが積もりに積もっていました。加えて、動機以外の裏付けとして、デウィットはロングストリートが路面電車の中で新聞の株価のページを読む習慣があり、その時は必ず眼鏡をかけることを、誰よりもよく知っていた。だから、ロングストリートがあの針だらけのコルクで手を刺すタイミングについては、細かく計画をたてることができたわけですよ。そしてデウィットがロングストリートを殺した犯人だと示す手がかりを、偶然にもウッドが手に入れた件については、デウィットがウッドの乗務する電車に、一度目と二度目の犯行の間にすくなくとも二回、乗った事実がわかっています」

「その〝手がかり〟とは?」

「そんなものはわかりません」ブルーノ地方検事はぶすっとした顔になった。「ともかくどっちの現場にもいたのはデウィットだけだ。ウッドがどうやって知ったのかを明らかにする必要はないでしょう――知っていた可能性があるというだけで、私の論証には十分です……検察側の主張で決定的な本当に重要な論拠はすなわち、ロングストリートが殺された時は同じ電車に乗り、ウッドが殺された時は同じフェリーに乗っていた人物が、我々の知るかぎりデウィットひとりだけということですよ！」

「もうこいつで決まりみたいなもんです」サム警視は唸った。

「法的な見地からは、なかなか興味深い事件ですよ」地方検事は考え考え言った。「葉巻という強力な物証があって、その他の推論や状況証拠はどれもこれもデウィットに不利なものばかりですから、大陪審が正式な起訴を認めるのは間違いない。そうなれば、よほどでないかぎり、デウィット氏はのんきにかまえていられないでしょう」

「頭のいい弁護士なら、うまい反論をひねり出すと思いますが」レーンが穏やかに言った。

「それはつまり」ブルーノ地方検事は即座に言い返した。「デウィットがロングストリートを殺した直接証拠がないということですか？　デウィットは個人的な事情で正体を明かせない人物によってモホーク号におびき出されただけで、葉巻はウッドの死体に仕込まれたものであると――言い換えれば、デウィットはウッドを殺した罪を着せられたのだと、そういうことですか？」ブルーノ地方検事は微笑んだ。「もちろん、弁護側はそう主張するでしょうね、レーンさん。しかし、電話をかけてきたという人物を実際に見つけて連れてこないかぎり、弁護側に勝ち目はありませんよ。弁護するだけ無駄です。デウィットがどうしても口を割ろうとしないのをあなたもよく知っているでしょう、あの態度をあらためないかぎり、状況はデウィットに対して厳しいままだ。そう、心理的にも我々の方が有利なのですよ」

「なあ」サム警視がつっけんどんに言った。「ぐだぐだ話したって無駄だ、無駄。レーンさん、私らの考えは聞いたでしょう。あなたの考えはどうなんです?」まるで大地を踏みしめて、どこからでもかかってこいと言わんばかりに、敵意をむき出しにした荒っぽい口調だった。

レーンは眼を閉じ、かすかに微笑みを浮かべた。やがて開いた両眼は、とても明るくきらめいていた。「どうやら、おふたりは」言いながら、椅子の中で身体をひねって、ふたりの顔が一度に視界にはいるように坐りなおした。「罪と罰というものに対する心構えにおいて、多くの演出家が、芝居とその解釈に対してしでかすのと、同じ過ちを犯しているようですね」

サム警視はわざとらしく鼻で笑った。ブルーノ地方検事は眉間に皺を寄せて、椅子の背に寄りかかった。

「過ちとは、主にこういうことです」レーンは愛想よく続けながら、ステッキの上に両手を重ねてかぶせた。「あなたがたは問題に取り組もうとする時に、私の子供時代の友人がサーカスをただで見ようとする時と同じやりかたをしている――テントの中にうしろ向きでもぐりこもうとしているようなものです(見つかった時に、出ていくところだと言い訳するため)。いや、わかりにくいたとえでした。では、戯曲から、ふさわしい例をあげて説明するとしましょう。

我々、いわゆる舞台人というものは、どこぞの演出家がまた『ハムレット』を演ろうと言いだすたびに、かの不朽の名作が不滅であることをあらためて思い起こすのがならいとなっています。さて、このまったく悪気はないが心得違いの演出家が、最初に何をすると思いますか? まず、弁護士に相談するために駆けずりまわり、細かい点までびっしり取り決めた契約書を作り、改悪されたこの名作で、有名なバリモアや偉大なハムデンを主演させると大々的に宣伝するのです。大事なのは何がなんでもバリモアかハムデンです。この芝居における呼び物はあくまで、バリモアでありハムデンなのです。大衆も同調する——バリモアやハムデンの熱演を観るために行くのであって、芝居そのものの魔術のような魅力はまったく目にはいらないのです。

ゲッデズは、そういった大スター偏重による弊害を是正しようと、若い優れた新人のマッシーを主役に抜擢しましたが、この大胆な試みも、別の意味でかえって芝居を台無しにした悪手でした。あえてハムレットを演じたことのないマッシーを起用しようと閃いたまではいいのですが、ゲッデズは、この名作の新たなる解釈者として名をあげるのではなく、自分の創り上げたハムレットを観てもらいたいという、ある意味、劇作家本来の意図にとりつかれてしまいます。それで、台詞を大胆にカットし、マッシーに妙な演技指導をして、ハムレットを哲学者風でなく、生意気そうなスポーツマン風にしてしまったわけですが……

それにしても、このスター偏重主義は、かの不世出の劇作家、大シェイクスピアにとって残酷な侮辱そのものですよ。映画においても状況は同じです。名優ジョージ・アーリスは歴史上の人物を描いた映画で活躍していますね。さて観客は、妖しくも声と肉体を取り戻してよみがえったディズレーリという歴史上の人物を見るでしょうか？　それとも我が国の初代財務長官、アレクサンダー・ハミルトンを見るでしょうか？　とんでもない。大衆は単に、それぞれの役を嬉々として演じるジョージ・アーリスというスターを見に行くのですよ。

「よろしいですか」ドルリー・レーンは言った。「重点が誤った場所に置かれ、取り組みかたが歪められている。犯人を逮捕するにあたって、いまのあなたがたのやりかたは、とにかくアーリスを出せばいい、とりあえずハムレットをバリモアにやらせれば客は満足する、といういまの演劇界のやりかたと同じくらい、重きを置く場所が狂っていて、どうしようもなく不合理です。演出家は、シェイクスピア本人が定めた作品本来の型にバリモアがうまくはまるかどうかは考えずに、『ハムレット』の方を、形を歪め、あちこち削り、バランスを乱し、バリモアに合うように作り替えてしまう。サム警視、ブルーノ地方検事、あなたがたが、犯罪のあるべき型にジョン・デウィットがうまくはまるかどうかを考えもせずに、犯罪の方の形を歪め、あちこち削り、バランスを乱し、ジョン・デウィットに合うように作り替えてしまうなら、まったく同じ過ちを犯すことになりますよ。おふたりがいま、大小さまざまな未解決の事実や説明のつかない状況を持て余しているのは、そういうだらしのない仮説の立てかたをした結果です。問題に対しては必ず、犯罪は決して変更できない事実のまとまりである、という前提のもとで取り組まなければなりません。もしも導き出した仮説が、未解決の事実や説明のつかない状況と対立なり矛盾なりしてしまうなら、それは仮説の方が間違っているのです。おふたりとも、私の言いたいことがわかっていただけましたか？」

「いやあ、レーンさん」ブルーノ地方検事の額には皺が寄っていたものの、その態度は微妙に変化していた。「たいへんすばらしいたとえ話で、根本的にはそのとおりに違いないでしょう。ですが、おっしゃるような方法を私たちがどのくらいとらせてもらえると思いますか？　我々は行動しなければならないのです。上司や新聞記者や世間一般から常にせっつかれている。多少、曖昧な点があるとしても、それは我々が間違っているのではなく、まだ説明がついていないか、もしくは、事件とは無関係のつまらないことだと、考えなければいけないのです」

「それはゆゆしい問題ですね……ところで、ブルーノさん」レーンが唐突に言った――その顔はまたしても曖昧になり、謎めいた表情は読み取れなかった。「この愉しい議論はお開きにすることにしまして、検察が起訴することに賛成しますよ。どうぞ、デウィットをチャールズ・ウッド殺しで逮捕してください」

レーンは立ち上がると、微笑んで、会釈し、急ぎ足で部屋を出ていった。

ブルーノ地方検事はエレベーターまで送っていってから、浮かない顔で戻ってきた。椅子に坐ったままで迎えたサム警視の顔からは、いつもの獰猛な表情が消えていた。

「で、どうだ、サム、きみはどう思う?」

「くそっ」警視は悪態をついた。「おれだってどう考えていいかわからん。最初はおれも、偉そうな口ばかりたたく老いぼれだと思ってたんだが、こうなっちゃ……」警視は立ち上がると、絨毯の上を行ったり来たりし始めた。「いまの大演説は、ありゃあ、ただのもうろくじじいのたわごとじゃねえぞ。どうすりゃいいんだ……そういや、おもしろいことがあった。レーンが今日、デウィットと昼めしを一緒に食ってたそうだ。モッシャーがついさっき、報告してきた」

「デウィットと昼食を? 私たちにひとことも言わなかったな」地方検事はつぶやいた。「何か、デウィットのことでつかんでいるのか?」

「まあ、デウィットとグルになっておかしなことを企んでるわけじゃなさそうだが」サム警視は厳しい口調で言った。「モッシャーの話じゃ、レーンが出ていったあと、デウィットは叱られた犬のようにしょんぼりしてたらしい」
「そうかね」ブルーノ地方検事はため息をつくと、回転椅子に深く坐りなおした。「なら、一応はこっちの味方でいてくれてるんだろう。まあ、見込みは薄いだろうが、あの人が何かを掘り出すようなことにでもなれば、私たちはつつしんで、ありがたい薬をいただかなければならん……だが」最後にもう一度、顔をしかめた。「苦い薬なのは覚悟しないとな!」

第十場　ハムレット荘

九月十一日　金曜日　午後七時

ドルリー・レーン氏は、一歩ごとに青白い頬の揺れる、ごつごつと骨張った身体のコサックらしい男を連れて、ハムレット荘の個人劇場のロビーにはいってきた。この劇場には、館の大広間に沿った通路から、豪華な大鏡の壁を抜けていくのである。ロビーは、一般の劇場ほど金ぴかではなかった。基調は青銅と大理石。中央にはみごとな彫像がある。かの有名なガウアーメモリアル(ストラトフォード・アポン・エイヴォンにあるシェイクスピア記念碑)のレプリカだ——オリジナルと同様、高い台座の上にシェイクスピアの像が坐り、その下には台座の四方を囲むマクベス夫人、ハムレット、ハル王子、フォルスタッフの像がある。ロビーの奥には、青銅の巨大な扉がそびえていた。

レーンはすらりとした長身をこごめ、身振り豊かに喋る連れのくちびるを見つめながら扉を開いて、劇場内部に足を踏み入れた。ここにはボックス席も、ロココ風の装飾も、高い天井から吊り下げられた煌びやかなクリスタルのシャンデリアもない——二階席(バルコニー)もなければ、見渡すような巨大な壁画もない。

舞台上では禿げた青年が汚れたスモックを着て、脚立の上に立ち、背景幕に広がる奇妙な印象派風の場面の中央に、力強いのびのびとした手さばきで絵筆を奔放にふるっている——それは両脇を路地で縁どられた、いびつに歪(ゆが)んだ集落の場面だった。

「ブラボー、フリッツ!」レーンは客席のうしろで立ち止まり、青年の作品を眺めると、まっすぐによく通る声で言った。「気に入ったよ」がらんとしているにもかかわらず、レーンの声はまったく反響しなかった。

「さて」レーンはうしろの方の客席に腰かけた。「聞きなさい、アントン・クロポトキン君。きみたちは自国の作品が持つ潜在的な力というものを、過小評価するきらいがある。そのグロテスクさの下には本物のロシアの熱情が隠れているのだよ。英語に翻訳して演じれば、せっかくのスラブの情熱が薄まってしまう。それから、きみはアングロサクソンの背景に合うように芝居を書きなおそうと何度も主張するが、そうしてしまうと……」

ブロンズの扉が音をたてて内側に開くと、クェイシー老人の背中の曲がった小柄な姿がひょこひょこと現れた。クロポトキンがひょろ長い身体をひねって振り返ったので、レーンはロシア人の視線の先を追った。「クェイシーか。神聖な芝居の場を侵そうというのか?」レーンは愛情のこもった声をかけた。すぐにその眼がすがめられた。「かわいそうに、カジモド(『ノートルダムのせむし男』の主人公）、ずいぶん疲れているようだな。どうした？」

　クェイシーはひょこひょこと隣の席にやってくると、のっぽのクロポトキンに唸るように挨拶をした。そして、不機嫌な声で言った。「災難な一日でございましたよ――こんな厄日を我慢できるのなんて、神様くらいでしょうて。疲れたかって？　そりゃ、疲れましたとも――身体じゅう、ばらばらになりそうでございますよ！」

　レーンは老人の手を、まるで子供をあやすように、優しくなでてやった。「それで、うまくいったのかね？」

　クェイシーの革のような顔に歯が光った。「うまくいくわけがないじゃありませんか。まったく、南米の領事たちというのは、あんなやりかたでお国にまともなご奉公ができとるんでしょうかね？　あれこそ国の恥さらしというものですよ。ひとり残らず、ニューヨークにおりません。みんなして休暇を取って……そんなわけですから、電話をかけ続けて、三時間も無駄にしてしま――」

「クェイシー、クェイシーや」レーンが止めた。「見習い修道士の忍耐を身につけることだ。ところで、ウルグアイの領事館はためしたか」

「うるぐあい？　ウルグアイですと？」老人はきいきい声を出した。「いえ、とんと覚えがございませんな。ウルグアイ？　南米にそんな国がありましたかね？」

「ああ。そこならきっとうまくいくだろう」

　クェイシーは、実に醜く顔をしかめてみせると、のっぽのロシア人の脇腹を憎らしそうに小突いてから、ぱたぱたと劇場を出ていった。

「ネズミ野郎め！」クロポトキンは唸った。「会うたんびに脇腹を小突きやがる」

十分後、クロポトキンとホフとレーンが坐りこんで、新しい芝居についてあれこれ話しあっていたところに、老人はまた足早に戻ってきた。にたにたと笑っている。「まことにすばらしいご助言でしたよ、ドルリー様。ウルグアイ領事は十月十日の土曜日まで戻らないそうでございます」

クロポトキンが大きな足を踏みしめて立ち上がると、足音荒く通路を歩いていってしまった。レーンの額に皺が寄った。「運の悪いことだな」名優はつぶやいた。「やはり休暇なのか？」

「さようで。領事はウルグアイに里帰りしておりまして、領事館にはこちらの質問に答えることができる――でなければ、答える気のある者がひとりもおらんのです。領事の名前はファン・アホスだそうでございますよ。つづりは、A―j―o―s……」

「レーンさん、ぼく、思ったんですけど」ホフが考え考え言った。「この作品では実験的なことをやってみたいんです」

「アホスは――」クェイシーが眼をぱちぱちさせて言いかけた。

「うん、フリッツ？」レーンは言った。

「舞台を横方向に区切ってみたらどうでしょう？　技術的にはそんなに難しい問題じゃないはずですが」

「たったいま電話がございましてて――」クェイシーは一生懸命に言いかけたのだが、レーンはホフを見つめているのだった。

「それは考える価値があるな、フリッツ」名優は言った。「きみ――」

クェイシーはレーンの腕をひっぱった。レーンは振り向いた。「おや、クェイシー！　まだ何かあるのかな？」

「さっきから申し上げようとしておりましたよ」クェイシーはきつく言った。「サム警視からお電話がございまして、たったいまジョン・デウィットを逮捕したそうですよ」

レーンはどうでもいいというように、腕を振った。「馬鹿なことを。まあ、それはそれで好都合だが。もっと詳しくわかるか？」

背中の曲がった老人は、つるつる頭をてのひらでこすった。「警視の話ですと、起訴はすぐにするつもりですが、裁判はひと月ほど先になるそうで。刑事裁判所が十月まで休みだとかなんとか。そんなことを言っておりましたよ」

「それなら」レーンは言った。「ファン・アホス氏にはゆっくり休暇を愉しんでもらうとしよう。ご苦労だったね、キャリバン、よく休んでおくれ。もう行きなさい！……では、フリッツ、きみのインスピレーションをじっくりひとつひとつ検討していくとしよう」

第十一場　ライマン、ブルックス&シェルダン法律事務所

九月二十九日　火曜日　午前十時

応接室を行ったり来たりしているファーン・デウィット夫人は、まるで長い尾を振り立ててうろつく雌豹（めひょう）のようだった。豹の毛皮で縁どりされたスーツ、豹の毛皮で縁どりされたターバン風の帽子、豹の毛皮で縁どりされた変てこな靴。黒い瞳には雌豹のごとき残忍さが閃いている。老けた顔に念入りに塗りたくった化粧は、何世紀分もの残酷さを隠す古代の仮面のようだ。その厚塗りの下にはさらに、まぎれもない恐怖が潜んでいる。

受付嬢がドアを開けて、ブルックス先生がお待ちです、と言った時には、デウィット夫人は落ち着き払って椅子に坐っていた。さっきまでの振る舞いは、おのれの魅力を高める準備運動だったのである。薄く笑いを浮かべて、豹の毛皮で縁どりされたバッグを取り上げ、受付嬢のあとに続き、法律書がびっしりと壁に並ぶ長い廊下を通り、ある扉の前に行った。扉にはこう書かれていた。〈ブルックス　専用〉

ライオネル・ブルックスは、まさに名は体を表すという言葉どおりに、ライオンを思わせる風貌だった。大柄で、白髪まじりの金髪はたてがみのようだ。服装は地味で、眼は暗い気がかりの色をいっぱいにたたえている。

「おかけください、奥さん。お待たせしてすみません」夫人は堅い態度で言われたとおりにし、たばこは断った。ブルックス弁護士は机の端にちょっと尻をのせると、虚空を睨んだまま、いきなり喋りだした。

「なぜ私が奥さんをお呼び立てしたのか、不思議に思っておられるでしょう。実は、たいへん深刻な用件でして、なかなか申し上げにくいことなのですが。私が単なる仲介役であることを、どうか、ご理解のうえでお聞きください」

女は形よく描いた真っ赤なくちびるをほとんど動かさずに答えた。「理解しておりますわ」

ブルックスは一歩踏みこんだ。「私は勾留中のご主人に、毎日、接見しにうかがっています。もちろん、第一級殺人で起訴されていますので、法律により、保釈は認められません。ご主人はこの拘禁を――その、たいへん冷静に受け止めておられます。ですが、その件であなたとお話をしたかったわけではありません。昨日、ご主人からことづかったのですが、もし殺人罪の嫌疑が晴らされて釈放されたら、ただちにあなたを相手取って離婚訴訟の手続きを開始するつもりでいるそうです」

女の眼は一瞬たりとも揺らがなかった。思いがけない打撃を受けたような内心の動揺はまったく見えなかった。スペイン女の大きな眼の奥底にちらちらと炎が燃え始めたのを見て、ブルックス弁護士は慌てて続けた。

「もしあなたが争うこともなく、あえて騒ぎを起こすこともなく、できるかぎり穏便に離婚に応じられるのであれば、ご主人はあなたが独身を通している間はずっと、年に二万ドルの手当を払い続ける、という条件を提示されました。奥さん、現状でこれは――」ブルックスは立ち上がると、背を向けて、机のまわりに沿って歩きだした。「――たいへん寛大なお申し出だと思いますよ」

デウィット夫人は険のある声で言った。「もし、わたしが争ったら?」

「ご主人は一セントも渡すことなく、あなたを追い出されるでしょう」

女は微笑したが、眼の奥の炎は消さずに、くちびるの端だけをにいっと吊り上げたので、なんとも凄みのある微笑となった。「あなたも、うちの人もずいぶんおめでたいことね。別居手当というものがあるでしょ」

ブルックスは腰をおろすと、ゆうゆうと紙巻きたばこに火をつけた。「いえ、奥さん、別居手当は受けられませんよ」

「弁護士のくせに、ずいぶんおかしなことをおっしゃるのねえ、ブルックスさん」頬紅が炎のように燃え立った。「捨てられた妻は当然、保障される権利があるわ!」

金属を思わせる声に、ブルックスはぞっとした。女の口調にはまったく人間味が感じられず、機械が喋っているようだった。「あなたは捨てられた妻ではありません。もし、あなたがあくまで争うつもりで、こちらが受けて立たざるを得ないとなれば、奥さん、法廷の同情はあなたではなく、必ずご主人に向けられることになります」

「回りくどい言いかたはやめて、要点を言ってくださる?」

ブルックスは肩をすくめた。「どうしてもと言われるなら――奥さん、ニューヨーク州では、原告が離婚裁判を起こせる条件は、たったひとつです。そしてご主人はそれができる証拠を握っておられる――こんなことは、私としては実に申し上げにくいのですが――手を加える必要がまったくない、完璧なあなたの不貞の証拠です！」

今度は、女は動かなかった。片方の眼をわずかにすがめただけだった。「証拠って？」

「ある証人が、宣誓をしたうえで正式な署名をした陳述書です。今年の二月八日の朝、あなたとハーリー・ロングストリートが、ロングストリートのアパートメントで一緒にいるところを目撃したと証言しています。その時、奥さんは週末旅行で、ニューヨークの外に出ていたはずなのですが。陳述書によると、朝の八時にあなたは透けるような寝間着姿で、ロングストリート氏はパジャマを着ていて、証人が目撃した時、おふたりはまぎれもなく親密な状態にあったと。お望みなら、もっと詳しくお話ししましょうか？　その宣誓陳述書は、細かい点までおそろしいほど詳しい説明が記されておりますよ」

「いいえ、十分。十分よ、もう」女は低い声で言った。眼の奥の炎が揺れている。まとっていた殻(から)を壊されたいま、女は人間の素顔をさらし、小娘のように身を震わせていた。不意に、勢いよく頭を上げた。「で、その薄汚い証人って誰よ――女？」

「私はそれを申し上げられる立場にはありません」ブルックス弁護士はぴしりと言った。「あなたの考えていることはわかります。どうせ脅しだ、はったりに決まっている。そう思っていますね」弁護士の顔が険しくなった。口調は冷ややかになり、感情が消えた。「こちらは問題の証書だけでなく、その内容が間違いないと裏付けてくれる、完全に信頼できる証人を押さえています。さらに、ロングストリートのアパートメントにおける出来事が、最後だったかもしれないが、初めてではなかったことも立証できる。繰り返しますが、奥さん、現状でご主人はたいへん寛大な申し出をされているのです。弁護士としての経験上、ご忠告申し上げますが、この申し出はぜひ受け入れることを強くおすすめします――沈黙を守り、無駄に騒ぎを起こさずに、すんなりと離婚に応じてくれさえすれば、その後は独身でいるかぎりずっと、年に二万ドルの手当がはいり続けるのです。よくお考えください」

そして、話は終わりと言わんばかりに立ち上がると、女をじっと見下ろした。女は両手を膝の上で重ね、絨毯を睨みつけている。やがて、ひとことも言わずにするりと椅子からおりると、ドアに向かって歩きだした。ブルックスはドアを開けてやり、応接室まで見送って、エレベーターのボタンを押した。そのままふたりは無言で待った。エレベーターが来ると、ブルックスはゆっくりと言った。「一両日中にお返事をいただけますか、あなたから――もし弁護士を依頼されるなら、そちらを通してくださって結構ですよ」

まるでブルックスなどそこにいないかのように、女はさっさと弁護士の脇を通り過ぎ、エレベーターの中にはいった。エレベーターボーイがにやりと笑いかけると、ブルックスはやれやれと頭を振りながら、しばらくそこに立って考えこんでいた。

年下の共同経営者、ロジャー・シェルダンが巻き毛のふわふわ頭を応接室に突っこんできた。そして顔をしかめた。「奥さんは帰ったの、ライオネル？　どんな感じだった？」

「たいしたものさ、見なおしたよ。軍人のように平然と受け止めていた。ありゃ、相当、肝が据わってる」

「ふうん、なら、むしろデウィットにとっちゃ好都合じゃない。へたに騒ぎそうにないタイプでしょ。で、どう思う、彼女、争ってくると思う?」

「どうだろうな。しかし、こっちの証人がアンナ・プラットだというのは気づいているようだ。プラットも、寝室を覗いた時に夫人に見られた気がすると言っていたしな。まったく、どいつもこいつも!」そこで不意に、言葉を切った。「なあ、ロジャー」つぶやくように言った。「いまので、あまり愉快じゃない想像をしちまったぞ。誰かにアンナ・プラットを見張らせておいた方がいい。あの女の誠実さは信用できない。デウィット夫人に買収を持ちかけられて、プラットが証人席であの陳述書を撤回するようなことになっても不思議じゃない……」

ふたりはブルックスの部屋に向かって廊下を歩いていった。シェルダンが言った。「ベン・カラムにやらせるよ。こういう仕事は得意だ。それよりさ、ライマンは、デウィットの事件でうまくやれてる?」

ブルックスはかぶりを振った。「難しいね、ロジャー、難しい。フレッドも、たいへんな仕事をかかえこんじまったもんだ。もしデウィットが釈放される可能性がどれほど低いか、あの奥さんが知っていたら、離婚訴訟の心配なんてする必要はないんだよ。離婚されるより、未亡人になる確率の方がずっと高いんだ!」

第十二場　ハムレット荘

十月四日　日曜日　午後三時四十五分

　ドルリー・レーン氏は、背中に回した両手を腰のあたりでゆるく組み、自慢の英国風庭園に漂う花の香を愉しみながら、ゆっくりと歩いていた。傍らには茶色い顔の中で茶色い歯をもぐもぐさせているクェイシーが、よたよたとついてきている。クェイシーはいつもどおりに寡黙(かもく)であった。というのも、老いた猟犬のごとく、主人に忠実に仕えるクェイシーの気分は、主人の気分の移り変わりにさえも忠実に従って変化するのである。

「私の虫の居所が悪いように見えたら」レーンはクェイシーのまばらな髪の頭を見下ろすことなく言った。「許しておくれ。ときどき、気ばかり急(せ)いて、もどかしくてどうにもならなくなるのだ。しかし我らの師シェイクスピアは、急かすものではない、急かすべきではない、時というものについて何度も何度も言葉を変えて語っている。たとえば」演説めいた口調で続けた。「〝時はすべての罪人(とがびと)を裁く裁判官。時に裁いてもらいましょう〟麗しのロザリンドのこの言葉ほど真実をついた言葉はない。〝時は狡猾(こうかつ)に隠されたものをさらけ出し、過ちを隠すやからをあばき、嘲(あざけ)り笑う者を恥じ入らせる〟。こちらはそれほど出来はよくないが、なかなか真をついている。そしてまた、〝時のめぐりあわせが復讐をもたらす〟という言葉もあるが、これもまったくの真実なのだ。わかるかね……」

　ふたりは不思議な形の古い木のそばに来た。根もとがふたまたに分かれた、灰色に古びたふたごの太い幹は、ねじくれ曲がり、頭上でこぶのように異様に盛り上がっている。ふたまたの根もとはうがたれてベンチとなっていた。そこにレーンは腰かけると、クェイシーにも坐るように手招きした。

「クェイシーの木だ」レーンはつぶやいた。「おまえを讃える記念碑だよ、これは……」レーンは半眼になり、クェイシーはちょこんと浅く腰かけ、気づかうように身を乗り出した。

「ご心配でございますな」クェイシーはもぐもぐと言いかけたが、まるでうっかり軽率なことを口にしてしまったというように、慌てて頬ひげをひっぱった。

「そう思うかね？」ドルリー・レーンは茶目っ気のあるまなざしで、ちらりと横ざまに見やった。「だが、そう言うということは、やはりおまえは私よりも私を理解しているな……それにしても、クェイシー、こうしてただ時を待つというのは、なかなか神経にさわるものだね。我我は行き止まりで立ちつくしている。動きというものが何ひとつ起きてくれない、本当に起きるのだろうかと、私はついに自分を疑い始めてしまったよ。我々がいまかいまかと見守っているのは、ある人間スフィンクスの変化だ。ジョン・デウィットは、秘めた恐怖に苦しんでいた男から、しっかりと腹をくくった男に変化した。いったいどんな妙薬が、あの男の魂に鋼を入れたのだろう？　昨日、面会したが、ヨーガの行者のようだった――超然と落ち着いて、東洋の秘教の奥義を極めた者のごとく運命を受け入れ、淡々と死を待つかのようだった。まったく不思議だよ」

「ひょっとして」クェイシーがきいきい声を出した。「釈放されるのかもしれませんな」

「もしかすると」名優は続けた。「あきらめと私は受け取ったのだが、そうではなく、むしろローマ流の冷静さ(ストイシズム)だったのかもしれないな。あの男は芯が鋼鉄の細胞でできている。おもしろい人物だ……ほかのことについては——何もわからない。私は無力だ、何の役割も持てない、ただの前口上係に成り下がってしまったよ……失踪課の係員はとても親切だったが、あそこの報告書はポープの言う盗作詩人と同じくらい無益そのものだ。サム警視はいつもどおり不愛想だがまじめにこちらの注文をきいて——あの紳士はあれでなかなか素直でいい人だね、クェイシー——カローン（ギリシャ神話 冥界の川の渡し守）のフェリーでリストにした全乗客について調査してくれたが、住所も身分も経歴もどれも問題なさそうだった。またもや行き詰まりだ……どのみち、たいした意味のないことだがね！　すでに現場から大勢が姿を消してしまっていて、その連中を調査することができないのだから……神出鬼没のマイケル・コリンズは、まるでパフヌチウスの洞窟に詣(もう)でる悔悛者のように、法の墓に閉じこめられたジョン・デウィットのもとにせっせと通っている——が、まだ魂の救済は得られていない……。ブルーノ地方検事はすっかり参ってしまって、ライオネル・ブルックス弁護士を通じて私に、デウィット夫人はねぐらに引きこもってしまったと伝えてきたよ——あの奥方はどうやら、いまはまだ夫からの申し出を受けるかどうか、腹の内を見せずにおくのが得策だと考えているらしい。実に頭のいい、食えない女だよ、クェイシー……それから、畑違いとはいえ我が同業者のチェリー・ブラウンは、地方検事の聖域にしつこく現れて、デウィットの起訴を手助けしたいと持ちかけているらしいが、色仕掛けの技術以外は、ほとんど何も持ちあわせていないときている――たしかに、きれいなふくらはぎや大きく開いた胸元をちらつかせる技術は、証言台で大いに役立つだろうが……」

「ドルリー様、これが四月ごろでしたら」厳かな静寂を破って、クェイシーがおずおずと言った。「『ハムレット』の独白のお稽古をなさっていると思いましたでしょうな」

「哀れなチャールズ・ウッドは」ドルリー・レーンはため息をついて続けた。「請求する者が誰も現れなかったために、ニュージャージー州に永遠の遺産をのこした――九百四十五ドル六十三セントを。そして、預金するつもりで通帳にはさんであった五ドル札は、証拠の保管所で朽ちていくだろう……ああ、クェイシー、この世はなんと驚きに満ち満ちていることか！」

第十三場　フレデリック・ライマンの住まい

十月八日　木曜日　午後八時

ドルリー・レーン氏のリムジンがウェストエンド街のあるアパートメントハウスの前で停まった。ドアマンが名優を車からロビーに迎え入れた。

「ライマンさんを」

ドアマンは伝声管を操った。ドルリー・レーン氏はエレベーターに案内され、天に向かって運ばれ、十六階で降ろされた。出迎えに現れた日本人がにっと笑いかけてきて、メゾネット型のアパートメントの中に通してくれた。ディナー向けの正装に身を包んだ、なかなかハンサムな中背の男が出てきた。丸顔の顎（あご）の下には白っぽい傷痕があり、額が縦にも横にも広く、髪は薄い。日本人がレーンのインバネスと帽子とステッキを受け取った。ふたりの男は握手をした。

「ご高名はかねがね承っております、レーンさん」ライマン弁護士は書斎の肘掛け椅子にレーンを導いた。「我が家にお迎えできるとは、光栄の至りです。ライオネル・ブルックスから聞きましたが、デウィットの事件に興味をお持ちだそうですね」

そう言うと、書類や法律書が山積みの、何の飾り気もない机をぐるりと回って、椅子に腰をおろした。

「ライマンさん、今回の弁護はなかなか難しいのではありませんか?」

弁護士はぐったりと身体を椅子にあずけ、顎の下の傷痕をいらいらといじりだした。「難しいですって?」そして腹立たしげに机の上に積み上がった山を眺めた。「私としては全力をつくしていますがね、レーンさん、もうどうしようもない、お手上げですよ。デウィットには何度も繰り返し言い聞かせているんです、いまの態度をあらためないと、絶対に勝てないぞと。しかし、あの男はまったく頑固で、だんまりを続けています。もう裁判が始まって何日もたつのに。何ひとつ、デウィットから引き出すことができやしない。お先真っ暗としか言いようがありませんよ」

レーンは、やっぱり、というようにため息をついた。「ライマンさん、あなたは有罪判決を覚悟してらっしゃるのですか？」

　ライマン弁護士は渋い顔になった。「そうなるでしょうね」両手を広げてみせた。「ブルーノは最高に説得力のある弁論をしています――あの地方検事、悪魔のように頭がいい――おまけに、とてつもなく強力な状況証拠を陪審員に提出されました。おかげであの十二人の善人たちは、何の疑いもなしに、ころっと丸めこまれてしまいましたよ。まったく馬鹿げている」

　レーンは弁護士の眼の下の皮がたるんでいるのに気づいた。「どうでしょう、ライマンさん、デウィットさんが例の電話をかけてきた謎の人物の身元を明かそうとしないのは、何かを恐れているからでしょうか？」

「さあ、私にもわかりませんね」ライマンがボタンを押すと、すぐにあの日本人が盆を持って、そっとはいってきた。「何かお飲みになりませんか、レーンさん。クレーム・ド・ココアでも？　それとも、アニゼットを？」

「いえ。それよりも、ブラックコーヒーをいただけますか」

　日本人は姿を消した。

「率直に申しますと」ライマンは目の前の紙を一枚つまんでひっぱった。「最初からデウィットにはずっと悩まされどおしですよ。本当にあきらめてしまっているだけなのか、それとも何か隠し玉を持っているのか、まったく判断がつかない。もしあきらめているのなら、自分の運命に自分で蓋をしているようなものです。私は全力を尽くしています。ご存じのとおり、ブルーノ検事は今日の午後に論告を終えました。明日の午前から、私の弁論が始まります。今日、閉廷後に判事室でグリムと会いましたが、ご老体はいつもより無口でした。ブルーノの方は、息の根を止めるつもりで張り切っているのか、相当自信があるのか、もうこっちのものだと言っているのをうちの人間が聞いています……それでも、私はこの弁護士稼業で得てきた経験から、ゲーテの言葉をいつも自分に言い聞かせているんです。〝大きな危険に臨んでは、どんなかすかな希望も見逃してはならぬ〟と」

「シェイクスピアなみに価値のある、ドイツ魂の至言ですな」レーンはつぶやいた。「あなたは弁論にあたって、どんな作戦をたてていますか」

「私にできるのは、ブルーノの主張と異なる別の可能性を提示することだけです――つまり、これは冤罪であると。もちろん」ライマンは言った。「すでに反対尋問で、ブルーノの論告における弱い一点を集中攻撃して、あっちの印象を下げてやりましたよ――たとえ殺人が起きたあと、二度もデウィットがウッドの乗務していた電車に乗ったとしても、なぜウッドはデウィットが犯人だとわかったのか、その理由をブルーノが証明できないことを陪審員の目の前で暴露して、恥をかかせてやったんです。そもそも、デウィットは習慣どおりにあの電車に乗っただけですからね、そのことは陪審員にしっかりわからせましたよ。しかし、この程度の弱点では、ウッドの死体から出てきた葉巻という直接証拠をくつがえすことなどできるわけがありません。こいつがとにかく難物です」

レーンは日本人からブラックコーヒーのカップを受け取ると、口をつけながら考えこんだ。ライマンはリキュールグラスをもてあそんでいる。

「しかも、それだけじゃないんですよ」ライマンは肩をすくめた。「そもそも最初から、デウィット本人が自身の最悪の敵なんです。もしデウィットが、どこだろうとウッドに葉巻を渡したおぼえはない、と警察に言ってさえいなければ！　どうにかして、それらしい弁護をでっちあげられたのに。おまけに、デウィットがあの夜についた愚にもつかない嘘……いや、参りましたよ」ライマンは小さなグラスを干した。「最初に、船には片道だけ乗ったと言って、すぐに、いや、実はさらに二往復したと認めて――おまけに、電話をかけてきた誰かと待ち合わせをしたとかいううさんくさい話までして――正直言って、法廷でブルーノがそれを馬鹿にして笑ったことを責める気にはなれませんね。私だってデウィットという人間を知らなければ、信じなかったと思いますよ」

「ですが」レーンは静かに言った。「証拠を見せつけられては、いくらあなたがデウィットさんを個人的に高く評価していても、陪審員に納得させることはできないと思われるわけですね？　無理もない……ライマンさん、今夜のあなたの口ぶりから察するに、最悪を覚悟してらっしゃるようですね。――どうでしょう――」レーンはにっこりして、コーヒーカップをおろした。「私とあなたで協力すれば、もしかするとゲーテの言う〝かすかな希望〟を武器にできるかもしれません……」

ライマンはかぶりを振った。「そうおっしゃっていただけるのは本当にありがたいのですが、どうすればそんなことができるのやら。いちばん分のいい賭けとして、こちらの取れる作戦は、ブルーノの状況証拠に山ほど疑惑をぶつけることで、陪審員が、疑わしい点があると認めて無罪の評決を出してくれるのを期待するのが関の山でしょう。一か八かの賭けですが、これが私の考えうるもっともましな手です。デウィットが頑固に口をつぐんでいるかぎり、いくら無実を立証しようとしても無駄ですよ」

レーンが眼を閉じると、ライマン弁護士は無言になり、偉大な俳優の顔をしげしげと珍しそうに見つめていた。名優が眼を開いた。ライマンはその灰色の深淵にまぎれもない驚きが潜んでいるのを見た。「ライマンさん」レーンはつぶやいた。「今回の事件を調査している鋭い頭脳の持ち主たちが誰ひとり、さして重要ではないベールの下の——すくなくとも私の眼には——写真のようにはっきり見える真実を探し当てていないことが、まったくの驚きです」

ライマンの顔に何かがさっと浮かんだ——それは希望、咽喉から手が出るほどに飢えた願望であった。「ということは」急きこむように訊ねた。「あなたは私たちの誰も知らない、武器として使える事実を手にしておられる?——デウィットの無実を立証できる切り札を?」

レーンは両手を組んだ。「ライマンさん、お訊きしますが——あなたはデウィットさんがウッドを殺していないと、本心から信じていますか?」

弁護士はつぶやくように答えた。「それはまた、いやらしいご質問ですね」

レーンは頭を振って、微笑んだ。「いまのは忘れてください……ついさっき私が写真のようにはっきり見えると言った真実、そして、私が新事実を発見したに違いないという結論にあなたが飛びついた件ですが……ライマンさん、私が知っていることはすべて、サム警視もブルーノ地方検事もあなたご自身も、あの殺人の夜の事実と状況をしっかり調べればわかることだけです。私が思うに、鋭い頭脳の持ち主であるデウィットさんも、事件の中心人物という特殊な立場になければ、とっくに見つけていたことでしょう」

ライマン弁護士はとうとう我慢できなくなって椅子から飛び上がった。「じらさないでください、レーンさん」弁護士は叫んだ。「それはなんなんです？　私は――自分でも信じられませんが、本当にまた希望を持ってしまいましたよ！」

「落ち着いてください、ライマンさん、どうぞ、坐って」レーンは優しく言った。「よく聞いてください、もしよろしければメモをお取りにな……」

「ちょっと待ってください、ちょっとだけ！」ライマンは戸棚に駆け寄ると、奇妙な道具を持って戻ってきた。「速記用口述録音機（ディクタフォン）です――これに思う存分、話してください。今夜、私は徹夜で録音を研究して、明日になったらその結果を武器にぶっぱなしてやります！」

ライマン弁護士は机の引き出しから黒い蠟（ろう）の筒を持ってくると、録音機にセットし、レーンに送話口を手渡した。名優は小声で録音機に語り始めた……九時半になると、レーンは大喜びではしゃぐライマンを残して辞去した。ライマンの輝く瞳からは疲労の色がきれいに消えて、その手はすでに電話器に伸びていた。

第十四場　刑事裁判所

十月九日　金曜日　午前九時三十分

黒い法服をまとった気難しい顔つきの小柄な老人、グリム判事が威厳たっぷりに堂々と入廷してきた。廷吏（ていり）が木槌を打ち鳴らし、お決まりの開廷の辞が朗々と述べられ、人々のざわめきやひそひそ声が静まっていき、法廷の外の通路にまで静寂が広がったところで、チャールズ・ウッド殺害の容疑者ジョン・O・デウィットの公判五日目が始まった。

法廷は傍聴人であふれ返っていた。裁判長席の前にある囲いの中には、速記者の机の両脇にテーブルが二台置かれている。一方のテーブルにはブルーノ地方検事とサム警視と警察関係の助手数名が、もう一方には、フレデリック・ライマン弁護士とジョン・デウィットとライオネル・ブルックス弁護士とロジャー・シェルダン弁護士と助手数名が席に着いている。

囲いの外に広がる人の群れのあちらこちらに、なじみの顔がいくつも浮かんでいるのが見えた。陪審員席に近い隅の席にはドルリー・レーン氏が坐っている。隣にはクェイシーの小さな身体がちんまりと収まっていた。反対側の壁際には、フランクリン・アハーンとジーン・デウィットとクリストファー・ロードとルイ・アンペリアルとデウィットの執事のジョーゲンズがひとかたまりでいる。その近くに喪服姿が妖（あや）しい魅力を放つチェリー・ブラウンと、むっつりと陰気くさいポラックスがいる。マイケル・コリンズはくちびるを噛んで、ひとりぽつんと坐っていた。ロングストリートの秘書のアンナ・プラットもひとりきりだ。そして最後列には、顔をベールでおおったファーン・デウィット夫人が微動だにせず坐っており、何を考えているのかまったく読み取れなかった。

準備が整うと、すっかり元気を取り戻したライマン弁護士が勢いよく立ち上がり、テーブルのうしろから進み出て、愉快そうに陪審員を見回し、地方検事ににやりと笑いかけてから、判事に向かって堂々と発言した。「裁判長、弁護側はひとり目の証人として、被告人ジョン・O・デウィットの証言を求めます！」

ブルーノ地方検事は椅子から腰を浮かせて、眼を見張った。サム警視は、法廷に広がっていく驚きのざわめきの中でうろたえつつ、頭を振った。それまで自信ありげに落ち着き払っていた地方検事の顔に、不安の色がかすかに浮かんだ。警視の方に顔を寄せ、口元を手で隠して囁いた。「ライマンの奴、どういうつもりだろう？　被告人を殺人の裁判で証人として呼び出すだと！　むしろこっちにチャンスをくれるようなものじゃないか……」サム警視が肩をすくめると、ブルーノ地方検事はぶつぶつ言いながら、椅子に深く坐りなおし、ひとりごとを言った。「何かあるな」

ジョン・O・デウィットはこわばった声で静かに、よどみなく誓いの言葉を述べ、住所と氏名を言って、証人席に腰をおろすと、両手を重ねてじっと待った。廷内には死のような沈黙が満ちている。デウィットの華奢（きゃしゃ）な姿も、まるで他人事のように無関心な態度も、謎めいていて、何を考えているのかまったくうかがい知れない。陪審員たちは皆、ぎりぎりまで前に身を乗り出している。

ライマン弁護士は極めて愛想よく言った。「年齢はおいくつですか」

「五十一です」

「職業は?」

「株式仲買業です。ロングストリートが亡くなるまでは、デウィット&ロングストリート商会を共同で経営していました。代表は私です」

「デウィットさん、九月九日水曜日の夕方に起きたこと、つまり、あなたが会社を出てからウィーホーケン行のフェリーに乗るまでの出来事をもう一度、裁判長と陪審員諸氏に話してもらえますか」

デウィットは世間話でもするような調子で淡々と言った。「五時半にタイムズスクエア支店を出て、ダウンタウンの地下鉄でウォール街にある取引所クラブに行きました。夕食の前に少し運動をするつもりで、プールでひと泳ぎしようと、クラブのジムにはいりました。ところが、そこの運動器具で、右の人差し指を切ってしまって――かなり長くてひどい傷で、ずいぶん血が出ました。クラブのモリス先生がすぐに血を止めて消毒してくれました。先生は指に包帯を巻こうとしましたが、私は必要ないと思って……」

「ちょっと待ってください、デウィットさん」弁護士が穏やかに口をはさんだ。「指に包帯を巻く必要がないと思ったとおっしゃいましたね。それは単に、あなたが体裁を気にかけるかただからであって……」

　ブルーノ地方検事がさっと立ち上がり、誘導尋問だと異議を唱えた。グリム判事は異議を認めた。ライマン弁護士は苦笑した。「包帯を断った理由は、ほかにありますか」

「ええ。あの晩、私はクラブにずっといるつもりでした。モリス先生のおかげで血は止まっていましたから、包帯なんて鬱陶しいものはしていたくなかったんです。それに、誰かに見られるたびに、どうしたのかと挨拶がわりに訊かれるのにいちいち答えなければなりませんし、私はそういうことがどうも苦手なたちで」

　ブルーノ地方検事がまた立ち上がった。論争、怒号、絶叫……グリム判事は地方検事を黙らせると、身振りでライマン弁護士に続けるように指示した。

「デウィットさん、どうぞ、続きを」

「モリス先生に、指に気をつけるように注意されました。曲げたりぶつけたりすれば、また傷口が開いて出血してしまうと。それで私は苦労して服装を整え、泳ぐのはやめて、夕食の約束をしていた友人のフランクリン・アハーンとクラブのレストランに向かいました。食事のあとは、仕事上の知り合い何人かと一緒にクラブで過ごしました。ブリッジにも誘われましたが、指を怪我していたので断らなければなりませんでした。十時十分にクラブを出ると、四十二丁目のはずれにある乗船場までタクシーで……」

　ブルーノ地方検事がまた立ち上がり、いまの証言は〝不適切で、無関係で、不必要〟であると激しく抗議し、被告人の証言すべてを記録から削除するように要求した。

ライマン弁護士は言った。「裁判長、ただいまの被告人の証言は、適切で、関連性があり、現在嫌疑をかけられている犯罪において、被告人が無実であることを立証するために必要なものであります」

それから、さらに突っこんだ議論が交わされたあと、グリム判事は地方検事の異議を退け、ライマン弁護士に続けるように身振りで指示した。しかし弁護士はブルーノ地方検事を振り返ると、愛想よく言った。「反対尋問をどうぞ、ブルーノ検事」

地方検事は戸惑ったように眉間に皺を寄せたが、やがて立ち上がると、苛烈にデウィットを攻め始めた。それから十五分間、ブルーノ地方検事がなんとか証言をくつがえし、ロングストリート関連の事実を吐き出させようと、デウィットを痛めつける間、法廷は喧騒に包まれた。これに対してライマン弁護士は冷徹に異議を唱え、そのたびに異議はすべて認められた。しまいには、グリム判事から皮肉まじりの叱責を受けて、地方検事は腕を振って腰をおろし、額の汗をぬぐった。

デウィットはいつもより青い顔で証言台をおりると、弁護側の席に戻っていった。

「ふたり目の証人として」ライマン弁護士は宣言した。「フランクリン・アハーンを申請いたします」

デウィットの友人は、すっかり面食らった顔できょとんとしたまま、仲間たちと坐っていた席を立ち、通路を歩いて証言台のゲートを通った。宣誓をし、ベンジャミン・フランクリン・アハーンとフルネームで名乗り、ウェストイングルウッドの住所を言った。ライマン弁護士は両手をポケットに入れたまま、穏やかに訊ねた。「アハーンさんは、どういったご職業についていらっしゃいますか」

「技師でしたが、いまは引退しています」

「被告人をご存じですか」

アハーンはデウィットをちらりと見て、微笑んだ。「ええ、知りあって六年になりますね。ご近所さんで、親友です」

ライマン弁護士は鋭く言った。「訊かれた質問にのみお答えください……では、アハーンさん、九月九日水曜日の晩に取引所クラブで被告人と会いましたか」

「ええ、デウィットさんの言ったことは全部本当です」

弁護士はまた鋭く言った。「どうか、訊かれた質問にのみお答えください」ブルーノ地方検事は坐っている椅子の両腕をつかんで、きっと口を結び、背もたれに寄りかかって、いままで一度も見たことがないようなまなざしでアハーンの顔を見つめている。

「おっしゃった日の晩に、たしかに私は取引所クラブでデウィットさんと会いましたよ」

「その晩、いつどこで、最初にデウィットさんと会いましたか」

「七時少し前ですね。ダイニングルームの休憩室で会って、すぐ食事をしに行きました」

「その時から十時十分まで、あなたとデウィットさんはずっと一緒にいましたか」

「はい」

「デウィットさんは、さっき自分で証言したとおり、十時十分にあなたと別れてクラブを出ていったのですか」

「そうです」

「アハーンさん、親友のあなたにおうかがいしますが、デウィットさんはご自分の見た目を気にされるかたですか」

「そうですね――断言しますが――見た目は気にする性格ですね」

「それなら、手に包帯を巻かないと決めたのは、その性格のせいだろうと思われますか」

アハーンが心から「間違いありませんよ!」と言うのと同時に、ブルーノ地方検事が質問と返答の両方に異議を唱えた。異議は認められ、どちらも記録から削除された。

「食事の間に、デウィットさんの指の傷に気がつきましたか」

「ええ。それどころか、ダイニングルームにはいる前に気づいていたので、訊いてみたんですよ。デウィットさんはジムで怪我をした話をして、傷をよく見せてくれました」

「あなたは指をじっくり見たわけですね。その時、傷はどんな状態でしたか」

「生々しくて、そりゃあ目立っていて、指の腹側を五センチくらい長く深く切ってましたよ。もう血は止まって、傷はかさぶたにおおわれていましたが」

「食事の間に、もしくはすませたあとに、その傷と関連のある出来事はありましたか」

アハーンは無言でじっと考えこみ、顎(あご)をさすっていた。そして、顔を上げた。「ええ。デウィットさんは右手をずっと動かしづらそうにしていて、夕食の席では左手だけを使っていましたね。肉料理はウェイターに切ってもらわなきゃなりませんでしたし」

「反対尋問をどうぞ、ブルーノ検事」

地方検事は証言台の前を行ったり来たりし始めた。アハーンはおとなしく待った。

ブルーノ地方検事は顎を突き出すと、アハーンをはったと睨みつけた。「ついさっき、あなたはご自分が親友だと証言しました、アハーンさん。親友と。あなたはまさか、親友だからといって、法廷で偽証はしませんよね？」

ライマン弁護士は苦笑しながら立ち上がって異議を申し立てた。陪審員席からさえも忍び笑いがもれた。グリム判事は異議を認めた。

ブルーノ地方検事はそれでも、あたかもこう言うように陪審員たちをちらりと見た。「まあ、私の言いたいことはわかるでしょう？」地方検事はまたアハーンに正面から向きなおった。

「問題の夜、被告人があなたと別れたあとは、どこに行くつもりだったかご存じでしたか」

「いいえ」

「あなたはどうして被告人と一緒に帰らなかったのですか」

「デウィットさんが、ほかの人と約束があると言っていましたから」

「誰と？」

「そこまでは聞いていませんでしたし、もちろん私から訊ねもしませんでしたよ」

「被告人がクラブを出ていったあと、あなたは何をしましたか」

ライマン弁護士はまた苦笑まじりに立ち上がり、異議を申し立てた。今度もグリム判事は異議を認め、ブルーノ地方検事はちらりと腹立たしげなそぶりを見せると、証人を解放した。

ライマン弁護士は自信に満ちた足取りで進み出た。「三人目の弁護側の証人として」わざとらしくゆっくり言うと、検察側のテーブルを見やった。「サム警視を申請いたします！」

サム警視は、りんごをくすねるところを見つかった少年のように、びくっとした。ブルーノ地方検事を見たが、かぶりを振るばかりだった。警視は足音をたてて証言台に向かうと、ライマン弁護士を睨めつけ、宣誓をし、証人席にどすんと腰をおろして、いつでも来いと言わんばかりの顔つきで待ち構えていた。

ライマン弁護士はどう見ても愉しんでいた。愛想よく陪審員を振り返った弁護士はまるでこう言っているようだった。「どうです！　私は依頼人を弁護するためなら、あの偉大なサム警視をこちらの証人として呼ぶことさえ恐れませんよ！」弁護士は茶目っ気たっぷりに、サム警視に向かって指を振った。

「サム警視、あなたはモホーク号の接岸時にチャールズ・ウッドの他殺死体が発見された件で、今回の捜査を担当しましたね？」

「そうです！」

「死体が水から引き上げられる直前、あなたはどこにいましたか」

「上甲板の北側の端、手すりのそばです」

「あなたはひとりでしたか」

「いいえ！」サム警視はぴしゃりと言い、口を結んだ。

「誰が一緒にいましたか」

「被告人とドルリー・レーンさんというかたです。甲板には何人か、うちの部下もいましたが、手すりのところで一緒にいたのはデウィットさんとレーンさんだけです」

「その時、あなたはデウィットさんが指に怪我をしているのに気づきましたか」

「気づきました！」

「どうして気づいたんです」

「手すりにもたれるのに、右手を変なふうに上にあげて、肘をついていたからです。どうしたのかと訊くと、その晩、クラブで怪我をしたと言われました」

「あなたはその傷をよく見ましたか」

「そりゃ、どういう意味です――よく見たかって、だから、見ましたよ――そう言ったでしょう、いま」

「まあ、まあ、警視、癇癪（かんしゃく）は起こさないでくださいよ。その時のあなたが見たとおりに、傷の状態を詳しく教えてもらえますか」

サム警視は困惑したまなざしで証言台の下にいる地方検事を見やったが、ブルーノ地方検事は肘をついた両手で顔を支え、耳を澄ましている。警視は肩をすくめて言った。「まあ、指が少し腫れて、わりと生々しい傷で。傷全体にかさぶたができていました」

「傷全体ですか、警視？　どこも破けたりしていない、完全にひとつのかさぶたですか」

サム警視の険しい顔に興味の色が忍び入り、声から敵意が消えた。「そうです。完全に固まっているように見えた」

「ということは、警視、あなたの目から見て、傷はだいぶふさがっていたと思いますか」

「思います」

「では、あなたが見る前についた真新しい傷ではありませんね？　つまり、手すりのそばで見る直前に切ったわけではないと、そうおっしゃるわけですね？」

「質問の意味がよくわからない。私は医者じゃないのでね」

ライマン弁護士はにっと上くちびるの端を吊り上げた。「失礼、警視。では、言い換えましょう。あなたの見た傷は、切ったばかりのできたての傷でしたか」

サム警視は困惑したようにもぞもぞした。「そいつは馬鹿げた質問だ。かさぶたが固まってるのに、切ったばかりのはずはないでしょう」

弁護士はにやりとした。「まさにそれが聞きたかった答えですよ……では、サム警視、あなたがデウィットさんの傷に気づいたあとに起きた出来事を、裁判長と陪審員諸氏にお話しください」

「ちょうどその時、死体が鉤（かぎ）にひっかかったので、みんなで階段を駆けおりて、下甲板に向かいました」

「その間に、デウィットさんの傷に関連する出来事が起きましたか」

サム警視は仏頂面（ぶっちょうづら）で答えた。「起きました。被告人が最初にドアにたどりついて、レーンさんと私のためにドアを開けようとノブをつかみました。そのとたん、被告人が悲鳴をあげたので、見てみると指の傷口が開いて、出血していました」

ライマン弁護士はぐっと身を乗り出し、サム警視の肉付きのよい膝を叩きながら、ひとことひとこと、強調して言った。「被告人が、ドアノブを、つかんだ、だけで、かさぶたが開いて出血し始めたんですね？」

サム警視がぐっと答えに詰まると、ブルーノ地方検事は絶望したように頭を振った。その眼は悲痛の色に染まっていた。

警視はもごもごと答えた。「そうです」

ライマン弁護士は早口に続けた。「出血し始めてから、その傷をよく見ましたか」

「見ました。デウィットさんがしばらく片手を上げたまま、もう片方の手でハンカチを探している間にかさぶたが何カ所か裂けたところから、血が流れていました。そのうち、ハンカチで手をくるんだので、そのままみんなで階段をおりていきました」

「では警視、あなたがドアの前で見た、出血していた傷は、その少し前に手すりのそばで見た、完全にふさがった傷と同一のものであると、宣誓して証言できますか」

サム警視は観念したように答えた。「できます、できます」

しかし、ライマン弁護士は追及の手をゆるめなかった。「新しくできた傷はありませんでしたね？　かすり傷ひとつも？」

「ありません」

「それだけです、警視。ブルーノ検事、反対尋問をどうぞ」ライマン弁護士は意味ありげな笑顔で陪審員を見やると、退いた。ブルーノ地方検事は苛立ったようにかぶりを振り、サム警視は証言台からおりていった。警視の顔はさまざまな感情のごった煮の見本だった――嫌悪と、驚愕と、理解と。ライマン弁護士が再び進み出ると、興奮した傍聴人は囁きあい、新聞記者たちは狂ったように書きまくり、廷吏たちは静粛にと叫び続けた。ブルーノ地方検事はゆっくりと廷内を見回し、誰かの顔を探しているようだった。

ライマン弁護士は落ち着き払って、自信たっぷりにモリス博士を証人席に呼び出した。取引所クラブ付きの医師は、修道僧のような顔つきの中年男で、傍聴席から出てくると、宣誓し、ヒュー・モリスと名乗り、住所を述べてから、証人席に腰をおろした。

「あなたは医師ですね？」

「はい」

「勤務先はどこです」

「取引所クラブに所属しています。ベルビュー病院の客員でもあります」

「医師免許を取得されてからの、医師としてのご経験は？」

「ニューヨーク州の医師免許を取得して以来、二十一年間、医業に携わっています」

「被告人をご存じですか」

「ええ。十年前から知っています。彼が取引所クラブに入会されたその時からずっと」

「九月九日にデウィットさんがクラブのジムで右手の指を切った傷に関する証言をお聞きになりましたね。あなたの知るかぎり、そして信じるかぎり、これまでになされたジムでの出来事の証言はすべての点に関して正確ですか」

「ええ」

「被告人が包帯を拒否したあと、あなたはなぜ、指に気をつけるようにと、注意したのですか」

「人差し指を曲げてひきつれると、すぐに開いてしまうような傷口だったからです。傷は長く、人差し指の第一、第二関節にまたがっていました。水曜の夜の時点では、たとえば普通に手を握っただけで、すぐに傷口の両端がふくらんで、せっかくできかけていたかさぶたも破れてしまったでしょうから」

「ということはそれが医師として、包帯を巻くべきだと判断された理由ですか」

「そうです。場所が場所だけに傷口が開いてしまうと、黴菌（ばいきん）にさらされやすいのですが、包帯が巻いてあれば、汚染をそれなりに防ぐことができますから」

「よくわかりました、モリス先生」ライマン弁護士は素早く言った。「先生はいま、前の証人が船の手すりのそばで見た傷口とかさぶたの状態について証言するのをお聞きになりましたね。では傷口が、前の証人、サム警視の説明したとおりの状態だったとすれば、そうですね、その十五分くらい前に開いていた可能性はありますか」

「つまり、もともとふさがっていた傷が、サム警視の見る十五分前に一度開いてしまっていたとすると、警視が説明した状態になっているかという意味ですか」

「そのとおりです」

医師はきっぱりと言った。「ありえません」

「なぜです？」

「たとえ傷口の開いたのが一時間前だとしても、サム警視が説明された状態にはならないからです――かさぶたがどこも破れておらず、完全にひとつにつながって、すっかり固まって乾いているという状態にはなりません」

「ということは、サム警視の説明した状態から考えると、先生がクラブで治療してから被告人がフェリーのドアノブをつかむまで、傷口は一度も開いていないと言ってよろしいわけですか」

ブルーノ地方検事が口角泡を飛ばして異議を唱えだすのと同時に、モリス博士はあっさり答えた。「はい」議論がどんどん激烈になってくると、ライマン弁護士は意味ありげに陪審員をちらりと見やった。陪審員たちは何やら興奮してひそひそ話している。弁護士は心ひそかに満足の笑みを浮かべた。

「モリス先生、手すりのところで見たという傷口の状態がサム警視の説明どおりだったとすれば、被告人がその数分前に、九〇キロの物体をつかんで持ち上げ、手すりの外側に八十センチも張り出した床の向こう側に、手すりの上から突き落とすなり投げ飛ばすなりしたあとも、傷口が*開かない*ままでいることはできますか」

再び、ブルーノ地方検事は床を蹴って立ち上がると、憤怒の汗をほとばしらせ、肺の底から力を振り絞って異議を叫んだ。しかしグリム判事が裁判長の権限でそれを黙らせ、ただいま求められた専門的な意見は、弁護側の論証に関連する適切なものと認め、異議を却下した。

モリス博士は言った。「無理です。いまあなたの言われたことをして、傷口が開かないわけがありません」

勝利の笑みを浮かべて、ライマン弁護士は言った。「ブルーノ検事、反対尋問をどうぞ」

再び廷内は大きくどよめき、ブルーノ地方検事は下くちびるを噛み、医師を睨みつけた。証言台の前を、檻に閉じこめられた獣のように行ったり来たりし始めた。

「モリス先生！」グリム判事は静粛を求めて木槌を叩いている。ブルーノ地方検事は法廷が静かになるのを待った。「モリス先生、あなたは宣誓したうえで、職業上の専門的知識と経験をもって、前の証人が説明した被告人の傷の治癒具合においては、右手を使って九〇キログラムの物体を手すり越しに落として、傷口が開かないままということはありえないと、たったいま証言されましたが……」

ライマン弁護士が落ち着き払って言った。「裁判長、異議を申し立てます。検事のいまの言葉は、証人が肯定した質問とは内容が異なります。私の質問には、手すりだけではなく、モホーク号の上甲板の側面にぐるりと沿って、手すりの外側に張り出した八十センチの床も含んでおりました」

「地方検事、質問を訂正するように」グリム判事が言った。

ブルーノ地方検事は従った。

モリス博士は穏やかに答えた。「たしかに私はその質問に対して〝はい〟と答えました。私の医師としての名誉をかけて、断言します」

すでに席に戻っていたライマン弁護士は、同じテーブルのブルックスに囁いた。「ブルーノの奴、気の毒に。あんなに混乱してるところは見たことがないぞ。わざわざまずい点を繰り返して、陪審員に印象づけちまうなんて！」

しかし、ブルーノ地方検事はまだ負けてはいなかった。嚙みつくように言った。「先生はどちらの手のことをおっしゃっているんです？」

「指を切った方の手、右手ですよ、もちろん」

「しかし、被告人は先ほど言及された行為を、左手でおこなえば、右手の傷を開くことなくできるのではありませんか」

「もちろん、右手を使わなければ、右手の傷が開くことはありません」

ブルーノ地方検事は、じっと陪審員を見つめたが、まるでこう言っているかのようだった。

「わかったでしょう、いままでの大騒ぎには何ひとつ意味がないのですよ。から騒ぎもいいところだ。デウィットは左手でやれたのですよ」地方検事は謎めいた笑顔で腰をおろした。モリス博士は証言台をおりようとしていたが、すでにライマン弁護士は証人の再尋問を請求していた。博士はまた腰をおろしたが、その眼にはおもしろがっているような光があった。

「モリス先生、たったいま地方検事が、被告人は左手だけを使って人体を投げ落とすことができたはずだ、とほのめかすのをお聞きになりましたね。先生のご見解では、被告人が負傷した右手をかばって左手のみを使い、チャールズ・ウッドの九〇キロある意識不明の身体を持ち上げ、手すりとその外側に張り出した床の向こう側に突き飛ばすなり投げるなりして、船から落とすことは可能でしょうか」

「無理です」

「なぜでしょうか」

「私は医師としてデウィットさんを、もう何年にもわたって知っています。彼は右利きですし、右利きの人間の常として左手の力の方が弱いのもわかっています。そして、体重が五二キロいかない小柄で華奢な彼は、もともと体格的に力が弱いことも承知しています。これらの事実から考えて、体重五二キロの男性が、利き手ではなく力の弱い方の手だけを使って、九〇キロも目方のある肉体をあなたがおっしゃったように扱うことは、とうてい無理であると申し上げているのです！」

　巻き起こった騒ぎは耳を聾(ろう)せんばかりだった。新聞記者たちがばらばらっと法廷の外に駆け出していく。陪審員たちは興奮して互いに喋りながら、うなずきあっている。ブルーノ地方検事は立ち上がり、顔を紫色にして叫んでいたが、彼に注意を払う者はひとりもおらず、廷吏たちは大声で静粛にするよう求めていた。大騒動が収まると、地方検事は咽喉(のど)をごろごろいわせながら、医学的な意見をさらに問いあわせて確認するまでの間、二時間の休憩を求めた。

　グリム判事が怒鳴った。「今後の審理中にまた同じような恥ずべき騒ぎが起きれば、全員に退廷を命じ、入り口を閉鎖します！　当法廷は検察側の申し立てを認め、午後二時まで休廷します」

　木槌を叩く音が聞こえてきた。全員が起立して、グリム判事が堂々と部屋を出て、判事室に戻るのを見送った。再び大騒動が巻き起こり、足が床を蹴りつける音、議論しあう怒鳴り声のさなか、陪審員たちは退廷していった。デウィットはそれまでの冷静な態度がはがれ落ち、椅子にへたりこんで大きくあえいでいた。蒼白な顔には、信じられないというような安堵の表情が浮かんでいる。ブルックス弁護士はライマン弁護士の手を大きく上下に振って祝福していた。

「こんなに鮮やかな弁護は、もう何年も聞いたことがないよ、フレッド！」

渦巻く喧騒に囲まれて、検察側のテーブル席に坐っているブルーノ地方検事とサム警視は自嘲気味に怒りをたぎらせ、顔を見合わせていた。新聞記者が弁護側のテーブルを囲み、廷吏がデウィットを記者たちから救出しようと必死になっていた。

サム警視が身を乗り出した。「ブルーノ君、失敗の巻、だ」ぶつくさと言った。「みごとに返り討ちにあったな。あんたもいい笑いものさ」

「私たちだぞ、サム。私たちふたりだ」ブルーノ地方検事はぴしゃりと言った。「きみも同じくらい馬鹿をさらした笑いものだ。そもそも、証拠集めはきみのところの仕事だろう、私はもらった証拠を提示するだけだ」

「まあな」サム警視はぶすっとしていた。

「私たちはふたりしてニューヨーク一の大馬鹿野郎というわけだ」ブルーノ地方検事はブリーフケースに書類を叩きつけるようにしまいだした。「きみってやつは、ずっと目と鼻の先に証拠がぶら下がっていたのに、あんなわかりきった真相に一度も飛びつこうとしなかったな」

「ざまあねえな」サム警視は低い声で言った。「たしかにおれはマヌケだったよ、認めるさ。だがな」力なく続けた。「あんたこそ、あの夜、デウィットがハンカチで手をくるんでるのを見ていたくせに、何ひとつ訊こうとしなかっただろう」

突然、ブルーノ地方検事がブリーフケースを取り落とした。その顔は真っ赤に燃えていた。

「こいつがフレッド・ライマンの手柄だと！　くそっ、それがいちばん頭にくる。さも自分の頭がいいような顔で、ご高説を垂れやがって！　なに、きみのその不細工な面にのっかってる鼻と同じくらいはっきりして――」

「わかってるよ」警視は唸った。「もちろん、レーンに決まってらあな。あの古だぬきめ！」警視は力なく吐き捨てた。「まんまとしてやられた、畜生。まあ、あのじい様の言うことを疑ったおれたちの自業自得だ」

ふたりは椅子に坐ったまま身体をひねって、人がどんどん出ていく廷内を見回した。レーンの姿はどこにもなかった。「さっきたしかにそこにいたのを見たんだが……なあ、サム、これはたしかに私たちの落ち度だ。あの人は最初、やめておけと警告してくれていたのに」そこで、はっと何かに気づいたようだった。「待てよ」地方検事はつぶやいた。「あとになってからは、あの人もデウィットを起訴することにむしろ乗り気だった気がするな。それでいて、ずっと今回の弁護の切り札を隠していたわけだろう。いったい何を考えているのか……」

「たしかに」

「どうしてあの人はデウィットの命をわざわざ危険にさらそうとしたんだ」

「はっ、別に危険でもなんでもなかったさ」サム警視はそっけなく言った。「あれだけ完璧な弁護を用意してありゃな。デウィットを無罪放免させられるって、わかっててやったんだ。それはともかく、ひとつだけ言っとくさ」警視は立ち上がると、ゴリラを思わせる両腕を伸ばし、毛むくじゃらのマスチフ犬のようにぶるっと身を震わせた。「なあ、相棒。これからは、このサミー坊やはいい子にして、ドルリー・レーン大先生様の言うことをきちんと聞くことにするよ！　特に、謎のX氏のことに関してはな！」

第三幕

第一場　ホテル・リッツのスイートルーム

十月九日　金曜日　午後九時九分

ドルリー・レーン氏は招待主の顔を、誰にも気づかれないようにこっそり観察していた。デウィットは立ったまま友人たちに囲まれて質問攻めにされつつも、笑いながら、お喋りしながら、からかわれれば威勢よく言い返しながら、ご機嫌だった。

一方、ドルリー・レーン氏は、探求に探求を重ねてようやく求めていたものを発見した科学者のごとく、満足感で胸の奥を温めていた。というのも、ジョン・デウィットは、人間の喜怒哀楽を研究している役者にとって、実にすばらしい手本を見せてくれたからである。この六時間で、彼は冷たい鎧に包まれた男から、憂いを脱ぎ捨てた男に変化していた――いまのデウィットは生気にあふれ、機知に富み、ユーモアのある知的な話し相手で、愛想のよいもてなし役だった。咽喉のがらがらいう陪審員長が突き出た下顎を震わせ、「無罪」と牢の門を開け放つ呪文をしゃがれ声で絞り出した瞬間、デウィットは薄い胸いっぱいに息を吸いこみ、沈黙の鎧を脱ぎ捨てたのである。

あれがあの内気な男？　いいや、今夜は違う！　なんといっても今宵は祝辞と、笑いと、グラスのぶつかりあう音が響く、釈放を祝う宴なのだ……

一同はリッツのスイートルームに集まっているのだった。続き部屋のひとつに、皿や脚付きグラスや花をのせた長テーブルが用意された。ジーン・デウィットは頰を薔薇(ばら)色に染めて、光り輝いている。クリストファー・ロードとフランクリン・アハーンは小柄で華奢(きゃしゃ)な友人を囲んで見下ろすように立っている。ルイ・アンペリアルは相変わらず一分の隙もない着こなしでめかしこんでいる。ライマン弁護士とブルックス弁護士もいる。そして、ひとりぽつんと離れて、ドルリー・レーンがいた。

デウィットは小声で断ると、お喋りをしている一団の中から抜け出た。部屋の隅でふたりの男は向かいあった。デウィットははた目にもわかるほど恐縮しており、レーンはただにこやかに、無心の表情だった。

「レーンさん。なかなか機会がなくて、すっかりご挨拶が遅れてしまいましたが……感謝の言葉も見つかりません――本当になんとお礼を言っていいか」

レーンは咽喉の奥で笑った。「なるほど、ライマンさんほどお堅い弁護士の先生でも、うっかり職業上の秘密をもらしてしまうものなんですね」

「おかけになりませんか?……そうです、フレデリック・ライマンから聞きました。自分には祝辞を受ける資格はないと、すべてあなたの手柄だと。本当に――みごとに事実を指摘してくださいましたね。実におみごとでした」デウィットの鋭い眼の光が揺らいだ。

「いやいや、私は一目瞭然の事実を指摘したまでで」

「そんな、一目瞭然というものではありませんよ」デウィットは嬉しいため息をもらした。

「今日はおいでくださって、これほど光栄なことはありません。あなたがこうした集まりがあまりお好きでないのは存じていますから。このような場にはほとんど顔をお出しにならないと」

「ええ、そうです」レーンは微笑んだ。「それでも、デウィットさん。私は参りましたよ……ですが、申し訳ありません、こうしてうかがったのは、楽しい集まりの期待や、あなたから熱心にご招待を受けたことに心ひかれたからばかりではないのです」デウィットの顔に暗い影がよぎったが、瞬時にそれは消えていた。「というのも、もしかするとあなたは私に何か言いたいことがあるかもしれないと思ったのですよ」いつも朗々と響くレーンの声が、不意に、暗くひそやかになる。「何か私にお話しになりたいことがあるのでは?」

デウィットはすぐには答えなかった。あたりを見渡し、陽気なざわめきを、娘のたおやかな美しさを、部屋の向こう側で品よく笑うアハーンの声を味わいながら、酒を飲んでいる。夜会服姿の給仕が、会食の間を仕切るスライドドアを開け始めた。

デウィットは顔を戻し、のろのろと眼を手でおおった。まぶたを押さえ、何か考えこみながら、どうするのがいちばんいいか計算しているようだった――「私は――はは、あなたは不思議なかただ、レーンさん」デウィットは眼を開けると、名優の厳かな顔を真正面から見つめた。「レーンさん、あなたを信用すると決めましたよ。もうそうするしかない」声に鋼の意志がこもっていた。「私は――たしかに――あなたに打ち明けることがあります」

「それは?」

「でも、いまは何も言えません」株式仲買人はきっぱりとかぶりを振った。「いまはまだ。実にあさましい、長い話なのです。こんなことで台無しにしたくありませんから、あなたの愉しい夜を——そして私の愉しい夜を」灰色がかった両手をひねりあわせた。「今夜は——その、私にとっては特別な夜です。恐ろしい運命からやっとのがれられて。ジーンも——娘も……」レーンはゆっくりとうなずいた。デウィットの空を見つめているような、ぼんやりした眼の奥底には、ジーン・デウィットではなく、ファーン・デウィットの姿が映っているはずだ。心の奥で嘆いているのだろう。デウィットの妻はここにはいなかった。いろいろと承知しているレーンは、それでもデウィットらしい忍耐強さでじっと静かに、裏切った妻をまだ愛しているに違いないと思った。

デウィットはゆっくりと立ち上がった。「よろしければ今夜、このあと、一緒にいらっしゃいませんか？　ウェストイングルウッドの私の家にみんなで行くことになっているんです——ささやかですが祝いの席をもうけました——週末、うちで過ごしていただけるなら、なんでもご希望のとおりに用意いたします。ひと晩くらいでしたら……ブルックスも泊まることになっているんです、寝具もブルックスの分と一緒に、すぐ仕度できますし……」そして、まったく違う口調で言い添えた。「明日の朝、あなたとふたりきりになれます。その時にお話ししましょう——今夜、あなたがどんな魔法をお使いになったのかは知りませんが、見抜いて私に打ち明けさせようとした秘密を」

レーンは立ち上がると、小柄な男の肩に軽く手をかけた。「お気持ちはよくわかりますよ。全部、忘れてください——明日の朝までは」

「明日の朝というのは、必ず来るものですね」デウィットはつぶやいた。ふたりは皆のもとに戻っていった。レーンはみぞおちに軽くむかつきを覚えていた。やれやれ、くだらん……あっという間にレーンは退屈していた。皆にはにこにこと笑顔を向けていたが、夜会服姿の給仕が、会食の間に一同を呼び入れ始めると、脳の片隅にぽつんと小さな光が灯り、無意識のうちにマクベスの台詞を連想していた。「〝明日が来る、また明日が来る、また明日が来る……この世の最後の一瞬まで……〟」頭の中ではっきりと浮かぶ光は輝き、震え、揺らめいた。「〝……この身が朽ちて塵(ちり)と散る日まで〟」

＊

にぎやかな宴会となった。アハーンは遠慮がちに野菜だけの特別料理を注文した。すでにトカイワインをちびちびやりながら、あるチェスの試合の熱戦の模様をアンペリアルに詳しく説明していたが、当のアンペリアルはあからさまに乗り気でなく、むしろテーブル越しにジーン・デウィットに向かって、歯の浮くような言葉を囁くことに熱心だった。ライオネル・ブルックス弁護士の金髪頭が、片隅の棕櫚(しゅろ)の鉢植えの陰で目立たぬように演奏する弦楽合奏団のやわらかな調べに合わせて、ゆるゆると動いている。クリストファー・ロードはハーバード大学のアメフトチームの成績予想を論じながら、片眼では傍らのジーンを盗み見ていた。デウィットは黙って坐ったまま、話し声やバイオリンの音色や部屋やテーブルや料理や温かな空気を愉しんでいる。ドルリー・レーンはそんな彼をじっと観察しつつ、ワインで真っ赤に酔ったライマン弁護士が、ぜひとも何かひとことスピーチを、とせっついてくるたびに、冗談めかして受け流していた。

コーヒーとたばこの時間になると、ライマン弁護士がいきなり立ち上がり、手を叩いて一同を黙らせた。そして、グラスをかかげた。

「いつもなら」弁護士は言った。「私は乾杯などという習慣を軽蔑するんですがね。こんなものは、ご婦人がバッスルだのクリノリンだのとドレスを傘のようにふくらませ、劇場の楽屋口に女優目当ての道楽者が通いつめた時代の遺物でしかない。しかし、今夜ばかりは乾杯するのにまことにふさわしい理由があります――ひとりの男の釈放を祝うためです」ライマン弁護士は坐っているデウィットに笑いかけた。「ジョン・デウィットのかぎりなき健康と幸運に！」

一同はグラスを傾けた。デウィットがふらふらと立ち上がった。「私は――」そこまで言って、声を詰まらせた。ドルリー・レーンは微笑んだが、むかつきはさらにひどくなった。「フレッドと同じで、私は内気な人間でして」特に理由はなかったが、皆、わっと笑った。「ですが、今夜、ここにお集まりの皆さんの中からひとり、このかたをぜひご紹介させていただきたいと存じます。何十年にもわたって、何百万という教養豊かな人々の憧れの的であった人、数えきれないほどの観客の前に立ってきながら、それでも、どうやら私たちの誰よりも内気でいらっしゃる人。ドルリー・レーンさん！」

一同はまたグラスを傾けた。レーンは再び微笑んだが、ここではない、どこか遠いところにいたいと願わずにいられなかった。名優は坐ったまま、聴く者の心を揺すぶるバリトンを響かせた。「このようなことを苦もなくさらりとやってのける人々を、私は心から尊敬しますよ。舞台の上での冷静さは身につけましたが、こういった場であがらずに落ち着いて振る舞う技は、ついに会得できませんでしたので……」

「どうぞ、そこをなんとかひとこと、レーンさん！」アハーンが叫んだ。

「しかたありませんな」名優が立ち上がると、その瞳は退屈から覚めて光り輝いた。「ありがたい説教のひとつもできればよいのですが。あいにく私の商売道具は神父の経典ではなく、役者の台本ですから、私の説教はどうしても芝居めいたものになってしまうとお断りしておきましょう」そして、傍らで静かに坐って謹聴しているデウィットに正面から向きなおった。「デウィットさん、あなたは感受性豊かな人にとって、この上なく辛い経験をくぐりぬけられたばかりです。被告人席におとなしく坐ったまま、いつ誤った判断が下されても不思議ではない、生死のかかった判決を待つひとときは、果てしなく長い年月にも等しい、この社会でもっとも陰険な罰でありましょう。そのような永劫の苦しみに、最後まで威厳を失うことなく耐え抜いたあなたには、最高の賛辞こそがふさわしい。私はフランスの政治学者スィエスが、恐怖時代に何をしたかと訊ねられて返した、なかば滑稽でなかば悲劇的な答えを思い出しました。彼はただこう言ったのです。〝生きていたよ〟。これぞ、真の勇気と達観した視点を持ちあわせた人物にしか言うことのできない返答というものではありませんか」名優は深く息を吸うと、まったく表情を動かさずに一同を見回した。「覚悟のうえで耐え忍ぶ勇気ほど、偉大な美徳はない。この言葉の陳腐さこそ、それが真理である証です」一同はしんとして動かずにいたが、とりわけデウィットは身じろぎひとつせずにいた。その意味深い言葉が波のように押し寄せ、身体の中に染みとおり、おのれの一部となった気がしているのだろうか。それらの言葉がすべて、自分だけに向けられ、自分だけに特別な意味を持ち、自分だけを慰めるものに聞こえているのだろうか。

ドルリー・レーンは不意に頭を高く上げた。「引用好きなのは私の悪い癖でしてね、厳粛な古今東西の金言で、この愉しい集まりに影を落とすことになっても、どうかご容赦を――私に喋らせようとしたのは皆さんなのですから」声に抑揚が増し、いっそう力がこもる。「シェイクスピアの作品のうちでも、十分に真価を認められていない『リチャード三世』は、悪人の持つ善の一面を描いていますが、その洞察の深さには感じ入るばかりです」そして、うなだれたデウィットの頭をそっと見やった。「デウィットさん」名優は声をかけた。「この数週間のご経験で、あなたにかけられていた殺人犯の汚名は、幸運にも雪がれました。ですが、これではまだ、もっと大きな問題を解決したことになりません。なぜなら、我々のまわりのどこかで霧にまぎれるように、すでにふたりも地獄に送った殺人鬼が潜んでいるのですから――いまのは言葉のあやで、行き先が天国であったことを、死者のために私は心から願っておりますよ。それにしても、私たちのうちでいったい何人が、この殺人鬼の性格、魂のつくりについて、まともに考えてみたことでしょう？　実に陳腐な言い種とはいえ、殺人鬼にも魂があり、我々の霊的な指導者を信用するなら、その魂も不滅のものです。私を含めてあまりに多くの者が、殺人犯というものは人ならざる怪物だと考え、実は自分たちの心の奥底にも、わずかなきっかけで人を殺したいという爛れた衝動に変わりかねない、生々しい感情が埋もれていることを忘れてしまっているのです……」

沈黙が空気をどろりと重苦しくした。レーンは淡々と続けた。「ここで、シェイクスピアのもっとも興味深い劇中の人物——血に飢えた醜いリチャード王に関する、シェイクスピア自身の観察に立ち戻るとしましょう。人の形をした人喰い鬼がいるとすれば、彼こそがまさしくそれです。ですが、すべてを見通す眼力の持ち主は、いったい何を見たでしょうか？　リチャード王自身の苦悩に満ちた独白の中に……」

突然レーンが、姿も、表情も、声も変わった。あまりに瞬時の、まったく思いもよらない変身に、一同は恐怖さえ覚えながら名優を見つめた。狡猾、辛辣、残虐な衝動、長年の積もり積もった失意、そのすべてがこれまで柔和だった感じのよい顔に、邪悪で残忍な皺と影を落とした。ドルリー・レーンという紳士は、新たなおぞましい人物に呑みこまれてしまったようだった。口がよじれるように開き、あの黄金の咽喉から、絞め殺されるような声がもれてきた。「かわりの馬を引け、おれの傷を縛れ。助けてくれ、神よ！」苦痛に裂けそうな咽喉から、哀れな絶叫が絞り出された。突然、それは何の感情もない、絶望の気配もない、音さえもほとんど聞こえない、平坦な低い声になった。「なんだ！　夢だったのか……」一同はうっとりと魅了され、陶酔の翼に運ばれていった。声は続いている。小声でつぶやいているのに、はっきりと聞こえる。「いくじなしの良心め、こうもおれを苦しめるとは！　灯が青い（近くに幽霊がいると灯火に影響が出るという迷信）。いまは真夜中だな。身体が震えている、冷や汗でびっしょりだ。おれは、何を恐れている？　おれか？　ほかには誰もいないぞ。いいか、リチャードはリチャードがかわいい。そうだとも、おれはおれだ。ここに人殺しがいるというのか？　いない……いや、いる、このおれだ。なら、逃げろ……なに、おれからか？　当たり前だ。おれは復讐が怖い。待て、おれがおれに復讐するというのか？　なぜだ。おれはおれがかわいいと言っているだろう。なぜだ。おれのためになることをしてきたつけだというか。ああ、違う、違う！　おれはおれが憎い、さんざんこの手でおぞましい所業を重ねてきた、おれが憎い！　おれは極悪人だ。そのおれが、いまさらそうではないと嘘をつくか。愚か者め、自分をよく見せようとするな。たわけめ。おのれを飾るな……」

　声はいまにも消え入りそうにかすれたが、力を取り戻し、今度は悲劇的に自分を鞭打つ嘆きの叫びとなった。「おれの良心は千の舌を持ち、その一枚一枚がいくつもの話を語り、どの話もひとつ残らずおれが悪党だと非難する。偽証だ、これ以上ない偽証だ。おれのあらゆる罪が、大小かかわらずすべての罪が法廷に押し寄せ、有罪！　有罪！　と吼え立てる。もうおしまいだ……おれを愛する者は誰もいない。おれが死んでも、悲しむ者はひとりもいない。馬鹿め、いるわけがなかろう、おれでさえ、このおれに何の憐れみも持たぬのに」

　ほう、とどこかでため息がした。

第二場　ウィーホーケン駅

十月九日　金曜日　午後十一時五十五分

あと数分で深夜零時というころ、デウィットの一行は西河岸鉄道のウィーホーケン終着駅にはいっていった――あの納屋を思わせるがらんとした建物の、吹き抜けの天井はむき出しの鉄骨が縦横無尽に張り巡らされ、二階の高さの壁際にバルコニーがくっついている、灰色ずくめの待合所である。人影はまばらだった。片隅の、操車場（ヤード）に続くドア近くの手荷物カウンターでは駅員がひとり、舟をこいでいる。売店の中で男があくびをしていた。背もたれのある長いベンチには人っ子ひとりいない。

一行は大声で笑いさざめきながら待合室に足を踏み入れた。先にホテルで別れて帰宅したフレデリック・ライマン弁護士を除いた残りの、祝賀パーティーの参加者全員である。ジーン・デウィットとロードが売店に駆けていき、そのあとからにこやかにアンペリアルがついていった。ロードは大きなチョコレートの箱を買い求め、大げさなお辞儀をしながら、うやうやしくジーンに手渡した。アンペリアルも負けじとばかりに、ご婦人に対する献身を見せようと腕いっぱいに雑誌を買いこんで、左右の靴のかかとを音をたてて合わせ、娘に差し出した。毛皮にくるまって頰を薔薇（ばら）色に染めた、輝く瞳の美女は声をたてて笑い、それぞれの男の腕に手をかけてベンチへと誘った。三人はベンチに腰をおろし、お喋りしながら、チョコレートを食べていた。

残った四人はゆったりとした足取りで切符売場の窓口に向かった。デウィットが売店の上の大時計をひょいと見上げた。時計の針は十二時四分を指している。

「ああ」デウィットはほがらかに言った。「私たちの列車は十二時十三分発ですから――少し時間がありますね。ちょっと失礼」

一同は窓口の前で立ち止まった。レーンとブルックス弁護士は一歩下がり、アハーンはデウィットの腕をつかんだ。「おい、ジョン、ここは私に払わせてくれ」デウィットは笑って、アハーンの手から腕を抜き取り、駅員に向かって言った。「ウェストイングルウッドまで片道六枚お願いします」

「ジョン、七人だぞ」アハーンが注意した。

「わかっているよ、だけど私は五十回分の回数券を持っているんだ」六枚の小さな厚紙が窓の向こう側から押し出されると、デウィットがふと顔を曇らせた。が、微笑んで、なんでもないことのように言った。「古い回数券分の賠償を州にしてもらおうかな。期限が切れてしまったよ、しばらく私が――」そこで言葉を呑みこみ、切り替えて言った。「新しい五十回回数券も一冊ください」

「お名前は?」

「ジョン・O・デウィットです」駅員は顔を見ないように気を使って、おそろしく忙しいふりをした。すぐに格子の下から日付入りの細長いつづりが押し出されてきた。デウィットが財布から五十ドル札を取り出した時、ジーンのよく通る声が響いた。「お父さん、列車が来たわ！」

　駅員は素早くおつりを出し、デウィットは札と小銭を一緒くたにズボンのポケットに押しこむと、六枚の片道切符と回数券のつづりを片手に、三人の仲間を振り返った。

「走らなきゃだめかな」ライオネル・ブルックス弁護士が訊いた。四人は顔を見合わせた。

「いや、大丈夫、間に合う」デウィットが答えて、切符と新しい回数券をベストの左胸ポケットにしまい、上着のボタンをかけなおした。

　一同は待合室を突っ切り、ジーンとロードとアンペリアルと合流すると、屋根付きの屋外の冷気の中に出ていった。十二時十三分発の短区間列車（ローカル）がはいってきた。一同は鉄格子の改札口を抜けて、長いコンクリートのプラットフォームに向かった。数人の乗客がぱらぱらとあとを追ってくる。最後尾の車両は真っ暗だったので、一行は前の方に歩いていき、うしろから二番目の車両に乗りこんだ。

　ほかの乗客たちも同じ車両に乗ってきた。

第三場　ウィーホーケン発ニューバーグ行短区間列車(ローカル)
十月十日　土曜日　午前零時二十分

一行はふた組に分かれた。ジーンとロードと騎士(ナイト)きどりのアンペリアルは車両の前の方に坐って、お喋りを続けている。デウィットとレーンとブルックス弁護士とアハーンは車両の中央付近のボックスシートで向かいあって坐った。

列車がまだウィーホーケン駅に停まっている間に、デウィットをあらためてまじまじと見ていたブルックス弁護士は、向かいに坐っているドルリー・レーンの方を向いて、唐突に言いだした。「レーンさん、今夜のあなたのお話で、私がとてもおもしろいと思った言葉があるんですよ……。ほんのわずかな時間が〝果てしなく長い年月〟に等しくなるというような話をされたでしょう――法廷で陪審員たちが死を言い渡すか、それとも無罪放免で新たな命を与えてくれるかという、運命の分かれ目を被告人席で待つひとときが。〝果てしなく長い年月〟か！　なあるほど、うまいこと言いますね、レーンさん……」

「まさに正確な表現だよ」デウィットが言った。

「本当かい？」ブルックス弁護士はちらりとデウィットの落ち着いた顔を盗み見た。「あの言葉で、私はむかし読んだ物語を思い出しましたよ――たしかアンブローズ・ビアスだったかな。

かなり奇妙な話でしてね。絞首刑にされている真っ最中の男の物語です。男が、その――ええと、首が折れる直前の一瞬の間に、頭の中で一生分ものの出来事を体験するんですよ。これはあなたのおっしゃる〝果てしなく長い年月〟の文学版でしょう。同じようなことを扱った作品はほかにもたくさんあるんでしょうね」

「その話は私も読んだ覚えがあります」レーンは答えた。ブルックス弁護士の隣でデウィットがうなずいている。「時間というものは、ここ最近の科学者たちが言っているとおり、すべて相対的なものですよ。たとえば夢です――目覚めた時には、眠っている夜の間ずっと夢を見ていた気がするものですが――複数の心理学者は、夢を見るのは睡眠の最後の刹那（せつな）、眠っている無意識と、目覚めて意識を取り戻すはざまの一瞬だけと言っていますね」

「私もそれは聞いたことがありますよ」アハーンは言った。彼はデウィットとブルックス弁護士と対面して、進行方向を向いて坐っている。

「実は、私が本当に訊きたいのは」ブルックス弁護士は言いながら、またデウィットを見た。「この奇妙な心理現象がきみの場合はどうだったのかってことだよ、ジョン。いろいろ想像せずにいられなかったんだ、私は――たぶんたいていの人間はそうだろうが――今日、判決が下される直前の瞬間、きみは何を考えていたんだろうってね」

「おそらく」ドルリー・レーンが優しく言った。「デウィットさんは言いたくないのではありませんか」

「いえ、むしろ話したいくらいですよ」株式仲買人の眼がきらめいた。顔がやけに生き生きとしている。「あの瞬間、私は人生でいちばんの驚くべき体験をしましてね。たぶん、ビアスの考えと、レーンさんがいまおっしゃった夢に関する説を実証するものです」

「まさか、頭の中で、一生分の体験をしたってのかい」アハーンはとても信じられないという顔をしている。

「いやいや。ただ、信じられないほど不思議な話で……」デウィットは緑のクッションに背中をあずけると、早口に喋りだした。「ある人物の素性がわかったという話ですよ。九年ほど前にニューヨークで、私はある殺人事件の裁判で陪審員に選ばれましてね。被告人は大男のろくでもない老人で、安下宿で女を刺し殺した罪に問われていました。第一級殺人で――地方検事は前もって計画された殺人であることを立証しています――この男が有罪であることに疑問の余地はありません。その短い裁判の間はもちろん、男の運命を決めるために陪審員室で評議していてもずっと、被告人の顔をどこかで見た気がする、ともやもやしていました。誰でもそうするでしょうが、私はその男をどこで見たのか思い出そうとして、必死に脳味噌を絞りました。しかし結局、あれが何者で、いつ、どこで見たのか、全然思い出せなかったのです……」

汽笛が鳴り、大きく身体が揺れ、がたんという音と共に、列車は動きだした。デウィットはやや声を張り上げた。「長くなるので簡単にまとめると、提出された証拠からその男は有罪であるという大多数の意見に私も賛同し、有罪に一票入れた。陪審の評決が出され、男は正当に裁かれ、死刑は執行された。以来、この出来事を私はすっかり忘れていたのですが」

列車は音をたてて駅を出た。デウィットが言葉を切って、くちびるを湿している間、口をきく者は誰もいなかった。「さて、ここからが不思議な話でしてね。あれから九年、私が覚えているかぎり、あの男や出来事について思い出したことは一度もありませんでした。ところが、今日、陪審員長が問われて、私の命運を握る評決の結果を発表しようとした瞬間――裁判長の問いの最後の一語と、陪審員長が答えた最初の一語の間の、笑ってしまうほど短い一瞬の間に――突然、まったく思い当たる理由もなく、あの時に死刑にされてすでに土と化している男の顔が、まざまざと目の前に浮かび、同時に、あの男が何者で、どこで私が見たのかという謎が解けたんです――いいですか、私がさんざん悩んだ時から九年がたっているんですよ」

「で、誰だったんだ?」ブルックス弁護士が興味津々で訊いた。

デウィットはにこりとした。「それが、不思議でね――二十年ほど前、私は南アメリカを放浪していました。その時にベネズエラのサモラ地方にあるバリナスという街にいたことがあります。ある夜、宿に戻る途中、暗い路地のそばを通りかかると、激しい取っ組み合いの音が聞こえてきたんです。当時の私はまだ若く、いまよりは、まあ、お恥ずかしいことに血気盛んでしてね。

私はリボルバーを持ち歩いていました。それをホルスターから抜いて、路地の中に突っこんでいったんです。すると、ぼろを着た現地のちんぴらが、ひとりの白人を襲っていました。ちんぴらの片方がなた(マチエーテ)を獲物の頭の上に大きく振り上げたところでしたよ。私は発砲しましたが、はずれました。それでも、その追いはぎふたりは怖くなったんでしょう、逃げていきましたよ。襲われた白人は、もうすでに何カ所か斬られて、地面に倒れていました。きっとかなりの重傷だろうと思いながら近づいていくと、白人が立ち上がって、血と土で汚れたズックのズボンを払いながら、不愛想に礼を言って、きびすを返し、片足をかばってひょこひょこと、暗がりの中に消えてしまいました。私はその時、男の顔を一瞬、ちらりと見ただけです。

この男、二十年前に私が命を救ってやった男が、それから十年後に私が電気椅子に送ることになった男だったのです。これぞ天の配剤というものでしょうか」

「まさに」続く沈黙を破ってドルリー・レーン氏が言った。「伝説として永く語り継がれる価値があるお話ですね」

列車はあちらこちらにぽつぽつと灯のともる闇の中を走っていく――ウィーホーケン郊外だ。

「この話の奇妙な点は」デウィットは続けた。「よりによって自分の命が危険にさらされているという時に、あのずっとひっかかっていた謎を解いたってことですよ！　さっき言ったとおり、私はあの男の顔をたった一回、何年も前に見たっきりなのに……」

「まったく驚きだね」ブルックス弁護士は声をあげた。

「人間の脳というものは、死に直面すると、もっと驚くようなことをやってのけますよ」レーンが言った。「八ヶ月ほど前に私は、ウィーンからはいった現地の殺人事件の情報を新聞で読みました。事実はこうです。ひとりの男がホテルの一室で射殺されているのが発見されます。ウィーン警察はすぐさま、被害者が過去に警察の情報屋として働いたちんぴらであると突き止めました。動機は明らかに復讐で、この男の密告で煮え湯を飲まされた犯罪者の仕業と思われます。続報の記事によると、被害者はそのホテルに何ヶ月も滞在しており、ほとんど部屋を出ることもなく、食事さえ部屋に運ばせていたとのことでした。何者かの目を忍んで隠れていたに違いありません。死体が発見された時、最後の食事の残りがテーブルの上に広げたままでした。被害者はこのテーブルから二メートルほど離れて立っていたところを撃たれています。致命傷でしたが、即死には至りませんでした。それは、この場所から、テーブルのすぐ下の大の字になって男が死んでいた場所まで、点々と血の痕がついていた事実から明らかになったものです。

さて、この現場には奇妙な点がひとつありました。テーブルの砂糖壺がひっくり返され、グラニュー糖がテーブルクロスの上にぶちまけられていたのですが、被害者は片手いっぱいグラニュー糖を握りしめて死んでいたのです」

「おもしろいですね」デウィットはつぶやいた。

「説明は簡単につきそうに思われます。被害者はテーブルからおよそ二メートルのところで撃たれ、テーブルまで這っていき、それこそ火事場の馬鹿力で身を起こすと、やっとのことで砂糖壺からグラニュー糖をひとつかみ取って、床に倒れて死んだ。しかし、なぜでしょう？　砂糖にどんな意味があるというのでしょう？　死に瀕した男の断末魔の最後の行動にどんな説明がつけられるでしょう？　ウィーン警察は困惑している、と特集記事にはありました」ドルリー・レーン氏は聴衆に微笑みかけた。「この、挑戦的な疑問に対する解答を思いついたので、私はウィーンに手紙を書きました。数週間後に来た向こうの警視総監からの返信には、手紙が届く前に犯人は逮捕できたが、私の解答を見て、ようやく死んだ男と砂糖の問題が解けた、とありました――すでに犯人を逮捕していたのに、警察はこの謎が解けていなかったそうです」

「それで、あなたの解答というのは？」アハーンが訊ねた。「それっぽっちの材料じゃ、説明なんかひとつも思いつきませんね」

「私もです」ブルックス弁護士も言った。

デウィットは妙な形にくちびるをすぼめ、眉間に皺を寄せている。

「デウィットさんはいかがですか？」レーンはまた微笑んだ。

「私にもその砂糖が何を意味しているのかはわからないんですが」株式仲買人は考え考え答えた。「しかし、ひとつだけははっきりしていますね。その瀕死の男は、殺人者の正体を示す手がかりを残そうとしたんですよ」

「おみごとです！」レーンは叫んだ。「まさにそのとおりですよ、デウィットさん。それでは、よろしいですか――考えてみましょう。その砂糖は砂糖として手がかりなのでしょうか。つまり、被害者は犯人が――いちばん馬鹿馬鹿しい解釈まで想像を広げると――とてつもない甘党だと言おうとしたのでしょうか。いや、むしろ、犯人は糖尿病だと言いたかったのでしょうか。これではただの当てずっぽうですね。私も正しいとは思いませんでしたよ。そもそも、この手がかりは警察のために残されたもので、瀕死の男は、これで間違いなく犯人を特定できると信じていたはずなのですから。それでは、砂糖はほかにどんなものを指し示すことができるでしょう――グラニュー糖は何に似ているでしょうか。あれは白色の結晶体です……というわけで、私はウィーンの警視総監に手紙を書きました。砂糖は犯人が糖尿病患者であることを意味するのかもしれないが、それより可能性が高い解釈を述べるなら、犯人はおそらくコカインの常習者である」

一同は眼を見張ってレーンを見つめた。デウィットがくっと笑い声をもらし、ふとももをぴしゃりと打った。「なるほどね、コカインか！　たしかに白い結晶体の粉末だ！」

「逮捕された男は」レーンが続けた。「我が国のタブロイド紙で〝コカ中〟というりっぱな愛称で親しまれているタイプでしたよ。警視総監は手紙でそう教えてくれたうえ、大げさな褒め言葉を山ほどくれました。私には、この謎の解読は実に初歩的なものに思えたのですが。むしろ、私が興味をひかれたのは、殺された男の心理です。その瞬間、支配していたのは普通の知性だったはずがない。脳のどこかで天才的な閃きが生まれたに違いありません。死ぬまでの短い時間に、自分が唯一、犯人の正体を指し示すことのできる手がかりを、みごとに残してみせたのですよ。ですから、おわかりでしょう――人間の脳は死を目前にした時、神のみわざにも似た唯一無二のその瞬間は、限界というものが消えてしまうのです」

「ええ、ええ、まさにそのとおりですよ」デウィットが言いきった。「とてもおもしろいお話をありがとうございます、レーンさん。でも、さっきあなたは初歩的な推理とご謙遜でしたが、すべては、物事の表面の下まで見通すあなたの非凡な才能あってのことだと、私は思いますよ」

「その時、レーンさんがウィーンにいたら、警察の手間をだいぶんはぶけたんでしょうなあ」アハーンもうなずいた。

ノースバーゲンの町が暗闇の中に消えていく。

レーンはため息をついた。「よく思うのですが、もし人間が、誰かに殺されそうな事態に直面した時に何か、どんなに曖昧なものでもいいから、敵の正体を特定する手がかりを残してくれれば、罪と罰の問題がどれほど簡単になることでしょう」

「どんなに曖昧なものでもいいんですか」ブルックス弁護士は理屈っぽいところを見せて訊いた。

「もちろんですよ。どんな手がかりでも、何もないよりはましでしょう?」

帽子のつばを目深に引きおろし、やつれた蒼白い顔の、長身でがっしりした男が、前方のドアから車両にはいってきた。お喋りをしている四人の男たちの上にのしかかるように、緑のチェック柄の布張りの背もたれにずうずうしくもたれ、列車の振動に身をまかせつつ、皆の頭越しにジョン・デウィットを睨みつけてきた。

レーンは口をつぐむと、身構えつつ男の顔を見上げた。しかしデウィットはうんざりした声でこう言っただけだった。「コリンズか」すると名優は新たな興味をひかれて、しげしげと男を見つめ始めた。ブルックス弁護士が声をかけた。「きみ、酔ってるんだろう、コリンズ。何の用だ?」

「てめえに用はねえよ、いかさま弁護士野郎」コリンズはろれつの回らない口調で言い返した。眼は血走り、狂気じみている。やっとのことでデウィットにふらつく眼の焦点を合わせた。

「デウィットさん」一応、礼儀正しくしようという努力を見せてそう言った。「ふたりだけで話したいんだ」帽子のつばを上げて、愛想よく笑おうとした。が、いやらしい作り笑いにしかならず、デウィットは憐れみと嫌悪のまじったまなざしで見つめた。

ふたりが話している間、ドルリー・レーンの灰色の眼はコリンズのいかつい顔とデウィットの細かい皺の浮いた顔をひっきりなしに行ったり来たりしていた。

「いいかな、コリンズ」デウィットは前よりも優しい口調で言った。「例の件に関してなら、私はあなたのために何もしてあげられない。理由はあなたもわかっているはずだ、どうしてこう不愉快なまねをするんだ？　私たちの邪魔をしていることくらいわかるだろう。いいかげん、おとなしく席に戻りたまえ」

コリンズの口がだらりと歪んだ。血走った眼がうるんだかと思うと、涙が盛り上がってきた。「頼むよ、デウィットさん」かすれた声で言った。「ど、ど、どうしても話を聞いてもらわないと困るんだ。どれだけおれにとってたいへんなことか、あんたはわかっちゃいない。ほんとに――ほんとに、生き死にの問題なんだよ」デウィットはためらった。ほかの者は皆、眼をそらしていた。この男の哀れっぽい様子も、なりふりかまわない卑屈な態度も、見るに堪えなかった。デウィットの一瞬のためらいを見逃さず、コリンズは一縷の望みにすがりついて、必死にまくし立てた。「約束する、ふたりだけで話をさせてくれたら、もう二度とあんたに迷惑をかけない――今度だけ、これっきりだ。お願いだよ、デウィットさん、お願いだ！」

デウィットは冷ややかにコリンズをじっと見た。「本当か、コリンズ？　二度と私にうるさくしないか？　こんなふうにつけまわしたりしないか？」

「ああ！　信用していいぞ！」血走った眼に燃え上がった希望の炎は、ぞっとするほどすさまじかった。デウィットはため息をつき、残る三人に断って、立ち上がった。男ふたりは――デウィットはうつむいたまま、コリンズは早口に、勢いよく、身振り手振りも激しく、必死に哀願しながら、デウィットの下を向いている顔を覗きこみつつ――車両のうしろに向かって通路を歩いていった。不意に、デウィットは通路の途中にコリンズを残して、三人のもとに引き返してきた。

株式仲買人はベストの左の胸ポケットに手を入れると、駅で新しく買った回数券は残して、一緒に買った片道切符だけを取り出した。そして、アハーンに手渡した。「フランク、車掌が来たら出せるように、きみが持っていてくれ」デウィットは言った。「この面倒にいつまで付き合わされるかわからない。私の分は自分で車掌に見せるから」

アハーンがうなずくと、デウィットはまたうしろの方に歩いていき、しょんぼりしているコリンズに近づいた。デウィットが戻ってくれて、たちまち生き返ったコリンズは、また哀れっぽくかきくどき始めた。ふたりは通路の端のドアから、この車両の後部デッキに出ていき、一瞬、ぼんやりと姿が見えたが、やがて三人の見守る中、コリンズもデウィットも最後尾の暗い客車の前部デッキに移動し、見えなくなってしまった。

ブルックス弁護士が言った。「いまのが、火遊びで指を大火傷(やけど)しちまった天下一品の馬鹿ですよ。もう救いようがない。それでも手を差し伸べようってんなら、デウィットもどうしようもない馬鹿だ」

「あのろくでなしはまだ、ロングストリートのせいですってんてんになったのをデウィットに穴埋めさせようとしてるのかね」アハーンは言った。「きみはそう言うが、私はジョンが仏心を出しても驚かないよ。命拾いしてご機嫌ないまなら、ロングストリートの尻ぬぐいくらい、やってやるんじゃないか」

ドルリー・レーンは何も言わなかった。頭をうしろに振り向けて、後部デッキの方を見たが、ふたりの男は見えない。ちょうどこの時、前方のドアから車掌がはいってきて検札を始めると、一同はもとの姿勢に坐りなおし、張りつめていた空気もゆるんだ。ロードが車掌に、自分たちは車両の中ほどにいるあの三人の連れだと告げていたが、きょろきょろして、デウィットの姿がどこにもないことに驚いているようだった。車掌が近づいてきた。アハーンは六枚の片道切符を差し出し、あともうひとりいるが、いまは席をはずしていて、じきに帰ってくるはずだ、と説明した。

「わかりました」車掌は、受け取った切符にパンチを入れると、アハーンの座席の上のチケットホルダーに押しこみ、通路を進んでいった。

男三人はとりとめのない雑談をしていた。ほどなくして話がつきると、アハーンはふたりに断って立ち上がり、両手をポケットに突っこんで通路を行ったり来たりし始めた。レーンとブルックス弁護士は遺言に関する議論に熱中し始めた。レーンが、シェイクスピアのレパートリー劇団の一員として大陸を回っていたころにぶつかった奇妙な例を引き合いに出すと、ブルックス弁護士も負けじと、内容が曖昧だったせいで法的に面倒な問題を引き起こした遺言の例をいくつもあげてみせた。

列車はごうごうと音をたてて走り続けた。二度、レーンはうしろを振り返った。しかし、デウィットもコリンズも見えなかった。名優の眉間にかすかな皺が浮かび、ブルックス弁護士との会話が途切れた間に、じっと考えこんだ。やがて、ふっと微笑むと、くだらない思いつきを払うように頭を振って、議論を再開した。

列車はハッケンサック市の郊外、ボゴタの駅にがたごとと停まった。レーンは窓の外をじっと見た。列車がまた動きだすと、眉間の皺は、より深くよみがえった。名優は懐中時計を確かめた。時計の針は零時三十六分を指している。ブルックス弁護士は不思議そうな表情で、そんなレーンを見つめていた。

出し抜けに、レーンが勢いよく立ち上がったので、ブルックス弁護士はぎょっとして声をたてた。「失礼、ブルックスさん」レーンは急いで言った。「たぶん私が神経質になりすぎているだけでしょうが、デウィットさんが戻ってこないのが気になってしかたないのです。ちょっと行って、見てきます」

「何かまずいことでも?」ブルックス弁護士は、とたんに心配そうな顔になった。そして立ち上がると、レーンに続いて通路に出た。

「そうでなければいいのですが」ふたりは、行ったり来たりしているアハーンのそばを通りかかった。

「どうしたんですか、おふたりさん?」アハーンが声をかけてきた。

「レーンさんが、デウィットが戻ってこないのがおかしいとおっしゃるんだよ」弁護士は早口に言った。「一緒に来てくれ」

レーンを先頭に、三人は自分たちが乗っている車両のうしろのドアを出て、すぐに立ち止まった。デッキには誰もいない。一同はふたつの車両の間で左右に大きく揺れている連結部をまたいだ。最後尾の車両のデッキも無人だった。

三人は顔を見合わせた。「おいおい、どこに行ったんだ」アハーンがつぶやいた。「あのふたりが戻ってくるのは見てないぞ、きみは見たかい」

「特に気をつけていなかったが」ブルックス弁護士は言った。「戻ってきていないと思う」

そんなふたりに、レーンは毛ほども注意を払わなかった。乗降口に近づき、ドアの上窓から、うしろに飛び去っていく暗い田舎の風景を見た。やがてそこを離れ、今度は最後尾の客室に続くドアの窓を調べ、暗くてほとんど何も見えない内側を覗きこんだ。終点のニューバーグ駅まで牽引していって、翌朝のラッシュアワーに、ウィーホーケン終着駅へ向かう上り列車で使う追加車両に違いない。レーンは顎を引き締め、ひとことひとこと嚙みしめるように言った。

「私がはいってみます。ブルックスさん、このドアを開けておいてもらえませんか。中は真っ暗なので」

レーンはドアノブをつかんで、押した。ドアはあっさり開いた。鍵がかかっていない。三人は眼をすがめて立ちつくし、照明のついていない暗さに眼を慣らそうとしたが、ほとんど何も見えなかった。ふと、左に顔を振り向けたレーンは、思わず息を吞んだ……

ドアを開けてすぐ左側に、壁で仕切られたコンパートメントがひとつあった――普通客車の入り口付近によくある小部屋だ。車両前方の壁と、その正面にある座席の背もたれがそのまま、コンパートメントの壁になっている。車外に接する壁にはほかの席と同じ窓があり、レーンの立っている通路側には壁がない。コンパートメントの中は、車内のほかの場所と同様、横に長い座席が前後二列で向かい合わせになっている。前の壁と向かいあう席で、窓側の壁に近いクッションに身体をあずけ、胸に頭がつくほどうなだれている人影は、ジョン・デウィットその人であった。

レーンは暗がりの中で眼をうんと細めた。株式仲買人はぐっすり眠りこんでいるようだった。ブルックス弁護士とアハーンがすぐうしろに近づいてきたので、名優は向かい合わせの座席と座席の間にはいっていき、デウィットの肩にそっと触れた。何の反応もない。「デウィットさん！」レーンは鋭く呼ぶと、動かない身体を揺すぶった。相変わらず反応がない。しかし今度は、デウィットの頭がかすかに傾いて、いままで隠れていた眼が現れた。そしてまた動かなくなった……

その眼は、暗がりの中でもはっきりわかる、虚ろに見開いた死人の眼だった。

レーンはかがみこむと、デウィットの心臓のあたりに手を這わせた。

やがて身を起こし、指先をこすりあわせると、コンパートメントを出た。アハーンはポプラの木のように盛大に震えながら、動かない影のような姿を見下ろしている。ブルックス弁護士がわななく声で言った。「し――死んでる」

「私の手に血がつきました」レーンが言った。「ブルックスさん、ドアを開けておいてください。明かりが必要だ。すくなくとも、明かりのスイッチを見つけるまでは」レーンはアハーンとブルックス弁護士の脇を通ってデッキに出ていった。「デウィットさんに触らないで。どちらもです」鋭く言った。ふたりとも答えなかった。どちらも本能的にすくんでしまい、恐怖に魅入られたように、死んだ男から眼をそらすことができずにいる。

レーンは天井を見上げ、期待どおりのものを見つけて長い腕を伸ばした。それをつかみ、乱暴に何度もひっぱる——非常信号の紐だ。ブレーキの軋(きし)る音が耳をつんざき、列車は線路をこすり、つんのめり、がたがた揺れながら停まった。アハーンとブルックス弁護士は、倒れないよう互いにしがみついた。

レーンは連結部を越え、さっきまで自分たちのいた明るい車両のドアを開けた。そのまま無言で立っていた。アンペリアルは、いまはひとりで坐って、うつらうつらしている。ロードとジーンは頭がくっつくほどに寄り添っている。ほかの乗客数人は眠っているか、新聞を読んでいるかだった。客車の反対側のドアが乱暴に開いたかと思うと、ふたりの車掌がレーンに向かってものすごい勢いで通路を走ってきた。たちまち、異変を感じ取った乗客たちは目を覚まし、雑誌や新聞を取り落とした。ジーンとロードはびっくりして顔を上げている。アンペリアルは立ち上がり、どうした、という表情を浮かべている。

車掌ふたりが駆けつけてきた。「誰ですかい、非常信号を引いたのは！」先頭の、小柄で怒りっぽそうな年配の男が怒鳴った。「どうしたんですか！」

レーンが低い声で言った。「車掌さん、たいへんな事故が起きました。一緒に来てください」

ジーンとロードとアンペリアルも駆け寄ってきていた。ほかの乗客たちもうろうろと席を立ち、何ごとだとわめいている。「いいえ、お嬢さん。あなたは来ない方がいい。ロードさん、お嬢さんをもとの席にお連れしてください。アンペリアルさんもここにいた方がいい」言いながら、レーンはロードを強いまなざしでじっと見つめた。青年は青ざめたが、すぐに困惑している娘の腕を取ると、もとの席に無理やり連れていった。ふたり目の車掌は、長身のがっしりした大男で、詰めかけてくる乗客たちを押し戻し始めた。「皆さん、席にお戻りください。何も訊かずにお願いします。どうぞ、席に……」

レーンはふたりの車掌を伴って、最後尾の車両に引き返した。ブルックス弁護士とアハーンはさっきと同じ姿勢のまま、微動だにしていない。石像のように、デウィットの死体を見つめ続けている。車掌のひとりがこの車両の壁のスイッチを入れると、さっと光があふれ、暗かった車内がはっきりと浮かび上がった。男三人は中にはいっていきながら、前に立ちつくしているブルックス弁護士とアハーンを奥に押しこみ、大男の車掌がドアを閉めた。

小柄で年配の車掌がコンパートメントに身体を入れて、かがみこむと、ベストから垂れ下がる鎖の先で、ずっしりした金時計が揺れた。皺だらけの指の先が、死んだ男の左胸に突きつけられた。「弾丸(たま)の痕(あと)だ！」車掌は叫んだ。「人殺し……」

車掌は身を起こすと、張り裂けそうな眼でレーンを見つめた。レーンは穏やかに言った。「何も触らないように気をつけてください」そして財布から名刺を一枚取り出し、年配の車掌に差し出した。「私は最近、何件かの殺人事件で、諮問(しもん)探偵として調査をしている者です」名優は言った。「私にはこの件を預かる権限があると思うのですよ」

　年配の車掌はうさんくさそうに名刺を見ていたが、やがて突っ返した。そして帽子を脱ぎ、白髪頭をがりがりかいた。「そう言われてもねえ」苛立った口調で言った。「こいつがインチキじゃないかどうか、あたしにゃわからないし。この列車じゃ、あたしが車掌主任だし、規則じゃあ、いつ何が起きてもあたしが責任者ってことになってるし……」

「ちょっといいですか」ブルックス弁護士が割りこんだ。「こちらはドルリー・レーンさんで、いま、ロングストリートとウッドの連続殺人事件の捜査に手を貸してくださっているんです。事件のことはあなたも新聞でご存じでしょう」

「ああ！」年配の車掌は顎をばりばりかいた。

「この死んでいる男が誰かわかりますか」続けるブルックス弁護士の声に涙がまじった。「ジョン・デウィットです、ロングストリートと一緒に事業をやっていた！」

「はあっ？」年配の車掌は声をあげた。そして、デウィットの半分隠れている顔を、疑い深い眼でじっと見た。やがて、その眼が輝いた。「そういや、この人には見覚えがあるね。もうずっと前から、この列車に乗ってくれてる常連さんだ。いいよ、レーンのだんな、あんたの言うとおりにするわ。で、あたしらは何をしたらいい？」

　この協議の間、レーンは無言で立っていたが、眼の奥では苛立ちがちらちらと燃えていた。言われて、レーンは堰(せき)を切ったように話しだした。「いますぐ、ドアも窓もすべて鍵をかけて、見張りを立ててください。機関士に最寄りの駅に行くように指示を――」

「次の停車駅はティーネックです」大男の車掌が言った。

「どこでもいいです」レーンは続けた。「全速力で向かわせてください。そしてニューヨーク市警に電話を手配して――サム警視をつかまえてほしいのです、市警察本部か自宅にいるはずですから――できれば、ニューヨーク郡地方検事のブルーノさんも」

「そいつは駅長にやってもらうかな」年配の車掌は考え考え言った。

「ああ、いいですね。必要なら許可を取って、この列車をティーネックの待避線に入れてください。車掌さん、お名前はなんと？」

「ボトムリーおやじって呼ばれてるよ」年配の車掌はまじめに答えた。「了解だ、だんな」

「大丈夫ですね、ボトムリーさん」レーンは言った。「すぐに取りかかってください」

ふたりの車掌はドアに向かった。ボトムリーが若い方の車掌に言った。「じゃあ、機関士のところに行ってくるから、おまえはドアを全部見てこい。わかったか、エド？」

「はいよ」

ふたりは車両から駆け出していき、隣の車両の戸口に詰めかけていた乗客の群れをかきわけていなくなった。

車掌たちが出ていくと、沈黙が落ちた。アハーンは急に足に力がはいらなくなったように、通路をはさんだコンパートメントの向かい側のトイレのドアにもたれかかった。ブルックス弁護士は客車のドアに背中をあずけた。レーンはジョン・デウィットの遺体を、沈痛な面持ちで見つめていた。

そのまま振り向くことなく言った。「アハーンさん、とても辛い役目でしょうが、デウィットさんの親友のあなたが、お嬢さんにこのことを知らせてくださいませんか」

アハーンは身をこわばらせ、くちびるをなめたが、ひとことも言わずに出ていった。

ブルックス弁護士はまたドアに寄りかかり、レーンは遺体の傍らで歩哨（ほしょう）のようにまっすぐ立っていた。どちらも無言で、動かなかった。前の車両から悲鳴がかすかに聞こえた。

それから数秒後に、列車が巨大な鋼の全身をがたつかせ、ぐんとスピードを上げ始めた時も、ふたりはまったく同じ姿勢で立っていた。

外は、真っ暗だった。

*

その後　ティーネック駅待避線

列車はライトをぎらつかせたまま、ティーネック駅近くの錆（さ）びついた待避線で暗がりの中、動けない芋虫のようにのびていた。駅そのものは走りまわる人影で活気づいている。一台の車が夜闇の中から唸りをあげて飛び出し、すさまじい音をたてて線路脇に停まると同時に、がっしりした人影が何人も飛び降り、横たわる列車に向かって駆けていった。

この新しく来た一団は、サム警視とブルーノ地方検事とシリング博士と数名の刑事である。

一同は、まぶしい光を浴びて列車の外でぼそぼそ喋っている集団のそばを走り抜けた――列車の乗務員たち、機関士がひとり、操車場(ヤード)の作業員たちだ。ひとりの男がランタンをかかげたが、サム警視は顔の前からそれを払いのけ、いま来た仲間たちと一緒に、最後尾の車両の閉めきられた乗降口に駆け寄った。サム警視が固くこぶしを握って、ドアをがんがん叩いた。中から「来た！」という声がして、ボトムリー車掌がドアを引き開け、壁の金具に固定した。そして折りたたみの鉄のデッキを引き上げると、その下に鉄の階段が現れた。

「警察の人だね？」

「死体はどこだ？」警視のあとに続いて、一同はどやどやと階段を上がった。

「こっち。いちばんうしろの車両だよ」

一同は問題の車両になだれこんだ。レーンはあのまま動いていなかった。警視たちの視線はすぐに、死んだ男に向かった。近くには地元の警察官とティーネックの駅長と年下の車掌が立っている。

「殺しか」サム警視はレーンを見た。「レーンさん、どういうことです、こりゃ」

レーンが身じろぎした。「警視さん、私は一生、自分を許せません……大胆不敵な犯罪だ。実に大胆不敵だ」皺の刻まれた顔は突然、老けこんで見えた。

シリング博士は布のつば広帽子を頭のうしろにはね上げ、トップコートの前を開いて、死体のそばに膝をついた。

「死体に触りましたか？」忙(せわ)しく指先で調べながら、博士はぼそりと言った。

「レーンさん。レーンさん」ブルーノ地方検事がおろおろと声をかけた。「シリング先生はあなたに訊いているんですよ」

レーンは機械のように答えた。「身体を揺すりました。頭が傾きましたが、またもとの位置に戻りました。かがみこんで胸に手を当てると、血がつきました。それ以外には、まったく触れていません」

そのあとは皆、黙りこんで、シリング博士を見守っていた。検死官はまず、弾痕のあたりを嗅いでから、上着をつかんでぐいと引いた。弾丸は上着の左の胸ポケットを突き抜けて、まっすぐ心臓にはいっている。上着はぱりぱりと小さな音をたててはがれた。「上着、ベスト、シャツ、下着を貫いて、心臓に達している。きれいにはいってるね」シリング博士が告げた。衣服にはほとんど血がついていなかった。それぞれの穴のまわりが湿っぽい、いびつな赤い輪になっているだけだ。「死後約一時間ってとこかな」検死官は言って、腕時計を見た。それから、死者の両腕両脚の筋肉を触り、膝関節を無造作に曲げ伸ばしするという、グロテスクな検査をしていた。「そうだな。死んだのは零時三十分ごろだ。もう少し前かもしれんが。そこまで正確にはわからんね」

一同はデウィットの凍りついた顔を見つめていた。いびつな恐ろしい表情は、顔全体を歪め、ねじれさせている。その表情の意味を解読するのは難しくなかった――まぎれもない、むき出しの恐怖。張り裂けそうに眼が見開かれ、顎には緊張した筋肉が幾すじもの深い皺を作り、その皺という皺に勇気をくじく毒が注がれたかのようで……

シリング博士が、おっ、と小さく声をあげた。一同の視線があの恐ろしい死者の顔から、博士が皆に見えるように持ち上げている死体の左手に、いっせいに向けられた。「この指を見てくれ」シリング博士が言った。一同は凝視した。死してなお、中指が人差し指の上からかぶさるようにぎゅっとからみつき、それ以外の指は内側に握りこまれたままになっている。

「なんだあ、こりゃ――」サム警視が唸った。ブルーノ地方検事はいっそうかがみこみ、眼玉が飛び出しそうになっていた。「嘘だろう！」地方検事は叫んだ。「私の頭がおかしくなったのか、眼がおかしくなったのか、まさか……馬鹿な――」そして笑いだした。「そんなはずあるか。そんなわけない。中世ヨーロッパじゃあるまいし……あれは悪魔の邪眼よけのまじないじゃないか！」

一同はしんと黙りこんだ。やがて、サム警視がもそもそと言いだした。「くそっ、これじゃまるで探偵小説だ。ならきっと、そこのトイレに東洋の殺人鬼が隠れてるんだろう。賭けてみるかい」誰も笑わなかった。シリング博士が言った。「どんな意味か知らんが、ま、ごらんのとおりだよ」検死官は死体の重なりあった二本の指をつかんで、顔が真っ赤になるまでひっぱった。ついに肩をすくめた。「死後硬直だ。がちがちに固まってるね。デウィットは、たぶん自分でも気づいてなかったんだろうが、糖尿病の気があったのかもしれんな。それでこんなに早く硬直がきたんだよ……」博士は顔を上げ、眼をすがめた。「サム、これと同じように指を重ねてごらん」

一同は機械仕掛けの人形のように、いっせいに警視を見つめた。ひとことも言わずに、警視は右手を上げ、苦労しつつ、どうにか中指を人差し指の上に重ねた。

「そう、そのまま押さえこんで」シリング博士は言った。「ぎゅーっと。デウィットがやってるように。そうそう、しばらくそのままでいてみてくれ……」警視は指に力をこめた。顔が赤くなってきた。「どうだ、結構力がいるだろう」検死官は淡々と言った。「長年この仕事をやってるが、ここまで妙ちきりんなのはそうそうないね。この二本の指は死んでもはずれないくらい、がっちりからまりあってたわけだ」

「悪魔の邪眼よけのまじないって説はとても信じられん」サム警視は重ねていた指をもとに戻しながら、身も蓋もないことを言った。「三文小説じゃあるまいし。意味がわからん。まったく——誰かに言ったら、いい笑いものだぞ！」

「そう言うなら、かわりの案を出してみたまえ」ブルーノ地方検事は言った。

「ああ」サム警視は唸った。「そうだな。この仕事をやってのけた奴が、デウィットの指をそんなふうに重ねたんだろうさ」

「馬鹿馬鹿しい」ブルーノ地方検事は言下に切り捨てた。「さっきの説明よりますます意味がわからないぞ。どうして犯人がそんなことをする」

「そりゃあ、もちろん、あれだ」サム警視は言った。「つまり、あれだよ、ほら……レーンさん、あなたはどう思うんです？」

「この事件ではイェッタトーレを探さなければならないのでしょうか？」レーンがようやく、かすかに身を動かした。「私が思うに」ひどく疲れきった声だった。「ジョン・デウィットは今夜、ついさっき私が何気なく言ったことを、たいそうまじめに受け取ったに違いありません」

サム警視が説明を求めかけたが、シリング博士が、よっこらしょ、と立ち上がると、言葉を呑みこんだ。

「まあ、ここじゃ、このくらいしかわからんよ」検死官は言った。「ひとつだけたしかなことがある。即死だ」

レーンがここに至って初めて勢いよく動いた。名優は検死官の腕をつかんだ。「それはたしかですか、先生――即死というのは？」

「そう。間違いない。弾丸は、たぶん三八口径のやつが右心室あたりを貫通しています。いま、ざっと見たかぎりではこれが唯一の外傷ですね」

「頭部はどうです？　何か危害を加えられたような――打ち身とか、傷痕は？」

「いや、ひとつもない。心臓に一発、ずどんとぶちこまれて死んだんです。ほかには何もありゃしない。だけど、一発で十分ですよ。それにしても、こんなにきれいに貫通した傷は、もう何ヶ月も見ていないいな」

「言い換えると、デウィットさんは死の間際にもがき苦しんだので、指がこんなふうにからまりあってしまった、ということはありえないわけですか？」

「私の話を聞いていますかね」シリング博士は苛立ったようだった。「たったいま言ったでしょう、即死だったと。もがき苦しむもへったくれもない。弾丸が心臓を通り抜けたら、もう――ぷつっ！と明かりを消すのと同じだ。死にます。おしまい。当たり前でしょう、人間なんだから。わからん人だな」

レーンはにこりともしなかった。そして、サム警視を振り返った。「警視さん、どうやら」名優は言った。「我らが癇癪(かんしゃく)持ちの先生のご意見のおかげで、興味深い点が明らかになりましたよ」

「何がです？　デウィットが、うんともすんとも言わずに、ばったり逝(い)っちまったからどうだってんです。私は即死した死体を何百と見てきましたがね。この死体には、別に変わったことなんかないですよ」

「今回はあるのです」レーンは言った。ブルーノ地方検事が訝(いぶか)しげに振り向いたが、レーンはそれ以上、何も言おうとしなかった。

サム警視は頭を振りながら、シリング博士を押しのけて前に出た。そして、死んだ男の上にかがみこみ、ゆっくりと衣服を調べ始めた。レーンは、サム警視の顔と死者の身体の両方を見られる位置に移動した。「なんだ、こりゃ」サム警視がつぶやいた。警視はデウィットの上着の内ポケットから、古い手紙と、一冊の小切手帳と、一本の万年筆と、一冊の時刻表に続いて、二つづりの回数券を見つけたのだった。

レーンが淡々と言った。「古い方は、勾留中に期限切れを迎えてしまった五十回分の回数券で、新しいのが今夜、この列車に乗る直前に買いなおしたものです」

警視は唸って、ミシン目のはいった古い回数券のつづりをばさばさめくった。ページの角はすれて折れ曲がっている。表紙も内側も落書きだらけだ。パンチの形や、印刷をなぞった落書きは、どれも幾何学的な図形ばかりで、デウィットの几帳面な性格がよく表れている。回数券のほとんどは、ミシン目でちぎりとられていた。警視は新しい回数券のつづりを調べた。それはまったくの手つかずで、レーンが言ったようにデウィットが駅で買った時のままだった。

「この列車の車掌は？」サム警視は言った。

紺色の車掌の制服を着た老人が答えた。「あたしです。ボトムリーってもんです。この列車の責任者で。なんでも訊いてください」

「この男を知ってるか？」

「ええと」ボトムリー車掌は歯切れ悪く言った。「さっき刑事さんたちが来る前に、なんかこの人の顔に見覚えがあるって、そこのレーンさんに話してたとこなんですわ。それで、たしかもう何年も前から、うちの列車に乗ってるところをときどき見かけたなあ、と思い出しまして。ウェストイングルウッドで降りるお客さんでしょう？」

「今夜はこの列車に乗ってるのを見たかい？」

「あたしは見てません。あたしが検札に回った車両にはいませんでした。エド、おまえ、見たか？」

「今夜は見てませんよ」かすれ声の、若い方の車掌がおずおずと答えた。「その人なら知ってます、今夜は見かけませんでしたが。ここのひとつ前の車両に、団体で乗ってるお客さんたちがいたんですが、その中の背の高い男性が切符を六枚、みんなの分だと言って出して、席をはずしている人がもうひとりいると言ってました。結局、その人はずっと見ませんでしたが」

「じゃあ、その男は検札しなかったのか」

「だって、どこにいるかわからなかったんですよ。たぶんトイレだろうと思ってましたが。まさかこの真っ暗な車両にはいりこんでいるなんて、考えもしませんでしたし。いままでそんなことをした人はいませんから」

「きみはデウィットを知ってると言ったな？」

「それがあのお客さんの名前ですか？　はあ、しょっちゅうこの列車に乗られましたから。顔は覚えてますよ、もちろん」

「どのくらいしょっちゅうだった？」

エドは帽子を持ち上げ、困惑したように禿げた頭をなでさすった。「さあ、そいつはちょっと……どのくらいって言われても。ときどき、としか言いようがありませんねえ」

ボトムリー車掌が小柄な身体をぐいと勢いよく押し出してきた。「刑事のだんな、大丈夫、それならわかりますよ。あたしゃ、相棒とこの深夜便の受け持ちで毎晩乗ってるから、この人がどのくらい乗ってるかわかるんですわ。ちょっと、そっちの古い回数券を見せてください」

老人はサム警視の手から、ページの角が折れ曲がった古いつづりをひったくると、大きく開いてから、警視に見えるように差し出した。ほかの者たちもまわりに集まってきて、警視の肩越しに覗きこんだ。「見えますかね」ボトムリー車掌は、おせっかいらしく言いながら、回数券をちぎりとった半券の列を指さした。「あたしたちは一回ごとに回数券を切り取ってパンチを入れてから、台紙に残った半券の方にも、念のためにパンチを入れておくんです。だから、丸い穴の数と――丸はあたしが持ってるパンチ穴の形です。ほら、こういうやつ――それと、十字の穴の数を足せば――十字のやつは、そこのエド・トンプソンのパンチですわ――この列車に何べん乗ったかわかるってわけです。この深夜便の車掌はあたしとこいつだけなんだから。わかりますかね？」

サム警視は古い回数券のつづりを調べた。「なるほどな。パンチ穴は全部で四十ある。半分は上り（のぼ）のやつだろう――そっちのパンチ穴の形は違うんだな？」

「そうです」ボトムリー車掌は答えた。「朝の列車は――違う車掌で、全員、持ってるパンチの穴が違うんですわ」

「わかった」サム警視が続けた。「で、残る半分が夜にウェストイングルウッドに戻る下り（くだ）のやつだ。二十のうち――」警視は素早く数えた。「あんたたちのパンチは十三ある。ということは、十三回乗ったわけだな。つまり六時ごろの通勤列車で帰るよりも、この深夜便に乗る方が多かったわけか……」

「あたしもいっぱしの探偵でしょう？」老人は悦に入ってにんまりした。「これでわかりましたかね。パンチは嘘をつかんですよ！」そして得意満面で笑い声をたてた。

ブルーノ地方検事が眉を寄せた。「犯人はデウィットが夕方の通勤列車よりも、この深夜便の方によく乗ることを知っていたということか」

「かもな」サム警視はぐっと広い肩をそらした。「それじゃ、ほかのことをはっきりさせておくか。レーンさん、今夜ここで何が起きたんです？　なんでデウィットはこの車両にはいりこんだんです？」

ドルリー・レーンは頭を振った。「実際に何が起きたのかは私にもまったくわかりません。ですが、ウィーホーケンを出てまもなく、マイケル・コリンズが――」

「コリンズだって！」サム警視は怒鳴った。ブルーノ地方検事もずいと前へ出る。「この件にコリンズがからんでるってんですか⁉ なんでもっと早く言わないんです」

「どうか、警視さん。少し落ち着いてください……コリンズが列車を降りたかどうかはわかりません。ですが、デウィットさんの遺体を発見してすぐ車掌さんたちに、誰も外に出られないようにしてもらいました。もし発見前に列車を抜け出していたとしても、逃げきれるものではないでしょう」サム警視が唸ったところで、レーンは落ち着いた口調で淡々と、隣の客車でコリンズがデウィットに、これが最後のお願いだと懇願しにきた時の様子を説明した。

「で、ふたりしてこの車両に忍びこんだってわけですか」サム警視が問いつめた。

「私はそんなことはひとことも言っておりませんよ」レーンは言い返した。「それはあなたの想像にすぎない。もしかするとそうなのかもしれませんが、私たちが見たのは、ふたりが前の車両の後部デッキからこの車両の前部デッキに移動していくところまでです」

「まあいい、すぐにわかることです」サム警視は部下たちに、行方をくらました男を見つけてくるように命じて送り出した。

「サムさんや、死体はここに置いといていいのかね？」シリング博士が訊ねた。

「置いといてくれ」サム警視はがらがら声で答えた。「それじゃ、前の方に行って話を聞いてみるか」

死者のそばに刑事をひとり残して、一同はぞろぞろと死の車両を出ていった。

ジーン・デウィットはひとりで坐っていることができずに、ロードの肩にしがみついて泣きじゃくっていた。アハーンとアンペリアルとブルックス弁護士は、茫然自失の体で、石のように坐ったままでいる。

*

ほかの乗客たちはこの車両にいなかった。すでに前の車両に移されていた。

シリング博士がそっと通路を歩いてきて、身も世もなく泣いている娘を見下ろした。博士は無言で鞄を開けて小壜を取り出し、ロードに水を取りに行かせ、蓋を開けた小壜の口を娘の震える鼻の下に当てがった。娘は大きくあえいで眼をぱちぱちさせ、はっと身を引いた。ロードが水を持って戻ってくると、娘は咽喉のかわいた子供のようにごくごくと飲んだ。博士は娘の頭を優しくなで、無理やり何かを飲みこませた。ほどなく、娘はおとなしくなり、横になってロードの膝に頭をのせると、眼を閉じた。

サム警視は緑の毛羽立った布地の座席にどっかと腰をおろし、脚を伸ばした。ブルーノ地方検事はその傍らに立った。地方検事が手招きすると、ブルックス弁護士とアハーンは疲れきった様子でのろのろと立ち上がった。ふたりとも緊張のあまり顔面蒼白だった。地方検事に訊ねられてブルックス弁護士は、ホテルの祝宴のこと、ウィーホーケンまでの道中のこと、終着駅の待合室でのこと、列車に乗りこんだ時のこと、コリンズが接近してきたことを、要領よく話していった。

「デウィットさんはどんな様子でしたか」ブルーノ地方検事が訊ねた。

「あれ以上ないくらい陽気でした」

「あんなに幸せそうな顔は初めて見た」アハーンが低い声でぼそりと言った。「裁判にかけられて、ずっと張りつめていて――そして、あの判決が出て……せっかく電気椅子から助かったと思ったのに、こんな……」そう言って、身を震わせた。

弁護士の顔に怒りの火花が散った。「もちろん、これがデウィットの潔白を証明する絶対的な証拠なのは、あなたもわかるでしょう、ねえ、ブルーノ検事。あなたが、あんなでたらめな嫌疑で逮捕したりしなければ、いまもデウィットは生きていたはずなんだ！」

ブルーノ地方検事は黙りこんだ。そして、ようやく――「デウィットさんの奥さんはどこです？」

「ここにはいませんよ」アハーンが冷たく言った。

「あの奥さんにとっちゃ、いい報せでしょう」ブルックス弁護士が言った。

「どういう意味です？」

「もう離婚されずにすみますからね」ブルックス弁護士は乾いた声で答えた。

ブルーノ地方検事とサム警視はちらりと眼を見かわした。「では、奥さんは列車に乗らなかったんですか」ブルーノ地方検事が訊いた。

「私の知るかぎりでは、ええ」ブルックス弁護士は顔をそむけた。アハーンはかぶりを振り、ブルーノ地方検事がレーンに眼を向けたが、名優は肩をすくめただけだった。

ちょうどこの時、ひとりの刑事が、コリンズの姿がどこにもないと報告しにきた。

「なんだと！　おい、さっきの車掌たちはどこに行った？」サム警視は紺色の制服の男たちを手招きした。「ボトムリー、背の高い赤ら顔のアイルランド男を見なかったか――今夜、そいつを検札したか？」

「服装は」レーンが穏やかに言った。「伊達にフェルト帽を目深に引き下げ、ツイードのトップコートを着ていて、それに少々、きこしめしていました」

ボトムリー車掌はかぶりを振った。「あたしは絶対に見かけてません。エド、おまえは？」

年下の車掌もかぶりを振った。

サム警視は立ち上がった。どしんどしんと足音をたてて前の車両に行くと、デウィットと同じ車両に乗っていた数名の乗客たちに、雷鳴のような声で質問を始めた。戻ってきたサム警視は、コリンズの行方どころか、そもそもコリンズのことを覚えている者が誰もいなかった。戻ってきたサム警視は、またどっかと腰をおろした。「誰か、コリンズがこの車両に引っ返してきたのを見てませんかね？」

レーンが言った。「警視さん、私は気をつけていましたが、戻ってきませんでした。おそらく最後尾の車両の前かうしろのデッキからこっそり降りたのでしょう。ドアを開けて飛び降りるだけです、造作もない。デウィットさんとコリンズがいなくなってから悲劇が起きた時までの間にどこかの駅で停車したのは、はっきり覚えています」

サム警視は年かさの車掌から時刻表を受け取り、調べ始めた。数字をあれこれ見比べた警視はコリンズが、リトルフェリーか、リッジフィールドパークか、ウェストビューか、それどころかボゴタでも、列車から抜け出すことができたと結論を出した。

「よし」警視は部下のひとりを振り返った。「何人か連れて、引っ返して沿線の駅を調べろ。コリンズの行方を追え。ここらへんのどこかの駅で降りたはずだ、手がかりがきっとある。報告はティーネックの駅に電話してくれ」

「了解です」

「それと、問題の時間にはニューヨークに戻る列車はないはずだ。駅の近くで客待ちしてるタクシーの運転手に話を聞くのを忘れるな」

刑事は出ていった。

「さて、おふたりさん」サム警視はふたりの車掌に言った。「よく考えて、思い出してみてくれ。リトルフェリーかリッジフィールドパークかウェストビューかボゴタの駅で降りた客はいたか？」

車掌たちは即座に、いまあがったどの駅でも客は降りていったが、それが誰なのか、何人だったのかまでは覚えていない、と答えた。

「顔を見りゃ、何人かは思い出せるかもしれませんがねえ」ボトムリー車掌はのろのろと言った。「けど、よく見かける常連さんにしたって、名前までは知りませんし」

「そうでない人のことは、まったくわかりませんしね」トンプソン車掌も言い添えた。

ブルーノ地方検事が言った。「気づいているかい、サム、犯人もコリンズと同様に、どこか適当な駅でこの列車からこっそり抜け出すことができたんだよ。列車が駅で停まるのを待って、駅のホーム側でなく、線路側のドアを開けて飛び降りたら、下から手を伸ばしてドアを閉めればいい。そもそも、この列車には車掌がふたりしか乗務していないんだ、全部の乗降口を見張るのは無理だよ」

「わかってるさ。誰にでもやれたってわけだ。やれやれ」サム警視は唸った。「一度でいいから、死体のそばで銃を片手にぼけっと突っ立ってる犯人に出くわしたいもんだぜ……そういや、銃はどこにいった？　ダフィ！　そっちの車両に銃はあったか？」

巡査部長はかぶりを振った。

「この列車の隅から隅まで探せ。やった奴が銃を残していったかもしれん」

「警視さん」レーンが言った。「ここまでの線路沿いを探してはどうでしょう。犯人が銃を列車から投げ捨てて、線路の近くに落ちている可能性もありますから」

「なるほど。ダフィ、手配しろ」

巡査部長はどしんどしんと足音をたてて出ていった。

「さて」サム警視はうんざりしたように片手で額を押さえた。「ここからがめんどくさい仕事だ」そして、デウィットの六人の連れをぎろりと睨んだ。「アンペリアルさん！　ちょっとこっちに来てもらえますか」

スイス人は立ち上がって、のろのろ歩いてきた。疲労で眼のまわりに隈が浮き、ご自慢のヴアンダイクひげさえも、だらしなく垂れている。

「ただの形式ですがね」サム警視は嫌みたっぷりに言った。「この列車の中で、あなたはどうしていましたか。どこに坐っていたんですかね？」

「デウィットのお嬢さんとロード君と一緒に坐っていました。そのうち、私がふたりの邪魔をしているようだと察したので、別の席に移りました。いつの間にか、うとうとしていたんでしょう。はっと気がついた時には、レーンさんが通路の端でドアの前に立っていて、私のそばをふたりの車掌が走っていくところでしたよ」

「ほほう、寝ていたと」

アンペリアルの両眉がはね上がった。「そうです」ぴしゃりと言い返した。「私が嘘をついているとでも？　船と列車に揺られて、頭痛がしていたんです」

「ははあ、なるほどねえ」サム警視は小馬鹿にしたように言った。「ということは、ほかの連中が何をしていたのか、証言してもらえないわけですか」

「申し訳ありませんが。眠っていましたので」

サム警視はスイス人の脇をさっさと通り抜けると、ロードがジーンを抱きかかえている座席に向かった。警視はかがみこんで、娘の肩を叩いた。ロードが怒った眼を上げて睨んできた。ジーンは涙でぐしゃぐしゃの顔を上げた。

「こんな時に申し訳ありませんが、お嬢さん」サム警視はがらがら声で無頓着に声をかけた。「質問にひとつふたつ答えてもらえると、助かります」

「何を考えてるんだ、あんたは」ロードが食ってかかった。「この人がこんなに参っているのがわからないのか？」

サム警視は青年を睨んで黙らせた。ジーンが弱々しく言った。「なんでも。なんでも、お答えします、警視さん。ただ、見つけて――見つけてください、誰がこんな……」

「それは警察にまかせてください。それじゃ、列車がウィーホーケンの駅を出たあと、あなたとロードさんが何をしていたのか、覚えてますか」

ジーンは、何を訊かれたのか、よく呑みこめなかったようで、きょとんと警視を見返した。

「わたしたちは――一緒にいたんです、だいたいずっと。最初はアンペリアルさんも一緒でしたけれど、あのかたは途中で別の席に移っていかれました。わたしたちはそのあともお喋りをしていました。ずっと、のんきに……」ジーンはくちびるを噛んだ。眼に涙が盛り上がってくる。

「それから？」

「一度、キットがどこかに行きました。わたしはしばらくひとりで待っていて……」

「あなたをおいていったと？　そりゃそりゃ。で、どこに行ったんです？」サム警視は、無言でじっと動かずにいる青年を、意地悪くじろりと見た。

「どこって、そこのドアから出ていっただけですけど」娘は車両の前のドアの方を曖昧に指さした。「どこに行くとは言っていませんでした。あら、言ったかしら、キット？」

「いや、言わなかったよ、ダーリン」

「あなたとロード君から離れていったあと、アンペリアルさんの姿を見ましたか」

「一度だけ、キットがいなくなっている間に見ました。うしろを振り返ったら、二、三列うしろで居眠りしておいででした。アハーンさんが通路を行ったり来たりしているのも見えましたわ。それからすぐに、キットが戻ってきたんです」

「いつごろです?」

ジーンはため息をついた。「はっきりは覚えていません」

サム警視は身を起こした。「ちょっとあっちで、ふたりだけで話そうか、ロード君……アンペリアルさん！　シリング先生でもいい。お嬢さんに付き添っていてもらえるか?」

ロードはしぶしぶ立ち上がり、ずんぐりした検死官がかわりに席に坐った。検死官は坐ると同時に、気安い口調で親しげに話しかけていた。

男ふたりは通路を歩いていった。「それじゃ、ロード君」サム警視が言った。「腹を割って話してもらおうか。どこに行った?」

「信じてもらえないような話ですが」青年は落ち着いた口調で言った。「みんなでフェリーに乗った時、たまたま気づいてしまって――妙なことに。同じ船にチェリー・ブラウンと、あの女のうさんくさいボーイフレンドのポラックスが乗ってたんです」

「なんだって！」サム警視はゆっくりとうなずいた。「おおい、ブルーノ。ちょっとこっちに来てみろ」地方検事は言われたとおりにやってきた。「ロード君の話じゃ、今夜、こっちに来る船にチェリー・ブラウンとポラックスが一緒に乗ってたらしいぞ」ブルーノ地方検事は口笛を吹いた。

「それだけじゃありません」ロードは続けた。「ウィーホーケンの駅でもまた、ふたりを見かけたんです。桟橋近くで。何かで言い争ってました。そのあと、ぼくはずっと気をつけてたんです——その、なんだか怪しいと思ったので。待合室にふたりは来ませんでした。それでも、列車に乗る時も用心していましたが、やっぱりあのふたりはどこにも見えませんでした。それでも、いざ列車が出ると、だんだん心配になってきたんです」

「どうして？」

ロードは眉を寄せた。「あのブラウンって女は、手に負えない猛獣です。ロングストリート事件で取り調べの最中だって、デウィットにめちゃくちゃな言いがかりで食ってかかったでしょう、また何をやらかすかわかったもんじゃない。だから、ジーンには悪いけど、ちょっと席を離れたんです。あのふたりがこの列車に乗っていないことを、どうしても確かめたくて。見てまわったんですがどこにもいませんでした。それで、少し安心して席に戻りました」

「最後尾の真っ暗な車両は覗いたか」

「まさか！　あんなところにいるなんて思うわけがないじゃないですか」

「だいたいどこらへんを走っている時の話だ」

ロードは肩をすくめた。「わかりません。全然気にしていなかったので」

「戻ってきた時、ほかの連中が何をしていたのか覚えているか」

「ええと、たしかアハーンはぼくが行く時も戻ってきた時も通路を行ったり来たりしてましたし、レーンさんとブルックスはふたりで話しこんでましたね」

「アンペリアルはどこにいた」

「さあ。覚えていません」

「わかった。お嬢さんのところに戻るといい。きみがいなくて不安がっているだろう」

　ロードは急いで席に戻り、ブルーノ地方検事とサム警視はしばらく声を落として話しあっていた。やがてサムは前の方のドアを見張っている刑事を手招きした。「ダフィに、チェリー・ブラウンとポラックスがこの列車に乗っているかどうか探させろ――ダフィはふたりの顔を知っているはずだ」刑事は立ち去った。ほどなくして、ダフィ巡査部長の小山のような身体が車両の中にのしのしとはいってきた。「だめです、警視。ふたりとも、乗ってません。ほかの客にも訊いてみましたが、このふたりの人相風体に当てはまる人物を見かけた者は皆無です」

「おめでとう、ダフィ、きみに仕事だ。すぐに誰かをやってくれ。いや、きみが直接やった方がいい。ニューヨークに戻って、ふたりの足取りを探せ。女はホテル・グラントに住んでいる。そこにいなけりゃ、ナイトクラブやポラックスの行きつけの場所を回ってみろ。もぐりの酒場かもしれん。手がかりをつかんだら電話をよこせ、夜通しねばってでも絶対に見失うなよ」

　ダフィ巡査部長はにやりとして、きびすを返した。

「さて、お次はブルックスか」サム警視と地方検事は、通路を戻っていった。ブルックス弁護士はレーンと一緒に坐っていた。ブルックスは窓から操車場をじっと見ており、レーンは背もたれに頭をあずけて眼を閉じている。サム警視が向かい側に腰をおろしたとたんに、その眼がぱっと開いて、鮮烈な光を放った。ブルーノ地方検事はためらっていたが、前方に引き返し、前の車両に移っていった。

「どうですかね、ブルックスさん」サム警視はぐったりした口調で言った。「やれやれ、疲れましたよ。このろくでもない事件のせいでベッドから叩き出されたもんだから――それで？」

「それで、と言うと？」

「この列車に乗ってからの行動は？」

「レーンさんが、デウィットとコリンズがずっと戻ってこないのを心配して調べに行くまで、ずっとここに坐っていましたよ」

サム警視がレーンを見ると、名優はうなずいた。「なら、あんたは真っ白というわけだな」警視は振り返った。「アハーンさん！」年かさの男は引きずるような足取りでのろのろとやってきた。「あなたは列車が出発したあと、どうしてたんです？」

アハーンはおもしろくもなさそうに笑った。「腹を探られてるわけですか。特別なことは何もしていませんよ。レーンさんとブルックスさんと私の三人で、よもやま話をしていました。そのうち、脚を伸ばしたくなったので、私だけ立ち上がって、通路を行ったり来たりしていたんです。それだけですよ」

「何か気づいたことは？　うしろのドアを誰かが出入りするのを見ましたか」

「そう言われても、意識して見ていたわけではありませんからねえ。怪しいものは何も見ていません、質問がそういう意味でしたら」

「なんでもいいから何か見ましたか！」サム警視は声を荒らげた。

「そっちの方には何も見えませんでしたよ。そもそも何も見ちゃいませんが。実のところ、変わったギャンビットを思いついて、それで頭がいっぱいだったものですから」

「変わったなんです？」

「ギャンビット。チェスの手です」

「ああ。あんたはチェスの名人だったっけ。オーケイ、アハーンさん」サム警視が首を回すと、レーンの灰色の眼が好奇心をたたえて、じっとこちらを見ている。

「わかっていますよ、警視さん」レーンは言った。「次は私が質問をされる番ですね」

サム警視は鼻を鳴らした。「あなたが何か見てりゃ、とっくのむかしに自分からべらべら喋ってるでしょうが。質問なんかしませんよ」

「それにしても、正直に申し上げて」レーンはつぶやいた。「これほどの恥を、これほどの辱めを受けたことはない。文字どおり、私の目と鼻の先でこんな恐ろしいことを……」レーンは両手をじっと見つめて物思いに沈んだ。「こんなにも近くで……」名優は顔を上げた。「情けない話ですが、私はブルックスさんとの愉しい議論に夢中で、何も気づきませんでした。それでもだんだん心配になってきて、とうといてもたってもいられず、あの真っ暗な車両を調べに行ったのです」

「この車両の全部を見張ってたわけじゃないんでしょう」

「一生の不覚です、警視さん。そうです、見張っていませんでした」

警視は立ち上がった。地方検事が前の車両から戻ってきて、通路をはさんだ座席に寄りかかった。

「ほかの乗客たちに話を聞いてきたよ」地方検事は言った。「この車両に乗っていた客は何も覚えていないし、通路を誰が歩いていったかどうかもまったく思い出せないそうだ。ここまでぼんくらな連中はお目にかかったことがない。おまけに、ほかの車両の連中はまったくの役立たずときた。最悪だ！」

「まあ、一応、全員の名前は控えておくか」サム警視は席を立つと、指示を出し始めた。警視が戻ってくるまで、残された面々は黙っていた。レーンは集中して考える時のくせで眼を閉じていた。

ひとりの男が警視に駆け寄ってきた。「手がかりです、警視！」男は叫んだ。「行った連中のひとりから、コリンズの足跡をつかんだと電話がありました！」

重苦しい空気が突然、活気づいた。「でかした！」サム警視は叫んだ。「で、状況は？」

「リッジフィールドパークの駅で目撃されています。コリンズはタクシーでニューヨークに向かったそうです。それと、ニューヨークからもうちの者が電話をかけてきました。コリンズが自宅に帰ったと踏んで、アパートメントに行ってみたら、タッチの差でコリンズが帰っていたと。タクシーでどこにも寄らずにまっすぐ帰ったようですね。運転手はあとでつかまえます——まだ戻っていないので。コリンズの自宅の外でうちの連中が張っています。警視の指示を待って、全員待機中です」

「よしよし。電話はまだつながってるか?」

「はい」

「コリンズが抜け出そうとしないかぎり接触するなと伝えろ。おれも一時間かそこらで行く。ただし、あのアイルランド野郎に逃げられたらクビだと言っておけ!」

刑事は急いで列車を出ていった。サム警視は浮かれて、大きな足で床を踏みつけて歩きまわった。別の刑事がはいってきた。警視は顔を上げ、期待のこもった眼を向けた。

「どうだった」

刑事はかぶりを振った。「パチンコはまだ見つかりません。この列車のどこにも見当たらないです。乗客全員の身体検査もしましたが空振りでした。線路沿いに捜索してる連中からの連絡もまだです。がんばってるんでしょうが、真っ暗なので」

「続けろ……おい、ダフィ!」サム警視の顔に驚愕が走った。ニューヨーク市内に向かっているはずのダフィ巡査部長のがっしりした身体が、車内にいきなり現れたからである。「ダフィ! おまえ、こんなところで何してる!」

ダフィ巡査部長は帽子を脱いで、汗びっしょりの額をぬぐった。が、得意満面で笑みを浮かべている。「ちょっと推理してみたんですよ。そのブラウンって女がホテル・グラントに住んでるんなら、行く前にフロントに電話すれば女がいまいるかどうかわかるんじゃないかって。警視もすぐに街に戻られるでしょうから——ここを出る前にお知らせできればと思いまして」

「おう、で?」

「ばっちりです！」ダフィがどら声で吼えた。「女はいました。ポラックスとしけこんでやがります！」

「帰ってきたのはいつだ？」

「フロント係の話じゃ、私が電話をかける二、三分前に女が鍵を取りにきて、ふたりで部屋に上がってったそうです」

「そのあと、奴らはホテルを出てないな？」

「はい」

「よくやった。コリンズのねぐらに行く途中で寄っていく。おまえはすぐにホテル・グラントに行って見張れ。タクシーを使っていいぞ」

車両から抜け出そうとしたダフィ巡査部長は、新たに現れた集団と出くわした。中肉中背の亜麻色の髪の男を先頭に、見慣れぬ男たちがどやどやと列車になだれこんでくる。「おい！どこに行く？」巡査部長は唸り声をあげた。

「きみ、どきたまえ。私はこの郡の地方検事だ」ダフィ巡査部長はぶつくさ言いながら、列車を飛び出していった。ブルーノ地方検事が慌てて駆け寄り、亜麻色の髪の男と短い握手を交わした。バーゲン郡のコール地方検事と名乗った男は、ブルーノからの報せで、ベッドから叩き出されたとこぼした。ブルーノ地方検事はコールを連れて、最後尾の車両に移り、コールはデウィットのいまやすっかり硬くなった死体を調べた。そしてふたりは、どちらがこの事件の管轄権を握っているか、穏やかな態度で議論に突入した。ブルーノ地方検事は、たしかにデウィットはバーゲン郡で殺されたものの、ハドソン郡におけるウッド殺しやニューヨーク郡内で起きたロングストリート殺しと、明らかに関連性があると主張した。ふたりは睨みあった。

コール地方検事が両手を上げた。「どうせこの連続殺人の続きはサンフランシスコで起きるんだろうよ。わかった、ブルーノ君。今回はきみにゆずる。こちらも協力はおしまない」

ふたりは前の車両に戻った。とたんに、列車は大騒動の渦の中心になった。やってきたニュージャージー病院の救急車からふたりの研修医が飛び出し、シリング博士の指示でデウィットの死体を車外に運んでいった。検死官は疲れた顔で手を振ると、救急車に乗って去っていった。

列車の中では乗客全員が集められ、サム警視に厳しく注意されつつ、住所氏名を書き留められたあと、解放された。彼らのために特別列車が駅員たちによって用意され、やがてティーネックの駅から唸りをあげて出ていった。

「くれぐれもお願いするが」ブルーノ地方検事は、前の車両でコールと立ち話をしながら念を押した。「殺人が発見される前に下車した乗客を探してもらいたい」

「できるだけ手は尽くすが」コール地方検事は陰気に言った。「正直言って、結果を出せるとは思えないな。潔白な連中は自分から出頭してくるだろうし、うしろ暗い奴は出てこない。やる前からわかっている」

「もうひとつ頼みたい、コール君。凶器の銃が列車から投げ捨てられた可能性があるので、サムの部下が線路沿いに地面を探しまわっている。ジャージー署から人を送って、仕事を引き継いでもらえないか？　じきに明るくなるから、もっと見えやすくなるだろう。もちろん、デウイットの連れたちもほかの乗客と同様に身体検査をしたが、銃はまだ見つかっていないんだ」

コール地方検事はうなずいて、列車を出ていった。

捜査チーム一行はもとの車両に集まった。サム警視は腕をばたつかせてトップコートに袖を通し始めた。「どうです、レーンさん」警視は声をかけた。「今度の事件についてご意見は？あなたの推理ってやつの裏付けになりましたかね」

「あなたはいまも」ブルーノ地方検事が口をはさんだ。「ロングストリートとウッドを殺した犯人を知っているとお考えですか」

デウィットの死体を発見して以来初めて、レーンは微笑んだ。「ロングストリートとウッドを殺した人間だけでなく、誰がデウィットさんを殺したのかも知っていますよ」

ふたりは言葉もなく、レーンをまじまじと見つめた。レーンと出会ってから二度目になるが、サム警視は頭をパンチされてめまいを振り払うボクサーのように、頭を振った。「ひゅう！」警視は声をもらした。「降参だ」

「でも、レーンさん」ブルーノ地方検事が抗議した。「それなら、ど、どうにかしましょう。ご存じなら教えてください、すぐに捕まえますから。このままいつまでも手をこまねいているわけにはいかない。誰なんです？」

レーンの顔は急に深い皺が刻まれ、げっそりとやつれて見えた。次に口を開いた時は、ようやく声を絞り出しているようだった。「申し訳ありません。ですが、お願いです――虫のいい話でしょうが――どうか、どうか、私を信じてくださいませんか。いまX氏の正体をあばくことは状況に露ほどもよい影響をもたらさない。お願いです、信じてください。おふたりとも、ここは忍耐が肝心です。私は危険な勝負をしていますが、急いてはことをしそんじるだけです」

ブルーノ地方検事は唸った。なんとかしてくれ、という顔でサム警視を振り返ったが、警視は人差し指をくわえて、じっと考えこんでいる。が、不意に警視は腹をくくったように、レーンの澄んだ瞳をまっすぐ覗きこんだ。「オーケイ、レーンさん。ご希望どおり、全面的にあなたを信じようじゃありませんか。そのうえで、私は私でやれるだけのことはやるし、ブルーノももちろんそうする。万が一、あなたに賭けて勝負に負けたとなれば、私も男だ、いさぎよく責任を取りましょう。なんたって、私はもうまるっきり――ここだけの話ですがね――お手上げなんです」

レーンの顔がさっと紅潮した――これが出会ってから名優が初めて見せた、素直な感情の反応だった。

「だが、このいかれた殺人鬼を野放しにしておいたら、また誰かが殺される」ブルーノ地方検事は必死に、最後の訴えをぶつけた。

「ブルーノさん、私が保証します」レーンは淡々と自信に満ちた声で言った。「これ以上の殺人は起きません。Xは目的を達しました」

第四場　ニューヨークへの帰途

十月十日　土曜日　午前三時十五分

ブルーノ地方検事とサム警視と刑事の一団が、数台の警察車両に分かれて乗りこむと、車列はティーネック駅の待避線から唸りをあげてニューヨークに向かって走りだした。

長い間、男ふたりは無言のまま、ぐるぐると回る思考の渦にもまれ続けていた。真っ暗なジャージーの田舎の風景が窓の外を飛び去っていく。

ブルーノ地方検事が口を開いたが、言葉は排気の轟音に呑みこまれて、まったく聞こえなかった。サム警視が怒鳴った。「なんだって」ふたりは頭を寄せあった。

ブルーノ地方検事は警視の耳に口を寄せて叫んだ。「レーンはデウィットを殺した犯人をどうやって知ったんだと思う?」

「同じ線だろうよ」サム警視は叫び返した。「ロングストリートとウッドを殺した野郎を知ったのと!」

「本当に知ってるんならな」

「はっ、間違いなく知ってるぜ。あのじいさん、自信満々だ。おれにはさっぱりだがな……とりあえず、じい様の考えてることなら見当がつく。おそらく、最初からロングストリートとデウィットの両方が命を狙われてたと考えてるんだろう。ウッド殺しはなりゆきで起きちまった事件――要するに、ただの口封じだ。ということは――」

ブルーノ地方検事がゆっくりとうなずいた。「この連続殺人の動機は、ずっとむかしの過去にさかのぼるって意味か」

「だろうな」運転手がブレーキを踏まずに道路のこぶを乗り越えると、サム警視は勢いよく悪態をついた。「だからレーンは、これ以上、殺人は起きないと言ってるのさ――わかるか？ロングストリートとデウィットのふたりとも片づいたいま、もう犯人の用は済んだってわけだ」

「あの男には気の毒なことをした」ブルーノ地方検事はなかばひとりごとのようにつぶやいた。

ふたりは心中、同じ思いをかかえていた――いまだ明らかでない理由で犠牲となってしまったデウィット……疾駆する車の中、ふたりとも無言だったが、気持ちはひとつだった。

しばらくすると、不意にサム警視が帽子を脱ぎ、額をごんごん叩き始めた。ブルーノ地方検事はあっけにとられた。

「どうした――気分でも悪いのか？」

「デウィットが死ぬ前に指で作った形の意味を考えてるんだ」

「ああ」

「わからん、さっぱりわからん。ちんぷんかんぷんもいいところだ」

「どうしてデウィットが故意にやったとわかる？」地方検事は訊いた。「別に何の意味もないかもしれないいじゃないか。偶然、ああいう形になっただけで」

「本気で言ってるのか。偶然のはずあるか！　おれが指をあの形にしていたところを見てただろう。たった三十秒、指を重ねておくだけなのに、ずっと集中して力をこめてなきゃならなかったんだぞ。断末魔の痙攣で、たまたまあんな形になるなんて絶対にない。シリングも同じ考えだろう、でなきゃ、おれにあんな実験をさせるはずがない……あ、おい！」革張りのシートの上で警視は坐りなおし、妙なまなざしで地方検事を睨んだ。「たしか、あんたは悪魔の邪眼よけのまじないがどうとか言ってたな？」

ブルーノ地方検事は照れくさそうに笑った。「あれは……考えれば考えるほど、違う気がしてきた。馬鹿馬鹿しい。あまりに荒唐無稽で——現実味がない」

「そりゃそうだ、どう考えても」

「いや、きみはそう言うが、違うと言いきれるか？　仮にあれが——いいかね、サム、私は別にそう信じているわけじゃない、ただ……」

「うんうん、わかってる、わかってるさ」

「つまりだ、あの重ねた指が、実際に悪魔の邪眼よけのまじないだったとしよう。すべての可能性は考慮しなければならない。ここまではいいだろう？　デウィットは撃たれて即死した。ということはだ、ひとつだけ確実なことがある。あの指のしるしは、デウィットが撃たれる前に、みずから意図して作ったものだということだよ」

「デウィットが死んだあとに、犯人が死体の指をあんな形にしたかもしれんよ」サム警視は意地悪く言った。「前におれが言っただろう」

「馬鹿馬鹿しい!」ブルーノ地方検事は怒鳴った。「先に殺したふたりには何もしてないじゃないか——どうして今回だけ、妙な細工をするんだ?」

「オーケイ——あんたはあんたの流儀でやればいいさ」サム警視は怒鳴った。「おれはただ誠実にやろうとしてるだけだ——すべての可能性を検討するって、まっとうな刑事の仕事をな。そのために、いまはこうやって、どんな馬鹿くさい可能性も勘定してるんだろうが」

ブルーノ地方検事は話を聞いていなかった。「もしデウィットが故意に指であんな形を作ったとすれば——そうか、デウィットは犯人を知っていて、そいつの身元を特定する手がかりを残そうとしたんだ」

「よくできました」サム警視が大声で冷やかした。「初歩的なことだよ、ワトソン君!」

「うるさいぞ。それに対して」地方検事は続けた。「悪魔の邪眼よけのまじないの可能性だが。デウィットは迷信家ではない。本人がそう言った。ということは……おい、サム!」

「わかってる、わかってるよ」警視は叫んで、いきなりしゃんと坐りなおした。「あんたはデウィットが、犯人は迷信家だと伝えようとしたって言いたいんだな! こいつは——案外、いいとこをついてるぞ! デウィットの人物像にも合っている。頭の回転が速い男だったんだろう。機転がきいて、商売人として鋭い……」

「レーンも同じことを考えたと思うかい?」ブルーノ地方検事は考え考え言った。

「レーン?」突然、冷や水を浴びせられたように、警視の興奮はしぼんでしまった。太い指でごりごりと顎をかいた。「どうだろう。よく考えてみりゃ、それほどいい思いつきでもなかった気がする。それにしても、迷信だのなんだのと、わけのわからん……」

ブルーノ地方検事はため息をついた。

五分ほどたって、不意にサム警視が言いだした。「イェッタトーレってなんだ？」

「睨むだけで不幸をもたらす邪悪な眼の悪魔だよ──ナポリの伝説だったかな」

ふたりは陰鬱な沈黙に沈みこんだ。車はただ疾駆し続けた。

第五場　ウェストイングルウッドのデウィット邸

十月十日　土曜日　午前三時四十分

ウェストイングルウッドは、氷のような月の光の下で深い眠りについていた。住宅街の大通りを走り抜けた警察の大型セダンが、並木の葉の枯れかけた脇道にはいっていく。州警察のオートバイが二台、両脇から車をはさんで警護している。そのうしろから刑事がぎっしりの、ひと回り小型の車がついてきた。

警察の車列は、デウィット邸の玄関に続く、芝生の私道の手前で止まった。大型セダンからは、キット・ロードに支えられたジーン・デウィットと、フランクリン・アハーンと、ルイ・アンペリアルと、ライオネル・ブルックス弁護士と、ドルリー・レーンが降りてきた。皆、無言だった。

オートバイ警官たちはエンジンを止め、バイクのスタンドをおろし、シートにだらしなくまたがったまま、たばこに火をつけた。ひと回り小さい車からどやどやと降りてきた刑事の群れは、先の一団を取り囲んだ。

「みんな、家にはいって」横柄（おうへい）な命令口調でひとりが言った。「コール地方検事の命令なんでね、全員、一カ所にいてもらいますよ」

アハーンが抗議の声をあげた。自分はすぐ近所に住んでいるのだから、デウィットの家にひと晩じゅう、拘束されるいわれはない、と主張した。皆がのろのろと玄関（ポルチコ）に向かって歩きだしたのに、レーンはひとりぐずぐずと残っていた。偉そうな刑事は尊大にかぶりを振った。さらに別の刑事がアハーンの隣に歩み寄った。アハーンは肩をすくめ、先に行った仲間のあとを追った。レーンはかすかに微笑むと、暗い私道をアハーンのあとに続いて歩きだした。そのうしろから、刑事たちがのそのそとついていく。

とりあえずようやく服を半分ひっかけたジョーゲンズが出迎えてくれたが、当惑した顔で一同を見つめた。誰も、執事に説明しようとしなかった。しつこい猟犬のような刑事たちに貼りつかれながら、広々とした植民地風（コロニアル）の居間にはいり、絶望や憔悴の表情で、沈むように椅子に坐りこんだ。ジョーゲンズが片手でボタンをはめながら、もう片方の手で電灯のスイッチを入れた。ドルリー・レーンは腰をおろして安堵の息をつくと、愛用のステッキをなでながら、眼を光らせて皆を観察し始めた。

ジョーゲンズはジーン・デウィットのそばでおろおろしていた。娘はロード青年の腕にかかえられて、ソファに坐っている。執事はおそるおそる声をかけた。「失礼でございますが、お嬢様……」

ジーンはつぶやいた。「なに？」その声があまりに奇妙で、老執事は思わず一歩あとずさった。

が、おそるおそる続けた。「何かございましたか？　こちらのかたがたはどういう……恐れ入りますが、だんな様はどちらに？」

ロードが声を荒らげた。「うるさいぞ、あっちに行け、ジョーゲンズ」

娘がはっきりと答えた。「亡くなったわ、ジョーゲンズ。死んでしまったのよ」

ジョーゲンズの顔色が灰のようになった。魂を抜かれたように、腰をかがめた姿勢のまま、固まってしまっている。やがて、この恐ろしい報せが本当かどうか確かめるように、そろそろとあたりを見回した。が、皆、顔をそむけているか、この夜の無慈悲な出来事にすべての感情を吸い取られた石のような眼を向けてくるかだった。執事はひとことも言わずに、部屋を出ていこうとした。

事件を担当する刑事が、その前に立ちふさがった。「この家の奥さんはどこに？」

老執事は涙に潤んだ眼で、ぼんやりと刑事を見た。「お、く、さま？　おく、さま？」

「そうだ。おい、しっかりしろ――奥さんはどこだ？」

ジョーゲンズは、はっと身をこわばらせた。「上階でお休みと存じますが」

「奥さんはひと晩じゅう、家にいたのか」

「い、いいえ。そういうわけではございませんので」

「どこに出かけたんだ？」

「存じません」

「いつ帰った」

「奥様がお帰りになった時にはもう、わたくしは眠っておりました。鍵をお忘れだったようでございます。お出迎えに参りますまで、呼び鈴を鳴らし続けておいでしたから」

「ふうん、で？」

「たぶん、お帰りになったのは、一時間半ほど前のことと存じますが」

「正確な時間はわからないのか」

「申し訳ございません」

「ちょっと待ってろ」刑事が振り返ると、ジーン・デウィットはきちんと坐りなおし、ふたりの会話に、真剣に耳を澄ましていた。娘の顔に浮かぶ奇妙な表情に、刑事はとまどった。刑事はぎこちないながらも、不器用にどうにか優しい声を出した。「ええと——お嬢さん、奥さんに今夜の出来事を知らせてもらえますか？　いずれ知らせなければなりませんし、コール地方検事からの命令で、奥さんにも話を聞かなければならないので」

「わたしが？」ジーンは大きく天井をあおいで、ヒステリックに笑いだした。「わたしが？」ロードが娘を優しく揺すり、耳元でそっと何か囁いた。眼から狂気が消え去り、娘は身を震わせた。そして、かすれる声で言った。「ジョーゲンズ、奥様を呼んでいらっしゃい」

刑事が素早くさえぎった。「いや、私が行きます。おい、きみ――奥さんの部屋に案内してくれ」

ジョーゲンズが重たい足取りで部屋を出ていき、そのあとを刑事が追っていった。誰も何も言わなかった。アハーンが立ち上がって、行ったり来たりし始めた。アンペリアルはコートを着たままだったが、前をいっそうかきあわせた。

ドルリー・レーンがおっとりと言った。「火をおこした方がよいのではありませんか」

アハーンはぴたりと立ち止まると、室内を見回した。そして、突然、冷気を感じたように、ぶるっと震えた。どうしていいかわからないように視線をさまよわせ、うろうろしていたが、やがて暖炉に歩み寄ると、膝をついて、震える手で火をおこすことに没頭し始めた。ほどなくして、薪の小さな山がぱちぱちと音をたて始めた。炎の明かりが四方の壁で揺らめきだす。暖炉の炎がうまく燃え上がると、アハーンは立ち上がり、膝の埃を手で払って、また行ったり来たりし始めた。アンペリアルはコートを脱いだ。ブルックス弁護士は片隅で肘掛け椅子に沈みこんでいたが、椅子を火の近くに持ってきた。

一同は、はっと顔を上げた。暖まってきた空気とドアの向こうから、もつれあう声が聞こえてくる。皆が不自然な動きでそちらに顔を向けた――まるで彫像のような、無関心な表情で、次に起きることをぼんやりと待っている。やがて、デウィット夫人が舞うように居間に飛びこんできて、そのうしろから刑事と、いまだに茫然としているジョーゲンズがおどおどした様子でついてきた。

夫人の舞うようになめらかな動きは、ほかの面々の所作と同様に不自然で、夢の中のテンポのように現実離れしていたが、この禍々しい夜と恐怖の呪縛から一同を解き放った。皆、ほっと緊張を解いた。アンペリアルは立ち上がって、礼儀正しく頭を下げた。アハーンは唸るような声で挨拶すると、ぞんざいに会釈した。ロードの腕が抱いているジーンの肩をさらに抱き寄せた。ブルックス弁護士はさっさと火に向きなおった。ドルリー・レーンだけが身動きしなかった。耳が聞こえないために、頭を高く上げ、音のかわりになるわずかな動きを見逃すまいと、鋭い眼を光らせている。

ファーン・デウィット夫人は、ネグリジェの上にエキゾチックなガウンを慌ててひっかけてきていた。いまだ艶のある黒髪が、滝のように両肩の上に流れている。日の光を浴びている時よりも、いまの方がずっと美しかった。化粧は落とされていたが、暖炉の光が年齢の痕をやわらげていた。夫人はどうしていいかわからないように立ち止まると、ジョーゲンズと同じくおろおろした眼で見回した。その視線の先がジーンの上で止まると、夫人は妙に眼をすがめ、部屋を突っ切り、ぐったりしている娘の上にかがみこんだ。「ジーン、ジーン」夫人は囁いた。「本当に……なんと言ったら――本当に……」

娘は顔も上げず、義母に目もくれようともせず、水晶を思わせる硬い声で答えた。「近寄らないで」

ファーン・デウィットは平手打ちされたかのように、びくっとあとずさった。そして、ひとことも言わずにきびすを返すと、部屋を出ていこうとした。夫人の背後でじっと見張っていた刑事が立ちふさがった。「その前にいくつかうかがいたいことがあります」

夫人は困惑して、立ちつくした。アンペリアルが慌てて椅子を持っていくと、夫人は腰をおろし、暖炉の火を見つめた。

重く、全身にからみついてくるような沈黙の中、刑事は咳払いをした。「奥さんは今夜、何時に帰宅しましたか」

夫人は息を呑んだ。「な、どう、どうして？　あなた、まさか……」

「質問に答えてください」

「たしか二時——少し過ぎでしたわ」

「つまり、だいたい二時間前ですね？」

「ええ」

「どこに行ってたんです」

「ドライブしていただけですわ」

「ドライブ、ねえ」刑事の声からは疑念の響きがありありと聞こえた。「誰と一緒に？」

「わたしひとりです」

「家を出たのは？」

「お夕食をいただいてから、ずっとあとですわ。七時半ごろだったかしら。自分の車で出かけたんです、車で、あの、あの……」夫人の声は小さくしぼんでしまい、刑事は辛抱強く待った。

夫人はからからのくちびるを湿すと、また口を開いた。「ニューヨーク市内に向かいました。

気がつくと、大聖堂の前にいました……聖ヨハネ大聖堂の前に」

「アムステルダム街と百十丁目の角の?」

「ええ。車を停めて、中にはいりました。そこで長い間、坐ったまま考えごとを……」

「はあ? どういうことです、奥さん」刑事は乱暴な口調で追及した。「二時間、教会の中に坐ってるだけのために、わざわざニューヨークまで行ったたって、そう言うんですか」

「なによ、どうだっていいでしょう!」夫人は金切り声をあげた。「だから、なんだっていうの? わたしが主人を殺したと思ってるの? 思ってるのね——思ってるんでしょ、みんな、思ってるくせに、そうやってわたしを取り囲んで、睨んで、犯人扱いして……」

夫人は身も世もなく泣きだした。魅力的な両肩が大きく波打っている。

「大聖堂を出たのは何時です」

しばらく泣いていた夫人は、どうにか涙をこらえ、とぎれとぎれに答えた。「十時半とか、十一時とかよ、覚えてないわ」

「そのあとは?」

「だから、だからドライブよ。ずっとドライブをしてたのよ」

「マンハッタン島からジャージーにはどう戻ってきたんです?」

「四十二丁目のフェリーで」

刑事は口笛を吹いて、夫人をまっすぐ見据えた。「ダウンタウンをまた突っ切ったんですか、あそこの大渋滞の中をわざわざ? なぜ? なぜ、百二十五丁目のフェリーに乗らなかったたんです」

　夫人は無言だった。

「さあ」刑事は容赦なかった。「説明してください」

「説明？」夫人の眼から光が消えた。「説明することなんて何もありません。自分でもどうしてダウンタウンに行ったのかわからないのに。ただドライブしていたのよ、考えごとをしながら……」

「ああ、考えごとね」いまは刑事の眼がらんらんと光っていた。「何を？」

　夫人は立ち上がり、ガウンをかきあわせた。「あなた、ちょっと失礼すぎよ。何を考えようと、わたしの勝手でしょう。どいてくださる？　お部屋に引き取らせていただくわ」

　刑事はさらに夫人の行く手をさえぎった。立ち止まった夫人の頰から血の気が引いていく。

「だめです、まず説明を――」刑事が言いかけたところで、ドルリー・レーンの愛想のいい声がした。「いや、私は奥さんのおっしゃるとおりだと思いますよ。ずいぶん参っておられるようだ、もう少し時間がたってからあらためて質問されるのが、思いやりというものではありませんか――必要があればですが」

　刑事はレーンを睨みつけたが、えへんと空咳をして、一歩どいた。「わかりました」唸るように言うと、しぶしぶ付け足した。「失礼しました、奥さん」

　ファーン・デウィットが姿を消すと、一同はまた無関心の海に沈んでいった。

四時十五分に、ドルリー・レーン氏を探しに行った者がいたなら、氏が不思議な行動をしているのを目撃したであろう。

＊

名優はひとりきりで、デウィット家の書斎にいた。愛用のインバネスは椅子の上に打ちかけられている。ほっそりした背の高い姿が室内を順々に歩きまわる間、その視線はさまよい、両手はあちこちを探っていた。部屋の中央に、彫刻をほどこされた年代物の巨大な胡桃材(くるみ)の机が鎮座している。その引き出しをレーンはひとつひとつあらため、書類をよりわけて、記録や文書を調べていく。明らかに満足していない顔だった。なぜなら、机のそばを離れると、なんと三度(みたび)、壁の中の金庫に向きあったからである。

レーンはまたダイヤル錠のつまみをがちゃつかせてみた。金庫は鍵がかかったままだ。あきらめてそこを離れると、今度はゆっくりと慎重に書棚を一段一段調べだし、棚と本の隙間や、本と本の間を覗き、本を抜き取ってはぱらぱらとめくった。

すっかり調べてしまうと、レーンはその場に立ったまま、じっと考えこんだ。その光る眼がまたもや、壁に埋めこまれた金庫の方にさまよっていく。

レーンは書斎の出入り口に歩み寄ると、ドアを開けて外を覗いた。刑事のひとりが廊下をぶらついている。が、すぐに気づいて、はっと顔をこちらに向けた。

「執事はまだ階下にいますか」

「見てきます」刑事は立ち去り、すぐに悄然（しょうぜん）とした足取りのジョーゲンズを連れて戻ってきた。

「なんでございましょう？」

ドルリー・レーンは、戸枠にもたれかかった。

「ジョーゲンズ、書斎の金庫のダイヤル錠だが、数字の組み合わせを知っているかな？」

ジョーゲンズは仰天した。「わたくしが？　とんでもないことでございます」

「奥さんは？　お嬢さんは？」

「いいえ、ご存じではありますまい」

「妙だな」レーンは愉快そうな口ぶりだった。刑事はうつむきながら、廊下をぶらぶら歩いていく。「それはどういうわけなのかね、ジョーゲンズ」

「それは、その、だんな様は……それは」執事は困惑しているようだった。「不思議なことでございますが、だんな様はもう何年も前から、その金庫はご自分だけで管理しておられました。二階の寝室には、奥様とお嬢様がご自身の宝石をしまわれる金庫がございます。ですが、この書斎の……これの数字をご存じなのは、たぶん、だんな様のほかには、顧問弁護士のブルックス様だけと存じますが」

「ブルックスさんが？」ドルリー・レーンは考えこんだ。「ここに呼んでくれるかな」

ジョーゲンズは出ていった。戻ってきた執事は、ライオネル・ブルックス弁護士を連れていた。白髪まじりの金髪はぼさぼさで、寝不足の眼は真っ赤になっている。

「お呼びですか、レーンさん」

「ええ。書斎の金庫の鍵なのですが、数字の組み合わせをご存じなのは、あなたとデウィットさんだけだとうかがいましてて」ブルックス弁護士の眼に警戒の色が漂い始めた。「教えていただけますか」

弁護士は顎をさすった。「こりゃまた異例のご注文ですね、レーンさん。道義的に、あなたにお教えする権利が私にあるかどうか。法的に……私の立場としては、ううん、参ったな。そのう、ダイヤル錠の数字はデウィットからずいぶん前に教えられたんですがね。つまり、組み合わせの数字を書いたメモを家に置いておきたくないからと。もしも自分の身に万一のことがあれば、法的な手続きを踏まないと金庫を開けられないようにしておきたいんだと言って……」

「これは驚きましたね、ブルックスさん」レーンはつぶやいた。「そういう状況でしたら、いっそう金庫を開けたくなりましたよ。ご承知のとおり、私はそれだけの権限を持っています。それとも、地方検事にならら組み合わせの数字を教えてくれますか」レーンは微笑んでいたが、その眼は笑っておらず、弁護士の顎の筋肉が引き締まるのを、冷静に観察しているのだった。

「もし、ごらんになりたいのが遺言書なら」ブルックス弁護士が弱々しく言った。「これはもう、完全に法的な手続きが必要で……」

「いえいえ、遺言書を見たいわけではありません。そういえば、あなたはこの金庫の中身をご存じですか？　すべての謎を解くための、貴重な鍵になる何かがはいっているに違いないと思うのですが」

「いや、いや、知りませんよ！　どうせ何か妙なものがはいっているんだろうと思ってはいましたが、デウィットに訊いたことはありません」

「ブルックスさん」レーンの口調が変わった。「私に数字を教えてくれた方がよろしい」

弁護士はためらい、眼をそらした……。不意に、ひょいと肩をすくめると、ひと続きの数字をつぶやいた。レーンは真剣な瞳でそのくちびるを見つめていたが、うなずくと、ひとことも言わずに書斎の中に戻り、ブルックス弁護士の鼻先でドアを閉めた。

名優は書斎を突っ切り、金庫へ急いだ。それから、しばらくダイヤル錠をいじっていた。小さいがずっしりとしたドアが開いて、レーンは期待まじりに息を整えると、中のものを何ひとつ荒らさないように気をつけて調べていった……

十五分後、ドルリー・レーン氏は金庫のドアをがちゃんと閉めて、ダイヤルを回し、机に引き返した。その手には小さな封筒があった。

レーンは机の椅子に腰をおろし、封筒の表をじっくりと見た。それはタイプではなく手書きでジョン・デウィットの宛名が書かれており、ニューヨーク市のグランドセントラル駅郵便局の消印が押され、この年の六月三日の日付がはいっている。レーンは封筒を裏返した。差出人の住所はなかった。

封筒の破れている端に、気をつけて指を入れ、ありふれた便箋を一枚取り出した。便箋と同じく、それもまた手書きだった。青いインクで書かれている。いちばん上には日付があった。六月二日。書き出しは唐突な呼びかけで始まっていた。〝ジャック！（ジョンの愛称）〟

本文は簡潔だった。

六月二日

ジャック！

これはおれがおまえに書く最後の手紙だ。

生きていれば誰にでもいい日は来る。もうじきおれにも来るはずだ。

つぐなう覚悟をしろ。最初はおまえかもしれないな。

型どおりの結びの言葉もなしに、唐突に終わった手紙には署名がはいっていた。マーティン・ストープス、と。

第六場　ホテル・グラントのスイートルーム

十月十日　土曜日　午前四時五分

ダフィ巡査部長が、チェリー・ブラウンのスイートルームに通じるぴかぴかの木の扉に、ばかでかい背中を押しつけながら、心配顔のでっぷり肥った男とひそひそ話しあっているところに、サム警視とブルーノ地方検事と部下たちが、ホテル・グラントの十二階の廊下を急ぎ足で歩いてきた。

巡査部長は心配顔の男を、ホテル付きの探偵だと紹介した。探偵は、サム警視の眼光の鋭さを見て、いっそう心配顔になった。

「変わりないか？」サム警視は不吉な響きの声で訊いた。

「静かですよ」ホテル付きの探偵が小声で答えた。「静かなもんです。そのう、面倒なことにはならないでしょうね、警視？」

「うんともすんとも聞こえませんね」巡査部長が言った。「たぶん、奥の部屋でおねんねしてるんじゃないですか、ふたりで」

ホテル付きの探偵はたちまちショックを受けた顔になった。「うちでは、そんなことは断じて許可していません」

サム警視は唸り声をあげた。「この部屋に、ほかの出入り口は？」

「あのドアです」ダフィ巡査部長は、肉付きのよい腕で指し示した。「それと、当然ですが、非常階段もあります。そっちは一階に見張りをつけてありますが。念のために、屋上にもひとり、置いておきました」

「そこまでする必要はなさそうだが」ブルーノ地方検事が意見を言った。落ち着かない顔をしている。「逃げようとはしないだろう」

「わかるもんかね」警視は辛辣に言った。「みんな、用意はいいか」警視は廊下をざっと見渡した。部下たちとホテル付きの探偵のほかには誰もいない。刑事がふたり、もうひとつの出入り口の前にそっと移動する。サム警視はそれ以上の前置きをせずに、ドアを軽くノックした。

部屋の中からは何の音もしなかった。サム警視はドアに耳を当てて、しばらく聞いていたが、今度は力いっぱい叩いた。ホテル付きの探偵は抗議しようと口を開きかけたが、ぐっとこらえると、どうにも落ち着かない様子でそわそわと絨毯の上を歩きまわりだした。

かなり長い時間がたって、今度は囁くような小さな声がかすかに警視の耳に届いた。警視はにやりと凄みのある微笑を浮かべると、待ち構えた。やがて、室内のどこかでカチッという明かりのスイッチをつける音に続き、かすかな足音が聞こえ、スライド錠のボルトを引く音がした。ドアが五センチほど開いた。

「どなた？　何のご用？」チェリー・ブラウンの不安そうな、訝しげな声だった。

サム警視はばかでかい靴をドアの隙間にねじこむと、無遠慮にこじ開けた。肉付きのよい手をドアに当てて、ぐいと押すと、ドアは観念して開いた。部屋の明かりを浴びて、絹のレースのネグリジェをまとっただけの、小さな素足にサテンのミュールをつっかけた、はっとするほど美しい姿で、いやにびくついているチェリーが立っている。

サム警視の顔を見たとたん、チェリーは声にならない悲鳴をあげ、本能的にあとずさった。

「なっ、サム警視さん！」目の前に警視が存在していることが信じられないというように、弱々しい声で言った。「どうし――何かあったんですの？」

「いや、何もない、なんでもないよ」サム警視は愛想よく言ったものの、その眼は素早く室内を眺め回していた。警視が立っているのは女優が住んでいる続き部屋の、居間の方だった。室内はずいぶん散らかっている。サイドボードには、ジンの空き壜が一本と、ほぼ空になったウイスキーがひと壜。テーブルには、半分吸っただけでもみ消した紙巻きたばこ(シガレット)の山と、真珠を縫いつけた女物のイブニングバッグがのっている。汚れたたくさんのグラス、ひっくり返った一脚の椅子……。女優の視線の先は、警視の顔から戸口へとずれていった。外の廊下にブルーノ地方検事と無言の男たちの集団がいるのを見て、その眼が大きく見開かれる。

寝室に続くドアは閉まっていた。

サム警視はにやりとした。「行くぞ、検事(D・A)──みんなは、まだはいってくるな」ブルーノ地方検事がはいってきて、廊下に通じる扉を閉めた。

女は持ち前の自尊心をいくらか取り戻したようだった。頰に血の色が戻り、片手で髪をかき上げている。

「ねえ!」女優は言った。「レディの部屋にずかずか押しかけてくるにしちゃ、ずいぶんいい時間ですこと。どういうつもりかしら、警視さん」

「威勢がいいな、ねえちゃん」サム警視はご機嫌だった。「ひとりか?」

「それが何よ?」

「もう一度訊くぞ──ひとりか?」

「あなたに関係ないでしょ」

サム警視はせせら笑うと、壁に寄りかかるブルーノ地方検事を放っておいて、居間を突っ切り、奥のドアに向かった。女優は、ひっと小さく悲鳴をあげると、追いかけ、追い抜き、寝室のドアに背を当てて立ちふさがった。かんかんに怒っている。スペイン女らしい華やかな眼がぎらりと光った。「失礼じゃないの！」女は怒鳴った。「令状は？　それがなきゃ、できないはずよ、こんな――」

サム警視は大きな手を女優の肩にのせ、無造作にドアの前から押しのけた……。そのとたん、鼻先でドアが開いて、ポラックスがのっそり現れると、きらめく照明を浴びてまぶしそうにまたたいた。

「もういい、もういい」ポラックスがしゃがれた声で言った。「逆らったって始まらないだろ。で、何の用ですかね」

ポラックスは絹のパジャマをだらしなくひっかけていた。昼の念入りに整えた見かけは剝げ落ちて、別人のようだ。薄い髪はグリースで固めたように逆立ち、ぴんとしていた尖った口ひげはだらりと垂れ下がり、飛び出た両眼の下には黒ずんだ不健康なたるみがだぶついている。チェリー・ブラウンは頭を振り立てると、テーブルのごたごたの中からたばこを一本探し出し、火をつけ、むさぼるように煙を吸い、テーブルに腰をおろして、両脚をぶらぶらさせた。ポラックスは無言で突っ立っている。見苦しい身なりがひどく気になるようで、そわそわとしきりに足から足へ体重を移しかえている。

サム警視はチェリーからポラックスに視線を移すと、無頓着にじろじろと値踏みするように見た。誰も口をきかなかった。

その張りつめた沈黙を、警視が破った。「さて、お熱いおふたりさん、今夜どこにいたか教えてもらおうか」

　チェリーはせせら笑った。「そんなこと訊いてどうするの？　まず、どうして急にあたしのことを気にしだしたのか、そっちこそ教えてくださらない？」

　サム警視は険しい顔を真っ赤にして、ずいと女優の顔に近づけた。「よく聞けよ、ねえちゃん」淡々とした声で言った。「おれとあんたは仲良く――仲良くだ、わかるな？――やれるはずなんだ、あんたが変に気取った演技さえしてなきゃな。だが、強情を張るってんなら、あんたのかわいい身体じゅうの骨をばらばらにしてやるぞ。素直に吐け、おれの前で上流ぶっても無駄だ！」

　警視の氷のような眼は、女優の眼をえぐるようだった。女はくすりと笑った。「ふふ……今夜はお芝居がはねてからポラックスと会って、そのあと――ここに来たのよ」

「嘘だ」サム警視は言った。ブルーノ地方検事は、ポラックスが警視の肩越しに、女に注意しようとしきりに目配せしているのに気づいた。「ここに来たのは夜中の二時三十分だろう。本当はどこにいた？」

「あら、何をそんなにかっかしてるの？　ここに来たのは本当よ。でも、別に劇場からホテルにまっすぐ来たなんて言ったつもりはないわ。さっき言ったのは――だから、そういう意味じゃなかったのよ。あたしたち、四十五丁目の酒場に行ったの。そのあとここに来たのよ」

「今夜、ウィーホーケンのフェリーに乗らなかったか？　深夜零時少し前だ」

　ポラックスが呻いた。「あんたもだ！」サム警視はぴしゃりと言った。「この女と一緒にいただろう。ふたりでジャージー側の船着き場にいるところを目撃されてるぞ」

チェリーとポラックスは絶望したような顔を見合わせた。やがて女の方がのろのろと言った。

「だから？　なんなの？　悪い？」

「悪いことだらけだ」警視は唸った。「ふたりでどこに行くつもりだった」

「どこって、ただフェリーに乗りたかっただけよ」

サム警視はふんと鼻を鳴らした。「おいおい。あんたは馬鹿なのか？　そんな話をおれが信じると本気で思ってんのか？」そして、どしんと片足を踏み鳴らした。「こうやっていつまでも遠回しに探ってても時間の無駄だな、おい。あんたらはあの船に乗った。それでジャージー側で下船した。デウィットたちをつけていたからだな！」

ポラックスはもごもごと言った。「全部、言っちまった方がいいぞ、チェリー。それしかない」

女優は軽蔑のまなざしで男を睨んだ。「いくじなし。馬鹿じゃないの、びびったガキみたいにぺらぺら喋って。あたしら、何も悪いことしてないじゃない。こいつら、別にあたしらが何したって証拠をつかんでるわけじゃないんだし。なんでそう口が軽いのさ」

「けどよ、チェリー——」ポラックスはたじたじとなって、情けなさそうに両手を広げた。

サム警視はふたりを勝手に嚙みつきあわせておいた。さっきから警視はテーブルの、真珠を縫いつけたイブニングバッグをじっと見ていたのだ。いま、それをむんずとつかむと、重さをはかるように手を上下させた……。とたんに、魔法をかけたように、嚙みつき合いはぴたりと止まった。チェリーは警視のごつい手が上に下に、上に下に、動くさまをじっと見つめている……。「返しなさいよ」やっと咽喉から声を押し出した。

「ずいぶん重たい詰め物がはいってるじゃないか、え？」サム警視はにやりとした。「一トンはあるな。いったい……」

警視の太い指が器用にバッグをぱちんと開けて、深々と中にもぐりこむと、女優は獣じみた悲鳴を小さくあげた。ポラックスは真っ青になり、発作的に一歩、前に出た。ブルーノ地方検事は寄りかかっていた壁をそっと離れ、サム警視の傍らに寄った。

警視の指は握りに真珠を埋めこんだ口径の小さいリボルバーを持って、再び現れた。警視は銃の作りと動きを確かめてから、中身を調べた。弾丸は三発こめられていた。サム警視は鉛筆にハンカチを巻きつけると、銃口に突っこんだ。抜き取ったハンカチはきれいだった。警視はリボルバーを鼻に寄せて匂いを嗅いだ。やがてかぶりを振って、銃をテーブルに投げ出した。

「許可証なら持ってるわよ」女優はくちびるをなめた。

「見せてもらおう」

女はサイドボードに近寄り、引き出しを開け、テーブルに戻ってきた。サム警視は銃の携帯許可証を確かめ、返した。女優はまたテーブルに腰をおろした。

「さて、次はあんただ」サム警視はポラックスに声をかけた。「話を聞かせてもらおう。ふたりでデウィットたちのあとをつけていたな。なぜだ？」

「な――何のことかわからないね」

サム警視の眼がちらりとリボルバーを見た。「この銃のせいで、チェリーの立場がちっとばかり悪くなりそうだってのはわかってるんだろう？」

チェリーがごくりと咽喉を鳴らした。「どういう意味よ？」ポラックスの口がだらしなく開く。

「ジョン・デウィットが西河岸鉄道短区間列車の車内で射殺された」ブルーノ地方検事が言った――この部屋にはいって初めての発言だった。「殺人だ」

ふたりのくちびるがその単語を機械的に繰り返した。そして、怯えきった眼で茫然と見つめあった。

「誰がやったの？」女がかすれる声で訊いた。

「あ、あんたは知らんのか？」

チェリー・ブラウンの豊かなくちびるがわななき始めた。突然、ポラックスが初めて大胆な動きをして、サム警視とブルーノ地方検事は完全に虚を突かれた――警視が反応するより先に、テーブルに飛びついてリボルバーをつかんだのだ。ブルーノ地方検事は横に飛びのき、サム警視の片手が電光石火の早業で尻ポケットに回され、女優は金切り声をあげた。けれども、ポラックスはひと騒動を起こそうとしたのではなかった。へっぴり腰で銃身をこわごわ持っているだけだった。サム警視の手はポケットの上で止まった。

「見てくれ！」ポラックスは早口に言った。警視に向かって銃のグリップを差し出す手は震えていた。「弾丸をよく見てくれ、警視！　実弾じゃない――空包なんだ！」

サム警視は銃を受け取った。「たしかに空包だな」そうつぶやいた。ブルーノ地方検事は、チェリー・ブラウンがポラックスを初めて見る者のようにまじまじと見ていることに気づいた。

ポラックスは必死に話そうとするあまり、舌をもつれさせた。「先週、おれがすりかえた。チェリーはいままで知らなかったことだ。おれは――おれはこいつが実弾入りの銃を持ち歩くってのが気に入らなかった。お――女ってのは、そういうもんの扱いがへたくそだから」

「どうして三つだけなんだ、ポラックス？」ブルーノ地方検事が訊ねた。「空の弾倉に実弾がはいっていたかもしれないじゃないか」

「そんなこと言ったって、はいってなかったんだ！」ポラックスは怒鳴った。「どうして全部に弾丸をこめなかったのかは自分でもわからない。なんとなく入れなかっただけだ。それに、あの列車には乗らなかったんだよ。船着き場までは行ったけど、次にニューヨークに引き返す船に乗った。だよな、チェリー？」

女優は呆けたように、こっくりとうなずいた。

サム警視はまたバッグを漁りだした。「列車の切符は買ったか？」

「いや。切符売場には近寄りもしなかった。もちろん列車にも」

「だけど、デウィットたちをつけてはいたんだろう？」

ポラックスの左まぶたが、滑稽にひくひく蠢きだした。痙攣はいっそう激しくなってきた。それでもポラックスは口を亀のようにしっかり閉じていた。女は眼を伏せ、絨毯を睨んでいる。

サム警視は暗い寝室にはいっていった。再び手ぶらで現れた警視は、居間を容赦なく徹底的に調べ始めた。誰も何も言わなかった。とうとう、警視は皆に背を向け、重たい足を引きずりながらドアに向かった。ブルーノ地方検事が言った。「いつでも呼び出しに応じられるようにしておきたまえ。おかしなまねはしない方がいい、ふたりともだ」そして、サム警視を追って、廊下に出た。

待っていた部下たちは、サム警視とブルーノ地方検事が現れると、期待に顔を輝かせた。が、警視は頭を横に振り、ずかずかとエレベーターに進んでいった。ブルーノ地方検事が疲れた顔であとに続く。

「なんで銃を取り上げなかったんだ」地方検事は訊いた。

警視は太い人差し指でボタンを押しこんだ。「そんなことをしてなんになる?」ぶすっとして答えた。ホテル付きの探偵がすぐうしろから乗りこんできた。その顔の不安そうな表情はこれまでよりいっそう雄弁だった。ダフィ巡査部長は探偵を肩でずいと押しのけた。「なんにもならんよ。シリング先生が言ってただろうが、三八口径の傷だと。あの部屋にあったのは、二二口径が一挺だけだ」

第七場　マイケル・コリンズのアパートメント

十月十日　土曜日　午前四時四十五分

夜明け前のほの白い光の中の街は、ここがニューヨークとは信じられなかった。警察車両はまったくほかの車にさまたげられることなく、まるで山のけものみちのように暗く人気のない道路をすいすいと進み、ごく稀に流しのタクシーがヘッドライトをぎらつかせて走っていくのとすれ違うだけだった。

マイケル・コリンズは西七十八丁目の自分の城にこもっていた。警察車両が歩道に寄せて停まると、建物の陰からひとりの男がゆらりと現れた。車からサム警視が飛び降り、ブルーノ地方検事と刑事たちがあとに続く。陰から現れた男は言った。「警視、奴はまだ上階(うえ)です。はいってから一度もおりてきていません」

警視はうなずき、一同はロビーになだれこんだ。フロントの制服姿の老人は息を呑んだ。警視たちは眠りこけているエレベーターボーイを揺り起こし、上階に案内させた。

八階で、皆はエレベーターを降りた。別の刑事がすっと現れ、意味ありげにあるドアを指さした。一同は半円を描くように、音もなくドアを取り囲み、ブルーノ地方検事は興奮のため息をもらしながら腕時計を確かめた。「みんな、用意はいいな?」サム警視は念を押した。「こいつは暴れそうな奴だぞ」

警視はドアに歩み寄り、呼び鈴のボタンを押した。かすかに甲高い音が聞こえる。すぐに、こすれるような足音がしたかと思うと、男のしゃがれ声がわめいた。「誰だ？　なんだ？」

サム警視が怒鳴った。「警察だ！　ドアを開けろ！」

短い沈黙があった。そして、「畜生！　生け捕りにはならねえぞ！」咽喉（のど）を締めつけられるような叫び声に続いて、再びこすれるような足音と、凍った枝を折るような鋭い音がはっきりと響いた。銃声だ。重たい何かが倒れる音がした。

たちまち一同は色めき立った。サム警視は一歩下がると、大きく息を吸いこみ、猛然とドアに体当たりした。固い扉はびくともしない。ダフィ巡査部長ともうひとり、筋骨隆々とした男が警視と一緒にうしろに下がり、城門を壊す丸太の勢いでドアに身体を叩きつけた。扉は震えたが、持ちこたえている。「もう一回！」警視が怒鳴った……。四度目にして、扉が軋（きし）るような悲鳴をあげ、三人は頭から、暗く長い廊下に転げこんだ。廊下の先には、煌々（こうこう）と照明のついた部屋がある。

廊下からその部屋にはいる敷居の上に、パジャマ姿のマイケル・コリンズが倒れていた。右手のそばで鈍く黒光りする拳銃から、うっすらと硝煙が上がっている。

サム警視は寄せ木張りの床をドタ靴で削りながら走った。コリンズの傍らに膝からどすんと落ちると、倒れた男の胸に頭をくっつけた。

「生きてるぞ！」警視は怒鳴った。「そこの部屋に運べ！」

ぐったりした身体を、刑事たちは力を合わせて持ち上げ、照明のついた居間に運び、長椅子に放り出した。コリンズの顔は死人のようだった。眼は閉じて、口は唸る狼のようにまくれてだらしなく開き、ぜいぜいと呼吸している。右側頭部にはもつれた頭髪としたたる血だけが見えた。顔の片側は赤く染まり、血は右肩に飛び散り、パジャマの生地に染みて、じわじわ広がっていく。サム警視の指は傷に触れたとたん、真っ赤になった。「石頭め、骨はぶち抜いてねえな」警視はぶつくさと言った。「頭蓋骨の横の皮をちょいとえぐっただけだ。衝撃で気絶したんだな。しょうのない奴だ。誰か、医者を呼んでやれ……おい、ブルーノ、ようやく決着がつくみたいだぞ」

刑事がひとり駆け出していった。サム警視は三歩で部屋を突っ切ると、銃を取り上げた。「三八口径だ、よしよし」満足げに言った。が、その顔が曇った。「一発しか撃ってない。いま死のうとして、こいつが撃ったやつだ。弾丸はどこに行った?」

「そこの壁の中です」ひとりの刑事が言った。そして、しっくいの崩れている場所を指さした。

サム警視が壁をほじくって弾丸を取り出そうとしていると、ブルーノ地方検事が言った。「玄関から居間に向かって走りながら発砲したんだな。弾丸はまっすぐ部屋に飛んでいった。撃ちそこなったが、気絶して敷居で倒れた、と」サム警視はぺちゃんこの鉛弾をつまんで、顔をしかめてじっと見ていた。それをポケットに収めてから、銃をハンカチで丁寧にくるみ、部下のひとりに手渡した。八階の通路からがやがやと騒ぎが聞こえてくる。振り返ると、何人か野次馬が集まって、部屋をこわごわ覗きこんでいた。

刑事がふたり、外に向かった。戸口に集まった連中と押し問答をしているさなかを、医者を呼びに行っていた刑事が野次馬をかきわけて部屋に戻り、そのうしろから、パジャマとガウン姿の黒鞄を持った、品のよい男性がはいってきた。

「お医者さんですかね？」サム警視が声をかけた。

「そうです。このアパートメントハウスに住んでいます。どうしました？」

刑事たちがどいて、初めて長椅子の上にのびている身体が医師にも見えた。医師はひとことも余計な口をきかずに、そばに寄って膝をついた。「お湯を」すぐに、忙しく指を動かしながら医師は言った。「あまり熱くなく」刑事がひとり、浴室にはいっていき、やがて洗面器いっぱいのぬるま湯を運んできた。

五分ほど、みごとな手際のよさで手当てをすると、医師は立ち上がった。「ひどい擦り傷というところですね。じきに気がつくでしょう」医師は傷口を洗い、消毒し、頭の右半分の髪をすっかり剃っていた。もう一度傷口をきれいに洗い直すと、眉ひとつ動かさずに淡々と傷口を縫いあわせ、頭に包帯を巻いた。「早いうちに本格的な治療をする必要がありますが、応急処置としてはとりあえずこれで大丈夫です。ひどい頭痛がするでしょうし、傷口もかなり痛むとは思いますが。ほら、気がつきましたよ」

しゃがれた唸り声が虚ろに響いて、コリンズの身体が震えた。眼がぎょろりと開き、ゆっくりと事態が呑みこめてくるうちに、嘘のように涙があふれてきた。「もう大丈夫です」医師はもうすっかり関心を失くした口調で言いながら、鞄を閉めた。

医師は部屋を出ていった。刑事のひとりがコリンズの両脇に手を入れてひっぱり上げ、身体を半分だけ起こしてやり、うなじのあたりにクッションを突っこんだ。コリンズはまた呻いて、血のついていない方の手を頭に持っていき、包帯に触れて、どうしていいかわからないようにその手をまた長椅子におろした。

「コリンズよ」警視は負傷した男の隣に腰をおろした。「なんで自殺しようとした？」

コリンズはからからの舌でくちびるをなめた。顔の右半分に乾いた血がこびりついているいまは、恐ろしいグロテスクな生き物だった。「水をくれ」そうつぶやいた。

警視が目顔で合図すると、刑事が水のはいったグラスを持ってきた。アイルランド人が冷たい水をがぶがぶ飲みながら、洟をすすり上げている間、刑事は慎重に頭を支えてやっていた。

「で、どうなんだ、コリンズ？」

コリンズはあえいだ。「捕まったんだな？　おれは捕まっちまったんだな？　もうだめだ、おしまいだ……」

「そうか、認めるんだな？」

コリンズは何か言いかけたのをやめて、うなずいたが、驚いた顔になると、いつもの獰猛さをよみがえらせた眼で、素早く見上げてきた。「認めるって、何を？」

サム警視は、ははっと笑った。「おいおい、コリンズ。いまさら何も知らないふりをしてとぼけるつもりか？　よく知ってるだろう。おまえがジョン・デウィットを殺したってことだ！」

「おれが――殺した――」コリンズはぽかんとした顔で言いかけた。不意に、まっすぐ身体を起こそうとしてもがいたが、サム警視にてのひらで胸をとんと突かれてまたひっくり返り、半狂乱でわめいた。「何を言ってんだ、あんた？　おれがデウィットを殺したって？　誰が殺ったんだ。おれはあいつが死んだことも知らなかった！　頭、大丈夫か？　いや、おれをはめようとしてんのか？」

サム警視は怪訝そうな顔になった。ブルーノ地方検事が身動きしたので、コリンズの眼がさっとそちらに向けられた。地方検事は安心させるように言った。「よく聞きたまえ。コリンズ。うまいことはぐらかそうとしても、何もいいことはないぞ、コリンズ。さっき警察が名乗った時、きみは叫んだね、〝生け捕りにはならねえぞ〟と。そして、死のうとした。これが無実の人間の最期の言葉かな？　しかもほんの少し前にきみは言ったね、〝捕まったんだな？〟と。これが罪を認めた言葉でなければなんだね？　しらを切ってもだめだ。きみはまさに罪を犯した人間そのものの行動をとっている」

「でも、おれはデウィットを殺しちゃいないんだよ！　そう言ってるだろ！」

「なら、なんで警察が来ると予期していた？　なぜ死のうとした？」警視は荒々しく追及した。

「それは……」コリンズは下くちびるを噛みしめると、ブルーノ地方検事をじろりと見た。

「あんたらに関係ない」ぶすっとした声で言った。「とにかく殺しのことは何も知らん。最後におれがデウィットを見た時には、ぴんぴんしてたんだ」いかつい顔に激痛が走ったらしく、コリンズは唸り声をあげ、両手で頭をかかえた。

「じゃあ、今夜、デウィットと会ったことは認めるのか？」

「ああ、会ったさ。証人もたくさんいる。今夜は列車で会った。そこで殺されたのか?」

「とぼけるな」サム警視は言った。「なぜ西河岸鉄道のニューバーグ行短区間(ローカル)列車に乗った?」

「デウィットをつけてたからさ。それは認める。ひと晩じゅうつけてた。あいつとお仲間がホテル・リッツを出てから、駅までつけてった。だいたいおれは、デウィットがぶちこまれてた間もずっと、なんとかしてあいつに会おうとしてたんだぞ。で、切符を買って、同じ列車に乗りこんだんだ。発車してすぐにデウィットのところに行った――デウィットと、あいつの弁護士のブルックスと、あともうふたり、ひとりはアハーンだったな、その四人で向かいあって坐ってた――おれはデウィットに泣きついた」

「ああ、ああ、それは知ってる」警視は言った。「デッキに出たあと、何が起きた」

コリンズの血走った眼は空(くう)を睨んでいた。「ロングストリートのクソ情報のせいで、おれが吹き飛ばした株の埋め合わせをしてくれって頼みこんだ。おれがこんな目にあったのはロングストリートのせいだ。デウィットの事務所がやったことなら、あいつにも責任はあるじゃないか。あの金――おれはあの金がいるんだよ、どうしても。デウィットは耳も貸しちゃくれなかった。できない、の一点張りだ……あんな頑固な野郎、見たことねえ」息ができないほどの憤怒が声に忍びこんでくる。「おれはもう、それこそひざまずくようにして頼みこんだ。てんで話にならなかったけどな」

「その時はどこに立っていた」

「隣のデッキに移ってたよ、真っ暗な車両のデッキだ……おれは列車を降りることにした。何を言っても無駄だとわかったしな。リッジフィールドパークって駅にはいるところだった。列車が停まった時、ホームと反対側のドアを開けて線路に飛び降りた。下から手を伸ばしてドアを閉めて、線路を渡って駅に行ったんだ。だけど、ニューヨークに戻る列車はもう、朝までないとわかった。しょうがないからタクシーを探して、そのままここに戻ってきた、嘘じゃない」

そして、荒い息をつきながら、クッションにぐったりもたれた。「列車を飛び降りた時、デウィットはまだデッキにいたのか」サム警視は問いつめた。

「ああ。おれを見下ろしてた、あの野郎……」コリンズはくちびるを噛んだ。「おれは――あいつに腹が立った」そこで声が震えた。「けど、殺そうなんてそんな――そんな……」

「それを信じろってのか」

「殺してないって言ってるだろう!」コリンズの声は悲鳴に近かった。「線路に降りて、ドアを閉めてる時、奴がハンカチで額を拭いて、ポケットにしまって、真っ暗な客室のドアを開けるのが見えた。奴はそのまま中にはいっていった。理由は知らん。おれはただ、見たままを言ってるんだ!」

「デウィットが席に坐るのは見たか」

「いや。だから、言っただろう、その時はもう、おれは降りてたって」

「なんで明るい客車に戻って前の方の車掌が開けているドアから降りなかった」

「そこまで行く時間がなかった。もう列車は駅に停まってたからな」

「デウィットに腹を立ててたのはたしかなんだな?」警視は言った。「口論したのか」

　コリンズは怒鳴った。「おれに濡れ衣を着せようってのか？　さっきからほんとのことしか言ってねえぞ。ああ、口論はしたさ。それで熱くなってた。誰だってかっかするだろ？　デウィットもだよ。きっとあの暗い客車の中で、頭を冷やそうとしたんだろ。あいつも相当、気が立ってたからな」

「銃は持っていったのか」

「いや」

「おまえはあの暗い客車にはいっていかなかったんだろうな、え？」

「だから、行ってないって！」アイルランド人は怒鳴った。

「駅で切符を買ったと言ったな。見せてみろ」

「玄関ホールのクロゼットの、コートのポケットだよ」ダフィ巡査部長が玄関ホールのクロゼットの前まで行き、がさごそやっていたが、ほどなくして、ちっぽけなボール紙を持って戻ってきた。

　サム警視とブルーノ地方検事は、ボール紙をかわるがわる手に取った。それは西河岸鉄道の片道切符で、パンチ穴は開いていなかった。ウィーホーケンからウェストイングルウッドまでの短区間の切符だ。

「おい、なんで検札を受けてないんだ」サム警視が詰問した。

「列車を降りるまで車掌が来なかったんだよ」

「そうかい」サム警視は立ち上がると、うんと両腕を伸ばして大あくびをした。コリンズは身を起こして坐りなおした。少し身体に力が戻ってきたらしい。そしてパジャマの身ごろのポケットをごそごそやった。「それじゃ、コリンズ、いまのところはこれで結構だ。気分はどうだ？」

コリンズはもそもそと答えた。「少しましか。頭が死ぬほど痛いけどな」

「そうか。そいつは、よかった」サム警視は心から言った。「救急車を呼ぶ必要がないってことだ」

「救急車？」

「そうさ。それじゃ、立って着替えるといい。一緒に警察本部に来てもらうぞ」

コリンズの口からたばこがぽろりと落ちた。「お――おれを、その殺しでひっぱるつもりか？　おれじゃない、おれじゃないって！　本当のことしか言ってない、おれは、警視――誓って……」

「馬鹿。デウィット殺しで逮捕するなんて、誰も言ってないだろうが」警視は地方検事にウィンクした。「重要参考人としてご足労いただくだけだ」

第八場　ウルグアイ領事館

十月十日　土曜日　午前十時四十五分

　ドルリー・レーン氏はバッテリー・パーク（マンハッタン島南端にあるオランダ人の要塞跡）を大またに歩いていきながら、インバネスコートのケープを黒雲のようにたなびかせて、愛用のステッキでこつこつと乱暴に歩道を打ちつけ、ぴりっとする潮風を吸いこんでいた。あたりには海の香りが漂い、朝日は心地よく顔を温めてくれる。名優は、要塞の壁際で立ち止まると、かもめの群れが油のうねる水面に勢いよく舞い降りて、浮かんでいるオレンジの皮をついばむのを、しばらく眺めていた。いまにも喫水線を越えそうに、ぎりぎりまで船体を傾けた定期船が、海に向かって走っていく。ハドソン川の遊覧船がけたたましく汽笛を鳴らした。爽やかな風が吹き、ドルリー・レーンはまた空気を吸いこむと、インバネスの前をしっかりとかきあわせた。

　レーンはため息をつくと、懐中時計を確かめ、きびすを返した。公園を突っ切り、バッテリー・パーク広場に向かって歩いていく。

　十分後、レーンは簡素な部屋で、モーニングを着た小柄で浅黒い肌のラテン男と机をはさんで、にこやかに坐っていた。モーニングの襟には生花が美しく輝いている。ファン・アホスは、浅黒い顔に白い歯をきらめかせ、生き生きとした黒い瞳と、手入れの行き届いた口ひげの、実に愛嬌のある人物だった。

「光栄です、レーンさん」完璧な英語でアホスは言った。「このささやかな領事館に、まさかあなたが足を運んでくださる日が来るとは。私がまだ随行員だった若いころ、あなたに憧れたものです……」

「恐れ入ります、セニョール・アホス」レーンは答えた。「ですが、あなたは休暇から戻られたばかりで、たいそうお忙しいことと存じます。実を申しますと、今日、私は特殊な任務を帯びて参ったのですよ。あなたがウルグアイに帰国されている間に、ニューヨーク市中と近郊で連続殺人事件が起きているのは、もうお聞きおよびでしょうか」

「連続殺人事件、ですか?」

「そうです。実は最近、立て続けに三件の、こういう言いかたはなんですが、興味深い事件が起きています。私は非公式の立場で地方検事の捜査に協力しておりまして、個人的な捜査の結果、役に立つかどうかはまだわかりませんが、手がかりらしいものをつかみました。そのことで、あなたならきっと助けてくださると、藁にもすがる思いで参った次第です」

アホスは微笑んだ。「私の力の及ぶかぎり、できるだけのご協力をさせていただきますよ、レーンさん」

「では、フェリペ・マキンチャオという名に心当たりはおありでしょうか。ウルグアイ人と聞いておりますが」

小柄で品のある領事の瞳に、はっとするほど明るい光が射した。「我らの罪が帰りきたる、というわけですな」軽い調子で言った。「なるほど、レーンさん、マキンチャオのことをお訊ねですか。ええ。あの紳士なら、よく存じておりますよ、会って話したこともあります。彼について何をお知りになりたいのでしょうか」

「あなたがたが知りあうに至った事情と、彼について興味深いと思われる事柄ならなんでも教えていただけると幸いです」

アホスは両手を広げた。「何もかもお話ししましょう、レーンさん、調査のお役に立つかどうかは、あなたがご判断ください……フェリペ・マキンチャオはウルグアイ司法省の一員で、たいへん有能な信頼のおける男です」

レーンの両眉が跳ね上がった。

「マキンチャオは数ヶ月前に我が国からニューヨークに参ったのです。モンテビデオ大監獄から脱走した囚人の足取りを追うために、ウルグアイ警察に派遣されてきたのですよ。その囚人は、マーティン・ストープスという名の男です」

ドルリー・レーンは微動だにしなかった。「マーティン・ストープス……ますます興味の湧くことを教えてくださいますね、セニョール・アホス。それにしても、そのストープスという英国風の名を持つ男が、どういう経緯でウルグアイの監獄にはいることになったのでしょう？」

「実は私も」アホスは襟にさしている花の香りをそっと吸いこみながら、答えた。「派遣員のマキンチャオからの伝聞でしか、事件について知らないのです。それでも、事件の経緯に関する完全な報告書をもらい、そのほかにもマキンチャオ本人の口からいろいろと聞いております」

「お願いします」

「一九二二年の話です。地質学を学び相当の実地経験を積み、有望な鉱山を探していたマーティン・ストープスという青年が、自分の年若い妻である、地元出身のブラジル系女性を殺害した罪により、ウルグアイの法廷で終身刑を言い渡されました。採掘仲間の三人が決定的な証言をしたおかげで、有罪判決がおりたのです。彼らの鉱山は、首都モンテビデオからジャングルを通り抜けて、かなり川をさかのぼった奥地にありました。仲間たちは法廷で、自分たちは殺人の現場を目撃し、やむを得ずストープスを叩きのめして縛り上げ、裁いてもらうために奥地からボートに乗せて街に連れてきた、と証言しました。三人は殺された妻の遺体も運んでいますが、暑さで相当傷んでいたそうです。それと、二歳になるストープスの娘も連れてきていました。凶器も提出されています——なた（マチエーテ）です。ストープスはまったく弁解しませんでした。一時的に錯乱し、自失状態にあり、自己弁護などできる状態ではなかったのです。裁判はとどこおりなく進み、有罪判決の末、投獄されました。ストープスは模範囚でしたよ。ゆっくりとですが、不安定な精神状態から回復したあとは、あきらめてすべてを受け入れ、従順に服役していたそうで、看守にもまったく面倒をかけなかったそうです。とはいえ、囚人仲間とは全然、馴れあおうとしませんでしたが」

　レーンは静かに訊ねた。「妻を殺した動機は、裁判で明らかになったのですか」

「それが、そういうわけでもないのですよ。一応、採掘仲間たちが、ストープスは口論をしていて妻を殺してしまったと証言していますが、それ以上の動機らしい動機はわかっていません。

三人の証人は、殺人が起きる前は小屋の外にいて、悲鳴が聞こえて中に駆けこんだ時に、ストープスが妻の頭をマチェーテで叩き割るのを目撃したそうです。どうやら、激昂しやすい性格のようですね」

「それから、どうなりましたか」

アホスはため息をついた。「服役して十二年後、ストープスは突然、大胆な脱獄を決行して看守たちの度肝を抜きました。状況から見て、明らかに長い年月をかけ、細心の注意を払って練りに練った脱獄計画に違いありません。詳細をお知りになりたいですか」

「いいえ、大丈夫です、必要ありません」

「ストープスはまるで大地に呑みこまれたかのように消えてしまいました。南米大陸全土をくまなく探したのですが、まったく行方が知れません。おそらくジャングルの奥深くに逃げこみ、はるか奥地で死んでしまったのだろう、ということになりました。マーティン・ストープスについて私が話せるのはこれで全部です……ブラジルコーヒーでもいかがですか、レーンさん?」

「いいえ、結構です」

「では、我が国自慢のマテ茶をご賞味くださいますか?」

「いいえ、どうぞおかまいなく。マキンチャオについて、何か教えていただけることはありましょうか」

「ええ。当局の記録によりますと、例の三人の採掘仲間たちは、自分たちの鉱山を大戦中に売り払っています。かなり豊かな鉱山だったようです。非常に良質なマンガン鉱で、戦争中は武器弾薬を生産するためにマンガンがたいへん貴重なものになりましたから。鉱山を売ったことで莫大な財産を手に入れた三人は、アメリカに帰国しました」

「帰国、ですか、セニョール・アホス?」レーンは口調をあらためて訊ねた。「その三人はアメリカ人なのですか」

「これは失礼しました。三人の名をお伝えするのをうっかり失念しておりました。ハーリー・ロングストリートと、ジャック・デウィットと、それから、たしか――そうです(シ)！ ウィリアム・クロケット……」

「ちょっとよろしいですか」レーンの眼はぎらぎらと輝いていた。「そのうちのふたりが、最近、このあたりで殺された、デウィット&ロングストリート商会の共同経営者たちなのはご存じですか」

アホスの黒い眼が大きく見開かれた。「なんですって(ディオス)！」領事は叫んだ。「それは初耳です。では彼らの不安が……」

「不安?」レーンはすかさず止めた。

領事は両手を広げた。「今年の七月にウルグアイ警察はニューヨークの消印が押された匿名の手紙を受け取りました。のちに、それはデウィットが自分の送ったものだと認めましたが。手紙は要するに、脱獄したストープスがニューヨークに潜伏しているので、ウルグアイ当局は捜査するべきだ、という内容です。もちろん、政権は替わっていましたが、政府はすぐさま古い関係資料を当たり、マキンチャオをこの件の担当に任じました。私と協力して調べるうちにマキンチャオは、こんな情報をウルグアイ政府に密告する動機があるのは仲間の誰かに違いないと考えて、彼らの行方を探し、ロングストリートとデウィットがニューヨークに住んでいるばかりか、かなりの名士であることも突き止めました。マキンチャオはさらに、採掘仲間三人組の残るひとり、ウィリアム・クロケットの行方も探したのですが、ついにわかりませんでした。クロケットは帰国後に三人組の仲間からはずれたらしいのです。口論があったのか、それとも分け前を好きなように使いたくなったのか――どちらかはわかりません。もしかすると、どちらでもないかもしれません。すべて推測でしかありませんから」

「では、マキンチャオはデウィットとロングストリートに接触したのですね？」レーンがやんわりと水を向けた。

「そのとおりです。マキンチャオは、まずデウィットに会って、持っていた情報をすべて開示し、例の匿名の手紙を見せると、デウィットはしばらく渋っていましたが、ついに、それを書いたのは自分だと認めました。そしてデウィットはマキンチャオを自宅に招待し、アメリカ国内で調査する間はそこに滞在して、今後の捜査本部として使ってはどうかと申し出ました。マキンチャオは当然、デウィットがどのようにして、ストープスがニューヨーク市内にいることを知ったのか、真っ先に説明を求めました。するとデウィットは、ストープスの署名がはいった脅迫状を見せたのです、命を脅かす内容の――」

「ちょっとお待ちください」ドルリー・レーンは長い札入れをつかむと、デウィットの書斎の金庫で見つけた手紙を取り出した。それをアホスに手渡した。「これがその脅迫状ですか？」

領事は大きくうなずいた。「それです、マキンチャオが、追加の報告書と一緒に私に見せてくれました。我々は写真を撮ったあとに、デウィットに手紙を返したのです。デウィットとロングストリートとマキンチャオは、ウェストイングルウッドで何度も協議をしました。マキンチャオは当然、すぐにでもアメリカ警察の協力をあおぐつもりでいました。なんといっても、単独ではどうにも調査のしようがありませんから。ところがデウィットもロングストリートも絶対に警察には知らせないでほしいと言ってきかないのです。もしそれがマスコミにもれれば、自分たちがひと山当てようとしていた貧しい過去どころか、おぞましい殺人事件の裁判に関わったことまで、世間に広まってしまうと……よくある話ですな。マキンチャオはどうしていいかわからず、私に相談してきました。私たちは、あのふたりの立場を考えれば無理もないと思い、しかたなく望みどおりにすることにしました。どちらも、もう五年にわたって何度も、ニューヨークじゅうのあちこちの消印を押された同じ内容の脅迫状を受け取っていたそうです。ふたりとも破り捨ててしまっていましたが、デウィットは最後の脅迫状の内容がそれまでよりエスカレートしていることが心配になり、保存しておいたのです。

このあとは長くなりますので簡潔に言いますと、マキンチャオは一ヶ月ほど調査をしましたが、結局徒労に終わり、私とデウィットたちに調査の失敗を報告したあとは、すべてから手を引き、ウルグアイに帰国しました」

レーンは考えこんでいた。「そのクロケットという男の行方はついにわからなかったわけですか」

「マキンチャオがデウィットから聞いた話では、ウルグアイから帰国してすぐに、クロケットは何の理由も言わずに離れていったそうです。その後はときどき、主にカナダから手紙を受け取っていたそうですが、ここ六年間はまったく便りがないと、ふたりとも言っていました」

「言うまでもありませんが」レーンはつぶやいた。「その情報に関しては、ふたりの死者の証言しかないわけですね。アホスさん、ストープスの幼い娘がその後どうなったのか、報告書に何か記録されていましたか」

アホスはかぶりを振った。「ある程度までです。娘はモンテビデオ尼僧院から出ていったか、連れ出されたか――定かではありませんが――六歳の時に離れています。それ以来、まったく消息はありません」

ドルリー・レーン氏はため息をつくと、立ち上がり、机の向こう側の小柄な領事を見下ろした。「今日は正義のために、貴重なご協力をありがとうございました、セニョール」

アホスは真っ白い歯を見せて笑った。「お役に立てて光栄です、レーンさん」

「もし、よろしければ」レーンはインバネスを直しながら続けた。「正義のために、さらなるご協力をお願いしたいのです。お国の政府に、ストープスの指紋と顔の写真を、もし記録があるなら、こちらに電送するよう頼んでいただけませんか。加えて、人物に関する詳細な記録も。それと、ウィリアム・クロケットについても興味がありますので、同じ情報の記録があれば、そちらも電送してもらえると……」

「すぐに手配しましょう」

「あなたのお国は小さくとも、たいへん進歩的ですから、最新の科学設備が調っておられるのでしょうな」玄関に向かって肩を並べて歩いていきながら、レーンは微笑んだ。

アホスは驚いた顔になった。「もちろんですとも！　どこの設備にも負けないすばらしい、写真の電送機がありますよ」

「それは」ドルリー・レーン氏は優雅にお辞儀をした。「実にありがたいことです」名優は通りに出ると、バッテリー・パークに向かって歩きだした。「実にありがたい」上機嫌に、そう繰り返した。

第九場　ハムレット荘

十月十二日　月曜日　午後一時三十分

サム警視がクェイシーに案内されて、曲がりくねった廊下を進み、隠しエレベーターに乗りこむと、エレベーターは月ロケットのように、ハムレット荘の小塔の中を飛んで、小さな踊り場に出た。警視はクェイシーの導きで、まるでロンドン塔のように古びて見える石の螺旋階段をぐるぐるとのぼっていき、ついに鉄鋲の打たれた楢材の扉にたどりついた。クェイシーは掛け金や重たいかんぬき相手に格闘していたが、ようやくそれらをはずして扉を押し開けると、扉は老人のような吐息を大きく響かせた。そしてふたりは銃眼付きの胸壁にぐるりを囲まれた屋上に足を踏み出した。

ドルリー・レーン氏はほぼ全裸で熊の毛皮の上に横たわって、両腕で眼をおおい、頭上から降ってくる太陽の光をさえぎっている。

サム警視はぴたりと足を止め、クェイシーはにやにやしながら去っていった。警視はドルリー・レーンのみごとに日に焼けた肉体美の、張り切った若々しさと鍛えられた筋肉を目の当たりにし、愕然としていた。大きくのびのびと寝そべった細い肉体は、金色の産毛が光るだけで体毛は薄く、肌は褐色で、引き締まって、滑らかで、青年の身体としか思えない。清潔で筋肉質な全身に眼をさまよわせると、頭の白髪だけが、ぎょっとするほど不自然に見える。

名優が唯一、節度というものを意識した証(あかし)は、腰に巻いた白い布だけだった。褐色の両足は裸足だったが、毛皮のそばにはやわらかな鹿革(モカシン)の履物がころがっている。すぐ横には、クッションを敷いたデッキチェアがあった。

サム警視は情けなさそうに頭を振ると、トップコートの前をもう少ししっかりかき寄せた。十月の空気は冴え冴えとしていた。塔の屋上には、身の引き締まるような風が吹いている。警視は大またに歩きだし、寝そべっているレーンに近づいた。近くで見ても、その肌はなめらかで、まったく鳥肌が立っていない。

気配を感じたのか、レーンはさっと眼を開いた。あるいは、そばに立ったサム警視の影が顔に落ちたのを感じたのかもしれない。「警視さん！」レーンはすぐに起きなおって、細く固い両脚をかかえるように坐った。「これは嬉しい驚きですね。こんな恰好で失礼しますよ。どうぞ、そのデッキチェアにお坐りください。もちろん」名優はくすりと笑った。「服を脱いで、この熊皮の上で一緒にくつろがれるのでしたら歓迎します……」

「めっそうもない」サム警視は慌てて言うと、デッキチェアにどっかり腰をおろした。「こんなふきっさらしの中で？　いやいや、ご冗談を」そして苦笑した。「失礼は重々承知ですが、それにしても、レーンさん、あなたはおいくつなんです？」

太陽のもと、レーンの眼のまわりに笑い皺が寄った。「六十です」

サム警視は頭を振った。「私は四十四です。恥ずかしくて――レーンさん、誇張じゃありません――恥ずかしくて、あなたの前で服を脱いでこの身体をさらすなんて、顔が真っ赤になりますよ。いやあ、あなたと比べちゃ、私なんか、よぼよぼのじいさんだ！」

「たぶんそれは、あなたがご自分の身体に気をつかう暇をお持ちでなかったからでしょう、警視さん」レーンはなんでもないことのように言った。「私は時間も機会もたっぷりありますのでね。ここでは――」名優は腕を大きく振って、眼下に広がる精緻な箱庭のような光景を示した。「私は思うがままに振る舞えます。マハトマ・ガンジーと同じやりかたで装っているのは、クェイシーが礼儀にうるさくて、もし私が――その――もっとも個人的な部分を隠さずにいると、たいへんなショックを受けるからです。まったく、頭の固い奴だ！　もう二十年というもの、この太陽の宴を一緒に愉しまないかと誘っているのですがね。クェ、イ、シーの裸こそ一見の価値ありですよ！　しかし、あれはもうたいへんな老人ですから。たぶん自分でも何歳か覚えていないでしょう」

「いやあ、あなたのようなすごい人には会ったことがありませんよ」サム警視は言った。「六十歳……」警視はため息をついた。「まあ、それはともかく、状況はいい方に向かってます。今日は新しい報告をしにきました――ひとつ、どうしてもお知らせしたいことがありまして」

「コリンズのことですね？」

「そうです。土曜の早朝にコリンズのアパートメントに踏みこんだ時のことを、もうブルーノからお聞きになりましたか」

「ええ。馬鹿な男だ、自殺しようとしたとか。では、勾留中なんですね？」

「というよりは、むしろ保護ですがね、死なないように」サム警視は渋い顔で答えた。「なんというか」警視は情けない口調で言った。「自分がほやほやの新米刑事のような気分ですよ。私はこうしてまるっきり五里霧中なことについて報告しているのに、あなたは、なんだか、もうすべてを知っているようで」

「警視さん、あなたはずっと、私に反感を持っておいでだった。何も知らない素人風情が知ったふりをしていると。そのお気持ちはよくわかります。こうして私がいまも沈黙しているのは、わけあって口をつぐんでいるのか、何も知らないのをごまかしているのか、まだ判断がつかないはずなのに、それでも私を信用してみる気になってくださった。身に余る光栄ですよ、警視さん。私はあなたがたと一蓮托生の覚悟です、この醜悪なごたごたが解決するまで」

「ほんとに解決するんですかね」サム警視は弱気に答えた。「ともかく、コリンズに関するネタを持ってきました。奴の経歴をちょいとほじくってやったら、なんであんなに相場の損を取り返そうと必死になってたのかわかりましたよ。財務局の役人のくせに、所得税を扱う立場を利用して、州の金を使いこんでいやがったんです！」

「おやおや」

「そうなんですよ。これまでにちょろまかしてきたのが積もり積もって、十万か、それ以上か、いくらか知りませんが。ちょっとやそっとの金じゃないのはたしかです。州の金を〝借りて〟株をやっていたらしい。損をするたびに、ずぶずぶ深みにはまって、ロングストリートに国際金属にぶちこめとそそのかされると、今度は五万ドル盗んで種銭を作りました。一世一代の大ばくちで――それまでの株の損の穴埋めをして、横領した金の帳尻を合わせるつもりだったらしい。というのも、奴の横領の噂が流れ始めて、秘密裡に監査がはいって局の帳簿が調べられることになったからです」

「では、コリンズはこれまでずっと直接の監査の目をくぐり抜けてきたのですか。どうしてそんなことができたのです？」

サム警視は口元を引き締めた。「たやすいことですよ。何ヶ月も前から横領の発見を遅らせるために、あれこれ記録を改竄してたんです。加えて、ちんけな汚職政治家のコネを手当たり次第に使ってます。しかし、もうにっちもさっちもいかなくなって、どうにもごまかしきれなくなったというわけです」

「人間性というものを間接的に説明してくれる、すばらしい実例ですね」レーンはつぶやいた。

「この癇癪持ちで、意固地で、激しやすい男の人生は、おそらく他人を踏みつぶそうとする衝動の連続で、いまの立場にたどりつくまでの道程は、邪魔者の死屍累々という殺伐としたものだったことでしょう……そんな男がひざまずかんばかりに哀願したと、ブルーノさんに聞きましたよ！　まさに敗残の者だ。完膚なきまでに打ちのめされ、絶望し、早速、制裁を受けるはめになったとは」

　サム警視はたいして感銘を受けた様子がなかった。「まあ、そんなもんですかね。ともかく、我々は奴が相当怪しいと踏んでいます――相変わらず、状況証拠ばかりですが。動機ですか？　ロングストリートに対してもデウィットに対しても同じくらい強烈なやつがあるでしょう。ロングストリートに裏切られたと思って、まずはロングストリートを殺した。その後、破滅に直面して自棄になり、ロングストリートの裏切りの尻ぬぐいをデウィットに断られたので、これも殺した。状況だけを考えるなら、ふたりを殺した犯人がコリンズというのは実に妥当で、しかもウッドを殺した可能性とも矛盾しません。モホーク号が船着き場に着いてすぐ抜け出した乗客の中にまぎれこんでいてもおかしくはない。いま、あの夜のコリンズの行動を洗っているところですが、まともなアリバイはまったくありません……それに裁判になればブルーノが状況証拠を提出できます。我々が踏みこんだ時の、コリンズの怪しい行動――奴が叫んだ言葉や、死のうとしたことや……」

「法廷であの地方検事さんの話術の魔法にかかっては」レーンは微笑んで、ほっそりした長い両腕を伸ばした。「コリンズは間違いなく有罪に見えることでしょうね。ですが、警視さん、朝の五時に玄関前に警察が押しかけてきたと知ったコリンズが逆上して、てっきり州の公金の使いこみがばれたと思いこみ、横領罪で逮捕されるに違いないと早とちりした可能性については、考えましたか？　だとすると、コリンズの精神状態から見て、死のうとしたことや、〝生け捕り〟にはならないと叫んでいたことの辻褄も合います」

サム警視は頭をかいた。「今朝、横領について問いつめた時に、コリンズが言ったことそっくりそのままですよ。どうしてわかったんです？」

「おやおや、警視さん、子供でもわかることですよ」

「どうやらあなたは」サム警視は真顔になった。「コリンズが本当のことを言ったと考えているようですね。あなたは奴が殺しの犯人ではないと、そう信じてるわけですか？　実は、今日、こうしてうかがったのは、内々であなたに意見を訊いてこいと、ブルーノに指示されたからでしてね。言うまでもないでしょうが、我々はあの男を殺人罪で起訴したい。しかしブルーノは一度、火傷をしていますから、もういっぺん、同じ目にあいたくないってわけです」

「サム警視」ドルリー・レーンは素足で立ち上がると、日に焼けた胸を張った。「ブルーノさんは絶対にコリンズをデウィット殺しで有罪にできません」

「そう言われると思ってましたよ」サム警視は握ったこぶしを、むっつりと睨んだ。「しかし、私たちの立場を考えてみてください。新聞は読んでますか？　デウィットの起訴でポカをやらかした我々が、さんざん叩かれてるのを知ってますか？　連中、あの件を今度のデウィット殺しと結びつけて、騒ぎ立てるものだから、こっちはブン屋の前にうっかり顔を出すこともできない。ここだけの話ですが、私のクビも危なくなっているらしい。今朝は警察委員長に呼び出しを食らいましたよ」

レーンははるか下を流れる川に眼を向けた。「もしも私が」穏やかに言った。「少しでもあなたとブルーノさんの助けになると思うなら、私がいま知っていることをとっくにお話ししていると思いませんか？　ですが、この勝負は最終ピリオドにはいっているのですよ。もうすぐ試合終了のホイッスルが鳴ろうとしている。職場でのお立場については……あなたが縄をかけた殺人犯を連れ帰れば、警察委員長もまさか厳しい処分を下しはしますまい」

「私が？」

「そう、あなたが」レーンはざらざらの石の手すりに裸の背中をもたせかけた。「ほかに新しいニュースがあるなら教えてください」

サム警視はすぐには答えなかった。次に口を開いた時は、自信のなさそうな口調だった。

「無理に答えてもらおうとは思ってないんですがね、レーンさん、しかしこの事件であなたがはっきりと断言したのは、これで三度目です。どうしてあなたはコリンズを有罪にできないと確信してるんです？」

「それは説明すると」レーンは穏やかに言った。「長い話になります。それより、いいかげん私が思わせぶりな態度をとるのをやめて、立証する頃合いになりましたよ。あなたのために、今日の午後にもコリンズの件に決着をつけてさしあげます」

サム警視は笑顔になった。「さすがはレーンさんだ！　もう大船に乗った気分になれましたよ……新しいニュースですか？　山ほどあります。まず、シリング先生がデウィットの死体を解剖して、弾丸を摘出しました。予想どおり、三八口径でしたよ。ふたつ目のニュースは、がっかりものなんですがね。バーゲン郡のコール地方検事は、死体が発見される前に列車を降りた乗客を見つけられなかったそうです。それと、向こうの連中もうちの連中も、線路やその付近に落ちている銃を見つけられませんでした。もちろん、凶器はコリンズの銃だというのがブルーノの見解です。いま、デウィットの身体から摘出された弾丸と、コリンズの銃から発射された弾丸を、顕微鏡で比較検査させています。もし一致しなくても、コリンズの無実の証明にはなりません。デウィットを殺った凶器は別の銃かもしれない。すくなくとも、それがブルーノの主張です。別の銃だとすれば、あの夜は凶器を持ったままタクシーに乗りこみ、タクシーがニューヨーク行のフェリーに乗っている間に、川に捨てたんだろうと」

「なるほど、おもしろい」レーンはつぶやいた。「続けてください」

「それから、コリンズをニューヨーク市内に送っていったタクシー運転手に事情聴取しました。フェリーに乗ったのか、乗ったとすれば、船の上でコリンズがタクシーの外に出たかどうか。運転手はコリンズが車の外に出たかどうかはわからないと言ってました。とりあえず、リッジフィールドパーク駅から列車が出てったころに、コリンズが自分の車に乗ってきたと証言しましたが。それだけです。

三つ目のニュースは、これはまあ、ニュースと言えるほどのものじゃ全然ないです。ロングストリートの仕事上の文書や、個人的な文書を調べましたが、興味深い事実は何ひとつ出ませんでした。

四つ目は、こいつは打って変わっておもしろいです。デウィットのオフィスの書類を調べてたら、すごい発見をしましたよ。小切手の控えで——過去十四年間、年に二回——ウィリアム・クロケットという人物に支払っているんです」

レーンは身じろぎひとつしなかった。サムのくちびるを見つめる灰色の瞳が、いつしか淡い金褐色の光を帯びている。「ウィリアム・クロケットですか。ふむ……警視さん、実に縁起がいい、まさに吉報の先触れだ。それで、小切手の額はいくらで、どこの銀行から振り出されていますか」

「金額は特に決まってませんが、一万五千ドル以下のは一枚もないです。全部同じ銀行で振り出されています——カナダのモントリオール・コロニアル信託銀行です」

「カナダ？　ますますおもしろい。それでサインはどうなっていますか——デウィット個人の署名ですか、それとも商会名義ですか」

「どうも商会名義のようですね。デウィットとロングストリートの両方の署名がはいってます。そこは我々も注意して見ました。デウィット個人が恐喝されてたのかと思ったんですがね、商会名義となれば、デウィットだけじゃなく、ふたりとも強請(ゆす)られていることになる。この年に二回の支払いの記録が商会の帳簿にない。ふたりがそれぞれ、個人の引出金勘定(かんじょう)から半額ずつ出してるんです。税金の記録もそうなってます——そこはきっちり確認しました」

「そのクロケットという人物については調べましたか」

「当たり前です！」サム警視はむっとしたようだった。「カナダの連中は、我々がいかれてると思ってますよ。小切手の控えを見つけてからというもの、さんざんこきつかってやりましたからね。それで妙なことがわかりました。モントリオール警察の捜査で、ウィリアム・クロケットという男が――すべての小切手の裏に自分でサインをして受け取っていて……」

「代理人がサインしたものはなかったのですか？　すべて、同じ筆跡で？」

「そうです。で、いまの話の続きですが、このクロケットがですね、カナダ各地からその銀行に小切手を郵送していったん預金し、使う時も小切手で引き出してるんです。どうも、金がはいるとすぐに使っちまう生活をしていたようです。銀行はクロケットの人相風体をまったく知らないし、現住所も知りません。ただ、口座収支報告書や証票類をモントリオールの中央郵便局の私書箱に送れと指示されている、ってことだけがわかりました」

もちろん、我々もぐずぐずしてないで、すぐに調べましたよ。問題の私書箱からは、めぼしいものは何ひとつ出ませんでした。中は空っぽでしたが、その私書箱に、いつ誰が近づいたのか、誰も覚えちゃいないというありさまです。デウィット&ロングストリート商会の事務所を調べなおしてみると、もともと小切手はどれも、同じ中央郵便局の私書箱宛てに送られていたことがわかりました。しかしウィリアム・クロケットが何者なのか、どんな外見なのか、なぜ小切手を送られ続けているのか、知ってる者は商会にはひとりもいません。問題の私書箱は年間契約で、毎年、一年分を前払いされているそうです――やはり郵送で」

「しゃくにさわりますね」レーンはつぶやいた。「あなたもブルーノさんも、相当、頭にきたでしょう」

「いまも、きてますよ」警視は唸った。「調べれば調べるほど謎が深まるばかりで。たしかなのはこのクロケットって奴が、表に顔を出さないようにしてるってことだけです」

「表に顔を出さないのは、もしかすると自分の意志よりも、デウィットとロングストリート側からの指示かもしれませんね」

「ああ、なるほど！」サム警視は感嘆の声をあげた。「それは思いつかなかった。まあ、このクロケットに関する捜査は、だめでもともとみたいなもんですが。殺人事件とは何の関係もないかもしれない――ブルーノはそう考えてます。前例を山ほど見てきてますからね。どんな事件も、必ず余計なものが本筋にごちゃごちゃとからみついてるもんです。しかし、万が一ということもありますし……もしクロケットがあのふたりを恐喝していたとすれば、殺人の動機になりますから」

「警視さん、いまのお説を」レーンは微笑んだ。「あの金の卵を産むガチョウのすてきな物語と矛盾しないようにするには、どういった論理で説明されますか」

サム警視は渋面を作った。「たしかに恐喝説がおかしいってのは認めますよ。そもそも、最後の小切手の控えはこの前の六月の日付がはいってるんだから、クロケットは間違いなく、半年ごとの小遣いをいつもどおりのやりかたで受け取ったんです。それならどうして、金の卵を産んでくれるガチョウを殺しちまうんだ、ってのがあなたの言い分でしょう？　しかも、最後の小切手はいままででいちばん金額がでかいのに」

「ですが、警視さん、あなたの恐喝説があくまで正しいとするならば、もしかするとクロケットのガチョウは金を産まなくなっていたのかもしれませんよ。もしこの六月の小切手が最後の小遣いだったとしたら？　もしクロケットがデウィットとロングストリートから、これ以上はもう小切手を送らないと釘を刺されていたら、どうです？」

「なるほどね……もちろん、そのクロケットとやりとりした手紙や通信記録を探しましたが、見つかっていません。まあ、何の証拠にもならないことですがね、やりとりしてたとすれば、そんな記録は残さないでしょうから」

レーンは頭を軽く振った。「ともかく、あなたがいまあげた事実のみでは恐喝説にうなずくわけにはまいりませんな。どうして金額がまちまちなんです？　普通、恐喝というのは金額が決まっているものでしょう」

サム警視はつぶやいた。「たしかに。実は、六月の小切手の金額は一万七千八百六十四ドルでした。なんでこんな半端な額なんですかね」

レーンは微笑した。そして眼下に広がる森の、はるか向こうに細く流れるハドソン川のきらめきを名残惜しそうに見つめると、大きく息をついて、モカシンに足を入れた。

「階下に行きましょう、警視さん。状況はとうとう〝考えに行動という名の冠を授ける〟時期に来ました。そう――〝考えたことをなさねばならぬ〟というわけです！」

ふたりは塔の階段に向かって歩きだした。サム警視は館のあるじの裸の胸を見てにやりとした。「やれやれ！」警視は言った。「レーンさんのおかげで、私もすっかり開眼しちまいましたよ。しゃれた引用を気に入る日が来るなんて夢にも思わなかった。シェイクスピアって男はなかなかいいことを言うじゃないですか。いまのは『ハムレット』でしょう?」

「どうぞ、お先に、警視さん」ふたりは薄暗い塔の中にはいり、石の螺旋階段をおり始めた。

レーンはサム警視の広い背中のうしろで微笑んだ。「あのデンマークの王子の台詞をやたらと引用する私の悪い癖から、大胆な推理をされたのですね。違いますよ、警視さん。いまのは『マクベス』です」

*

十分後、ふたりはレーンの書斎で坐っていた。レーンは裸体にグレーのガウンをはおって、ニュージャージー州の大きな地図を調べており、その様子をサム警視は困惑しきりで見つめていた。ローストビーフに添えるふわふわのヨークシャープディングのように丸っこくふくらんだレーンの執事は、フォルスタッフという婉曲的にその体型を表す愛称で呼ばれているのだが、ちょうどいまは、書棚の間の細いトンネルのような通路から姿を消すところだった。

しばらく、レーンは一心に地図をじっと見つめていたが、やがてそれを傍らに押しやると、心から満足した笑顔をサム警視に向けた。「いよいよです、警視さん、巡礼に出る時が来ました。たいへん重要な巡礼です」

「ついに、最後ですか?」

「ああ、いや――最後の巡礼ではありません」レーンはつぶやいた。「おそらく、最後から二番目の巡礼です。警視さん、いま一度、どうか私を信じてください。デウィットが殺されてから、私は自分の能力に自信を失くしかけているのです。あの殺人は予見できただろうに、なぜ先手を打って、防ぐことができなかったのか……。言い訳になりますが、デウィットの死は……」レーンはそこで黙りこみ、サム警視は不思議そうにその様子を見つめた。不意に、レーンは肩をすくめた。「いや！　始めましょう。なにしろ私は根っから芝居気がありすぎるもので、どうしてもあなたに完璧な見せ場をご用意して、あっと言わせずにいられないのです。私の言うとおりにしてみてください、そして、もし運命の女神が微笑んでくれるなら、コリンズが有罪だというあなたがたの説をひっくり返す、有無を言わせぬ証拠をごらんにいれてみせます。もちろん、善き友、地方検事さんにはご迷惑をかけることになりましょうが、人命には替えられません。では警視さん、すぐにしかるべき筋に、ここから電話をかけてください。今日の午後、できるだけ急いで警官を一チーム、ウィーホーケンに派遣してほしいのです。水底をさらう道具も持っていくようにお願いします」

「水底をさらう？」サム警視は怪訝そうだった。「さらうって……沈んでるものを？　死体ですか？」

「あらゆる事態に対処できるように準備してほしいのです。ああ、クェイシー！」

　小柄なかつら職人が、細い腰に古ぼけた革エプロンを巻いたまま、大きなマニラ紙の茶封筒をかかえて、のそのそと書斎にはいってきた。ガウンの下に何も着ていないのを見たクェイシーの非難がましい視線にかまわず、レーンは待ちかねていたように茶封筒をつかんだ。封筒には領事館の住所が印刷されている。

「ウルグアイからの報せです」ぽかんとした顔のサム警視に、レーンはほがらかに言った。封筒を破り、台紙に貼られた数枚の写真と長い手紙を取り出した。名優は手紙を読んでから、机に投げ出した。

サム警視は好奇心を隠せずに訊ねた。「レーンさん、ひょっとして、それは指紋の写真ですかね?」

「これらは」レーンは写真をばさばさと振ってみせた。「ある最高に興味深い紳士の指紋です。マーティン・ストープスという名の」

「ああ、こりゃ失礼」サム警視はすぐに言った。「てっきりこの事件に関係するものだと思ったもんで」

「何をおっしゃいますか、警視さん、この事件に関係するものに決まっているじゃないですか!」

サム警視は、いきなり光を浴びて眼がくらんだ兎のような、茫然とした眼でレーンを見つめた。そして、くちびるをなめた。「いや――だって」警視は口ごもった。「この事件って、どの事件です? まさか、いま私らが調べてる事件ですか? だけど、レーンさん、マーティン・ストープスってのはいったい誰です?」

レーンが珍しく、感情のままに動いた。片腕を伸ばし、サム警視の厚い肩を抱いたのだ。

「実はその点において、私はあなたより有利な立場にいるのです。からかったりして申し訳ありません――私としたことが、たいへん不作法でした。マーティン・ストープスこそが、私たちの求めているX——ハーリー・ロングストリートとチャールズ・ウッドとジョン・O・デウィットを、この麗しき地上から消し去った男なのですよ」

サム警視は息を呑み、眼をぱちくりさせ、激しく頭を振った。「マーティン・ストープス。マーティン・ストープス。マーティン・ストープスが、ロングストリートとウッドとデウィットを殺し……」何度も何度もその名を繰り返した。「わからん！」警視は怒鳴った。「そんな名前は聞いたことがない！　この事件で一度も出てこなかったはずだ！」

「名前なんてどうでもいいでしょう？」レーンは写真を茶封筒の中にしまった。サム警視は貴重な文書であるかのようにじっとそれを見つめている。その指は無意識のうちに、何かをつかもうとしていた。「名前なんてどうでもいいではありませんか。警視さん、あなたはマーティン・ストープスに何度も何度も、すでに会っているのですよ！」

第十場　ボゴタ付近

十月十二日　月曜日　午後六時五分

何時間も捜索し続けて、サム警視はがっくりと気落ちした顔になっていた。ドルリー・レーン氏の予言、もしくは推理力に対する信頼は強固だったとはいえ、内心の激しい動揺を抑えることはできなかった。警視率いる小隊は中世の異端審問の拷問具を思わせる変てこな器具で、午後いっぱいかけて西河岸鉄道と交わるニュージャージーのあらゆる川の底をかきまわした。サム警視は、何度繰り返しても川さらえが徒労に終わるのを見るたびに、顔つきがどんどん暗くなっていった。レーンは無言だった。ただ、実際の捜索作業の指揮を執り、探し物が出てきそうな水中の場所を提案するのみである。

ずぶ濡れで疲れきった男たちがボゴタの町の近くを流れる小川まで来た時には、とっぷりと日が暮れていた。何人かに命令が下され、走っていく。やがてサム警視の権威という名の魔法により、新たなる道具が投入された。強力なサーチライトが線路脇に設置され、静かな水面を照らしだしたのだ。巨大なスプーンのような、この日の午後いっぱいずっと使われてきた道具がまたしても活躍を始めた。レーンとすっかりふてくされた顔のサム警視は並んで、作業をしている男たちの機械的な動きを眺めていた。

「干し草の山から一本の針を探し出すようなもんだ」警視はぶつくさ言った。「レーンさん、見つかりっこありませんよ」

サム警視の悲観的な言葉に、運の神が憐（あわ）れみたもうたのだろうか、まさにこの瞬間、鉄道の路床から五メートル以上も離れた場所で手こぎボートを操っていた男が、叫び声をあげたのである。レーンは返事を呑みこんだ。別のサーチライトが、そのボートに向けられる。川さらえの道具はおなじみのヘドロや藻や小石や泥を引き上げていたが、今回は、強力な光線の中で何かがちかちかと光っているのが見えた。

勝利の雄たけびをあげ、サム警視は向こうみずに土手を駆けおりていき、そのあとからレーンが落ち着いた足取りで続いた。

「あったのか――なんだ、そいつは?」警視は怒鳴った。

ボートが近づいてきて、作業をしていた男の泥だらけの手が、光る物体を差し出した。サム警視は、傍らに追いついてきたレーンの顔を、畏敬のまなざしで見上げた。そして、頭を振ると、発見したものを調べ始めた。

「三八口径ですね?」レーンは穏やかに訊ねた。

「そうです、そうです、やったぞ!」サム警視は叫んだ。「いやあ、今日は本当についている! 弾倉はひとつだけ空だ。賭けてもいい、こいつで撃った弾丸は絶対に、デウィットの死体から摘出したやつと線条痕が一致するぞ!」

警視は濡れた銃を優しくなでてハンカチにくるみ、コートのポケットに収めた。

「よくやった、みんな!」疲れきった部下たちに向かって叫んだ。「探し物は見つけた! 片づけて、帰るぞ!」

警視とレーンは線路づたいに引き返し、昼からずっと皆を連れまわしていたパトカー群の一台に向かった。

「それじゃあ」サム警視が口を開いた。「ひとつ復習してみましょうや。いまここで我々は、デウィットを殺すのに使われた凶器と口径が同じ銃を、凶行のあった夜に通過した川の底で発見しました。見つけた位置から考えて、殺害後に列車から投げ捨てられたと考えるのが妥当だ。犯人の手で」

「別の可能性もありますよ」レーンが言った。「犯人はボゴタ駅、もしくはそれより前で列車を降り、あの川まで歩いていくなり戻るなりして、銃を投げ入れたかもしれない。いえ、これは可能性を指摘しただけですよ。列車から直接、川に投げ入れられたと考える方が、ずっと現実的なのは間違いありません」

「あなたって人は、何から何まで考えなきゃ気がすまないんですすねえ。まあ、私もあなたの言うことに賛成ですが……」

すでにふたりはパトカーにたどりつき、黒いドアにもたれて話しているのだった。レーンが口を開いた。「なんにせよ、あの場所で銃を発見したいま、コリンズを有罪にすることは絶対にできなくなりましたよ」

「それは、コリンズは完全にシロってことですか？」

「まさに言い得て妙ですな。あの列車はリッジフィールドパーク駅に、零時半に到着しました。コリンズは列車が見えなくなる前にタクシーに乗った――ここが重要です。この時点で、コリンズのアリバイはタクシーの運転手によって保証されます。タクシーは列車と反対方向に向かったのですからね――ニューヨーク方面へ。列車があの川を通過する零時三十五分より前に、銃を列車から川に投げ捨てることはできません。仮に川まで歩いて銃を投げ入れたとしても、当たり前ですが列車より先に川にたどりつけるわけがない。そう、コリンズが徒歩なり車なりで川に行って銃を投げ捨てたなら、列車が見えなくなる前にリッジフィールドパーク駅まで引き返せるはずがないのですよ！　リッジフィールドパーク駅からあの川までだいたい一・五キロ、往復三キロになる。もちろん、殺人のずっとあとに銃が川に投げ捨てられた可能性はあるでしょう。何時間後かにコリンズが引き返してきて川に捨てたということも、普通の状況なら不可能ではない。しかし、実際の状況は特別でした。タクシーがニューヨークのアパートメントにまっすぐコリンズを送り届けてからずっと、コリンズの動きは警察に監視されていたのですから。ゆえに（エルゴ）――コリンズ氏はシロです」

サム警視の声が勝ち誇ったように高まった。「あなたでも見落としがあるんですね、レーンさん！　いまの説はまったく正しい――コリンズ本人にはあの川に凶器を投げ捨てることはできない。しかし、共犯者がいたとしたらどうです。デウィットを殺したあと、コリンズは共犯者に銃を渡して自分だけ列車を降り、共犯者には、自分が降りて五分後に川を通過するから、凶器を投げ入れろと指示しておくってのは。どうです、なかなかの推理でしょう！」

「まあまあ、警視さん、落ち着いてください」レーンは微笑んだ。「いま私たちはコリンズの件を裁判の視点から議論しているのですよ。共犯者の可能性は落としていません。もちろんです。では、質問しましょう――その共犯者とは誰ですか？　あなたは共犯者を法廷に連れてくることができますか？　もっともらしい推理以外に、陪審員に提出できる証拠はありますか？　お気の毒ですが、いま発見した新たな証拠を前にしては、コリンズをデウィット殺しで有罪にすることはできません」

「そのとおりです」サム警視の顔は再び曇った。「ブルーノも私も、誰が共犯者なのか見当もつきません」

「いる、いるとすればの話です」レーンは淡々と指摘した。

皆がぞろぞろと集まってきたので、サム警視は車に乗りこんだ。レーンも続き、ほかの車もいっぱいになると、道具を山積みにしたトレーラーを引きながら、一同はウィーホーケンに向かって引き返し始めた。

サム警視は考えこんでいたが、表情から察するに、頭の中には苦い思いが渦巻いているようだった。ドルリー・レーンは身体の力を抜いて、長い脚を楽々と伸ばした。「ねえ、警視さん」名優は言葉を継いだ。「心理的な視点からも、共犯者説は弱いのですよ」

サムは呻いた。

「仮に、コリンズがデウィットを殺した犯人であり、実際に共犯者が存在して、凶器を渡し、コリンズがリッジフィールドパーク駅で下車した五分後に投げ捨てるように指示した、と考えてみましょうか。ここまでは問題ない。しかし、これはコリンズが鉄壁のアリバイを作ろうとしたという前提があって、初めて成り立つ仮説です。言い換えれば、コリンズが反対方向に引き返したことがはっきりしている地点から、さらに五分も先に進んだ場所で銃が発見されなければ、意味がないのです。

コリンズが降りた地点から列車が五分進んだ場所で銃が発見されなければ、アリバイは成立しない。コリンズがアリバイ計画をたてたのなら、簡単に銃が発見される場所を選んで捨てるはずです。ところが、私たちが凶器を発見したのは川の底で、へたをすれば永久に沈みっぱなしでした。コリンズがアリバイ作りを計画したという仮説と、私たちがあらゆる努力をしてやっとのことで銃を見つけたという事実を、どうやって矛盾なくすりあわせますか？　たぶん、あなたはこうおっしゃりたいでしょう――」しかし、サム警視の顔つきは、まったく何もおっしゃりたそうではなかった。「――銃が川の中に落ちたのはたまたまで、共犯者は線路脇の地面に落とすつもりだったと。しかし、コリンズのアリバイ工作のために銃を見つかりやすい場所に捨てるつもりなら、共犯者はなぜ列車から五メートル以上も遠くに投げたのですか？　思い出してください、我々が銃を発見したのは――線路から五メートル以上も離れた川底でした。

　おかしいでしょう。共犯者は窓から銃を遠くに投げずに、落とすだけのはずです。そうすれば間違いなく線路脇の地面に落ちて、確実に発見されるのですから」

「つまり」サム警視はぼそぼそとつぶやいた。「この銃はあとで発見されるために捨てられたわけじゃないと、あなたは立証したわけだ。ということは、コリンズは間違いなくシロなんだ」

「そのとおりです」レーンもつぶやくように答えた。

「やれやれ」サム警視はやりきれないといった吐息を盛大にもらした。「しょうがない、降参だ。まったく、ブルーノと私が今度こそXだと思って誰かを捕まえるたびに、あなたが台無しにしてくれるんだからなあ。もう恒例（こうれい）のお約束みたいなもんだ。私にしてみれば、事件はますますこんがらがってきたとしか思えませんがね」

「いいえ、その逆です」ドルリー・レーン氏は言った。「私たちはいよいよ、終幕の一歩手前にたどりついたのですよ」

第十一場　ハムレット荘

十月十三日　火曜日　午前十時三十分

クェイシーは、ハムレット荘にあるかつらを作る工房で電話の前に立っていた。ドルリー・レーンはすぐそばの椅子で、脚を伸ばしてゆったり坐っている。窓にはぶ厚いカーテンがかかり、太陽の光がうっすらと透けていた。

老人はきいきい声で話している。「ですが、ブルーノ様、レーン様がそうおっしゃいまして。はい、さようで……はい、今夜午後十一時に、サム警視様と刑事さんたちとご一緒に、このハムレット荘にレーン様を迎えにおいでください……少々お待ちを」クェイシーは受話器を骨の浮いた華奢（きゃしゃ）な胸に押し当てた。「ブルーノ様が、刑事は私服がいいかとお訊ねです。それと何をするつもりなのかと」

「こう言いなさい」レーンはのんびりと言った。「私服の方がいい、みんなでニュージャージーにちょっと遠足に行くのだから。ウェストイングルウッド行の西河岸鉄道に乗る。この事件に関係する非常に重要な用事だ、と」

クェイシーは眼をぱちくりさせてから、主人の命に従った。

午後十一時

＊

おそらく誰よりもこの館の主人と慣れ親しんでいたからだろう、その夜、ハムレット荘の図書室に集まった警察の面々の中で、ただひとりサム警視だけが完全にリラックスしているようだった。ドルリー・レーン氏はこの場におらず、ブルーノ地方検事は苛立たしげに鼻を鳴らして、古い椅子に沈みこんだ。

フォルスタッフのころころと肥った小さな身体がお辞儀をして、ブルーノ地方検事の視界に進み出た。「なんだね」

「レーン様からお言伝(ことづて)でございます。申し訳ありませんが、もう少々、お待ちくださいますようにと」

地方検事は気のない顔でうなずいた。サム警視はくすりとした。

刑事たちは広い部屋を珍しそうにきょろきょろ眺めている。天井はとても高く、三方の壁はそのまま書棚で、床から天井まで何千という書物に埋め尽くされていた。上段の書棚には可動式の梯子が取り付けられている。古風な趣のあるバルコニーが室内をぐるりと一周していた。部屋の角ふたつに設けられた鉄の螺旋階段がそれに続いている。旧(ふる)い書体で彫刻された青銅の札(ふだ)で書物は分類されていた——部屋の奥の円卓は司書の聖域に違いないが、いまは誰もいない。

残るもうひとつの壁には珍しい品々が飾られている。ブルーノ地方検事は苛立たしげに椅子から立ち上がると、うろうろ歩きまわりだした。厚くニスをかけてガラス板でおおわれた古い図面が、その壁の中央にかかっている。左下の隅の渦巻くような装飾文字を読むと、一五〇一年の世界地図であると知れた。壁際の床にはずらりと、エリザベス朝時代の衣装のコレクションが、一組ずつ別々のケースに納められて並んでいる……

突然、図書室の扉が開いて、一同が振り返ると、クェイシーの萎(しな)びた姿がそろりとはいってきた。老人は扉を大きく開いたまま押さえて、皺くちゃの老いた顔にわくわくしているような笑いを浮かべている。

アーチ形の入り口を抜けて、背の高い、尊大そうな、赤ら顔の男がのしのしとはいってくると、一同を見下(みくだ)すようにじろりと眺めた。力強そうな顎(あご)だが、頬はわずかに垂れて、眼のまわりは放蕩(ほうとう)がたたった皺やたるみが目立っている。着ているのはツイードのスーツ――目の粗い生地の、幅広のスポーティーなズボンとカジュアルな上着だ。蓋のないポケットに両手を突っこみ、じろじろと不機嫌そうに皆を見ている。

男の登場がもたらした効果は極めて迅速、かつ、絶大であった。立っていたブルーノ地方検事はその場で凍りつき、視神経を伝わって脳細胞に届いた知覚が信じられないというように、何度もまばたきをした。しかし、地方検事が驚いたのだとすれば、サム警視ははるかに驚愕し、それこそ度肝(どぎも)を抜かれていた。岩のような顎(あご)が子供のように震え、いつのまにかあんぐりと口が開いている。普段は険しく冷ややかな眼が、熱病のような恐怖に燃えている。二度、三度、警視は固く眼をつぶっては、開けた。顔色が完全に飛んでしまっている。

「うそ、だ」警視はかすれた声をもらした。「ハー――ハー――ハーリー・ロングストリート！」

ほかの者たちは、身動きひとつできずにいた。戸口の亡霊は地の底から響くような笑い声をたて、一同は背筋を氷のような電流が走り抜けるのを感じて震え上がった。

「〝おお、これほど豪華な宮殿に偽り(いつわ)が住もうとは！〟」ハーリー・ロングストリートが言った。あのドルリー・レーン氏のすばらしい美声で。

第十二場　ウィーホーケン発ニューバーグ行短区間列車

十月十四日　水曜日　午前零時十八分

不思議な旅だった……歴史という名の想像力のない悪女が同じことを繰り返したのだ。同じ列車、同じ闇夜、同じ時刻、同じ鉄の車輪が鳴り響く音。

零時十八分、ドルリー・レーン氏が招集した警察の一行は、ウィーホーケン発ニューバーグ行の列車後部に乗りこんでいた。すでにウィーホーケン終着駅を出て、ノースバーゲンを目指して走っている。レーン、サム警視、ブルーノ地方検事、そして同行の私服刑事たちの集まったこの車両に、一般の乗客はほとんどいなかった。

レーンはトップコートでしっかりと身体をくるみ、フェルト帽の広いつばをうんと引き下げているので、顔が見えなかった。サム警視と隣り合わせに窓際の席に坐り、ガラス窓の方を向いて誰にも話しかけようとせず、まるで眠っているようにも、何か問題を考え続けているようにも見えた。向かい側に坐る地方検事も、警視も、ひとことも喋ろうとしない。ふたりとも、ひどくぴりぴりしていた。その緊張は、まわりの席の刑事たちにも伝染した。皆、ほとんど口をきかず、人形のようにこわばって坐っている。これから何が起きるか知らずとも、派手なクライマックスを待ち構えているようだ。

サム警視は落ち着きがなかった。レーンのうつむいた頭をちらりと見やると、ため息をついて、立ち上がった。そのまま重たい足音をたてて、車両から出ていった。かと思うと、すぐに興奮で顔を真っ赤にして戻ってきた。警視は自分の席に坐り、身を乗り出してブルーノ地方検事に囁いた。「妙だ……前の車両にアハーンとアンペリアルが乗ってる。レーンに知らせた方がいいのか？」ブルーノ地方検事はレーンの隠している頭を探るように見た。そして、肩をすくめた。「全部おまかせした方がいいだろう。この人には、何か考えがあるようだ」

列車が身を震わせて停まった。ブルーノ地方検事は窓の外を見た。ノースバーゲン駅だ。サム警視は腕時計を見た――ぴったり零時二十分。駅のぼやけた明かりに照らされて、乗客がふたり乗りこんでくるのがかろうじて見て取れる。駅員の持つランタンが振られ、ドアが音をたてて閉まると、列車はまた動きだした。

ほどなく車掌が車両の前方から現れ、検札を始めた。警察一行の近くに来ると、車掌は気づいて笑いかけてきた。サム警視は仏頂面でうなずくと、全員の運賃を現金で支払った。車掌は胸ポケットから車内販売用の、細長い二枚重ねの切符の束を取り出し、ずれないようにきちんと重ねて二カ所にパンチ穴を開けると、はぎとった切符の束をサム警視に渡し、控えの束を自分の別のポケットにしまった……

　眠っているようにも考えこんでいるようにも見えたドルリー・レーン氏が、この瞬間、突然、活動を開始した。立ち上がり、全身をおおっていた帽子とコートを払いのけ、いきなり車掌の真正面に立ちはだかった。車掌はきょとんと見返した。レーンは上着のポケットに片手を深く入れると、銀のケースを取り出し、ぱちんと開いて、中の眼鏡を手に取った。それをかけようとはせず、ただ車掌を、異様なほどまっすぐに、まじまじと見つめた。力強いが、自堕落な生活で眼の下が大きくたるんだその顔は、車掌の心を虜にしたようだった。

　そのとたん、車掌の身に異様な変化が起きた。パンチを持つ手が宙に浮いたまま、ぴたりと動かなくなった。目の前の不気味な姿が何者なのか、最初はわからなかったようだが、不意に、雷に打たれたように理解した。あっと口が開き、長身のたくましい身体がしぼみ、血色のよい顔が一瞬で死人のように白くなった。その口からは、首を締めつけられたような声がひとことだけもれた。「ロングストリート……」全身が麻痺し、石像のように棒立ちになった車掌の前で、作りもののハーリー・ロングストリートのくちびるがにやりと笑い、右手が銀のケースと眼鏡を落とすと、流れるような動きで再びポケットにはいり、今度は鈍い光を放つ金属製の何かをつかんで現れた……。その手が前にすっと伸び、かちり、と小さな音がすると、車掌は正面の笑顔からやっと視線をもぎとり、呆けたように下を向いて、自分の両手首に手錠がかかっているのを茫然と見つめた。

ドルリー・レーン氏は再びにやりとした。今度は、目の前の無言劇を、息を殺して動くこともできずに見つめていたサム警視とブルーノ地方検事の、信じられないという青ざめた顔に向けた笑顔だった。ふたりの額には細かい皺が現れていた。警視たちがレーンから車掌に視線を向けると、車掌はいまや背を丸め、震える舌でくちびるをなめ、座席の背もたれに寄りかかっていた──打ちのめされ、恥じ入って、手首にかかった手かせを凝視しながら、自分の眼が信じられないという様子でいる。

ここで、ドルリー・レーン氏が落ち着いた声でサム警視に言った。「警視さん、お願いしておいたスタンプ台はお持ちですか?」

警視は無言でインクパッドのはいったブリキの箱と、白い用紙の小さな剝ぎ取り式ノートをポケットから取り出した。

「この男の指紋を採ってください」

サム警視はよろよろと立ち上がった。まだ信じられないような面持ちで、言われたとおりにしている……。レーンはすっかり茫然自失している車掌の隣に立ち、同じように背もたれに寄りかかった。サム警視が男の麻痺した手をつかみ、スタンプ台に押しつけている間に、レーンはさっき脱ぎ捨てたコートを拾い上げて、ポケットの中を探り、月曜日に受け取った茶封筒を取り出した。警視が車掌の力の抜けた指を用紙に押しつけると、レーンはウルグアイから電送されてきた指紋の写真を封筒から抜き取り、含み笑いしながら、眺めていた。

「警視さん、採れましたか」

サム警視はまだ湿ったままの、車掌の指紋を写し取った紙をはぎとり、レーンに手渡した。

名優はその紙と写真を並べて持ち、渦巻き模様をじっと見た。やがて、湿った紙に写真を添えて警視に返した。

「どうです、警視さん？　あなたなら、指紋の鑑定は何千とされてきているはずです」

サム警視はじっくりと見比べていた。「同じに見える」

「もちろん同一のものですよ」

ブルーノ地方検事がふらふらと立ち上がった。「レーンさん、いったい誰――何者なんです――？」

レーンは手錠をかけられた男の腕を、親しげにつかんだ。「ブルーノ地方検事、サム警視、ご紹介いたしましょう。こちらは神の子らの中で、もっとも不幸な者のひとり、マーティン・ストープス氏――」

「しかし――」

「――またの名を」レーンは続けた。「西河岸鉄道の車掌、エドワード・トンプソン――」

「ですが――」

「――またの名を、フェリーから早々と降りて、警察がついに発見できなかった紳士たちのひとり――」

「いや、私にはさっぱり――」

「――またの名を」レーンはほがらかに締めくくった。「車掌、チャールズ・ウッド」

「チャールズ・ウッド！」サム警視とブルーノ地方検事は同時に叫んだ。ふたりは改めて、自分たちの捕虜のすっかりちぢこまった姿を、まじまじと見つめた。地方検事がかすれた声をもらした。「でも、チャールズ・ウッドは死んだはずだ！」

「あなたにとっては死んでいたでしょうね、ブルーノさん。そしてサム警視、あなたにとっても。しかし私にとっては」ドルリー・レーン氏は言った。「りっぱに生きていたのですよ」

舞台裏にて

解説　ハムレット荘

十月十四日　水曜日　午後四時

そしていま、始まりのあの日のように、はるか眼下のハドソン川には、白い帆船が一艘走り、蒸気船が一隻、のんびりとさかのぼっていくのが見える。五週間前と同じく、車はサム警視とブルーノ地方検事を乗せて、つづらおりの坂道をぐんぐんのぼっていくところだった。目指すは、赤や黄に色づいた森の奥に建つ、おとぎ話から抜け出てきた繊細な色の城のごとき、儚（はかな）げな美しさをまとうハムレット荘である。

あれから五週間！

頭上に、雲のかかる小塔や、城壁や、銃眼付きの胸壁や、針の先のような教会の尖塔が現れてくる……。やがて古風な小さい橋と、草ぶき屋根の小屋と、ぶら下がった木の看板を指さす赤ら顔の小柄な老人が見えた……。軋（きし）る古い門を抜け、橋を渡り、曲がりくねった砂利道の坂をのぼり、いまは赤褐色の樫（かし）の森を通り、城館をぐるりと囲む石の城壁にたどりつく……

跳ね橋を渡ると、樫材の玄関扉の前でフォルスタッフが出迎えてくれた。大昔の領主の城を思わせる大広間にはいると、年を経た古い天井の梁（はり）の下に、甲冑の騎士や、エリザベス朝時代の英国の、木釘で留めた巨大な調度品が並んでいる。いくつもの驚くべき仮面、巨大な枝付き燭台、そして頬ひげをはやした禿げ頭の小さなクェイシー老人……

ドルリー・レーン氏の住まいの心地よい暖かさの中で、ふたりは暖炉の火でつま先をあぶってくつろいだ。別珍のジャケットを着たレーンは、踊る炎に照らされて、とても美しく、若々しかった。クェイシーがきいきい声で壁に備えつけの小さなマイクに何やらわめくと、すぐに赤ら顔のフォルスタッフが、かぐわしいカクテルを満たしたグラスをいくつも盆にのせて、にこやかに現れた。同時に供されたカナッペは、遠慮を知らないサム警視の略奪を受けて、あっという間に消えてしまった。

「たぶん」ドルリー・レーン氏は、おなかの満足したふたりが火の前でゆったりくつろぎ、フォルスタッフが調理場という隠れ家に引っこむと、そう切り出した。「今日、こうしておふたりがおいでくださったのは、私が何週もの間、ぶしつけにものらりくらりとあなたがたを言葉遊びで翻弄してきたことの説明を求めていらしたのでしょう。まさかこんなに早く、次の殺人事件が起きたわけでもありますまい！」

ブルーノ地方検事はもごもごと答えた。「いえいえ、とんでもない。ですが、この三十六時間に私が体験してきたことを思えば、またお知恵を拝借したいような難事件が起きたら、真っ先にあなたにご相談に参りますよ。回りくどい言いかたをしましたが、私の真意はおわかりでしょう。レーンさん、警視も私もどれほど感謝していることか――本当になんと言っていいやら、お礼の言葉もありません」

「別の言いかたをすれば」サム警視は苦笑いをした。「あなたは私たちの首をつないでくれたって意味ですよ」

「なんの、ご冗談を」レーンは軽く手をひと振りしてその話題を終わらせた。「新聞で拝見しましたよ、ストープスが自供したそうですね。どういうわけか、私がこの事件に関わっていることがどこかからもれたようで、無慈悲な新聞記者の軍勢に一日じゅう囲まれて閉口しました……。ストープスの自供で何かおもしろいことがわかりましたか」

「我々にとってはですが」ブルーノ地方検事は答えた。「しかし――どうしてか私にはさっぱりわからないのですが――あなたはもうとっくに自供の内容をご存じなのでしょう?」

「いいえ、まったく」レーンは微笑した。「マーティン・ストープス氏に関しては、ほとんど何も知らないも同然です」

男ふたりは頭を振った。レーンは何も説明しようとしなかった。かわりに、囚人の語った話を教えてほしいと、ブルーノ地方検事をうながした。地方検事がそもそもの始まりから――一九一二年に、熱意に燃える無名の若き地質学者がウルグアイに渡った時のことから――語り始めると、レーンはじっと無言でいた。それでも、いくつかの点には興味があるようで、巧みな質問を繰り出し、ウルグアイ領事のファン・アホスとの会話では出てこなかった情報を引き出した。

そしてわかったのは、一九一二年にマンガン鉱を発見したのはマーティン・ストープス本人であり、相棒のクロケットと共に奥地にはいりこんで鉱脈を探していたという事実だった。しかし、ふたりとも文無しで、試掘するための資本がない。そんなわけで、自分たちより少ないとはいえ分け前を出すという条件で、同業者を仲間に引き入れることにした——この同業者が、ストープス青年にクロケットが紹介したロングストリートとデウィットである。自供の中でストープスは、のちに罪を問われることとなった犯罪が——なた（マチエーテ）で妻を殺したという事件が——実はクロケットの手によるものだったという、痛ましい真実を語った。ある夜、ストープスが近くの鉱山に出向いて留守にしている間に、酒に酔ったクロケットが情欲に負けて、ストープスの妻に襲いかかったのである。抵抗した妻を、クロケットは殺してしまった。リーダー格のロングストリートはこの機を逃さず、三人で口裏を合わせてストープスに殺人の罪をかぶせる計画をたてた。鉱山が法的にはストープスのものであることを、彼らのほかは誰も知らなかったので——まだ登記されていなかったのだ——三人はこれを自分たちのものにしてしまった。クロケットはロングストリートの言いなりになった。みずからが犯した罪の重さに震え上がっていたので、渡りに船と計画に飛びついたのだ。ストープスの言によると、デウィットはむしろ気の優しいたちだったが、ロングストリートにあらがうことができず、無理やり共謀に引きこまれたということだった。

　妻の死のショックに加え、仲間に裏切られたと知って、若き地質学者は狂気に落ちた。正気を取り戻したのは有罪判決を受けて投獄されたあとで、もはやどうしようもないのだと悟った。この瞬間から、彼の思いも野心も大いなる夢も、復讐という激しい憎悪の一念に生まれ変わった。残る人生すべてを、脱獄を成功させ、三人の悪党を殺すことに捧げようと決意したのだ、と供述の中でストープスは告白した。脱獄した時にはおそろしく老けていた。身体は前と変わらず頑健だったが、監禁の過酷な日々に、親が見てもわからぬほど容貌は変わっていた。これなら復讐の時が来ても、憎い敵に自分の正体が見破られることはない、という自信を持てるくらいに。

「とはいえ、こういったことは」ブルーノ地方検事は締めくくった。「いまとなってはそれほど大事ではありませんね、レーンさん、あなたが——すくなくとも私にとっては——超自然的な方法でこの事件を解決してしまった不思議に比べれば。いったいどうやって、あんな魔法のような解決に至ったんですか」

「超自然的？」レーンはかぶりを振った。「私は奇跡の存在は信じておりませんし、奇跡を起こした覚えは一度もありませんよ。今回の興味深い事件の捜査で私が収めた成功というのは、言ってみれば、観察に基づいて素直に考えることから直接導き出された結果にすぎません。

そうですね、事件の要点をまとめるところから、説明を始めるといたしましょうか。まず、私たちが直面した三つの殺人事件のうち、もっとも単純なものが最初の殺人です。おや、意外ですか？　しかし、ロングストリートが殺された時の特別な状況を考えれば、唯一無二の結論に至るのですよ。覚えておいででしょうが、私がその状況を知ったのは、また聞きという、あまり望ましい方法ではありませんでした。現場に居合わせず、自分の眼で観察していないという不利な立場だった。けれども——」そして、レーンは深々とサム警視に頭を下げた。「——警視さんの説明が実に正確で、細かい点まで描写してくださったおかげで、私は実際にその場にいるように、この殺人劇を構成する要素をまざまざと思い描くことができたのです」

ドルリー・レーンの眼がきらめいた。「路面電車における殺人では、あるひとつの論理的な結論が明らかでした。あれほど一目瞭然の事実なのに、どうしておふたりが気づかなかったのか、いまも私には不思議でなりません。よろしいですか、凶器の性質上、素手であれに触った者は必ず毒針に刺されて死ぬはずですね。警視さん、あなたもあの針だらけのコルクに触らないよう、最大限の注意を払っておられた――だからこそ、ピンセットでつまんだり、ガラス壜の中にコルクを入れたりしたのでしょう。あなたに凶器の実物を見せられてすぐに私は、犯人が凶器を車内に持ちこんだり、ロングストリートのポケットに移したりするために、手や指を何かで保護していたに違いないと見てとりました。いま、見てとったと言いましたが、実際のところ、実物を見せていただかなくても、警視さんが非常に細かく正確に状況を教えてくださったので、このあからさまな事実に気づかないということはなかったでしょう。

さて、ここで当然の疑問が生まれます。手を保護するのにもっともありふれたものはなんでしょうか。真っ先に思いつくのは、手袋です。では、手袋は犯人の目的に合うものでしょうか。ぴったり合います――手袋は厚い生地でできているものですし、特に革製なら確実に手を保護してくれる。誰でも普通に身につけるものですから、不自然なもので手を保護するよりも目立ちません。こうも綿密な計画を練った犯人が、手を保護する道具としてありふれた手袋の方がずっと目的にかなうのに、わざわざ不自然なものを選ぶ道理はない。手袋なら誰かに見られても目立たず、怪しまれません。手袋と同じくらい目的にかなって、わざわざ特別にこしらえる必要もなく、怪しく見えないものといえば、唯一、ハンカチくらいでしょう。しかし、手に巻きつけたハンカチというのは、どうにも悪目立ちします。何より、毒針から確実に手を守ってくれる保証がない。もちろん、警視さんと同じ方法をとった可能性もあります――毒針のコルクを扱うのにピンセットを使ったかもしれない。それなら毒針からは完全に身を守れるかもしれませんが、現場の状況でそこまで繊細な手さばきができるものでしょうか――満員電車の、手を動かす余裕もほとんどない空間で、かぎられたわずかな時間内にやってのけなければならないのですよ。

これで確信しました。犯人は、ロングストリートのポケットに毒針コルクを入れた時に、手袋をつけていたに違いないと」

サム警視とブルーノ地方検事は顔を見合わせた。レーンは眼を閉じて、抑揚（よくよう）のない低い声で続けた。「コルクがポケットに入れられたのはロングストリートが電車に乗ったあとだと、わかっています。証言から明らかです。それに、ロングストリートが乗車した瞬間からドアも窓も閉めきられたままで、開けられたのはあとで説明しますが、二度の例外だけでした。ならば、のちに警視さんが取り調べた車内の人間の中に、必ず犯人がいるはずです。なぜならロングストリート一行が乗りこんでから、唯一の例外を除き、ひとりとして電車を降りていませんし、この例外の人物にしても、ダフィ巡査部長の指示を受けていったん降りただけで、ちゃんと戻ってきたのですから。

車内にいた人間は、車掌も運転手も含めてひとり残らず身体検査をされたのに、手袋を持っている者はひとりもいませんでした。のちに車庫で取り調べを受けた部屋からも、手袋は出ていない。それに覚えておいででしょう、電車を降りた乗客は、用意された部屋まで、大勢の警官と刑事が二列に並ぶその間を通りぬけていったわけですが、この通り道からも何も出ていません。警視さん、思い出してください、私はあなたが説明をし終わった時に、手袋があったかどうか、特に例をあげて訊きましたね？　あなたは、ないとお答えだった。

言い換えれば、犯人は電車に乗ったままなのに、犯行に使われたはずの道具が犯行後に車内で見つからない、という摩訶不思議な状況になったわけです。窓から投げ捨てられたはずはない。ロングストリートたちが乗りこむ前から、窓はすべて閉じたままでした。ドアから捨てることも無理です。犯行後は、必ずダフィ巡査部長が自分の手でドアを開閉していましたが、不審な行為を目撃していません。気づいていれば、部長は必ず報告しているはずです。手袋が細かくちぎられたわけでもない。ばらばらにされても必ず残骸が見つかります。共犯者に渡したり、何も知らない無実の人の持ち物にこっそり忍ばせたりしても、結局は見つかるはずです。共犯者がいたにしろ、手袋を始末できないことに変わりありませんし、無実の人が持たされていたとしても、身体検査で必ず発見されます。

では、この幽霊手袋はどのように姿を消したのでしょう？」ドルリー・レーンは、フォルスタッフが少し前に主人と客のために運んできた湯気の立つコーヒーを、満足げにひと口飲んだ。「白状しますが、私はずっと頭の奥がざわついていました。ブルーノさん、さっき奇跡を口にされましたが、まさに私は奇跡に直面してしまったわけです。ですが、疑い深いたちなもので、あくまでこの消失劇を現実的な手段で説明してみせようと意地になりましてね。ここまで私は、手袋を消す手段を、ひとつを残してすべて除外してきました。おなじみの論理学の法則によれば、最後に残ったものこそ、消失に使われた方法のはずです。もし、手袋が電車の外に捨てられたのでないにもかかわらず、電車の外に出ていったのなら、電車の外に出た人物によって持ち出されたに違いありません。しかし、外に出た人物はひとりだけです！　それは、ダフィ巡査部長の指示で、警察本部に事件発生を伝えるためにモロー巡査を探しに行った、車掌のチャールズ・ウッドでした。九番街で交通整理をしていたシトンフィールド巡査は、駆けつけてきてダフィ巡査部長本人に電車に入れてもらったあとは、外に出ていません。モロー巡査も、チャールズ・ウッド車掌に呼ばれて電車にたどりついてからは、やはりその場を離れていない。言い換えれば、殺人事件のあとにふたりの人物が電車に乗りこんできましたが、どちらも警察官で、事件後に電車から降りた人物は、チャールズ・ウッドだけということになります。ウッドがのちに電車に戻ってきた事実は、推理を進める過程において何の関係もありません。

そういうわけですから、私はこう結論づけなければならなくなったのです。どれほどありそうにない、正気とは思えない、馬鹿馬鹿しい結論に思えようと、車掌のチャールズ・ウッドが犯行現場から手袋を持ち出し、外で捨てたに違いないと。むろん最初は私も、そんな馬鹿なと思いましたよ。ですが、あまりにも論理的に正確無比で、動かしようのない結論ですから、私も受け入れざるを得なかったのです」

「おみごと」地方検事が声をもらした。

レーンはくすりと笑って続けた。「するとチャールズ・ウッドは、電車から手袋を持ち出して処分したのですから、本人が殺人犯、あるいは、満員電車の中で手袋を受け取って処分した共犯者のどちらかということになります。

覚えていますか、警視さんが説明を終えたあとで私は、今後の方針がはっきりしていると申し上げましたが、それ以外のことは明言しませんでしたね。その時はまだ、ウッドが殺人犯であると確信できなかったからです。ただの共犯者にすぎない可能性があった。しかし、どちらかであることに疑いはありません。なぜなら、もしウッドの知らないうちに、手袋がポケットにこっそり入れられたとしたら――これは、ウッドが共犯者でないと仮定しての話ですよ――手袋が身体検査で見つかるなり、ウッド本人が見つけるなりして、警察に報告がいくはずです。言い換えれば、本人が申告せず、第三者が発見してもいないということは、ウッドはモロー巡査を探しに電車を降りた時に、意図的に捨てたに違いありません。自分のためだろうと他人のためだろうと、故意に手袋を捨てた行動そのものがりっぱな犯罪です」

「こいつは――こいつは参った」サム警視がつぶやいた。

「ウッドが有罪であることを論理的に示す」レーンはほがらかに続けた。「心理面での裏付けもあります。当たり前ですが、電車の外に出て手袋を捨てに行く機会があると、ウッドが予期していたわけはありません。いいえ、むしろ捜査が始まれば、手袋を身につけているのを見られることも、捨てるチャンスがないことも、最初から覚悟のうえだったはずです。しかし、これこそが犯人の計画でもっとも狡猾(こうかつ)な点のひとつなのですよ！　たとえ手袋を身につけているのが見つかり、実際の事件どおり、電車の中にほかの手袋がひと組もなくても、ウッドは自分が容疑の圏外にいられる自信がありました。なぜなら夏の暑いさなか、誰も手袋をつけないような日でさえ、車掌なら職務上、はめていても不自然に見られないからです。車掌は一日じゅう現金を触り続けるので手袋をしているのは当然だという、心理的な盲点をついたのですよ。この方向で推理を進めるうちに、先の手袋に関する私の考察は、やはり正しかったと確信しました。もしウッドが、手を保護した道具を捨てる機会があると期待していなかったのなら、もっとも不自然でないものを使ったはずです。それがまさに手袋ですよ。ハンカチを使ったのでは、毒液の染みを怪しまれるかもしれない。

もうひとつ。ウッドは雨の日を狙って計画を立てたはずがありません。雨が降れば窓もドアも閉めきらなければならない。むしろ晴れた日に決行するつもりだったと考えるのが自然です。晴れていれば、開いた窓やドアから手袋を捨てる機会はいくらでもありますし、警察は——これもウッドは自信があったはずです——誰でも電車の外に手袋を捨てることができたと考えるでしょう。また、晴れていれば乗り降りも頻繁(ひんぱん)ですから、犯人が電車の外に逃走した可能性も視野に入れなければならなくなる。ではなぜ、晴れた日の方がこれほど有利な条件だらけなのに、ロングストリートを殺すのに雨の日を選んだのでしょうか。そこのところが私には不思議でしかたがなかった。ですが、よく考えればこの夜は、雨でも晴れでも犯人にとっては唯一無二と言っていい絶好の機会でした。つまり、ロングストリートは大勢の友人に囲まれて乗りこんできたので、事が起きれば、警察は疑いの目を真っ先に彼らに向ける、という条件が整っていたのですよ。この信じられないような幸運に目がくらんで、大雨がのちのち事態を面倒にする危険性を、一瞬、忘れてしまったのでしょうね。

そして言うまでもなく、車掌という立場ゆえに、ウッドは一般人と比べてふたつの利点を持っていました。ひとつは、誰でも知っているでしょうが、制服の上着のポケットは釣り銭を入れておくために革で内張りされていることです。凶器を使うまで、ここにしまっておけば、自分の身は絶対に安全です。おそらく何週間も前から、いつでも使えるように、毒にひたした針だらけのコルクをポケットに準備していたのでしょう。もうひとつは、車掌には標的のポケットに凶器を入れる機会が確実にあったことです。四十二丁目横断線を走る車体のタイプは、乗る時に必ず車掌のそばを通る造りになっています。しかもラッシュアワーはうしろの乗車ステップ付近がひどく混雑しますから、ますます好都合です。そんなわけで、ウッドが有罪であると確定するにあたり、心理的な裏付けがふたつも出てきたと私は思いました……」

「なんだか鳥肌が立ってきましたよ、レーンさん」ブルーノ地方検事がここに至って声をもらした。「不気味としか言いようがない。ストープスの自供の内容は何から何まで、あなたがおっしゃるとおりなのに、あなたはあの男とはまったく話していないのですから。補足しますと、ストープスはあの針だらけのコルク球を自分で作り、毒はシリング先生が検死報告書に記した鋭い推論どおりの方法で入手したそうです――どこでも手にはいる市販の殺虫剤をどろどろに煮詰めて高濃度のニコチンの毒液を作ったと。その中に針を刺したコルク球を入れてできあがり、というわけです。ロングストリートが後部の乗車ステップで立ち止まり、全員分の運賃を払って釣り銭を受け取る間に、凶器をポケットに入れたらしい。そしてさらなる供述の中で、んできたのを見たとたん、雨が降っているにもかかわらず、連中を丸ごと巻きこんで容疑者に仕立て上げられる誘惑に勝てなかったとも言っていました」

「これがほんとの、学者の言う〝精神力の勝利〟ってやつですね」サム警視が口を出した。

レーンは微笑んだ。「これはこれは、警視さん、筋金入りの実際主義者から、なんともありがたいお言葉をいただきました……続けます。そういうわけで、あなたが説明を締めくくられた時にはもう、ウッドが犯行に関わっているという確信は持っていましたが、殺害を実行した本人なのか、それとも未知の何者かの共犯にすぎないのかまではわかりませんでした。もちろん、これは匿名の手紙が来る前の話です。

運の悪いことに、我々の誰もあの手紙を書いたのがウッドであるとは知らず、筆跡鑑定でその事実を知った時にはもう、ふたつ目の悲劇を防ぐのに間に合いませんでした。手紙が届いた時には、たいへんなことを偶然知ってしまった善意の第三者が、身の危険を承知のうえで警察に知らせようとしているように見えました。のちに、あれがウッド本人の書いたものだと知った私は、無関係の第三者が書いたのでないということは、この手紙が意味するのは、ふたつにひとつだと考えました。ひとつは、ウッドが殺人犯なら、警察に偽の手がかりを与えることでまったく無実の人間に捜査の目を向けさせようとした。もうひとつは、ウッドが共犯者なら、主犯を裏切って密告しようとしたか、あるいは、主犯に指示されて無実の第三者に罪を着せようとしているかです。

ところがここで、おかしなことが起こります。当のウッド自身が殺されてしまったのです」
レーンは両手の指先を合わせて、再び眼を閉じた。「この矛盾の出現により、私はこれまでの自分の推理の道のりをもう一度見なおし、手紙に関する先のふたつの解釈を分析しなおさなければならなくなりました。

　真っ先に解決しなければならない問題はこれです。もしウッドが共犯者ではなく、ロングストリートを殺した犯人だとすれば、なぜモホーク号でウッドは殺されたのか。そしてウッドを殺したのは誰なのか」レーンは記憶をたどりながら、ふと微笑んだ。「この問題は、いくつものおもしろい発想の産みの母になりました。おかげで私は、即座に三つの可能性を思いつきましたよ。ひとつは、ウッドが犯人で、その共犯者がウッドを殺した可能性——これは共犯者が、ロングストリート殺害の実行犯として、もしくは共犯者ではなく殺人教唆の主犯として、ウッドからすべての罪をなすりつけられるのを恐れた場合ですね。ふたつ目は、ウッドが単独犯で共犯者はおらず、無関係の第三者に罪をなすりつけようとして返り討ちにあった可能性。三つ目は、ウッドがロングストリート事件とは無関係の理由で、未知の人物に殺された可能性です」

　レーンはすぐに続けた。「私はすべての可能性を徹底的に分析しました。ひとつ目——これはありえない。共犯者がウッドからロングストリート殺しの実行犯、もしくは殺人教唆の主犯の罪を着せられることを恐れていたとすれば、真犯人のウッドを生かしておく方が共犯者にとってはむしろ都合がよい。濡れ衣を着せられたら、ウッドにそっくりそのまま投げ返すことができる。殺してしまっては、もとの事件の単なる共犯者であるばかりか、今度こそ本物の殺人犯になってしまう。そうなれば無罪放免は難しくなり、汚名を雪(すす)ぐこともできなくなります。

ふたつ目――これも同じくらいありえない。そもそも事件と無関係の第三者には、ウッドが警察宛てに、第三者がロングストリートを殺したと密告する手紙を出して罪を着せようとしていることを知りようがありません。万一知っていたとしても、殺人犯の濡れ衣を着せられることから自分の身を守るためだけに、実際に人殺しをするものでしょうか。

三つ目、すなわち、ウッドが未知の理由で未知の人物に殺されたという可能性ですが、これはありえないことはない。しかし、まったく関連性のない動機がふたつも並行していたというのは偶然がすぎる――可能性はかなり薄いでしょう。

さて、困ったことになりました」レーンは一瞬、炎を覗きこむと、また眼を閉じた。「ここまでの分析は厳密な論理の流れに従ってきたのですから、私の解釈が間違っていたと結論づけるしかありません――つまり、ウッドがロングストリートを殺した犯人だという解釈は間違いだったと。私が検討してきた三つの可能性はどれも妥当ではありませんでした――どれも満足のいく答えにならなかった。

しかたなく、私は論理の流れに思考をゆだねてみることにしました。第二のありうる解釈を――つまり、ウッドはロングストリートを殺した犯人ではなく、単なる共犯者にすぎず、あの匿名の手紙で本物の犯人を密告しようとしたのだという解釈を検討し始めたのです。こう解釈すれば、のちにウッドが殺されたことと辻褄(つじつま)が合います。すなわち、真犯人はウッドが裏切る気でいるのを知り、正体を暴露される前に口を封じた。非の打ちどころのない完璧な推論で、どこにも誤りはないように見えます。

　ですが、私はまだ葦（あし）の茂みから抜け出せていませんでした。むしろますます、推理の泥沼にはまりこんでいたのです。もしこの仮説が正しいなら、私は自分に問わなければなりません。なぜウッドは、ロングストリート殺しの共犯者なのに、警察に密告しようとしたのか？　主犯の正体を明らかにすれば、ウッド自身が犯行に関わった事実を隠しておくことは、とうてい望めません。ウッド自身が警察に尋問されて自白させられるか、逮捕された主犯が、死なばもろともとばかりにウッドの名を出すに決まっています。ではなぜ、いったいどうして、ウッドは自分が捕まる危険をおかしてまで主犯の正体を密告しようとしたのでしょうか。これに対する唯一の解答は――一応、筋が通るとはいえ、いまひとつしっくりきませんが――ウッドはロングストリート殺しに手を貸したことを後悔したか、恐ろしくなったかで、我が身かわいさに主犯を売ることにした。すなわち、共犯証言（米の制度。証言した共犯者は減刑される）をすることで自分だけ助かろうとしたのでしょう。

　ここまで推理を進めれば答えは決まったようなものです。ウッドは警察に密告の手紙を書いた、ウッドはロングストリート殺しの共犯者だった。このふたつの条件から導き出されるもっとも妥当な答えは、ウッドの裏切りが露見（ろけん）して真犯人に口を封じられたのだ、という解釈です」

　レーンはため息をついて、暖炉の薪のせ台の近くに脚を伸ばした。「ともあれ、その後の私がなすべき行動は明らかで、やらないわけにはいかないものでした。ウッドの生活や経歴を調べ、協力させられた真犯人を特定する手がかりを探さねばなりません――犯罪者がふたりいて、そのうちのひとりが殺人犯でなければ、残るひとりが真犯人のはずです。

この調査が、私の難題における一大転機となりました。初めは何の成果もなさそうに見えたものが、まったくの偶然で新たな道が急に目の前に開けて、そこに見えたものに我ながら仰天したものです……。いえ、ここはきちんと順を追ってお話しします。

警視さん、覚えておいででしょう、私が失礼千万にも、無断であなたに変装して、ウィーホーケンのウッドの下宿を訪ねていったことを。あれは悪だくみが目的だったのではなく、あなたの姿と権威を借りれば、あれこれ釈明をする必要なしに、質問をすることができるからです。実を申せば、私はどこを調べればよいのか、そもそも何を探せばよいのかも、わかっていなかったのです。とりあえず部屋を調べたものの、何もおかしな点はありませんでした。葉巻も、インクも、紙も、通帳も。これこそウッドの最高の細工でしたよ！　本物の通帳を部屋に残し、ウッドにとってはかなりの額のはずの大金を犠牲にしたのです。ただ自分の創り上げた幻の人物に本物らしい色をつけるためだけに。私は銀行に行ってみました。預金は手つかずのまま残されていました。口座には規則正しく金が預け入れられており、怪しい要素は何も見つかりません。私は近所の店を回り、何か、なんでもよい、ウッドの人生における秘密の知人の正体を暴く手がかりがないか、ウッドと一緒にいるところを目撃された人物がいないか、と探してみました。何も手がかりはありません。まったく、何ひとつ。近所の医師や歯科医を訪ねてまわるうちに、興味深いことに気づきました。この男はどうやら、一度も近所の医者にかかったことがないのです。なぜだろうと訝しみはしましたが、もしかするとニューヨーク市内の医者にかかっていたのかもしれないと思い――ある薬剤師がそう言ったものですから――心に浮かんだ疑念を、いったん忘れることにしました。

　鉄道会社の人事課長を訪ねた時、私はまだ自分が何を探しているのかわからずにいたのですが、まったくの偶然で、ある途方もない、信じがたい、そして、実に興味深い事実に気づきました。モホーク号で殺され、ウッドとみなされた死体に関する検死報告書に、二年前に虫垂炎の手術をした痕があると書かれていたのはご記憶でしょう。ところが、ウッドの勤務記録を調べ、人事課長と話した結果、ウッドは殺されるまでの五年間、休暇をとるどころか、一日も欠勤したことがないとわかったのです」

　レーンの声に熱がこもった。ブルーノ地方検事とサム警視は、名優の顔に浮かぶ興奮の色に魅せられたのか、坐ったままぐっと身を乗り出した。「ですが、芝居の守護聖人すべての名にかけて、死の二年前に虫垂炎の手術を受けたウッドが、どうして死の五年前から一日も欠かさず通勤できたのでしょう？　誰でもご存じのとおり、虫垂炎の手術をすれば、最低でも十日は入院しなければなりません――しかも、これは非常に順調にいった稀なケースです。ほとんどの人は二週間、長ければ六週間も仕事を休みます。

　私の疑問に対する解答は、マクベス夫人の野心と同じくらい絶対の、ゆるぎないものでした――発見され、ウッドと断定された死体は――二年前に虫垂炎の手術を受けているあの死体は――ウッドではなかったのです。しかし、この事実が意味するのは――おかげで、私の眼がどれほど開かれ、新たな道を見通せるようになったことか！――この意味は、ウッドが殺されていないということであり、それならあの計画殺人は、ウッドが殺されたと見せかける芝居だったということになります。すなわち、ウッドはまだ生きているということです」

続く大聖堂を思わせる静寂の中、サム警視が妙に興奮したようなため息をもらした。レーンは微笑し、低音の声で流れるように説明を続けていく。「とたんに、第二の殺人を構成するすべての要素はひとりでに正しい配置に並び変わりました。ウッドがまだ生きているという動かしがたい事実は、あの男が自分で書いて警察に送りつけた手紙が、偽装だったことを示します。殺されたのはウッドであると警察に先入観を植えつけるための仕掛けだったのです。ロングストリート殺しの犯人の正体を密告するつもりで書いた手紙ではなかったのですよ。犯人の正体を明かすと約束したあとでウッドが殺されれば、警察は犯人がウッドの口を封じたと思いこむに決まっています。こうしてウッドは、いまだ未知の犯人に殺された善意の第三者になりすましたまま、自分自身を舞台から完全に消し去ってしまったのです。あの匿名の密告手紙と、水中に落ちた死体の身元を偽ったことは、真犯人のウッドから、警察の目を完全にそらす実に狡猾な方法でありました。

そしてここまでのたいへん重要な推理は、さらなる推理の道を大きく開いてくれたのです！第二の殺人事件でウッドが自分自身を消した理由は、消えなければならなかったからでした。なぜなら、第三の殺人が起きれば当然、エドワード・トンプソンとして証人に呼ばれることは確実ですが、同時に、第一の殺人の件で、チャールズ・ウッドとして証人に呼ばれる可能性に直面していたからです——同じ場所、同じ時間に、どうして別々の人間として存在できましょう？　もうひとつ。ウッドが自身を消滅させた計画は、文字どおり一石二鳥でした——チャールズ・ウッドとしての自分を殺したのみならず、もうひとり未知の人物を殺した——そう、船着き場で発見された、ウッドの服を身につけて死んでいた男です。

この最後の点について考えてみましょう。ウッドと思われた死体は、頭髪が赤く、片方のふくらはぎに特徴的な傷痕がありました。ほかの特徴については、損傷が激しすぎて、身元の確認にはまったく役に立ちませんでした。そして我々は、市電の運転手のギネスから、ウッドは髪が赤く、ふくらはぎに似たような傷痕があったことを聞き取りました。それでもなお、死体はウッドのものではないのです。赤毛は偶然、一致することもありましょうが、傷痕はそういうわけにはいきますまい。ならば、ウッドの傷痕の方が偽装だったに違いありません——電鉄会社にはいってすぐ、ギネスに傷痕を見せているのですから、すくなくとも入社した五年前から偽装していたことになります。ウッドはモホーク号で殺された男の替え玉になるつもりで、最低でもふたつの特徴を——髪と傷痕ですね——似せ、死体が発見された時に、ウッドのものだと疑いの余地なく認定されるべく準備をしていた。だとすると、フェリーの殺人事件は最短でも五年前から計画されていたはずです。しかし、フェリーの事件は、ロングストリート事件の結果として起きたものでした。つまり、ロングストリートの殺害計画もまた、五年以上前から練られていたことになります。

もうひとつ。ウッドはフェリーに乗りこんだところをたしかに目撃されているのに、実は殺されていなかったとなれば、他人になりすまして逃げたに違いありません。警視さんが、全員を足止めする命令を出す前に抜け出した人々にまぎれて逃げたか、あるいは……」

「実は」ブルーノ地方検事が口をはさんだ。「その〝あるいは〟の方が正解です。フェリーに残っていた連中のひとりだったんですよ。ストープスの話では、ヘンリー・ニクソンだったそうです。あの旅の宝石行商人の」

「ニクソン？　ほう」ドルリー・レーンはつぶやいた。「それは賢い。あの男は俳優になるべきだ――まったく別の人間になりきる天賦(てんぷ)の才に恵まれている。殺人のあとにウッドが船に残っていたかどうか、私はまったく知りませんでした。ですが、旅の行商人のニクソンに扮(ふん)していたとうかがうと、なるほど、状況にぴたりと合いますね。車掌のウッドとしてフェリーに持ちこんだ安物の手さげ鞄を、行商人のニクソンの鞄として持って降りることができる。ウッドには鞄が絶対に必要でした。行商人に化ける変装道具、犠牲者を気絶させる鈍器、犠牲者がもともと着ていた衣服を沈めるためのおもりなどを、船に持ちこむために……いや、実に賢い。旅の行商人なら、住所不定でも、深夜早朝を問わず留守がちでも、仕事がらそういうものかと警察もあっさり納得するでしょうから。たしか、自分の偽名を印刷した注文用紙まで準備していたばかりか、これまでに何度も同じところに泊まって〝常宿〟を作っておき、当面の住所として使っていましたね。ニクソンに化けたことは、ウッドが新しい鞄を買った説明にもなります。行商人になりすましている時に、ひと目でウッドのものとわかるおなじみの古鞄を持ち歩くわけにはいきません。その細工を完璧にするために、わざわざ愛用の古鞄の持ち手を壊すという手間までかけている。そう、万が一、警察に足止めされる前に船から脱出できなかった場合の備えは万全だったわけだ。騒ぎが起きる前に下船できるかどうかは予測できませんから、念には念を入れておこうとしたのでしょう」

「いやあ、参りました、レーンさん」サム警視がつぶやいた。「まさかこんな経験をするとは。正直に言いますがね——最初、私はあなたのことを、大ぼら吹きの偉そうなうさんくさいじいさんだとばかり思ってたんですよ。しかし、こいつはどうも——まったく、神業だ！」

ブルーノ地方検事は薄いくちびるをなめた。「きみに同意するよ、サム。事件の真相をすべて知っているはずの私なのに、どうしてレーンさんが第三の殺人事件を解くことができたのか、まったく見当もつかない」

レーンは白い片手を上げた。いまやあけっぴろげに大笑いしている。「おふたりとも。そう持ち上げないでください。面映ゆくてなりません。第三の殺人については——いえ、まだ第二の事件についての説明が終わっていませんよ！

この時点で私は自問しました。ウッドはやはりただの共犯者なのか。それとも殺人犯なのか？　船着き場の死体がウッドではなかったことを発見する前は、共犯者説が濃厚だった。しかし、振り子はもう一度、後者に大きく振れたのです。

ウッドがロングストリートを殺したと思われる心理的理由が新たに三つ生まれました。ひとつ。ウッドはロングストリートを殺すために、別人格の自分を五年も前から作り上げていた——これは単なる共犯者の行動ではない。主犯そのものです。

ふたつ。密告の手紙を送り、ウッドという人間を抹消するためにややこしい小細工をやってのけたのは、手下のやることではなく、主犯の計画と見る方が妥当です。

三つ。すべての出来事、すべての状況、すべての策略が、ただひたすらウッドの身の安全を確保するために計画されている――これもまた、共犯者というより、主犯の行動でしょう。

なんにせよ、第二の殺人直後の状況はこうです。ウッドこと、ロングストリートと未知の人物を殺した男は、自分自身が殺されたように見せかけるという奇想天外な方法で、舞台から自分を消し去ったばかりか、実際は生きている彼自身を殺した犯人に仕立てるために、ジョン・デウィットを巻きこんだのです」

ドルリー・レーンは立ち上がり、炉棚の上の呼び鈴の紐を引いた。たちまち現れたフォルスタッフに、熱いコーヒーのおかわりを命じると、レーンはまた腰をおろした。「当然、次の問題はこれです。なぜウッドはデウィットをフェリーにおびき寄せ、葉巻を使って殺人の罪を着せようとしたのでしょう？――裏ですべてを操っていたのがウッドだったのですから、フェリーにデウィットをおびき寄せたのも、ウッドの仕業に違いありません。デウィットはロングストリートに対する強烈な動機を抱いているので、もっとも有力な容疑者と警察がみなすと思ったからか、あるいは――ここが重要ですが――ウッドのロングストリートに対する動機が、デウィットに対しても当てはまるからか、そのどちらかでしょう。

後者の場合、もしも謀（はかりごと）が成功して、うまいことデウィットが逮捕されたものの、裁判の結果、無罪放免されてしまったなら、犯人は今度こそ、直接デウィットを襲って目的を達成しようとするはずです。それが」レーンはフォルスタッフのぽっちゃりした手からおかわりのカップを受け取り、客たちにも身振りですすめた。「私がデウィットの無実を知りながらも、起訴されるのを黙って見ていた理由でした。デウィットは、有罪判決を受ける危機に瀕している間は、ウッドに襲われる身の危険が絶対にありませんから。私の妙な態度をさぞかし訝しく思われたでしょうね。本当に逆説的でありましたが、私はデウィットをひとつの危険に突き落とすことで、もうひとつのもっと確実な危険から守ろうとしたのです。同時に、私はひと息つく間が欲しかった。自分の考えをじっくり咀嚼し、犯人逮捕に結びつく新たな確証をつかみたかった。忘れないでください、ウッドがどんな姿に化けているのか、私はまったく知らなかったのですから……。裁判に持ちこむことには、もうひとつ利点がありました。もしかするとデウィットが、みずからの苦境の深刻さに――生死を分ける判決を待つ苦痛に耐えかねて、隠しているに違いない事実、そう、ウッドと名乗る男や事件の背景に潜む動機につながる秘密を、明かしてくれるかもしれないと思ったのです。

ところが裁判の行方が本当にデウィットの命を危うくし始めたので、私の推理はまったく進んでいなかったとはいえ、介入せざるを得なくなり、デウィットの指の傷について持ち出すはめになりました。これだけは申し上げておきますが、もし私がデウィットの傷に関する事実をつかんでいなければ、逮捕などさせませんでしたよ。そして、ブルーノさん、もしあなたが頭のよくないかたであれば、私は洗いざらい説明していました。

無罪放免されたことで、ただちに考慮しなければならないのは、デウィットの身の安全でした」レーンの顔が曇り、その声に苦悩がまじった。「あの夜からもう何度、デウィットの死は私のせいではない、と自分に言い聞かせてきたことか。できるかぎりの用心をしたつもりでした。だからこそ、ウェストイングルウッドのデウィットの自宅に招待されるとすぐに応じて同行しましたし、なんならひと晩泊まるつもりでした。あれほど完璧にしてやられるとは思わなかった。言い訳にもなりますまいが、まさかウッドが、デウィットが釈放された当日の夜に襲撃してくるとは考えてもいませんでした。ウッドがどんな人物に化けているのか、どこにいるのか、まったくわからなかった私は、ウッドがデウィットを殺す機会を見つけるまで何週間、何ヶ月もかかるだろうと勝手に期待し、思いこんでいたのです。しかしウッドは、想像のはるか上をいく機敏な男でした。デウィットが釈放されたまさにその夜、機会を見つけると、すかさずそれをつかんだのです。やられました。完全に出し抜かれた。コリンズがデウィットに近づいてきた時、私は危険の匂いを何も感じませんでした。コリンズがウッドではないとわかっていたからです。ところが――」瞳の光には自責の念がかすかに浮かんでいた。「――この件については、とても胸を張ることができません。私は鋭さが足りなかった。犯人の能力に見合うだけの頭がなかった。人間狩りに関しては、やはり私はただの素人だった。もしも、また別の事件を調査する機会をいただけたなら、その時には……」レーンはため息をつくと、続けた。「デウィットの招待を受けたもうひとつの理由は、朝になれば重要な情報を明かすと、あの夜、約束してくれたからです。その時は、もしかすると――いまはそうだと確信していますが――ついに、秘密にしてきた過去の真実を打ち明けてくれる気になったのだと思いました。つまり、ストープスがあなたに自供した話ですね。私はデウィットを訪ねてきた南米の客を調べて――

この男のことは警視さんもご存じないでしょうな！――足取りを追う際に、たまたまその秘密に行き当たりましたが。この客人の足取りをたどっていくと、ウルグアイ領事のアホス……」

ブルーノ地方検事とサム警視は、ぽかんとしてレーンを見つめた。「南米人の客？　ウルグアイ領事？」サム警視は口ごもった。「なんですかね、そりゃ。全然、聞いてませんよ！」

「警視さん、その話はまたあとにいたしましょう」レーンは言った。「実際、ウッドが別人に名も姿も変えて生きていると発見したいま、ウッドは単なる共犯者であるより、たいへん頭の切れる主犯である可能性の方がずっと高くなったわけです。何年もかけて、想像力豊かで大胆不敵な計画を練り上げ、完璧といっていいやりかたで、複雑な連続殺人のあらゆる要素を思いどおりに操ったのですから。ここまではわかっていたのですが、どこを探せばウッドを見つけられるのか、私にはてんで見当がつかなかった。チャールズ・ウッドとしての彼がこの地上から消えてしまったことは間違いない。ですが、次にどのような姿に化けて現れるのか、推理しようにもまったく手がかりがありません。それでも、必ず姿を現すと確信していたので、私は待ち受けていたのです。

それが第三の殺人を引き起こしてしまった」

レーンは湯気の立つコーヒーで、ひと息ついた。「デウィット事件のすさまじい迅速（じんそく）さと、その他いくつかの要因を考え合わせれば明らかに、この殺人はよく練られた計画であると――おそらくは先のふたつと同時期に計画されたものであることがよくわかります。

デウィット事件を私が解決できたのは、あの夜に西河岸鉄道の駅の待合室で列車を待っている間に、デウィットがアハーンとブルックスと私の目の前で五十枚つづりの新しい回数券を買ったという事実に、ほぼすべてがかかっているのです。もしデウィットがそうしていなければ、この事件を満足のいく大団円に持ちこめたかどうかわかりません。私はロングストリートを殺した犯人の正体を知っていましたが、ストープスがデウィットを殺すためにどんな人物に化けてくるのか、予想のしようがなかったのですから。

もっとも重要なポイントは、デウィットがこの回数券のつづりをしまった位置です。駅でデウィットは回数券を、全員分の片道切符とまとめて、ベストの左胸ポケットに入れました。その後、コリンズと一緒にうしろの車両に行く時に、同じポケットから片道切符の束だけを取り出し、アハーンに託します。その時、新しい回数券のつづりをデウィットが左胸ポケットから取り出さなかったのを、私は見ていたのです。ところが、デウィットの死体を警視さんがお調べになると、なんと、例の新しい回数券のつづりはベストの左胸ではなく、上着の内ポケットに収まっていたではありませんか!」レーンは苦い笑いをもらした。「デウィットは心臓を撃たれていましたね。銃弾は上着の左側、ベストの左胸ポケット、シャツ、下着を貫きました。ならば結論は子供でもわかる。デウィットが撃たれた時、回数券のつづりは左胸ポケットにはいっていなかったのです。もしそこにあったのなら銃弾の穴が開いているはずなのに、私たちが発見した時、回数券は穴が開いているどころか、まったくの無傷だったのですから。

ただちに私は自問しました。デウィットが撃たれる前に回数券が別のポケットに移動していた事実は、どう説明をつければいいのだろう?

死体の状態を思い出してください。デウィットの左手は、中指と人差し指を重ねあわせることで、なんらかのしるしを形作っていましたね。シリング先生がデウィットは即死だったと断言されたおかげで、この重ねられた指が三つの重大な事実を表しているとわかるのです。ひとつ。デウィットは撃たれる前に指でこの形を作っていたこと――撃たれてからはそんな時間はありませんでした。ふたつ。デウィットは右利きなのに、左手でこのしるしを作ったのは、そうした時に右手がふさがっていたのだろうということ。三つ。デウィットが作った指のしるしは意識して力をこめていなければ形を保てないのだから、なんらかの形で殺人に関係する明確な目的のためにそうしたに違いないこと。

さて、この三つ目の点について考察してみましょう。もしデウィットが迷信深い男だったとすればこの指は悪魔の邪眼(じゃがん)よけのまじないであり、本能的に〝邪悪〟を払おうとしたと思われます。しかし、ご存じのとおり、デウィットは現実主義者で、迷信などまったく信じていませんでした。ならば、あのしるしは本能的に作ったのではない。故意に、それも自分ではなく殺人犯に関係する理由で作られたものに違いありません。間違いなく、デウィットがコリンズと連れだって出ていく直前に、デウィットとブルックスとアハーンと私が話していた会話の影響です。私たちはちょうど死を目前にした者が最後に考えることについて話していたのですが、その時に私は、ある殺された男が死の直前に犯人の正体につながる手がかりを残したエピソードを披露していました。かわいそうなデウィットは、とっさにそのことを思い出して、しるしを私に――いえ、私たちに――残してくれたのです。殺人犯の正体を示す手がかりを」

ブルーノ地方検事が勝ち誇ったような顔になった。サム警視は興奮した声で言った。「ブルーノと私が思ったとおりだ！」そこで警視は顔を曇らせた。「しかし、だからと言って……そのしるしがウッドにどう関係するんだ？　奴は迷信家だったんですか」
「警視さん、デウィットの指のしるしは、ウッドことストープスを指し示すものではありません」レーンは答えた。「実を言えば、私はあのしるしに迷信めいた意味があるとは一度も考えたことはないのですよ。あまりに荒唐無稽ですからね。あの時には、何を意味するのか私にもわかっていませんでした。白状しますと、事件を完全に解決したあとになってようやく、犯人とデウィットのしるしの関係に気づくことができたのです――お恥ずかしいことに、その関連性は最初から私の目の前にあったのですが……

　なんにせよ、重ねられた指の唯一まともな解釈は、とにもかくにも、それが犯人の正体を示している、ということです。しかし、わかりますか！　犯人の正体を示す手がかりを残したということは、デウィットが犯人は誰なのかを知っていた、すなわち、この人物を特定するしるしを残せるほど、デウィットが犯人についてよく知っていたということなのですよ。

　これについては、さらに説得力のある推理ができます。しるしが何を意味しているにせよ、普段は右手ばかり使う人間が、左手でしるしを作ったということは、ついさっき私が申したとおり、デウィットが殺される直前まで右手がふさがっていたことを示唆しませんか。なぜふさがっていたのでしょう？　現場に格闘のあとはありませんでした。右手で犯人を防ごうとしたかもしれませんが、そうしながら、左手で苦労してしるしを作っていたとはどうにも考えにくい。私は自問しました。では、ほかにもっとよい説明があるだろうか？　ひょっとして、右手がふさがっていた理由を説明してくれる何かが、死体に残っていないだろうか？　そうだ、ある！——私は見て知っています。回数券のつづりが、もともとはいっていたポケットから、別のポケットに移動したのを。

すぐに私はあらゆるケースについて考えてみました。まず、デウィットが殺される前に自分の手で回数券を移動させた可能性です——この場合、回数券を別のポケットに移動させたことは、事件とまったく関係がなくなってしまいます。これでは、殺される時に右手がふさがっていた理由の説明がつかないままです。ところが、ここで推理をもう一歩進めて、殺されるのと同時に回数券を移動させたと考えると、なんと右手がふさがっていた理由と、普通なら右手を使うところをわざわざ左手でしるしを作った理由が、一度に説明できてしまうのですよ。実に有望な、あらゆる事実を引き受けてくれる仮説です。有望であるがゆえに、徹底的に検証しなければならない。さて、どうでしょうか？

まず、こんな疑問が浮かびます。そもそも、なぜデウィットは殺された時に回数券を手に持っていたのでしょう？　唯一のまともな説明はこうです——すなわち、デウィットは回数券を使おうとしたということですよ。コリンズがデウィットのもとを離れた時まで、車掌が検札に来なかったことはわかっています。あの夜、コリンズは自宅で逮捕された時に、切符を持っていましたね。もし車掌が検札に回ってきていたとすれば、コリンズの切符は車掌が回収していたはずです。ならばデウィットもまた、暗い車両にはいった時はまだ検札を受けていなかったことになる。もちろんあの夜の列車の中では、私にもそんなことはわかっていませんでしたよ。警視さん、あなたがコリンズを逮捕したおかげで、あの男が切符をまだ持っていることが明らかになり、初めて私は知ることができたのです。この時点では真偽が定かではありませんでしたが、それでもその仮説をもとに、私は推理を進めていきました。

いまの仮説——これはのちに事実だったと判明するわけですが——すなわち、おそらくデウィットは暗い車両にはいった時はまだ検札を受けていなかったという仮説に照らしあわせて、私が推測したデウィットの行動、〝死の直前に回数券をポケットから取り出して右手に持っていたはずだ〟という動作の謎をもっとも自然に説明する答えはなんでしょう？　簡単です。車掌が検札に来たのですよ。しかし車掌はふたりとも、自分はデウィットの検札をしていないと主張している。では、私の推理は間違っていたのか？　必ずしもそうではありません。もし、車掌のひとりがデウィットの検札をしていたなら、その車掌は殺人犯であり、犯人だから嘘をついているのです」

ブルーノ地方検事とサム警視は椅子から身を乗り出して、レーンのくちびるから穏やかにこぼれ落ちる驚くべき分析に耳を傾け、時に高く、時に低く、胸を打つ美声に魅入られている。

「この仮説は、これまでに判明した事実と辻褄が合うでしょうか？　合います。

第一に、なぜしるしが左手で作られたのか、その理由の説明になっています。

第二に、なぜ右手がふさがっていたのか、さらに、何を持っていたのか、そのどちらも説明しています。

第三に、なぜ回数券にパンチの穴が開けられていなかったのか、という疑問の説明になっています。もし車掌が犯人なら、デウィットを殺した直後に、死体の手が回数券を握っているのを見つけてもパンチを入れるわけにはいきません。パンチ穴を開ければ、生きているデウィットにおそらく最後に会った人物だという証拠を残すことになり、へたをすればそのまま有罪になるか、あるいは、すくなくとも殺人事件の重要参考人として巻きこまれるはめになりかねない——当然ですが、計画殺人の下手人としては、好ましい状況とは言えません。

第四に、なぜ回数券が上着の内ポケットから発見されたのか、その理由を説明しています。車掌が犯人なら、デウィットの手に回数券が握られている状況は、警察に見つかりたくないはずです。そう、回数券にパンチを入れることができないのとまったく同じ理屈ですよ——即死したデウィットの死体が回数券を手に持っていたその事実こそ、車掌が近づいてくるのに気づいた直後に殺されたという、犯人が警察に知られたくない事実を語っているのですから。一方で、回数券を持ち去るわけにもいきませんでした。つづりの表紙に打ち抜かれた購入日を見れば、真新しいのは明らかで、その夜、買っているところを誰かが見覚えていて、なくなっていることを変に思うかもしれない。そうなると、〝回数券〟から〝車掌〟という危険な連想がなされてもおかしくない。いけません、車掌がとるべき最善の策は、現場にいた痕跡や疑惑のもとを一切、残さないことなのです。

それでは——持ち去ることがもっとも安全な策でないのなら、車掌はどうやって回数券をデウィットの死体に残していけばよいのでしょう？　デウィットのポケットのどれかに入れなおしておく――これこそ、実に理にかなったやりかたではありませんか。では、どのポケットに戻しますか？　そうですね、デウィットがいつも回数券をどこにしまっているのか知らないかぎり、デウィットのポケットをあちこち覗いて、いつも入れてある場所を探すでしょう。期限切れの古い回数券が内ポケットにはいっているのを見つけた車掌が、新しい回数券を古いものと一緒に内ポケットに入れるのは、ごく自然ではありませんか？　それに、たとえデウィットが新しい回数券をベストの胸ポケットに入れていたことを知っていたとしても、車掌はそのポケットに戻すことはできませんでした。なぜなら、ベストの胸ポケットを貫いて、弾丸がデウィットの身体に撃ちこまれていたからです。穴の開いたポケットに、弾丸の穴が開いていない回数券を戻せば、凶行後に入れられたとすぐにばれてしまう。それだけは、車掌としてはなんとしても避けなければなりません。

第五に、これは第四の点の結果でありますが――回数券に弾丸の穴が開いていなかった理由を説明しています。回数券だけを新たに撃ちなおし、ポケットにはいっていて撃たれたはずの正確な位置に穴を開けるという芸当は、まずもって無理な話です。それに、二発目の銃声を聞かれるかもしれない。さらに、電車の中で撃てば、車内のどこかにめりこんだ弾丸をのちに発見される危険があります。何より、そんなややこしい小細工は時間の浪費でしかなく、そもそも馬鹿げている。そう、あらゆる点から考えて、犯人はもっとも自然で、もっとも安全であろう策をとったのです。

ここまでのところ」ドルリー・レーンは続けた。「この仮説は、数え上げてきたすべての点において辻褄が合っておりました。それでは、犯人が鉄道の車掌であると裏付ける確証はあるでしょうか。ひとつ、実に有力な心理的確証があります。それは、列車の中において、車掌は見えない人間であるということです。車掌というものは、列車のどこにいても誰にも怪しまれず、いつ何をしていようと、いちいち気をつけて覚えている者などおりません。デウィットの仲間たちの行動なら、ときどき誰かの目に留まっていましたし、それなりに記憶されておかしくありません――しかし車掌は、実際そうしたとおりに、客車を通り抜けて暗い車両にはいっていっても、誰の記憶にも残らずにすみます。現にあの時の私は気を張ってまわりに注意していたはずなのに、車掌を見たという記憶がありません。コリンズが列車から飛び降りたあとに、私の横の通路を通って、あの暗い車両にはいっていったに違いないのに、私はいまだに、車掌が通り過ぎたことをまったく思い出せないのですから。

　裏付けはもうひとつあります。凶器が消失し、のちに発見された状況です。銃は列車の中では発見されなかった――殺人のおよそ五分後に列車が通過する川の底で見つかりました。殺害してから凶器を捨てるまで五分待ったというのは、単なる偶然でしょうか――凶器が幸運にも線路脇を通る川底に沈んだというのは、まったくの偶然なのでしょうか。犯人にとって、殺害の直後に列車から銃を投げ捨てる方がずっと安全ではありませんか。それなのに、犯人は待った――なぜでしょう？

　犯人は闇夜にもかかわらず、川の流れている場所を――列車から投げ捨てた凶器を隠すことができる絶好のポイントを正確に知っていたと仮定すると、川の正確な場所を狙って五分間待ったこの犯人は、きわめて土地鑑があったに違いありません。列車に乗っていた者のうち、そこまで現場の地理に明るい人間は誰でしょう？　言うまでもなく、毎晩同じ時間に同じ道のりを通る列車の乗務員です。機関士か、制動手か、車掌か……そう、その車掌ですよ！　心理的な状況証拠にすぎないとはいえ、車掌犯人説のさらなる裏付けが見つかりました。

実は、もうひとつ、裏付けがあって、何よりも説得力があり、犯人をまっすぐ名指ししているのですが、これについてはもう少しあとでお話ししましょう。

もちろん、事件当時は凶器に関して、逆の視点から推理しました。こう自問したのです。もしも私が犯人の車掌なら、どうやって銃を始末するだろう？　できるかぎり見つかる恐れのない方法はなんだろう？　目の前にある場所といえば——線路脇か路床か——いやいや、それはいけない、そこは警察が真っ先に探す場所だ。だが、線路のすぐ近くに自然の隠し場所があるじゃないか。凶器を捨てるのに便利というだけではない、こちらが特段の努力をせずとも、凶器をうまく隠せる場所。そう、川が！……私は地図で路線を調べ、凶器の処分が可能な区間内にあるすべての川を洗い出しました。かくして、首尾よく銃を発見することができた次第です」

レーンの声が生き生きとしてきた。「さて、それではふたりの車掌のうち、犯人はどちらでしょうか——トンプソンか、それとも、ボトムリーか。列車後方の検札がトンプソンの受け持ちだったということ以外は、どちらが特に怪しいと決め手になるような証拠は何もありません。

いや、待った！　私は第三の殺人をおかした犯人は車掌だと推理しました。そして第一の殺人の犯人もまた車掌でした。ならば、このふたりの車掌が同一人物ということは——つまり、ウッドだったということはないだろうか。ありえます。その可能性はすこぶる高い。ロングストリートも、フェリーに乗っていた未知の男も、デウィットも、間違いなく同じ者の手で殺されたのですから。

それでは、ウッドの肉体的な特徴はどうだったでしょう？　赤毛と傷痕は忘れてください、髪の色は簡単に変えられますし、傷痕は作り物に違いありません――すくなくとも背が高く、たくましい男だったことはわかっています。年配の車掌のボトムリーは小柄で華奢（きゃしゃ）でした。トンプソンは背が高くたくましかった。ならば、トンプソンが我々の求める男です。

それにしても、このウッドあるいはトンプソンなる人物は、いったい何者なのでしょうか。明らかに、三つの殺人事件の動機は同じで最低でも五年前、おそらくは、もっとむかしに端（たん）を発しているはずです。であれば、我々の打つべき次の一手は明白だ――デウィットとロングストリートの過去を調べ、殺すために何年もかけて計画を練ることもいとわぬほど強く、ふたりの死を望む人物を見つけ出せばよいのです。

思い出してください、あなたがたはすでにストープスが何者かご存じですが、当時の私は過去の因縁について何も知らなかったのですよ。私はデウィットの執事のジョーゲンズに質問をして、しばらく前に、南米から来た謎の客が屋敷に滞在していたことを聞き出していました――これについては、私が一歩リードを取ったことを認めていただかなければなりませんね、警視さん……なかなか有望な手がかりに思えたので、南米各国の領事館を片端からひそかにあたり、最終的に、ウルグアイからニューヨークの領事館に派遣されているファン・アホス領事から話を聞くことができました。いまはあなたがたもご存じの話ですが、その時、私が初めて聞いたのは、ロングストリートとデウィットのほかにふたりの男が関係していることでした——脱獄囚のマーティン・ストープスと、デウィット&ロングストリート商会に実はもうひとり在籍していると判明した、第三の共同経営者のウィリアム・クロケットです。このふたりのうちストープスが、ウッドまたの名をトンプソンに違いありません。動機は単純そのもの——復讐です。その怨念はほかの三人全員に等しく向けられています。ならば、ストープスが車掌で、フェリーで殺された未知の男がクロケットに違いない、と私は結論を出しました——ストープスは赤毛やふくらはぎの傷痕を偽装し、いずれクロケットを殺すつもりで五年かけて準備してきたのです。クロケットの死体が発見された時に、損傷が激しくともはっきりわかる身体の特徴で、死体はウッドのものだと誤認させるために。

私が行方不明者のリストをお願いした理由ですが、その時はアホス領事から話を聞くずっと前だったものの、死体が実はウッドのものではなく、ウッドが未知の誰かを殺したのだというところまで推理していたので、もしかすると行方不明者のリストに犠牲者の手がかりがあるかもしれないと考えたからです。アホス領事から話を聞いて、生贄(いけにえ)はクロケットだったと悟りました。この未知の男が、ほかの事件とまったく無関係で、単に肉体を利用されただけの道具であるわけがない。ウッドはこの男の傷痕や髪の色をまねて、準備にすくなくとも五年はかけているのですから。クロケットがどんな方法でストープスにおびき出されて殺されたのかは、ついぞわかりませんでしたが。実はいまだにわからないのですよ。ブルーノさん、その点についてストープスは自白しましたか」

「ええ」地方検事はしゃがれた声で答えた。「ストープスは筆跡を覚えられたり、警戒されたりしないよう、クロケットに一度も脅迫状を書かなかったそうです。そうしておいて、デウィット&ロングストリート商会でクビになった簿記係を名乗ってクロケットに手紙を送り、あなたには年に二度、多額の小切手が送られているが、実は正当な取り分である純益の三分の一のほとんどが商会に詐取されている、と吹きこんだんですよ。かつて三人が南米から帰国した時にクロケットは、今後、ほかのふたりが儲けた分は三人平等に分けろと主張したそうです。短気で無責任なクロケットにウルグアイでの自分たちの悪事をぶちまけられるよりは、クロケットも三分の一出資したことにして、純益の三分の一を支払った方がいいとふたりは考えたわけです。どうやらロングストリートは何度も送金を打ち切ろうとしていたのを、デウィットの説得でずっと続けてきたようですね。なんにせよ、その手紙で簿記係になりすましたストープスは、詐取の証拠を握っているのでニューヨークに来てくれれば証拠を売る、と書いています。さらに、これから陰謀が行われようとしていると――ふたりの元仲間が、過去の殺人の件でクロケットを売ろうとしていると匂わせたのです。ニューヨークに着いたあとはタイムズ紙の広告欄を注目しているように伝えました。クロケットはその話をすっかり信じこみ、怒りと怯えに震えながらニューヨークに来ると、タイムズ紙の広告でストープスからの指示を見つけました――ひそかにホテルをチェックアウトして、ウィーホーケン行十時四十五分発のフェリーの上甲板北側にできるだけ目立たないように来てくれ、と。もちろん、そこで殺人が行われたわけです」

「しかもですね」サム警視が口をはさんだ。「あの悪賢いストープスの野郎、デウィットをおびき寄せた手口も吐きましたよ。例の水曜の朝にクロケットのふりをしてデウィットに電話をかけると、すぐに話したいことがあるから当日の夜十時四十五分発のフェリーの下甲板に顔を出せ、と脅し気味に命令したそうです。そして、なるべく目立たないように〝気をつけろ〟と注意しました――デウィットとクロケットが鉢合わせするのを避けるためにね。クロケットに注意したのも同じ理由ってわけです」

「おもしろい」レーンはつぶやいた。「それで、デウィットが待ち合わせの相手の名を明かそうとしなかった理由がわかりました。名を出すことで捜査が及べば、クロケットがパニックに陥って、ウルグアイ時代のおぞましい過去についてぺらぺらと喋る危険がある。だからデウィットは絶対に沈黙を守るとストープスは確信していたわけだ――デウィットを巻きこむにあたってここまで考え抜いていたわけですね。

それにしても」レーンは感慨深げに続けた。「ストープスという男のおそろしいほどの器用さと大胆不敵さには、驚きどおしですよ。この連続殺人はどの事件をとっても、感情に流されて衝動的にやらかした〝激情の犯罪（クリーム・パッショネル）〟ではありません。耐えがたきを耐え、鋼鉄の意志で、幾年もかけて冷静に計算しつくした計画殺人ばかりだ。あの男は偉人になれる素質を持っていますね。たとえば、第二の殺人であの男がなさねばならなかったことを考えてみてください。まず、ウッドとして上甲板でクロケットと会う。それからあの小部屋の物置近くに誘い出し、鞄から取り出した鈍器で殴って気絶させる。自分の服を脱いでクロケットに着せ、自分は鞄から新しい服を――ニクソンとしての衣装を――出して着替える。クロケットから脱がせた服は、鞄から出したおもりと一緒に海に沈める。モホーク号がウィーホーケンの船着き場にはいるのを待って、意識のないクロケットの身体を船外に放り出し、桟橋のまわりの杭(くい)と船体の間にはさんで、つぶす。大急ぎで人目につかないように下甲板に移動すると、ニクソンになって、〝人が落ちた!〟と騒いでいる野次馬の中にまぎれこむ。これだけのことをやってのけたのですから、実に度胸があり、すさまじく頭の切れる男と言えましょう。もちろん服を交換するのは危険な作業ですが、川を二往復することでぐっと簡単になったはずです。初めの一往復半の間にクロケットを気絶させ、服を取り替え、クロケットの衣服を捨てるところまでをすませたのでしょう。おまけに真夜中ですし、霧が濃く、真っ暗なうえ、そもそも四十二丁目桟橋とウィーホーケンを結ぶフェリーはマンハッタン島から本土までのごく短い距離を渡すだけなので、上甲板に客が来ることはめったにありません。なんなら四往復してもかまわないのですから焦る必要はない、ゆっくり作業できます。どうせ警察はウィーホーケンでいつまでも待っていてくれるはずですしね」

レーンは顔を歪(ゆが)めて、咽喉(のど)に触れた。「どうも調子が悪くなってきました。むかしは疲れ知らずで、何時間でも台詞を言い続けることができたものですが……説明を続けます」レーンは簡潔に、デウィットが殺された夜にウェストイングルウッドの彼の屋敷で、ストープスが四ヶ月前に送りつけてきた脅迫状の一通を発見したことを話した。そして、それを差し出し、ふたりの客人に心ゆくまで調べさせた。

「もちろん」レーンは言った。「これを見つける前に、事件はすでに解けていました。ウッドとトンプソンは同一人物だとすでにわかっていましたから、解決するのに脅迫状は特に必要ないのです。

ですが裁判において、これは重要なものとなります。私は市電の身分証明書にウッドが直筆で書いた署名を見ていたので、ストープスの筆跡をひと目見て、ウッドのそれと同じだと気づきました。繰り返しますが、筆跡が一致するという事実は推理において必要ではありません。単なる法的証拠です。

さて、ここまで来ると、検察側が私の結論をどう見るかという視点に立って、考えなければなりませんね。ウッドとストープスとトンプソンが同一人物であると知っていることと、立証することはまた別です。そういうわけで、私はファン・アホス領事に頼んでウルグアイ当局からストープスの指紋の写真を電送してもらいました。トンプソンを逮捕した時、警視さん、私はまずいちばんにお願いしましたね、あの男の指紋を採ってくださいと。指紋は、ストープスの指紋の電送写真とぴったり一致しました。つまり、トンプソンとストープスは同一人物である。さらに、筆跡が同じことから、ウッドはストープスと同一人物である。このふたつの法的証拠が、手元にそろったことになります。ゆえに、ごく初歩の算数の結果、トンプソンはウッドと同一人物である、と証明されるわけです。これで事件は完全に解決しました」

あらためて、レーンは力のこもった声で続けた。「ですが、まだいくつかわからない点があるのですよ。ストープスは物理的にどうやって、ひとりで三人分の――ウッドとニクソンとトンプソンの――生活を並行して営むことができたのでしょう？　そこのところが私にはまったくわからないのです」

「それについてもストープスがすべて吐きました」地方検事は言った。「見かけほど難しいことじゃなかったようです。ストープスがウッドとして午後二時半から午後十時半まで働き、トンプソンとして午前零時から午前一時四十分まで、短区間の特別勤務についていたんですよ。ウッドとしてウィーホーケンに住んでいたのは、電車に乗務する前に着替えたり変装したりするのに都合がいいからです。トンプソンとして、ウェストハーバーストローに住み、夜の残りの時間をそこで寝て、翌日の昼前の列車で、ウッドとしてウィーホーケンの下宿に戻ります。ニクソンはいくらでも融通のきく身ですし、たまにしかなりすますことがありません。フェリーの殺人の夜に関してですが、ストープスがその夜を選んだのは、トンプソンとして非番の夜だったからです！　蓋を開ければ単純な話というわけですよ！……変装に関しても、それほど難しいことじゃありません。ご存じのとおり、ストープスは禿げています。ウッドになる時には、赤毛のかつらをかぶる。トンプソンの時はそのままです。ウッドに化けるには、あちこちをちょいちょいといじるだけで……まあ、それがどのくらい簡単なことか、変装に関してはレーンさんの方がよくご存じでしょう。ニクソンになる時には、もっと時間がありますから、いくらでも納得いくまでゆっくり変装できたわけです。さっきも言ったとおり、そもそもニクソンになることはめったにありませんでしたから」

「そういえば」レーンは好奇心を見せて訊ねた。「デウィットに濡れ衣を着せるためにクロケットの死体に仕込んだ葉巻をどうやって手に入れたのか、ストープスは説明したのですか」

「奴は」サム警視は唸った。「何から何まで喋りましたよ。あなたがこの連続殺人をどうやって解いたのかってこと以外はね。私はいまだに信じられんですが。ストープスの話じゃ、ロングストリートを殺るちょっと前に、葉巻を一本、デウィットからもらったそうです——短区間列車の車掌のトンプソンだった時間に。金持ち連中がよくやる、あれですよ。特に何の意味もなく——ひょいとものをくれてやるんです。一ドルもする葉巻でもね。ストープスはただそれを、吸わずにとっておいただけです」

「まあ、当然ですが」ブルーノ地方検事がつけ加えた。「ストープスにも説明できないことは多々ありますよ。たとえば、ロングストリートとデウィットがいつまでもいがみあっていた理由です」

「たぶんそれは」レーンが言った。「ごく簡単に説明がつくかと思います。デウィットは道徳的にひとつだけ弱みがあったものの、それ以外の点ではたいそうりっぱな人格者でした。きっと若いころは不本意ながら、ロングストリートの言いなりになってしまっていたのでしょう。かつて、無理やり片棒をかつがされ、ストープスを陥れたことを、デウィットは後悔していたのではありませんか。おそらく、デウィットは公私共にロングストリートから離れようとしていたでしょうが、ロングストリートの方はサディスティックな性格から、そして、デウィットが収入源として優秀だという理由から、あの血なまぐさい黒い過去をデウィットの頭上にちらつかせて、絶対に離れようとしなかったのだと思いますよ。それどころか、デウィットが目の中に入れても痛くないほど溺愛している娘のジーンに父親の旧悪をばらすぞ、と脅していたとしても驚きませんね。なんにせよ、これならふたりがいつまでも犬猿の仲だった理由も、ロングストリートの浪費のつけをデウィットが黙って払い続けたことも、デウィットがロングストリートの嫌がらせを甘んじて受け続けたわけも、すべて説明がつきます」

「たしかに」ブルーノ地方検事は認めた。

「クロケットについてですが」レーンは続けた。「ストープスの殺人計画にこめられた意図は明らかです。ストープスの妻を殺害したのはクロケットに相違ありません。なぜなら、ストープスは三人の死者のうちでクロケットに、もっとも残酷な死を与えているのですから。もちろんそれが自分の、つまりウッドの死体であると偽るために、クロケットの顔はつぶしておく必要があったのも本当ですが」

「レーンさん、覚えてますかね？」サム警視が感慨深げに言った。「このハムレット荘に電送写真が届けられた時のことを。あれがマーティン・ストープスって名前を私が初めて聞いた時で、そいつはいったい誰ですって訊きましたよね。そしたらあなたは、マーティン・ストープスはロングストリートとウッドとデウィットを片づけた張本人だとかなんとか、そんなようなことを言ったでしょう。だけど、あなたがあの中にウッドの名前を入れたってのは、ちょっとフェアじゃないと思いませんかね？　自分がウッドなのに、ストープスがウッドを殺せるわけがないじゃないですか」

レーンはくすくす笑った。「警視さん、私はストープスがウッドを殺した、とは申しませんでしたよ。私は、ストープスはウッドをこの地上から消し去ったと言っただけで、これは文字どおりの事実です。クロケットを殺し、その死体にウッドの服を着せるという作業によって、ストープスは自分自身とウッドという人物を、この世から永久に消去してしまったのですよ」

三人は無言で坐ったまま、回想にひたっていた。炎が不意に大きく燃え上がると、ブルーノ地方検事は、レーンが穏やかな顔で眼を閉じているのに気づいた。不意に、ばしん、とサム警視が大きなてのひらで自分のふとももを叩く音が響いて、地方検事は仰天した。「そうだ！」警視は怒鳴って、身を乗り出すと、レーンの肩に触れた。名優は眼を開いた。「レーンさん、さっきからなんか忘れてた気がしてたんだ。やっぱりだ！　もうひとつ、わからないことがあるんですが、そいつをまだ教えてもらってない。あのデウィットの指のわけのわからない形です。ついさっき、あなたはあの重ねあわせた指には迷信めいた意味はまったくないと言ってたでしょう。なら、何の意味があるんです？」

「これは、うっかりしておりました」レーンはつぶやいた。「よいところに気がつかれましたね、よくぞ思い出させてくださいました。まさしく肝心な点です。あらゆる意味で、あれは事件全体を通してもっとも興味深い問題でした」名優の端整(たんせい)な横顔が引き締まり、声に生気がこもった。「トンプソンがデウィットを殺したのだという結論を出すまで、私にもあの重ねあわせた指の意味がまったくわからなかったのですよ。ただひとつのことだけは確信していました。それは、デウィットが絶体絶命の最後の一瞬に私の話を思い出し、せめて殺人犯の正体を示す手がかりを残そうと、とっさにあのしるしを指で作ったに違いないということです。ならば、あのしるしはトンプソンとなんらかの関係があるに違いない。そうでなければ、せっかく私が丹念に組み上げてきた推理が崩れてしまいます。そういうわけで、私はあのしるしの真の意味を理解したと自信をもって納得できるまで、トンプソンの逮捕に踏みきれなかったのですよ」

レーンは肘掛け椅子から、いつもの独特な身のこなしで立ち上がった——まったく筋肉を使っているように見えない、あの素早いなめらかな動きで。ふたりは名優を見上げた。「ところでご説明する前に、もしストープスがデウィットの命を絶つ弾丸を撃つ直前にふたりの間で何が起きたのかを供述していれば、教えていただきたいのですが」

「もちろんですとも」ブルーノ地方検事は言った。「ストープスの自供で、その点は明らかになっていますよ。どうやら、デウィットの一行が列車に乗りこんできた瞬間からずっと目をつけていたようです。ご承知のとおり、あの男はずっとデウィットがひとりきりになるチャンスをうかがっていました。誰にも見られずデウィットを殺す機会をつかむまで、必要なら一年でも待ったでしょう。ところが、コリンズがデウィットと一緒に最後尾の車両にはいっていくのが見えたあと、コリンズだけが列車から飛び降りるところを前方のドアから目撃して、待ちに待ったチャンスの到来を知りました。そしてストープスは、レーンさんたちのいた車両を通り抜け、最後尾の暗い車両にはいると、死体が発見されたあの席にデウィットが坐っているのを見つけ、中にはいっていったそうです。デウィットは顔を上げて、車掌がいるのを見て反射的に、新しい回数券のつづりを取り出しました。しかし、トンプソンはすっかり熱くなっていたので、デウィットがどのポケットから回数券を取り出したのか、気をつけて見ていなかった。ついにすべての復讐が成る時が来たという興奮の炎に煽られ、トンプソンはいきなり銃を抜くと、恐怖におののくデウィットの目の前に突きつけて、正体を明かしたのです——自分はマーティン・ストープスであると。そして勝ち誇ってデウィットを罵り、これから自分が何をするつもりか、とうとうと言い渡しました。その間、デウィットは、ストープスの（つまりトンプソン車掌の）腰から革紐でぶら下がって揺れているニッケルの切符パンチを、まるで魅入られたようにじっと見つめていた、とストープスは言っています。デウィットは死人のように血の気を失い、坐ったまま身じろぎもせず、何を言われてもただ黙っていたそうです（この間に光の速さで考え、最後の瞬間にあのしるしを残したのでしょう）。デウィットのその態度にかっとなったトンプソンは、こらえきれずに思わず発砲してしまいます。激昂の発作は、襲ってきた時と同じく、あっという間に過ぎ去りました。はっと気づけば、デウィットはがくりとうなだれ、その右手には、検札をすませていない回数券のつづりが握られたままになっています。これはまずい、とすぐにストープスは決断しました。回数券をこの場から持ち去るわけにはいかない、とはいえ、デウィットの手に持たせたままにしておくわけにもいかない。そういうわけで、ストープスはデウィットのポケットをあちこち調べ、古い回数券がはいっていた内ポケットの中にしまったそうです。デウィットが指を重ねあわせていたことにはまったく気づかなかったとストープスは言っています。殺人のあとで、指の件がわかった時には、ストープスもひどく驚いたそうです。ストープスも私たち同様、どういう意味かまったく見当がつかないと言っています。

ともかく、ボゴタの駅で真っ暗な車両のドアを開けて飛び降りてから、ドアを閉めなおし、駅のホーム沿いに走って一両前の車両に乗りこみました。銃はレーンさんがおっしゃったのとまったく同じ理由で、川に捨てたそうです」

「ありがとうございます」レーンは重々しく言った。背の高いその姿は、暖炉の炎の赤い濃淡を背景に、くっきりと黒く浮き上がっている。「では、しるしに関する実に興味深い問題に戻るとしましょう。トンプソンと指、指とトンプソン……いったいどんなつながりがあるでしょうか。

そして、ごく些細な事実を思い出した瞬間、まばゆい閃光に眼を射抜かれたかのごとく、この難問に対する唯一の解答に気づきました……」レーンは静かに続けた。「例の、邪眼がどうのという馬鹿馬鹿しい解釈を別にすると、指と指を交差させて重ねることに、どんな意味があるでしょう？　何より、トンプソンとどういう関係があるでしょうか？

この点について、私はいままでのようにややこしく難しく考えるのはやめて、まったく違う観点で考えることにしました。交差させた二本の指の形そのものが意味するものはなんだろう？　つまり、この奇妙な位置で固定された二本の指は、ある図形に似せようとしたのではないか？　少し考えると、たちまちおもしろい考えに思い至りました。交差させた二本の指ともっとも似た図形とは、それすなわちXではありませんか！」

レーンが口をつぐむと、ふたりの客人の顔になるほどという色が広がっていった。サム警視は自分の指を交差させてみて、大きくうなずいている。

「しかしXとは」ドルリー・レーン氏は豊かに響く声で続けた。「一般的に、未知数を表す記号です。では、私はまた間違えたのか。デウィットがわざわざ謎を残して逝こうとするはずがない！　しかし――X、X……私はこの思いつきを捨てる気になれませんでした。なぜかはわかりませんが、自分は正しい方向に進んでいるという確信があったのです。それで今度はトンプソンに、Xを当てはめてみることにしました。するど、驚くなかれ、この哀れでお粗末な眼の前からはらりとベールが落ちて、私は思い出したのですよ。あの列車車掌のトンプソンが持つ特徴、明確にゆるぎなくトンプソンを示すもの――まさに指紋と同様に、この男個人を特定するしるしがひとつ、あることを」

ブルーノ地方検事とサム警視はぽかんとした顔を見合わせた。地方検事は眉間に深く皺を寄せ、サム警視は何度も何度も自分の指を重ねてXを作ってみている。警視は頭を振った。「だめだ、降参です」ひどくいまいましそうに警視は言った。「私はよほど頭が悪いんだな。レーンさん、そいつはいったいなんなんです？」

答えるかわりに、レーンは札入れの中を探ると、何やら印刷された細長い紙片を一枚取り出した。それを愛おしげに眺めてから、大またに暖炉の前を横切り、ブルーノ地方検事の手の中に紙を置いた。ふたりは同時に覗きこんで、勢い余って頭をぶつけあった。「エドワード・トンプソン車掌の手で渡された、ただの車内販売用の切符ですよ」ドルリー・レーンは穏やかに言った。「あの男を逮捕する直前に、警視さん、あなたが私たちの乗車賃を払ってくださった時のです」

そう言い残して背を向けたレーンが暖炉に歩み寄り、渦を巻いてたちのぼる薪の煙の香気を愉しんでいる間、サム警視とブルーノ地方検事は、その最後の証拠品を凝視していた。

紙片の二カ所にひとつずつ——印刷されたウィーホーケンの文字と、その下のウェストイングルウッドという文字の横に——エドワード・トンプソン車掌のパンチで、十字形の穴がきれいにはっきりと打ち抜かれていた——Xのしるしが。

読者への公開状

親愛なる読者諸君へ。

いまよりさかのぼること九年前、それまでエラリー・クイーンというひとつのペンネームのもとで合作してきたふたりの青年が、ある人々やもろもろの事情にせまられ、まったく新しいシリーズの推理小説を書くことになった。

かくて必要になった下準備として、ふたりがうんうん唸りながら創り上げたのが、年老いたシェイクスピア俳優でたぐい稀な推理力を持つ、ドルリー・レーン氏なる人物だった。

作家のエラリー・クイーンは、探偵エラリー・クイーン氏の功績をたたえる小説を書いているのだから、当然、ドルリー・レーン氏の功績をたたえる小説をエラリー・クイーンの名で発表するわけにはいかない。

そこでふたりの青年は第二のペンネームを作りだした。こうしてドルリー・レーン四部作の露払いたる第一作『Xの悲劇』は、〝バーナビー・ロス〟という名前でまっさらな下地のもと、世に送り出されたのである。

さて、エラリー・クイーンという（ふたりの）作者と、バーナビー・ロスという（ふたりの）作者の間には、どこからどう見ても何の関係もなかった。両者は違う出版社から作品を刊行し、両者とも周囲にさまざまな嘘や秘密で固めたぶ厚い壁を張りめぐらせたのである。それどころか、ふたつのペンネームを使い分けて活動していた時代、実際にふたりの青年は黒い仮面で顔の上半分を隠して公衆の前に現れ、数々の講演会で同じ演壇に立ち、文字どおり睨みあって、辛辣(しんらつ)な応酬をした……ひとりはエラリー・クイーンとなり、もうひとりはバーナビー・ロスとなって、推理作家として互いに激しく闘争心を燃やすライバルを演じてみせたのだ。ニュージャージー州のメイプルウッドからイリノイ州のシカゴにいたるまで、興味津々の聴衆の前でふたりがかけあったのは必ずしも耳ざわりのよい言葉ではなかった。こういったまったくのインチキな手段を講じることで、このふたりの正体の秘密を、なんとか守り続けたのである。

とはいえ、真相を示す手がかりは巧みな方法で常にさらされていたのだから、もしもそれが鋭い安楽椅子探偵諸氏の目に留まっていれば、エラリー・クイーンとバーナビー・ロスの関係性は簡単に見抜かれ、九年間も善良なる世の人々を騙し続けてきた、実に趣味の悪い欺瞞(ぎまん)は、たちどころにあばかれていたに違いない。

なぜなら『ローマ帽子の謎』(作家エラリー・クイーンによって書かれた、探偵エラリー・クイーンのシリーズ一作目)の序文を読み返していただければ、十五ページ十四行目から十六行目に、次のような驚くべき記述が堂々と書かれているのだ。

たとえば、いまや昔話となっているバーナビー・ロス殺人事件における捜査の輝かしいはなれわざによって、〝リチャード・クイーン警視はこの偉業によって名声を確立し、……

新しいペンネームを作る必要にせまられた時、〝バーナビー・ロス〟の名が選ばれたのは、まさにこのでっちあげの文からであった――つまり、バーナビー・ロスはクイーンもの第一作の序文が書かれた一九二九年に実は誕生していたのだが、生みの父たちの手で世に送り出され、一人前の人として活躍を始めたのは一九三二年になってからなのだ。

そしていま、やっと言うことができる。バーナビー・ロスはこれまでも、いまも、これからもずっと……エラリー・クイーンであり、その逆もまた然りであると。

ドルリー・レーン氏についてひとこと述べておこう。その半身は芝居気が過ぎて、半身は自惚れが過ぎる……いかさま師で天才で（誰とは言わないがあるひとりを除いた）古今東西のあらゆる探偵の中でもっとも鋭い推理力を持つこの変わり者の老人を、私たちはずっと心の片隅で愛おしく思い続けてきた。

兄弟と（ふたりとも同じ策謀家の青年たちを父として生み出されたのだから、そう呼んでもいいだろう？）同様、ドルリー・レーン氏は本格派に――例の、読者に対してフェアプレーに徹することに血道をあげる、特殊な一派に、属している。ゆえに当然、『Xの悲劇』でも、続く悲劇シリーズすべての作品でも、解決にたどりつく前にすべての手がかりが読者諸氏の目の前に明らかにされているのだ。

では、この荘厳なる復活の時を祝して……ドルリー・レーンよ、永遠なれ！

エラリー・クイーン拝

一九四〇年九月十三日金曜日
ニューヨークにて

解説

杉江松恋

「まったく、ブルーノと私が今度こそXだと思って誰かを捕まえるたびに、あなたが台無しにしてくれるんだからなあ。もう恒例のお約束みたいなもんだ」
（サム警視。本書四一七頁）

「そっちの方には何も見えませんでしたよ。そもそも何も見ちゃいませんが。実のところ、変わったギャンビットを思いついて、それで頭がいっぱいだったものですから」
（フランクリン・アハーン。同三四一頁）

『Xの悲劇』は「一九三二年のエラリー・クイーン」現象の一部を構成する作品である。どんな創作者にも絶頂と呼ぶべき時期はあるが、エラリー・クイーンのそれは紛れもなく一九三二年であった。発表した四つの長篇が、いずれも里程標級の傑作だったのだ。

刊行順に書名を挙げる。まずは本書、『Xの悲劇』だ。エラリー・クイーンがバーナビー・ロス名義で発表した、俳優探偵ドルリー・レーンの登場する最初の作品である。続いて〈国名シリーズ〉の第四作にあたる『ギリシャ棺の謎』、ドルリー・レーンものの第二作『Yの悲劇』、

〈国名シリーズ〉第五作『エジプト十字架の謎』となる。

文藝春秋が一九八五年と二〇一二年に実施したアンケートに基づいた『東西ミステリーベスト100』(一九八六年、文春文庫。改訂版、二〇一三年)というガイド両方に、右の四作はすべてランクインしている。『X』が二十七位と十四位、『ギリシャ』が五十四位と二十三位、『Y』が一位と二位、『エジプト』が三十一位と四十二位である。いささか余談めくが、私の手元に『世界名探偵図鑑』(立風書房)という児童書がある。一九七六年刊行のジャガーバックス叢書(そうしょ)の一冊で、題名通り世界の名探偵を作品のダイジェストで紹介するブックガイドだ。基本的に一作家一作なのだが、クイーンは『Xの悲劇』が採られているのである。一例ではあるが、ドルリー・レーンものの評価が高かったことの証左となりそうだ。ちなみに著者の藤崎誠の正体は、評論家・瀬戸川猛資である。おお、これも別名義。

周知の通り、エラリー・クイーンとはフレデリック・ダネイとマンフレッド・B・リー、ニューヨークのブルックリンでロシア系ユダヤ人の家系に生まれた従兄弟同士の合作名である。二人とも一九〇五年生まれで九ヶ月違い、成人後はそれぞれ広告と広報の職に就いたが、マンハッタンの勤め先が近いため頻繁に会う機会があった。そこでストークス社が開催した賞金七千五百ドルの探偵小説コンテストに応募する相談がまとまったのだ。二人に作家デビューを果たさせたその応募作こそが〈国名シリーズ〉の第一作『ローマ帽子の謎』(一九二九年)である。

すでに数作の著作があり、エラリー・クイーンとして世に知られているにもかかわらず、一九三二年のダネイとリーはなぜバーナビー・ロスという第二の名前を必要としたか。最も詳しい評伝であるフランシス・M・ネヴィンズ『エラリー・クイーン　推理の芸術』（二〇一三年／邦訳は国書刊行会。以下、『推理の芸術』）によれば、それは二人が職を辞して専業になるための戦略であったのだという。専業作家になれば「三ヶ月ごとに九万語の探偵小説を生み出すことができる」が弊害もあり「二人は、エラリー・クイーンものの新作を一年に四作も出すと、市場では飽きられてしまうという考えで一致していた」（飯城勇三訳）。そのための第二の筆名なのだ。バーナビー・ロスという名の由来をネヴィンズは、ダネイが少年時代を過ごしたニューヨーク州西部の小さな町エルマイラにあった「バーナビーの納屋」という建物に求めている。バーナビー・ロス名義の著作は全部で四冊。前出の『X』『Y』の後に『Zの悲劇』『レーン最後の事件』（ともに一九三三年）と続く。アルファベットの最後の三文字を題名に冠した趣向は、冒頭に引用した通り未詳の容疑者を指すなど複数の意味がこの一文字に持たせられている『X』が最も成功しており、『Z』はやや苦しい。

四部作の刊行当時、クイーン＝ロスであることは完全に秘密にされた。しかしコロンビア大学ジャーナリズム学科からクイーン宛に講演依頼が来たことがきっかけで、二人は大衆の面前に立つことになる。最初の依頼はコイントスの結果リーが受けたが、正体を隠すために覆面をつけての出演となった。その後ダネイもロスとして同じく覆面姿で講演に応じるようになり、新進気鋭のライヴァル作家が並んで（しかも覆面の上に眼鏡という珍妙な姿で）討論するというヴォードヴィル・ショーさながらの出し物は全米横断ツアーが実現するほどの好評を博した。

隠すことで正体についての興味が煽られて、さまざまな怪説が飛び交うことになる。

二人のバーナビー・ロスとしての経歴は、一九三三年に突如終焉を迎える。四作を通読すると初めから起承転結の構成を意図して書かれたもののように見えるが、『推理の芸術』によれば続篇の計画はあったのである。『クイーン談話室』（一九五七年／邦訳は国書刊行会。本国版〈エラリイ・クイーンズ・ミステリ・マガジン〉掲載のエッセイをまとめたもの）によれば、アルファベットを最後まで使い切ってしまったのなら『&の悲劇』はどうだ、という提案をもらったこともあるらしい。それが叶わなかった遠因はダネイとリーが創った雑誌〈ミステリ・リーグ〉に求められる。創刊号である一九三三年十月号の目玉として、二人はまだ単行本が刊行前だった『レーン最後の事件』を全文掲載したが、これがシリーズの版元だったヴァイキング社を激怒させてしまう。その結果、二人は不利な出版契約を呑まされることになり、ドルリー・レーン再登場への意欲を失うのである。

二人の著作のうちクイーン名義のものは初めストークス社で刊行された。一九四二年からリトル・ブラウン社に替わり、一九五六年に『クイーン警視自身の事件』（ハヤカワ・ミステリ文庫）がサイモン&シュスター社から出るまで続いた。ヴァイキング社のロス名義作品も、一九四〇年に『Xの悲劇』がクイーン名義でストークス社に移ったのを皮切りに版元変更が行われた。鮎川信夫訳の本文庫旧版は四〇年以降の刊本を底本にしていたが、今回の新訳に際し、ヴァイキング社版に改められた。旧版では巻頭に置かれていた「読者への公開状」が付録として巻末に移動しているのはそれが理由である。お手元に旧版がある方は、全体の印象がどう異なるか見比べていただきたい。

作家と書誌の話題が長くなった。「一九三二年のエラリー・クイーン」が本題である。さりげなく記された『Xの悲劇』という長篇の魅力は、第一に手がかり提示の巧妙さである。元俳優という探偵の属性に合わせて全体は三幕の構成になっており、「舞台裏にて」と題された章でドルリー・レーンが自らの推理を解説することになる。注目すべきは、そのときもレーンはすべてを見透かしているわけではなく、犯人の行動の中にはわかっていない部分があることだ。犯人を特定するための条件には含まれていないからで、逆に言えばその人物が罪を犯したのであればこのように行動するであろうという推論は「その場にいるように」語れるのである。そこまで堅固な推論が、細片化された手がかりから組み上げられることに読者は驚嘆する。

福井健太は『本格ミステリ鑑賞術』（二〇一二年、東京創元社）においてミステリの謎解きにおける伏線を暗示とデータに分けることができるとし、「概して複数のデータの複合によって」「事実を特定する」という後者の機能について本書を引き合いに出して説明している。

複数のデータが別々の箇所に置かれていて、それらを結びつけると見落としていた真相に気づくことになる――『Xの悲劇』の読者は幾度もそういう体験をすることになるだろう。2+2=4という足し算の部品としてデータが出てくるだけではない。初めは違った意味の記述に思えていた箇所が、後でわかった事実を念頭に置いて読み返すと別の形に見えてくるというミスディレクションの技法も用いられており、まったく油断がならないのである。手がかりとなる伏線が埋設されていない章は皆無と言ってよく、その情報量の多さに陶然とさせられる。

小説が終盤にさしかかった第三幕第三場に、レーンが新聞で読んだウィーンの話を披露する場面がある。後に「角砂糖」という短篇として再利用される逸話だ（『クイーン検察局』一九五五年／ハヤカワ・ミステリ文庫）。クイーンのダイイングメッセージについて論議される際にしばしば引き合いに出される「人間の脳は死を目前にした時、神のみわざにも似た唯一無二のその瞬間は、限界というものが消えてしまう」という文章の出所はここである。この逸話自体は『Xの悲劇』の事件を解くための直接の手がかりではなく、その後に起きる事態をもたらす引き金になっている。一般的な小説で言うところの伏線の使われ方である。ところがこの場面の少し前にもクイーンは重要な仕込みをしている。読者に予断を与えてしまうため、こちらはどういう種類のものかは詳らか（つまび）にできない。強いて言うならば『Xの悲劇』だけではなく作品外にも延びた伏線である。四部作をすべて読み終えたら、試しにここに戻ってみていただきたい。クイーンが周到な計算の下にバーナビー・ロス名義作を書いていたことがわかるはずである。

ここで簡単に『Xの悲劇』の概要について書いておきたい。物語の発端は一九三一年九月に起きた出来事とされている。株式仲買人のハーリー・ロングストリートが毒殺された事件だ。ニコチン溶液を先端に塗った針が何十本も刺さったコルク球という奇妙な凶器が使われたことが特徴的で、殺害現場は四十二丁目横断線の車内である。このあとの舞台もウィーホーケンから発着しているフェリーの船上など、マンハッタンの観光案内を眺めているかのようで、都市を舞台にした観光小説の性格が本書には備わっている。容疑者と目される集団や証人たちは当時のニューヨーカーの標本のようであり、舞台は非常に同時代的なのである。

しかし、それとは相反する要素も含まれている。まず、探偵の設定からして大時代的である。ドルリー・レーンはシェイクスピア劇で名を轟かせたが、聴覚障害を得たために引退したという設定で、ハドソン川に面した場所に城塞のような館を築いて住んでいる。館には元演劇人たちが雇われていてフォルスタッフなど、シェイクスピア由来の通称で呼ばれている、というところからまず普通ではない。メーキャップ係のクェイシーの力を借りてレーンは別人に変装することができるのだが、石上三登志が『名探偵たちのユートピア』（二〇〇七年、東京創元社）で指摘したように、読者によってはこの趣向を古臭いと感じる人もいよう。

探偵の設定だけではなく、作品全体に旧時代のこだまは響いている。詳しく書くわけにはいかないが、この中で繰り広げられる犯行計画自体、作者が有名な先行作品から想を得て持ってきたものだからである。新旧のせめぎ合いは本作だけではなく、レーン四部作に共通する裏の主題でもある。第三作『Zの悲劇』からはサム警視の娘ペーシェンスが登場して、レーンに師事しつつ対抗する探偵役に就任する。彼女という新世代によって旧世代の代表であるレーンがいずれは駆逐されていくであろうことが、作中でも暗示されるのだ。この連作が書かれたのは、大恐慌時代の真っ只中だった。旧い秩序や伝統の命運が時代の変動の中でどうなっていくかということに、クイーンは強い関心を持っていたのだろう。

前出のフランシス・M・ネヴィンズはクイーンが『Xの悲劇』に持ち込んだ趣向を、その想を得た先行作品から採って「——・ギャンビット」と命名していた。『推理の芸術』に先行する一九七四年の著書『エラリイ・クイーンの世界』（早川書房）には「——」の部分に具体的な固有名詞が入っていたのだが、『推理の芸術』では伏せられていたので、それに倣うことにする（気になる方は『推理の芸術』第三章を参照ください）。ギャンビットとはチェスの戦術で、序盤に施される仕掛けのことである。それをすることによって後々優位に立つのが目的なのだが、伏線埋設の技巧を問うミステリとは極めて親和性の高い用語と言っていいだろう。

クイーンが参考にしたと思しき作品（作者が生まれた後に書かれているが、かなり前の長篇だ）と『Xの悲劇』を読み比べると、技巧がいかに進化しているかがわかる。先行作はその趣向だけでミステリとして成立しているのだが、『Xの悲劇』の場合は極めて重要な要素ながら、単独で使われているわけではない。探偵であるレーンが錯誤を誘う工作にいつ気づいたか、それについてどのような仮説を組み上げ、後に放棄したかが、彼の言動を元に読者は後追いで確認できる。つまり手がかり提示の流れの中に、自然な形で組み込まれているのである。

〈国名シリーズ〉及びレーン四部作という初期のクイーン作品は、こうした技巧の発展史として読むことが可能である。ざっくりとした言い方をすれば、静態から動態への変化だ。台の上に手がかりが並べられ、それを眺めて吟味していけば探偵と同じ結論に辿り着けたのがクイーン以前である。手がかりが出て来る過程では、背景でなんらかの事態が進行していく可能性があるとしたのがクイーンで（そのほうが現実に即している）、見えない動きも合わせて読み取らなければならないことを実作で証明した。『エラリー・クイーン論』（二〇一〇年、論創社）

ることができる探偵の卓越した頭脳の働きが、クイーン作品の最大の魅力だろう。すでに〈国名シリーズ〉の三作品（特に第三作の『オランダ靴の謎』）でその技量を読者に見せつけていたのだが、『Xの悲劇』の犯人は動きが激しく、その活動期間も長きに渡る。それを追い切った点に本作の冴えがあるのだ。複雑怪奇な犯行計画が『Xの悲劇』の第二の魅力である。

本作の次に書かれた『ギリシャ棺の謎』は「序盤の仕掛け」に留まらない犯人の策謀を扱った作品で、ここにおいて探偵と犯人は総力戦と言うべき手の読み合いに突入してしまう。「読者の目には触れない場所でも生きた人間は動いている」「読者に提示されない手がかりは推理には使えない」という相反する原則の両立が謎解き小説の最大の課題であることが、同作で明らかになったのである。言い換えると、クイーンは『X』で手がかりの提示によってすべてが進行する謎解きの形を完成させたが、『ギリシャ』ではこの知的ゲームが厄介なほどに奥深い構造を持つことを自ら明らかにもした。その直後に書かれた『Y』『エジプト』は、自らが提示した問題に解を探した結果の作品と見ることができる。わずか一年の間に、クイーンはミステリというジャンルを見事に深化させたのである。

「一九三二年のエラリー・クイーン」恐るべし。ミステリに興味を持ってしまった者は今でも、これぞ「Xだと思って」答えを見つけるたびに別解が示され、「変わったギャンビットを思いついて」頭がいっぱいという事態に巻き込まれてしまっている。私たちはみな、クイーンが一九三二年に作り出した世界の中にいるのだ。

検 印
廃 止

訳者紹介　1968年生まれ。1990年東京外国語大学卒。英米文学翻訳家。訳書に、ソーヤー『老人たちの生活と推理』、マゴーン『騙し絵の檻』、ウォーターズ『半身』『荊の城』、ヴィエッツ『死ぬまでお買物』、クイーン『ローマ帽子の謎』など。

Xの悲劇

2019年4月26日　初版
2024年6月28日　6版

著 者　エラリー・クイーン

訳 者　中村有希（なかむら ゆき）

発行所　（株）東京創元社
代表者　渋谷健太郎

162-0814/東京都新宿区新小川町1-5
電 話　03・3268・8231-営業部
　　　03・3268・8204-編集部
URL　http://www.tsogen.co.jp
暁印刷・本間製本

乱丁・落丁本は、ご面倒ですが小社までご送付ください。送料小社負担にてお取替えいたします。

ISBN978-4-488-10443-6　C0197